新潮文庫

影の地帯

松本清張著

新潮社版

2074

影の地帯

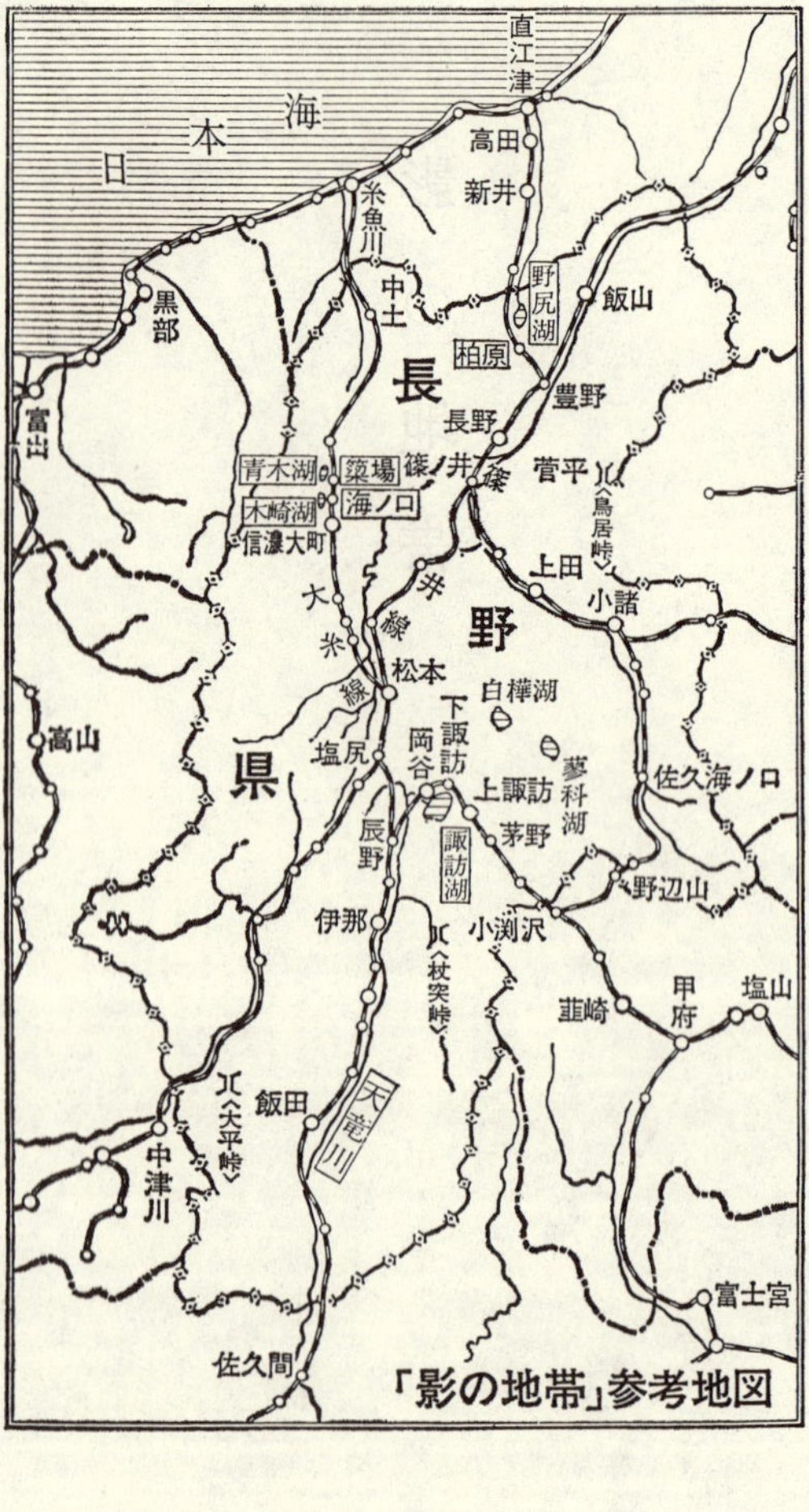
日本海
直江津
高田
新井
糸魚川
中土
野尻湖
飯山
黒部
柏原
長野県
豊野
富山
長野
青木湖
簗場
篠ノ井
篠ノ井線
菅平
木崎湖
海ノ口
〈鳥居峠〉
信濃大町
上田
小諸
大糸線
松本
白樺湖
下諏訪
岡谷
高山
塩尻
蓼科湖
上諏訪
佐久海ノ口
茅野
辰野
諏訪湖
野辺山
伊那
小渕沢
〈杖突峠〉
甲府
塩山
韮崎
〈大平峠〉
飯田
天竜川
中津川
富士宮
佐久間
「影の地帯」参考地図

第一章　羽田の客

1

田代利介《たしろりすけ》は、福岡の板付《いたづけ》空港発十二時五十分の日航機に乗ったが、機が離陸してまもなく、北九州の空にかかるころから、シートに崩れかかるように寝込んでしまった。

この十日間、彼は九州を一周り歩いて疲れた。別府《べっぷ》、宮崎、鹿児島《かごしま》、雲仙《うんぜん》と回り、それぞれのキャンプで練習しているプロ野球チームの写真を撮《と》ってきたのだ。田代利介は、若いのに似合わず野球にはあまり興味がない。そのような写真を撮りにわざわざ東京から九州に来たのは、雑誌社に頼まれたためである。

田代利介はカメラマンである。腕が確かなのと、対象を見つめるのに独特のエスプリがあり、彼の写真には洗練された「眼《め》」があるというので評判がよかった。

「斬新《ざんしん》だ」

「何よりも芸術性と、社会的センスとが融合している。腕だけに頼りかかる職人的な写真家の多い中に、すぐれた才能をもっている」

というのが、批評家や、雑誌編集者たちの彼への評価であった。

田代利介は、どこの出版社や雑誌にも属さず、いわゆるフリーのカメラマンであった。しかし、近来、めきめきと名前を売り出して、そのネーム・バリューと技術とで、各社から引っぱりだこの流行児であった。昭和三年生れ。一月に三十二歳となった。まだ独身である。

近ごろは、雑誌も、月刊誌のほかに、週刊誌がむやみとふえて、それぞれグラビアに力を入れている。雑誌も読む活字のほかに目でたのしむ写真に重点をおいているのだ。だから、毎号、各誌ともグラビアの競争である。

写真家にも、その得意とする写材によって婦人科とか社会科とか呼ばれる妙な分類がある。いわゆるヌードと称する女性を撮《うつ》すのが婦人科だが、田代利介は、そういうものはあまり興味がなく、現代の生々しい社会現象をキャッチするのに意欲が湧《わ》くのである。彼は、社会科の新進であった。

田代利介は、飛行機の上で、二時間はぐっすりと眠った。ねむりこけても、膝《ひざ》の上に、三つの愛機や付属品を入れた大きなバッグをしっかりと抱えこんでいるのは、さすがであった。

天気がいい。飛行機は単調な爆音を聞かせて、少しも動揺がなく、卵を立てていても倒れないだろうと思われた。そこで、よけい眠れたのだ。

「――みなさま。ただ今、伊勢湾の上にかかりました。……ウイ・アー・フライング・オーバー・イセ・ベイ……サンキュ」

鼻にかかったスチュワーデスの甘いアナウンスが流れる。

田代利介は、ふと眠りからさめた。目をこすって下を見ると、蒼《あお》い海が下にひろがっていた。

彼は後頭部をまた座席の背にのせて、薄目をあけた。

座席は満員であった。四、五十人ぐらいは乗っているであろう。よくも、こんなに忙しい人が揃《そろ》っているものだと、彼はいつも感心するのだ。見渡したところ、中年以上の紳士がほとんどで、婦人客は五、六人ぐらいしかいない。飛行機の客は、汽車と違って、あまり話をかわしていないのが特徴だ。雑誌をよむか、眠っているか、丸い窓の中から下を覗《のぞ》いているかしている。

田代利介の席は、機のほぼ中央部で、これは、外の景色が機翼に邪魔されて展望があまり利《き》かないのである。が、何度も、この空路を商売上往復している彼にとっては、別に眺望《ちょうぼう》の興味もなかった。

（東京へ着いたら、また忙しくなるな）

ぼんやりそんなことを考えている。目下、かかえている三つの仕事のスケジュールなどを思っていた。この機が羽田に着くのは、午後四時である。羽田には助手の木崎が待っていて、彼の撮してきたフィルムを受け取ると、すぐ車で仕事場に帰り、現像室に飛びこむように手配ができている。彼は、その間の二、三時間、銀座裏をまわって、酒を飲むつもりでいた。十日間という地方回りのあとだけに、それが愉《たの》しみなのだ。

窓を見ると、海は山岳に変り、遠い空の下にアルプスの連山が白く光っていた。天気がいいだけに今日はかなり高度を上げているらしい。木曾《きそ》の御岳《おんたけ》がくっきり見えた。

(そうだ、来月にはいったら、湖畔めぐりだったな)

木曾が見えたから、田代利介はまた仕事のことを思った。「文声」という雑誌の企画で、全国のおもだった湖を写真グラビアにしようというのである。こんなことで、彼は年中、旅から旅に追われている。

しかし、この湖畔めぐりは、彼にはたのしい仕事なのだ。プロ野球のキャンプめぐりなどよりは、ずっと詩情をとり入れることができて、意欲がわくのだ。

「――みなさまの左手に富士山が見えてまいりました。……ウイ・ファインド・マウント・フジ・オン・ザ・レフト・サイド」

丸い窓の中に、早春の富士山が輝くような姿でせり出してきた。

田代利介は、急に思いつくと、バッグの中からカメラをとり出し、それに太い筒の望遠レンズをとりつけた。立ちあがって、後部に行ったのは、撮影に適当な窓を捜すためである。

ところが、いい位置の窓の横には、若い女がうつむいて本をよんでいた。黒っぽい洋装に、黒い帽子をかぶった横顔のきれいな女である。

田代はためらった。これが男なら、たとえ眠っていても、ゆり起してでも、ちょっとからだの位置をかえてもらうのだが、若い女性だと彼にも遠慮が出る。

そのうち、富士山の方では、容赦なく飛行機の速度だけ、窓の中に移動しているので、早くしないと、後方にずりさがってしまう。あいにくなことに、今日の富士山は、真っ白な中に、ひだの陰影がくっきりとついて、立体感がすばらしいのである。

田代利介の躊躇《ちゅうちょ》も、わきあがってくる撮影意欲には勝てなかった。

「恐れ入りますが」

と、彼は脂気《あぶらけ》のない、ばさばさした長い髪を掻《か》いた。

「ちょっと富士山を撮りたいんですが……」

窓際《まどぎわ》にすわっている女は、本から目を上げて、田代利介を見た。通路に立っている田代を見上げる恰好《かっこう》になったのだが、ほっそりした顔に、瞳《ひとみ》が大きかった。

「あら」

というような唇《くちびる》の動かし方をして、くるりと窓の方を振り向き、次にまた、田代の方へ顔を出して、

「どうぞ」

と言って、カメラの邪魔にならぬよう、背を前の方にすこし屈《かが》めた。

「すみません」

田代は礼を言い、望遠レンズを窓に向けたが、思うような位置に安定するためには、こっちの座席の人、つまり女とならんですわっている、隣の乗客にも、少しからだをずらしてもらわねばならない。

それは、三十四、五歳ぐらいの小太りの男で、週刊誌か何かを読んでいるのだが、肩幅ががっちりとして広かった。

「恐れ入ります」

田代は、その男にも頼んだが、男は彼の方を見向きもせず、それでも、わずかだがからだを動かしてくれた。いやいやながら、仕方なしにそうしたといった動作だった。

「どうも」

田代利介は、また礼を言った。

ファインダーをのぞくと、二〇〇ミリの望遠レンズに拡大された富士山は、急に彼の目に迫ってきた。晴れた蒼空《あおぞら》だから、濃いフィルターでは、バックがぐっと黒く落ちて、

真っ白な対象が強く浮きあがるに違いない。

田代利介は、五、六度つづけざまにシャッターの音を鳴らせた。

それから、カメラを目からはずして、便利をはかってくれた男女の客に礼を述べようと思っていると、

「それ、大きく見えますの？」

と、若い女が田代の持っている筒型の望遠レンズを目でさした。

「はあ、それは大きく見えます」

田代はカメラを手に抱えたまま答えた。

女は、黒い大きな目を見開いて、田代を見ている。いかにも好奇心に満ちた瞳であった。細い線の顔に、稚《おさな》げなものが残っていて、それがよけいに彼女の好奇心を子供っぽくみせた。

「ちょっと、貸していただけます？」

女は微笑しながら言った。

横の小太りの男がそれをとめるように女をつついた。無作法をたしなめるには、ひどく不愉快な顔つきをしている。

田代はそれを見ると、男に反発を覚え、

「いいですよ。どうぞ」

と、自分からカメラを女に差し出した。

「重い」

女は、長い筒のついたカメラを手にとって言った。にこにこしていた。上から見おろしている位置の田代が見て、きれいな笑い顔だと思ったのである。思わず被写体を見つめる目になっていた。女はさっそく、カメラを目に当てて、窓を向いた。

「うわあ、大きい」

と、彼女は叫んだ。

「すてきだわ。富士山がすぐそこにあるみたい。きれいだわ」

富士山の位置が、窓からよほど後ろにずれていただけに、彼女の首も後ろにねじまがっていた。黒い帽子と、黒っぽい服だから、衿足《えりあし》が浮き立つように白い。

「ちょっとしたグレース・ケリーね」

と、女は小さく言った。はしゃいだ声だった。

カメラを覗いている彼女を見て、映画の「裏窓」の一場面を思い出していた田代は、女がちょうどそのことを言ったので、微笑が出た。

横の座席の男はひどく苦りきった顔をして、週刊誌に目を落している。しかし、心が活字に吸収されていないことは、そのようすを見てもわかるのである。

(いったい、この男と女はなんだろう?)

田代利介は思った。

(夫婦でもなさそうだし、恋人とも思われない。兄妹かな)

兄妹にしては、全然、似ていないのだ。男は頰骨《ほおぼね》が高く、唇が厚い。

「いかが?」

女は、目からはずしたカメラを、横の男にすすめた。田代が思ったとおり、彼は首を振った。そのむっつりしたようすは、早く返した方がいい、と言っているようだった。

「どうもありがとう」

女はカメラを重そうに田代の方へさし出した。きれいな目だ、と田代はまた思った。

2

田代は自分の座席にかえった。カメラをバッグに納め、いつでも肩にかける用意をして腕組みした。

窓の外を見ると、機は伊豆《いず》半島の上に来ていた。

(ちょっときれいな女だな)

田代は、カメラを貸した女の印象を、目に浮べていた。

海の色は、夕方で赤味を帯びていた。

(あの女の横にすわっている男はいったい何だろう?)

彼はまた考えはじめた。

(夫婦ではない。恋人どうしでもない。兄妹でもない……)

と順々に繰り返して、

(それじゃ、女の姉の亭主《ていしゅ》かな)

と思いついた。この考え方の方がいちばん適切に当っているように思われた。それにしても、いやに田代を警戒しているようすがみえたので、彼は不愉快だった。

(東京者かな、九州の人間かな)

この機は福岡の板付空港から出たので、当然、彼女たちもそこから搭乗《とうじょう》したのだが、女の言葉のアクセントは東京のものだった。

「みなさま。あと十分ばかりで羽田空港に着陸いたします。恐れ入りますが、お座席のバンドをおつけください。……レディス・エン・ゼンツルメン、ウイ・イル・アライ……」

機のプロペラの音が低くなり、湘南《しょうなん》地方が流れていた。

田代利介は、あの女について考えることが、ばかばかしくなり、手帳を出して、明日からの仕事の予定表に見入った。おそろしく仕事がつまっていた。

この中でのたのしみは、湖畔めぐりだ。これは休養半分、ゆっくりと各地を歩いてきたいと思った。田代の目には、もう白い雲と、雪の山を倒影している山湖の姿が映っていた。

羽田の空港の建物が見えてきた。機は旋回をはじめ、東京湾に浮いている汽船や小舟の形を大きくひろげながら、滑走路へ近づいた。

機がしばらく地上を滑走して、空港の建物の前に停止すると、乗客はざわざわと立ちあがった。

ドアをあけて、降りてゆく乗客を、スチュワーデスが微笑で送っている。

田代利介は、あの女を、もう一度見てやろうと思ったが、やはり癪《しゃく》なのでやめた。

太った外人のあとについて、七つ道具を肩にかつぎ、出口へ向う通路を歩いていると、

「先生」

と、出迎え人の群れの中から、助手の木崎が目を輝かせて、とび出してきた。

「おう、ご苦労さん」

田代は声をかけて、肩の七つ道具のはいったバッグを渡した。

木崎はカメラマン気どりで、ベレー帽に、ジャンパーを着ている。田代から渡されたバッグを得々《とくとく》と肩にかけると、

「先生、九州はいかがでした？」

　と、ませた口のきき方をした。

　田代は、うむ、と口の中で言って、立ちどまりながらパイプをくわえ、火をつけたが、実は、彼を追い越して出口の方へ流れてゆく乗客の中から、例の女を見ようとするつもりである。

　が、まだ、あの女は見えなかった、よほど、あとから来ているらしい。

「先生、表に車を待たせてあります」

　木崎が言うので、田代は仕方なしに歩きだした。

「向うは、暖かいでしょう？」

　木崎はつづけた。久しぶりに見る師匠の顔がうれしいらしく、どこか浮き浮きした調子だった。

「まあね。九州でも南の方だったから」

　田代は、なるべくゆっくりと待合室を通り、玄関の方へ歩く。

　ここで、後ろをふり返ってみようかな、と思ったが、もうちょっとあとでもいいな、と考え直した。

　どうして、こう、あの若い女が気になるのかわからなかった。

「長島や広岡の調子はどうでした？」

野球好きの木崎は、プロ選手のようすをききたがった。

「うむ、よく打っていたようだよ」

田代は、あまり野球に興味がなく、したがって知識がない。

「西鉄は、島原に行っているんですね。稲尾の肩の調子はどうなんです？」

田代は、眠そうな目をしている稲尾選手の顔や、投球モーションの写真をフィルムで三本ぐらい撮ってきているが、彼の調子がいいのか悪いのかわからなかった。

「よく投げていたよ」

と、いいかげんな返事をした。

「監督に会ったんでしょう？　優勝を狙《ねら》ってると言ってましたか？」

と、木崎の質問は際限《さいげん》がなかった。

そのうち、空港の玄関に来てしまって、木崎が手を上げると、ハイヤーが滑るように近づいてきた。

「どうぞ」

運転手がドアをあける。

田代利介が、思いきって後ろを振り向くと、つい目の前を例の若い女が連れの男と歩いてくる。

とたんに、黒っぽい洋装の女は、田代と目が正面に会った。

女が微笑して、田代に会釈《えしやく》したのは、カメラを見せてもらった礼のつもりらしい。やはり目が印象的なのである。

田代も、軽く頭を下げたが、視線が女の横にならんでいる男の顔に移ると、その男のあきらかに不愉快な表情につき当った。

小太りの男で、からだもずんぐりしている。頬骨《ほおぼね》が高くて、あから顔なのだ。それがじろりと田代を睨《にら》むように見ると、女を促して急いで通りすぎ、タクシーを呼んだ。

「先生」

木崎が、ぼんやり立っている田代に、

「いまの女のひと、ご存じなんですか？」

ときく。

「いや、知らない。いまの飛行機の中で、見ただけだ」

田代はハイヤーに乗りこみながら答えた。

「きれいなひとですねえ」

木崎は、あとから乗って、

「やっぱり、飛行機族の女は、どこかちがうんでしょうね」

と感心したように話しかける。

「どこがちがうんだね？」

「身分ですよ。金持なんでしょうね？」

「そうでもないさ。金のないおれだって、飛行機に乗っているもの」

「先生のは商売ですからね。普通の女は違いますよ」

車は羽田の空港をはなれ、電車通りを品川に向って走る。

田代も、いまの女の正体を考えていた。それほどブルジョアの令嬢とも思えないし、バーの女給とも思えない。なんとなく優雅なところがある。

あの男、いったい、何だろう。田代を女に近づけまいとして、極力、警戒しているようにみえたが。

まもなく、品川を通りすぎて、車はしだいに都心に近づいてきた。

陽《ひ》は、もう暮れて、街の灯《ひ》の海がひろがっておしよせてくる。

久しぶりに見る東京の灯だ。田舎ばかり回っていた田代は、感動した。平常はなんとも思わないのだが、東京は、やはり大都会だと感じた。

「木崎君」

田代は助手を呼んだ。

「はあ」

「君、この車で、まっすぐ仕事場へ帰って現像の準備にかかってくれ、急ぐのだ」

「先生は？」

「ちょっと途中でおりて銀座を歩いてくるからな。現像フィルムは全部で三十二本あるよ。落すなよ」

田代は田村町で車を降りて、木崎と別れた。

それから有楽町《ゆうらくちょう》の方へ歩いて行った。久しぶりの東京の街なので、気分も格別だった。ちょうど、会社の退《ひ》け時なので、人も多いし、車も多い。ぶらぶら歩いていると、ルノーが、すうと横に寄ってきてとまり、

「やあ、リイやん」

と、車の運転台の窓から呼ぶ者がいる。

「おう」

田代は足をとめた。

運転しているのは写真の仲間で、久野《ひさの》だった。久野はいわゆる「婦人科」だが、専門に似合わず血色のよい、いかつい顔をしていた。

「どうしたんだ。ここんところ、ちょっと、見なかったな?」

久野は、片手で長髪をなであげると、にこにこして窓から言った。

「十日ばかり九州に行っていた」

田代も向いあって、笑いながら答えた。

「九州かあ?」

久野は、用事もきかずに、

「そりゃ、えらい目にあったなあ。どうだ、今夜あたりちょっと行こうか」

と、首を突き出した。

「うむ、おれも、実はいっぱい飲みたくなったんだが、まだ、時間も早いしなあ。映画でもみてからにしようかと思っている」

田代が答えると、

「じゃ、そうしろよ。八時すぎならおれも手があくからな、例のところで落ち合おう」

と、久野は言い、田代が承知すると、

「よし、元気が出た。なにしろ忙しい」

と、実際に忙しそうにルノーを出発させた。

田代利介は、U座にはいって、二時間ばかりを過した。暇があれば、彼は必ず洋画をみることにしている。筋はともかくとして、場面場面の写真が、仕事の参考になるのだ。

しかし、その映画は、筋もあまりおもしろくなかったし、写真も平凡であった。館を出たのが、ちょうど八時五分だった。

外に出ると、すっかり夜になっていて、銀座のネオンがひときわ冴《さ》えて輝いていた。人通りも、この時間が盛りなのである。

女が久しぶりにきれいに見えた。

田代は、電通《でんつう》の裏通りにはいって、百メートルばかり土橋《どばし》の方へ行くと、道路《みち》ばたに、見覚えの久野のルノーが居すわっている。

洋品店と、割烹店《かっぽうてん》の間の路地をはいると、バーの名前を書いた小さなネオンの看板がいくつもならび、その中に「バー・エルム」というのが挟《はさ》まっている。

樫《かし》でつくった鎧戸《よろいど》のような重いドアを田代が肘《ひじ》で押してはいると、内にこもった暖気が顔に流れると同時に、

「いらっしゃあい」

女の声が重なって飛んできた。

3

狭い店の中は、煙草《たばこ》の煙が立ちこめ、天井《てんじょう》に貼《は》りついた星のように無数の小さい電球がかすんでいた。

スタンドの中にいるバーテンが、シェーカーを振りながら、田代利介を見て、

「いらっしゃい」

と愛想笑いをして頭を下げる。

「センセ」

と、女たちが三、四人、田代の傍《そば》にとんできて囲んだ。

「まあ、しばらくですわね。ちっともお顔をお見せにならないって、ママ、恨んでましたわよ」

「そうか」

田代はパイプをくわえながら、

「九州に行ってたからな」

「聞きましたよ。久野さんから今。ご苦労さま」

「これでも、羽田から、まっすぐに、ここに駆けつけたんだ」

「どうもありがとう」

ゆり子という女が、最敬礼の恰好《かっこう》でおじぎをして、

「やっぱり、センセね。バー・エルムを代表して、ゆりがお礼を申しあげますわ。ただし、ママが来るまでよ」

「ママ、いないのか？」

田代は、煙の泳いでいる暗い店内を見渡した。と、いっても狭いから一目でわかる。

ボックスの一隅で久野が手をあげていた。

「そら、きた、ごちそうさま。ご心配なさらなくとも、いま、電話でご注進におよんだ

から、ママ、すぐ来ますわよ」

「センセ。どうぞ」

女たちは、田代を久野のすわっているボックスに連れて行った。久野はハイボールを飲んでいたが、

「遅かったな。待ってたよ」

「すまん。おい、スコッチの水割り」

「はい、はい」

一人の女がカウンターの方へ行くと、二人の女が田代の横にすわった。

「まあ、センセ、映画みてらしたの？」

「うん」

「のんきね。早くいらっしゃればいいのに。ママ、喜んだのにね」

女のひとりが、

「映画ごらんになったの？　いいわね。センセと行きたいわ」

「なに言ってんの。そんなことをしたら、あんた、ママに絞められちゃうわよ」

「だから、ママの来ないうちに、ユウワクしとくの」

久野が笑って、

「ママ、ママって、そうリイやんばかりに騒ぐな。おれはさっきから来てすわってい

る」


「あらごめんなさい。じゃ、久野さんを奪《と》るわ」

「ばか。調子のいいことを言うな。クマソの国から帰った男に乾杯しよう」

と、久野が言った。

田代利介の頰《ほお》には、無精髭《ぶしょうひげ》が生《は》え、うす黒くなっていた。

「クマソなんてひどいわ。ねえ田代さん」

「いや、こいつ、もともと、その血があるんだ。見ろ、毛むくじゃらじゃないか」

「あら、田代さん九州なの？」

「いや、山梨なんだ」

田代が訂正した。

「甲州の山猿《やまざる》といってね。とりわけ毛が深い」

久野がコップをあげて言った。

「どっちみち、助からないわね、久野さんの口にかかっちゃ」

田代と久野とは、女たちとコップを触れあわせた。

「山梨といえば」

と、久野がハイボールを一口のんで、

「甲府の家を売る話は片づいたか？」

と、田代にきいた。

田代利介の実家は山梨県の鰍沢《かじかざわ》にあって、そこには目下弟夫婦が住んでいる。が、近く弟が、勤めている会社の転勤で他県に行くので、総領である彼が家の処分を任されていた。

「いやまだなんだ。なにしろ、古い家だから、売るとなると、適当な買い手がつかん」

「いったい、どのくらいの値で売るつもりだ?」

「百二十万円。広い家だからな」

「そんなことをしなくても、早いとこ住居《すまい》を建てろよ。そのくらいの金、あるんだろう?」

田代は、まだアパート住いであった。独身だから、結構それでいいのだ。彼はそこから仕事場に通っていた。

しかし、気に入った土地さえあれば、自分で設計した小さな家を建ててもいいな、とは思っていた。そのことは久野にも、いつか話していたので、彼はそれを覚えていたのだ。

「ないこともないが」

「と、渋ることもないだろう。リイやんは、今や、カメラ作家としては流行児だからな」

「どこか、いい土地があるか？」

久野は、それで思いついたというふうに、

「いつか、君が、この辺ならいいな、と言ってたぼくの家の近所の高台があるだろう？ほら、目下、草が生えて、原っぱになっている……」

「ああ、知っている」

田代はうなずいた。ずっと前、久野の家に遊びに行ったときに見たのだ。三百坪ばかりの空地《あきち》で、近所は邸町《やしきまち》になっていてあまりうるさくなさそうなので、ここなら買ってもいいと思ったことがある。しかし、三百坪全部は買えないので諦《あきら》めていたのだ。

「だって、あれは売らないんだろう？」

「ところが、最近、家が建つらしいんだ」

「ほう、家が建つ？じゃ、あの土地を売るのか？」

田代は水割りのお代りを命じながらきいた。

「そうらしい。最近、板囲いをして工事をしているが、なんでも、小さな石鹸《せっけん》工場ができるというんだがね」

久野は言った。

「しかし、三百坪全部ではないから、土地を分譲するんじゃないかな。地主は藤沢の方にいて、遠いから、すぐにきき合せることはできないが」

「もし、土地を分けて売るんだったら、あそこなら買ってもいいな」

田代は言った。あの環境なら悪くないと思っている。

「そうしろよ。あそこなら、おれの家とも近いし、便利がいい」

久野はすすめた。

「まあ、景気のいいお話ね」

横についている女が羨《うらや》ましがって、

「わたしも早く家を建てたいわ。いつまでも六畳のアパートじゃ、いやだわ」

「ほんとに、そうだわ」

と、みなで言いあって溜息《ためいき》をついていた。

「そんなら、景気のいい奴《やつ》を早くつかまえるんだな」

久野が女たちの顔を見まわした。

「ああ、そんな人があったらね」

「バーなんかで働いて苦労しないわ」

「嘘《うそ》つけ」

久野が前の女の顔を指さして、

「この間のはどうした？　もう、来なくなったのか？」

「あ、あのひと？」

女が、てれくさそうに、久野の煙草《たばこ》をとって吸い、

「あれは、ただのお客さんよ。どっかに河岸《かし》をかえたんでしょ」

「やい、ざまみろ。あんまりあせるから、ろくな奴をつかまえないんだ。同じつかまえるんなら、こいつみたいな奴にとりつくんだ」

と、黙ってにやにやしている田代を顎《あご》でしゃくった。

「だめよ、田代さんは」

女が彼を突いて、

「その前にママに嚙《か》みつかれちゃう」

片目をつぶった。

「そういえば、ママ、来るの遅いわね」

「もう来るはずだけどね」

ひとりの女給が入口の方を見て、

「あら、来た、来た」

と叫んだ。

「ほんとうだ」

みながいっせいに振りむくと、黒っぽい和服を着た、背のすらりとした女が、左右の客に愛想笑いをしながらこちらへ近づいてきた。

「ママ、お早うございます」

と、女たちは声を揃《そろ》えて、彼女に挨拶《あいさつ》した。田代利介には、

「今晩は。いらっしゃい」

マダムの英子《ひでこ》が久野に目を向けて笑い、

「田代さん。しばらくね」

と笑顔をむけた。

派手な感じの顔で、黒っぽい着物がよく似合った。

田代の横にすわっていた女の子が、気をきかせて、立ちあがろうとするのを、

「いいのよ、わたし、こちらにするから」

と、久野の横に腰をおろした。香水の匂《にお》いが久野の鼻をうつ。

「そう遠慮するなよ、ママ。リイやんの横に行け」

久野が英子の肩を指でつつくと、

「あら、そう邪険にしないで」

「何を言う。リイやんの横に行きたいくせに」

「こっちの方がいいのよ。田代さんの顔が正面に見られるから」

「こいつ」

久野がコップをあげて、ウイスキーの液体で田代の顔を透かしてみた。彼の顔がフィ

ルターをかけたように黄色く見える。

「こんな顔が、どこがいいのかなあ」

久野は慨嘆した。

「ママが惚《ほ》れる理由がわからん」

「お気の毒ね」

マダムが笑い、

「久野さんは女の子の顔ばかり専門に撮《うつ》してらっしゃるけど、気持はレンズには写らないようね」

「やい、クーさん、やられたわね」

女給たちが手を打った。

「わたしたちで慰めてあげましょう」

「かわいそうなことを言うなよ。これでもゼニを払って飲みに来てるんだぜ」

女たちが声を揃えて笑った。

「田代さん、九州はいかがでした?」

マダムの英子は田代の顔をじっと見た。年齢《とし》よりは、ずっと若く見え、目も若いのである。それが、酒でも飲んだときのように、熱っぽくうるみを帯びていた。

「うん。どこへ行ってもおなじだ、仕事だからね。疲れた」

田代は、コップの底の液体を見ながら言った。それは英子の視線を避けているようにもとれる。

英子はわざと強引に田代を凝視して、

「田代さん、今晩、お仕事いいんでしょう？　ゆっくりしていただきたいわ」

と、誘うように言った。

「うん。そうだな」

田代が煮えきらぬ返事をしているとき、表のドアがあいた。

田代の視線が、ふと、それにひかれたが、思わず驚いた目になった。はいってきたのは、思いがけなく、飛行機の中で、無愛想だった男である。

見ていると、先方では、こっちのボックスが暗いから、田代のいることがわかるはずはなく、また、気にもかけぬふうに、カウンターの前にすすみ、先ほどから一人で静かに飲んでいた半白の髪の、渋いツイードの服を着た客の隣に腰をおろした。

バーテンが、ぺこりとおじぎをして、客の、酒の注文をきいている。

まさしく、飛行機の中で、カメラを貸した、あの目のきれいな若い女のわきにすわっていた男なのである。田代をなんとなく敬遠しようとしてむっつりとしていた、小太りの男に間違いない。

男は、とまり木に腰かけて、煙草をとりだした。バーテンがライターを鳴らして火をつける。瞬間に、男の鼻のところだけ明るくなった。

男は、煙を吐いて、カウンターに肘《ひじ》をつき、酒のできるのを待っている。

田代利介はカウンターの方をそれとなく気をつけて見ていた。

そのようすのいちいちは、田代利介のすわっているところから真正面なので、よく見えるのである。

「ちょっと」

と、田代は横の女に耳うちした。

「いまはいってきた客、ほら、カウンターの前にすわっている男だが、どういう人だい？」

女は、目をそっちの方へやったが、

「さあ、あのお客さまは知らない。あのお隣の人なら××開発の三木さんという人だけど」

と、女は隣に並んだ半白の髪をした男の後ろ姿を目でさした。

ほかの客のことは、田代には興味がない。

「でも、たまに、見えるお客さまよ」

と女は小さな声でつけたした。

マダムの英子は、こっちを向いているので、そのことがわからず、

「何を内緒話してんの？」

と、わざと睨《にら》むように見た。

久野が、コップから首を上げてにやにやし、

「ママ、妬《や》いてんのか？」

と言う。

「そうよ。田代さん、目の前で若い女とひそひそ話は妬けるわよ」

「あら、ママ。そんなんじゃないわ」

女の子は両手を上げ、高い声で何かを言おうとしたとき、ボーイが向うからやってきて、マダムの耳に何かささやいた。

マダムは、ちょっとカウンターの方をふりかえったが、また田代の方をむいて、

「ちょっと失礼」

と立ちあがった。

田代は目で応《こた》えたが、そのままの視線は、マダムが、例の男に近づくのを追っている。

男は、こちらに顔を向け、やあと言うように笑った。

マダムが、おじぎをし、男の横のスタンドに腰かけた。

4

久野の横にいる女が、

「久野さん踊りません？」

と誘った。

レコードが鳴っている。

「よしきた」

と、久野は勢いよく立ちあがって、ボックスの横の広いところに出て、女と組み合った。

「田代さんは？」

と別な女が誘うような目つきをしたが、

「いや、あとで」

と、田代はコップを持って首を振った。

「まあ、堅いのね」

「何が？」

「ママとでなけりゃ嫌《いや》なんでしょ？」

「そうでもないさ」

「てれてらっしゃるわ」

「嘘《うそ》つけ」

「顔があかくなってるわ」

「そりゃ、君、酒を飲んでるからさ」

「弁解なさるところがおかしいわ」

そんな話をしている間にも、田代は、カウンターの方に目をちらちらとやっていた。例の小太りの男は、飛行機で乗りあわせたときの無愛想とは打ってかわって、にこにこと笑いながら、マダムと話している。

マダムも何かお愛想を言っているようだった。

カメラを貸してやったあの若い女は、どうしたのだろう、と田代はぼんやり思っている。あの黒っぽい瞳《ひとみ》と、細い、すんなりとした姿がまだ目に残っている。

あの若い女と、カウンターで酒を飲んでいる小太りの男とは、どのような間柄《あいだがら》であろう。彼女はどこにいまいるのか。そしてあの男は、どのような職業の男であろう。

そこへ別の女が、よそのボックスからやってきて、

「田代さん、今晩は。ずいぶん久しぶりね」

と、笑いながらおじぎをした。信子という若い女だった。

「やあ」

「踊ってくださらない？」

と、信子は両手を伸べた。

久野の方を見ると、これは腰を動かしながら、ジルバか何かをおもしろそうに踊っている。

「よし」

田代は立ちあがった。

「あら、信ちゃん、ずるいわ」

ほかの女が声を上げた。

「ふふ、実力よ」

信子が片腕を曲げて見せた。

田代は、信子と組みながら、低い声で言った。

「おい、信ちゃん、あすこにいる男、ほら、カウンターでママと話している男さ。あれ誰《だれ》？」

信子は踊りながらからだをまわして、ちらりと目を走らせたが、

「さあ」

と言った。

が、実際は何かを知っている目であった。

一曲、すんで、ボックスに戻《もど》ったとき、マダムの英子も席にかえっていた。

「ママさん。田代さん、お借りしてたわ」

信子は、ぺこりとマダムにおじぎをした。

「いいわよ」

マダムは笑って、

「そのかわり、わたし田代さんの横に移るわ」

と言うと、

「はいはい、どうぞ」

信子が立って、マダムと入れかわった。

久野は二曲目のレコードでも続けて踊っていた。

「ママ、何か飲む?」

田代はきいた。

「はい。では、田代さんと同じものをね」

「うわあ、ママ、当てつけるのね」

女のひとりがわざと目をむいて立って行った。例の男は、ひとりでカウンターに肘を
ついて飲んでいる。その姿勢は静かであった。田代はマダムの耳に口を寄せて、

「あのカウンターにいる客、あの小太りの方の……あれは誰だい？」

と、低い声できいた。

「あ、あの方？」

マダムは、視線を走らせたが、

「よく知らないのよ。最近、たまにお見えになるお客さまですけれど」

と言った。

「名前は？」

「それも伺ってないわ。いつかお名刺くださいと言ったら笑ってらしただけで」

「ふうん」

「どうしたの？」

「いや、ちょっと」

と、今度は田代が言葉を濁して、

「あの客は、九州の人じゃないかな？」

と呟《つぶや》いてみた。

これはマダムの反応を試すためだったが、彼女の顔には変化は見られなかった。

「まあ。田代さん、ご存じなの？」

「いや、知らない。なんとなく、どこかで見たような顔だと思ったものだから」

と、取りつくろっておいた。

踊りがすんで、久野が戻ってきた。

「おい、いやに親密にやっているじゃないか」

と、彼はマダムを見て、

「いつのまにか、田代の隣にすわったりしてさ」

と、揶揄《やゆ》するように笑った。

「すみません」

「おい、ママ、せっかく、田代が九州から戻ったのだ。慰労に、二、三軒、飲み歩かないか？」

「そうね」

マダムは目を伏せた。

「そうねって、どうしたんだい？　具合が悪いのか？」

「ごめんなさい。急に用事ができちゃって、ちょっと出られないのよ」

マダムは手を合わせて、おがむ真似《まね》をした。

「それはつまんないなあ。せっかく田代が、クマソの国から帰ったというのに」

「ほんとに残念だわ」

マダムも惜しそうな顔をしていた。

「この次、寄ってくださったときお供するわ。だから、きっと寄ってくださいね」

マダムは田代に頼むように言った。

田代利介は、マダムの英子が、前々から自分に好意に似た感情を持っているのを知っている。

だから、久野が言うように、他の店に飲みに行こうと誘ったら、いつものように弾《はず》んでついてくるものと考えていた。それを断わったのは、あんがいな気がした。

むろん、そのことで田代は落胆しないが、マダムが外出を断わったのは、もしかすると、飛行機でみた小太りの男がカウンターに来たことと関係があるのではないかと、ふと思った。根拠のないことだし、これは空想である。

ボーイが忍び足にやってきて、マダムに耳打ちした。

「ちょっと失礼」

マダムは立ったが、その行く方を見つめると、カウンターの隅《すみ》に載っている電話をとり上げているのだった。

例の男は、カウンターから姿を消していた。

「帰ろうか」

と、久野が言った。彼も何となく鼻白んだ恰好《かっこう》だった。

「うむ。そうだな」

田代も同調した。

「あら、もう、お帰り?」

そばについている女たちが騒いで、

「ねえ、もう少し、ごゆっくりしてよ」

「いやに早いのね、久野さん、田代先生だけ置いてってよ」

などと騒いでいた。

「おい、会計」

と、久野はかまわずわめいた。

「冷たいのね。久野さん」

「がっかりだわ」

それでも、伝票が来たので、二人は割勘で払った。それが習慣だった。チップは田代が置く番だった。

ボックスの間の、せまいところを通ると、客は来たときよりも混んでいた。カウンターの傍を通りかかると、マダムの英子は、立派な帯をこちらに見せて、台の上にかがみこむように電話を聞いていたが、田代たちの帰るのに気づいて振り返り、

「あら、もうお帰りになるの?」

と、残念そうに、田代の顔をじっと見た。

第二章　新築工場

1

翌日、田代利介は、またカメラをさげて出た。

それはある雑誌の仕事で、毎月文化人を三ページつづきのグラビアにとる企画だったが、ここ半年ばかり、田代の担当になっていた。

雑誌社では、彼が九州から帰るのを待ちかねていたのだ。

喫茶店で雑誌記者の佐野と落ちあい、車を飛ばして、世田谷《せたがや》の小説家A氏を訪問した。

A氏はいわゆる流行作家で、次号は同氏の生活を写真にするのである。

車で行く途中、田代はまだ雑木林がところどころ残っている世田谷の風景を見ながら、おや、これは見たようなところだと思った。

前に、久野の家を二、三度訪ねたことがあるが、A氏の家も久野の近くらしい。

A氏の家は、こぢんまりした和洋折衷《せっちゅう》の建物であった。

A氏とその家族は待っていて、佐野と田代とをすぐ上にあげた。

「どういうところを撮《と》られるんですか？」

A氏はにこにこしていた。

「まず、書斎でお仕事をしていらっしゃるところと、ご家族と話をしていらっしゃるところ、散歩のところ、それから、寝ころがって本でも読んでいらっしゃるところがいいと思います」

田代はだいたいの構想を言った。

「じゃ、そうしますかな」

五十歳ぐらいのA氏は、着物姿で机の前にすわって、原稿を書いたり、本を調べたりする恰好《かっこう》をした。

田代は、いろいろな角度から、立ったり屈《かが》んだりしてシャッターを切った。

「今度は、応接間で、ご家族ごいっしょのところを撮りましょうか」

A氏は奥さんと子供たちを応接間に呼んだ。田代はこれも十枚ぐらい続けて撮った。

「今度はどうします？」

A氏の方からきいた。仕事が一段落ついたとかいって、A氏の顔もくつろいでいた。

椅子《いす》によりかかって眠っているところや、縁に寝ころんで、陽《ひ》を浴びながら本を読んでいるところ、犬と遊んでいるところなど、田代の注文に応じて、A氏はいろいろなポーズをとった。

「室内は、これくらいでいいと思います。恐れ入りますが、散歩されるところをお願いしたいと思います」

田代が言うと、

「いいですよ」

と、A氏は着流しのままの姿で、ステッキを持って外に出た。

「僕《ぼく》の散歩するコースはだいたい決っているんです」

と、A氏が歩きだした道が、久野の家の近くなのである。

「僕は、この道が好きなんですよ」

と、A氏はステッキをふりながら、先に立って道を歩く。このあたりは、塀《へい》をめぐらした大きな家が多く、静かな一画だった。

雑木林がところどころ見えて、いかにも作家が好みそうな散歩道だった。

田代は、A氏の前にまわったり、横についたり、後ろから離れて立ったりして、構図を考えながらシャッターを切ってゆく。

「あなたのお仕事も、たいへんですな」

と、A氏は田代の忙しい動作を見て言った。

田代も遠慮しないで、

「先生、その辺に立って、向うを見ていてください」

とか、

「そこで煙草《たばこ》を喫《す》ってください」

とか、

「佐野さんと立ち話をしていてください」

とか、いろいろ注文した。A氏も、快く言うことをきいてくれる。

そのうち、道は広い空地《あきち》に出た。空地には草が生《は》えていて、早春の青い色が萌《も》えている。

（ここだ）

と、田代利介はすぐ思いだした。

やはり、久野の近所で、前に一度この場所に来て知っている。家を建ててもいいな、と思ったのは、この空地である。

見たところ、三百坪ぐらいはある。

久野にきくと、地主が藤沢で、分譲では売らないということなので、そのままになったが、昨夜、バーで会った久野の話では、工場が建つらしいから、地主は売るのではないか、と言っていた。

もし、売るようだったら、家を建てろ、と久野が酒を飲みながらすすめた話を、田代は思い出した。

それとなく、気をつけて目を動かしてみると、道路から離れた空地の奥の方に、板囲いがしてあった。その大きさは三十坪ぐらいの広さである。

まだ、建物の木組みもできていないで、ただ、建築中を知らせる高い板塀があるだけである。

「石鹸《せっけん》工場が建つらしいですよ」

と、A氏もその板囲いに目をとめて言った。

「僕もこの空地の原っぱが好きで、よく散歩に歩きまわったものですが、こんなところに、小さいながら工場が建つのは困ったものですな」

と、すこし顔をしかめていた。

A氏の静かな性格では、そう感じるのかもしれない。

そのうち、板囲いのかげから大工のような法被《はっぴ》をきた男が二人と、洋服の男が姿を現わしたが、田代利介が、

「おや」

と、目をみはったのは、その洋服男が、飛行機の中でも会い、バー・エルムでも見たあのずんぐりした男なのである。

田代は、さすがに驚いた。

飛行機の中でも会い、バーでも会い、今日はこんなところで姿を見かける。あの男とはよほど縁が深い、と思った。

小太りの男は、職人のような連中と話に夢中になっているので、田代がここにいることに気がつかない。

そのうち、A氏の方も、道を歩くので田代もあわててあとを追った。

「あんなところに石鹼工場ができるんですってねえ」

と、A氏はふりかえりながら言った。

「へえ、石鹼工場が？」

佐野も意外そうな顔をしていた。

「そうなんです。この間から基礎工事をやっているようですがね」

A氏は落ちついた声で言った。

「便利のいい土地は高くて、それに、空いた地所もないし、工場もだんだんこっちに来るんでしょうな」

「しかし、小さい工場ですね」

佐野は、後ろを見て言った。そのときは、もう、例の小太りの男も、職人たちも板囲いのかげにはいったのか、姿が見えなかった。

「そう、町工場です」

A氏は道を左にとって曲った。

「石鹼工場なんて、小人数でもやれるそうですよ」

「そうですか」

A氏と佐野とは、しきりに会話をかわしている。

田代は、仕事だから、そうしたA氏のポーズをカメラにとらえるのに忙しかった。

が、その動作をつづけながらも、心では、いったい、あの小太りの男は、九州になんのために行ってきたのだろう、と思っていた。

材料のことでだろうか。いや、そんなことはない。石鹼材料なら、九州くんだりまで行くことはない。

それでは、資金の調達か。そうだ。それならわかる。

すると、あのときいっしょだった若い女は、どういう関係だろうか。むろん、夫婦でも、恋人でもないし、兄妹とも思えない。使用人でもなさそうだ。

資金関係の女だろうか。いや、それでは、あんまり若すぎる。そして奇妙なことだが、あの若い女は、美しすぎるのである。

(美しい女はとくだ)

田代は思った。あらゆる印象が、美しい女には有利に働くのだ。

どうも、あの女と、石鹼工場を建てるらしい小太りの男とを、一つの線にならべておくのは、そぐわないような気がする。どうもちぐはぐである。

しかも、九州から東京についた晩に、あの男がバー・エルムに来るというのは、よほどあの店が気に入っているのか、酒好きかであろう。

仕事が終ったので、田代は編集者の佐野と、帰る途中で別れた。

「どこへ行くんですか？」

佐野は、田代がどこかいいところへ行くと思ったのか、にやにや笑っていた。

「いや、この近くに、久野がいるんでね、それを思い出したので、あいつのところへ寄ってみるよ」

「そうですか。ああ、久野さんはここでしたね。じゃ、よろしく頼みます」

佐野はあっさり別れた。

田代は、うろ覚えの道を歩くと、今度は、はっきりと記憶している久野の近所に出た。

近くの店で、久野の子供への土産を買い、久野の家の前に立つと、細君が出てきた。

「あら、田代さん、しばらくですわね」

肥えた細君は、目をまるくして家の中に入れた。

「久野いますか」

「ええ、いますよ。なんですか、昨夜飲んで帰ってから仕事をはじめて、今朝《けさ》まで徹夜になったようですよ」

と、応接間に案内した。

「あ、そうそう、昨夜、田代さんとごいっしょしたんですって？」

「そうなんです。九州へ行っての帰りですよ」

「そのように、うちで言ってました。田代さんもお忙しそうね」

細君はいったん奥へ行ったが、まもなく、久野が眠そうな顔をして現われた。

「よう。さっそくだな」

久野は椅子《いす》にかけると、煙草を取り出した。

「さっそく？　何がだい？」

「土地のことだろう？　昨夜、おれが話したから、今日さっそくやって来たのじゃないのか？」

田代利介は、結果的にはそうなったかたちだから、黙っていた。細君が茶を入れてきた。

「これ、坊やに」

田代は土産を出した。

「あら、すみません」

「おい、リイやんが、そんな心づかいをするとは思わなかったな」

久野は、煙を吐いて、まだ目のさめぬ顔をしていた。

「そんなに見えるか?」

「うむ、おまえは、もっとぶっきら棒な奴《やつ》かと思った」

「田代さん、ゆっくりなさってください。いま、お昼の支度《したく》をしますわ」

「いや、かまわないでください。これから、久野をちょっと引っぱり出すんです」

「どこかへ行くのかい?」

飲むことかと勘違いして、久野の目が輝いた。

「いや、あの土地を見にゆくのだ。その目的で来たんだからね。そしたら、すぐ帰るよ」

2

田代は久野を誘い出した。

「ばかに、気早に、駆けつけたものだな」

久野は煙草《たばこ》を喫《す》いながら、

「やっぱり、家を早く建てたいのだろう?」

「実はね」

田代利介はそれだけで、ここに来たと思われるのが残念なので、

「A社の仕事で、作家のA氏を撮《と》りに来たのだ。すると君のすぐ近くじゃないか」

「そうだ、Aさんは近所だな」

久野は青い煙を吐きながら、道を歩いて行く。

「よく、散歩しているAさんの姿を見かけるよ」

「その散歩を撮るんでね、偶然、あの空地を通りかかったのだ。すると、やっぱり石鹼工場が新築中だったね」

「なんだ、先に見てきたのか」

久野は言って、田代利介の顔を見た。

「見てきたのなら、どうして、おれを引っぱり出して、もう一度見に行くのかい？」

「いや、君に見てもらって、あの残っている空地のどの辺が適当か、判定してもらいたかったのさ」

「ああ、そうか」

久野はたちまち機嫌《きげん》のいい目つきをした。

「よし、そんなら、おれが行って、選定してやろう。なんといっても、家は土地の位置が大切だからね」

道は商店街を切れ、しもた家ばかりのだらだら坂の登りになったが、ほどなく、草に

蔽《おお》われた空地に出た。

そこからは、すぐに、ぽつんと建っている板囲いが見える。

「土地はずいぶん、残っているよ」

久野は眺《なが》めて言った。

「あのとおり、工場といっても小さいからな。残りの土地は、たぶん分譲するだろう」

「地主は、藤沢とか言ってたな？」

「そうなんだ。まとめて売るとか売らないとかいう話だったが、よく売る気になったな」

「土地の管理人は、こっちにいないのか？」

「いないらしい。地主が、ひと月か、ふた月に一度、見まわりに来るぐらいのものだ」

そんな話をしているうちに、田代利介は、工場の板囲いの方へ寄ってみた。

板の節穴からのぞいてみると、基礎工事のためか、地面の上に縦横に細長い木組みがしてある。

期待していた、例の小太りの男も、ほかの職人のような連中も姿がなかった。田代が久野の家へまわっている間に帰ったものらしい。

「おい、そんなところから覗《のぞ》いて、何か変ったことでもあるのかい？」

久野が田代の背中に声をかけた。

「いや、そうじゃないが、ちょっと見ただけだ。なるほど、工場にしては小さいな」

二人は、板囲いから離れて、草の生えた空地に立った。

「おう、まだずいぶん広いぞ」

久野は地面を眺めながら言った。

「これじゃ、リイやんが、少々でっかい家を建てても間に合うぞ」

なるほど、それは、まだ十分の広さであった。

「いや、おれは、もうここに家を建てるのはやめた」

田代利介は、パイプに火を点じて言った。

「なに、やめた？」

久野は、目をむいて田代の顔を見た。

「あれ、田代先生は、ここがお気に召して、今日、見にきたのじゃなかったのかい？」

「気が変ったのだ」

「ふうむ。それは、いやに早いな。来るのも早いが、中止するのも早いな。ところで、気の変った原因はなんだ？」

田代は黙って、うす笑いしていた。まさか、あの小太りの男が、ここに石鹸工場を建てるからとも言えない。考えたが、理由が捜せないので、

「なんだか、来てみると、前に思ってたほどには良くないことがわかったんだ」

と、言いわけをした。

「なんだか、機嫌《きげん》が急によくないぜ」

久野は、にやにやして、近づいた。

「おい、どうだ。今夜、もう一度、銀座に飲みに出ないか？」

と、肩をついた。

「銀座に？」

「うむ、昨夜エルムのマダムの奴《やつ》、おれたちがせっかくさそったのに、なんだかだと言って、いっしょに出なかったじゃないか」

久野は、目を笑わし、

「よっぽど出られぬ用事ができたに違いない。残念そうな顔をしていたじゃないか。今夜行ってさそったら、きっと大喜びで出てくるぜ」

「………」

「あのマダムは君に惚《ほ》れているからな」

「つまらんことを言うな」

と、田代利介は言ったが、マダムが自分に好意を持っているらしいことは、おぼろにわかっていた。

「いや、本当だ。それは、おれが横についていてわかるのだ。君を見る目つきがまるで違う」

「ばかだな」

「こんな、うす汚ない男に、あのマダムはどうして惚れたかと思うよ。実は、おれも、あのマダムには気をひかれているのでね」

「おい、奥さんに悪いぞ」

久野は咽喉《のど》をのけぞらせて笑い、

「おれなら大丈夫だ。どうだ、リイやん、本当に行こうじゃないか」

と、もうその気になって、田代利介の肩を大きく叩《たた》いた。

3

田代利介と久野とは、その晩八時ごろ、エルムのドアを押した。

見渡したところ、時間が少し早いのか、客はそれほど混んでいない。

「いらっしゃい」

女たちが大勢でやってきて取りまき、

「久野さん珍しいわね」

と笑いながら言った。

「なんだい？」

「だって、田代センセと二晩つづけていらっしゃるなんて、めったにないことよ」

「なに、こいつが九州から帰ったばかりなので、妙な里心を起したのだ」

「何を言う」

田代は笑った。

「どっちにしたってありがたいわ。さあ、ボックスへ行きましょう」

と、女たちは二人を押すようにした。

「バーなんてのは、早く来るに限るな」

久野は、にこにこしていた。

「なにしろ女の子は遊んでいるから、いちおうモテる恰好《かっこう》になるんでね」

「あら、ずいぶんね。久野さんなら、いつでも歓迎してよ」

「嘘《うそ》つけ」

「あら、本当よ。ねえ、だったら、毎晩いらしってみてくださらない？」

「そいつはごめんだ。財布がもたない」

注文のハイボールとオードブルを、ボーイが運んできた。

田代利介はカウンターの方を何気なしに見ていたが、昨夜見たバーテンの顔が変っていることに気づいた。

「おや、バーテンやめたのかい？」

田代が何気なしに呟《つぶや》くと、

「いえ、やめたのじゃありません。今夜は休んでいるのです」

ボーイは説明して言った。

「おい、リイやん」

久野がコップから口をはなして言った。

「おまえの気にかかるのは、バーテンではなく、ママだろ？」

「そうでもないよ」

田代はそう言ったが、さっきからマダムの姿のないことに気づいていた。女たちはそれを聞いて、

「あら、残念ね。ママ、ここへ来るの、ちょっと遅くなるらしいわよ。電話で連絡があったから」

「なに、遅くなる？」

久野が、ちょっとがっかりしたように、

「やれやれ、リイやんをせっかく連れてきたのに……」

「まあ、ごゆっくりなさってよ。そのうちママ来るわ」

と、女たちは引きとめた。

田代の目は、カウンターの方を何気なく見ていた。

酒をのみながら一時間ほど待ったが、マダムは容易に姿を見せない。久野は、もう酔っていた。

「おいリイやん。もう、出ようか」

久野はコップの底を空《から》にして言った。

「あら、久野さん、まだ早いじゃないの」

「ママ、もうすぐ来るわよ」

「いや、おれはどうでもいいが、リイやんがつまんなさそうな顔つきをしているからな」

「あら、田代センセ、そんなにママがいないとつまらないの?」

「いや、そうでもないが、今夜は、こいつに引っぱられて来たんでね」

「とにかく、出よう」

と、久野は急いで言った。

「出て、もう二、三軒、まわろうじゃないか」

「あら、久野さん、もう少しいてよ」

女たちはひきとめたが、久野は、

「勘定」

と、大きな声で言いながら、ふらふらと立ちあがった。

田代は女たちに、

「じゃ、こいつの気のすむように、二、三軒、まわってくるよ」

「きっとよ、センセ。久野さん、お待ちしてますわよ」

女たちに送られ、両人《ふたり》は外に出た。勘定は久野が気前よく払った。

「さて、これからどこへ行こうか？」

久野は考えるような顔をした。

「君は酔ってるし、軽いところいっぱいやって帰ろうじゃないか」

田代利介が言うと、久野は首を大きく振った。

「いや、せっかく、来てやったのに、マダムの奴《やつ》、いない。ちょっとおもしろくないから、二、三軒まわろう」

「マダムなんかどうでもいいじゃないか。さ、その辺で帰ろう」

「いや、あのマダム、ちょっとこのごろおかしいぜ」

「なぜだい？」

「この前、ぼくがひとりで二、三回来たときも、いないんだ。前には、かならず店にいたもんだがな」

久野は、そう言いながら、じっと、田代の顔を見つめた。

「おい、リイやん、気をつけろ」

「何がだい？」

「女って魔物だからな。君に好意を持っている一方、別に愛人ができたのかもわからないぜ」

「何を言いだすのだ」

田代利介は笑った。

「そんなことおれには、かかわりないよ」

田代はそう言ってはみたが、マダムの愛人の問題は、ともかくとして、実際、以前には店から離れなかったマダムが、それはおかしいなと思った。

横町を出て、電通《でんつう》裏の通りを歩いていると、この辺はキャバレーやバーが多く、今やネオンの灯《ひ》の輝いている最中である。

「どこへ行くんだ？」

田代利介は、久野にきいた。

「おれの顔のきくところがある。そこへ行こう」

「遠いのかい？」

「いや、すぐ、そこだ。まあ、あまり文句を言うな」

久野は、少々、酔ったような足どりをしながら、先に歩いた。

田代があとからついて行くと、その通りにある小さなバーに久野ははいりかけたが、ちょうど、そこへ走ってきた車がとまるところだった。タクシーではなく、新型の外車で、黒い車体が灯を反射している。運転手がとびおりてドアをあけたが、女と男の客が一人ずつ降りた。

久野たちがはいりかけたのは、小さいバーだが、隣には、ひどく大きなキャバレーがある。「クラブ・クイーン」というのだが、これは有名すぎるくらいの高級キャバレーで、外人客の多い店だ。

「あれ」

と、久野がまず足をとめて、目をみはった。

クイーンの入口には三、四段ばかりの石段があるが、今や、そこを上がってはいって行く女の後ろ姿は、まさにバー・エルムのマダム英子なのである。白っぽい着物に、濃い臙脂《えんじ》系統の広い帯をしめている。その服装も、背の恰好《かっこう》も見覚えがあり、マダムに間違いない。

「おい、エルムのママ、男づれであんなところへはいってるぞ」

久野が、むきになったような顔つきで言った。

「あの男、なんだろう？」

田代利介も、その男が、でっぷりした紳士とはわかっていたが、何者か、もとより見当がつかなかった。

「どうも、ママのようすがおかしいと思ったが、あの男が引っぱりまわしているのかな」

久野は呟《つぶや》いていたが、

「おい、おれたちもはいってみよう」

と、足の向きをかえた。

「おい。よせ、よせ。ここは高いぞ」

田代利介はとめた。

「なに。高くてもかまわん」

酔っているのか、久野は大きな声を出した。

「一度は、こういうところも見学しておく必要がある」

「ばかばかしいじゃないか？」

「いや、とにかく、はいってみよう。あのママがどんな男とつきあっているか、観察するのだ」

「そんなことをしたって仕方がないぜ」

「まあ、いいよ」

久野はまた自分が先に立って、クラブ・クイーンのみごとな玄関に進んで行った。

クラブ・クイーンの内部《なか》にはいると、赤い絨毯《じゅうたん》の廊下を、ボーイが、どうぞ、と案内した。左右は黒いカーテンが重々しく垂れていて、廊下は屈折している。

それが、突き当りのホールに出ると、ぱっと目がさめるようである。広い客席が正面に向って半円形にとりまき、真っ白いテーブルの上には、円筒型の赤いランプがついている。それが百数十個にもみえるから、みごとなものだ。

田代利介と久野はボーイに案内されて、空《あ》いたテーブルに着いた。どの客席もほとんど満員で、壮観だった。噂《うわさ》のとおり、外人客が多く、背の高いのや、太ったのが、半顔を紅《あか》い灯に照らされている。

エルムのマダムは、どこにいるかと、久野は、きょろきょろ眺《なが》めまわしたが、これでは、ちょっとわかりそうにもなかった。

正面のホールでは、ショーが始まっていて、バンドは日本民謡のマンボ編曲をやっている。円形の照明の中には、雪洞《ぼんぼり》を振りかざして、キモノの女が踊っていた。

ボーイが、すり足でやってきて注文をきいた。

「ハイボール」

「ぼくは、スコッチ・ウォーター」

「はい」

ボーイはメモに書きとめて、

「誰《だれ》か、ご指名がございますか？」

「いや、誰でもかまわん」

久野が、吐くように言った。

「はい」

ボーイが、引きさがろうとするのを、

「君」

と、久野が呼びとめた。

「ここへ、エルムのマダム、来てるだろう？」

「さあ」

ボーイは首を傾《かし》げた。知っているのか、知らないのかあいまいな顔つきだった。

「いいよ」

久野はボーイを退《さが》らせた。

「よし、そんなら、こっちで見つけてやろう」

「おい、そう、むきになるなよ」

田代利介はとめたが、

「なに、相手の男が、どんな奴か、見届けてやるのだ」

と、意地になったような顔をしていた。

カクテル・ドレスの女が二人きて、

「いらっしゃいませ」

と、二人の横についた。一人は肥えて、胸の突き出ている女だが、一人は痩《や》せて、板のような胸をした女だった。

「ああ、こんなつまらんショーは、早く終んないかなあ」

久野がコップを宙に持って言った。

「あら、ご機嫌《きげん》、お悪いのね」

女二人が顔を見合せて笑った。

ショーが終ると、今まで暗かった中央が明るくなり、バンドもダンス曲になる。

あちこちの席から、たちまち客が立って、真ん中のフロアへ流れ、手を組みはじめた。

「さあ、おれたちも踊ろうか？」

久野が、田代の顔を見て腰を浮かした。

「ねえ、踊りましょう？」

横の女が田代を誘った。

このときは、フロアが芋の子を洗うような混雑である。

「こりゃ、ひでえ」

久野は女と組みながら、背の高い外人客の間に滑りこんだ。

田代も、踊っているつもりだが、うっかりすると、ほかの組にぶつかりそうなので、真ん中に包みこまれて、上体だけをゆらゆらさせていた。

バンドの曲は、ブルースに変ったり、タンゴに変ったりしていたが、これでは、なんの曲にしても同じことで、踊っているのは、からだの振り方を少し変えるくらいのものだ。

いい加減にしてやめようと思っていると、田代は右の腹をつつかれた。

久野が女と組みあいながら横に来ていて、

「おい、あすこを見ろよ」

とささやいて、顎《あご》をしゃくった。

田代は言われた方角を見ると、テーブルのわきに、人間がごちゃごちゃしているだけでよくわからない。

「あれだ、あれだ」

と、久野は、

「右端から四つ目、真ん中ぐらいのテーブルだ」

と教えた。

田代利介は、そっちの方へ目を凝らした。うす暗い中に、いくつもの赤いランプがならび、その漁火《いさりび》のような灯の一つに、エルムのマダムの小さな顔があった。

「な、わかっただろう？」

久野は念を押すように言った。

田代はうなずいた。

マダムは顔を少しうつむけて、ハイボールか何かを飲んでいる。その横にすわっているのは、ここからは遠いし、よくわからないが、中年の、鼻の下に小さな髭《ひげ》を立てた紳士である。この男も、ハイボールを飲みながら、ときどきマダムに話しかけている。

「なんだい、あいつは？」

まだ、久野が横にいて言った。

「マダムの上等客かな？　それともパトロンかい？」

田代は首を振った。むろん彼にわかることではない。

そのうち、髭の男は、マダムに何か言っていたが、テーブルから立ちあがった。踊るためではなく、帰りはじめたのである。

「あれ、マダム帰るぞ」

久野も目ざとく見つけて、

「もう、ダンスやめだ」

と相手の女の子に言った。

「あら、曲はまだ終ってはいないわ」

「終らなくてもかまわない。とにかく、おれたちも、もう帰る」

「失礼ね。途中で踊るのをやめるなんて」

女の子は久野を睨《にら》んでいた。

田代利介も、笑いながら、手を解いてテーブルにかえった。

「会計、会計。早くしてくれ」

久野はせきたてていた。

ボーイが伝票を持ってくるのが待ち遠しく、久野は、

「おい、リイやん。すぐに表へ行って、マダムがあの連れの男と車に乗るのを抑えておいてくれ」

「抑える？」

「うん。おれたちの出方が遅くて、車が先に出てしまったら、どこへ行くのか、行先がわからなくなる」

「そんなことできるか」

田代利介は、ほかの客といっしょにいるマダムに、まさかそんな真似《まね》はできなかった。

「よろしい。そんなら勘定はおまえが払ってくれ。あとで清算するから。おれが出口へ

行ってみるよ」

酒に酔っているのか、久野はえらく興奮した顔で、出口へ大股《おおまた》で歩いて行った。

「どうなさったの？」

カクテル・ドレスの女が田代に首を傾《かし》げてきいた。

「どうもしない。なんでもないよ。あいつちょっと変なんだ」

女二人は声を出さずに笑った。

ボーイが銀盆に伝票をのせてきたので、勘定を払い、田代はせまい廊下を出口に向った。

このとき、別の手洗いの方から一人の男が出てきて、田代の歩いている姿を横から見ると、つと足をとめた。背のずんぐりとした小太りの男だが、田代は気がつかない。男の方では、田代の後ろ姿を、そこに立って、じっと見送っていた。

田代が、玄関に出てみると、久野が、ぼんやり立っている。

「どうしたんだ？」

「車に乗りこむところは見届けたんだがね。君がいっしょにここにいないものだから、つい、追跡しそこなったよ」

久野は、残念そうな顔をして拳《こぶし》を振った。

「まあいいよ。マダムを追ったところで、たいしたことはない。エルムに帰っているのかもしれないよ」

田代利介は言った。

4

田代と久野は、クラブ・クイーンを出て、街の中を歩いた。

せまい通りの上に、車がやたらに多く、道路の傍に駐車しているのもあって、一町先の見通しが利《き》かない。

むろん、エルムのマダムの車がどっちの方向へ去ったのか、わかりはしないのである。

「おい、エルムに行くか？」

と、田代は言った。

「いや、おれは、もう行かない。おまえ、行くなら勝手に行け」

久野は腹を立てたように答えた。

「おれは、これから知った店へ行くのだ」

「じゃ、おれもつきあうよ」

「いいよ」

と、久野は邪険に断わった。

「おれに惚《ほ》れている女がいるんでな。そこは、おれの巣だから、おまえにも教えられない。ここで別れてくれ」

「そうか」

田代は苦笑した。

久野は酔うと、いろいろなことが癪《しゃく》にさわってくる男で、酒ぐせはあまりよくない。さからうと、かえって悪くなるので、

「じゃ仕方がない、おれは帰るよ」

と、手を振った。

「帰れ」

久野は、目を据《す》えて、それでも握手してきた。

田代利介は、ひとりになった。

(さて、これから、どこに行こうか)

時計をみると、まだ十時すぎで、まっすぐに家に帰るのも惜しい気がする。と、いって、久野のように、別に馴染《なじみ》のバーもないので、家に帰ろうか、とも思った。

仕事は、かなり、たまっている。助手の木崎が現像してくれたフィルムも、見なければならないのである。

なんとなく、ぶらぶら歩いていると、ふと、人通りの中を、さっさと歩いている若い女の姿を見た。ちょうど田代が歩いている通りの先が十字路になっていて、横に流れている人ごみの間から、女の横顔がちらりと見えたのである。

(あ、あの女だ)

田代は、もう少しで声を出すところだった。

(飛行機の中で会った女。カメラを貸してやって、それで富士山を見た女)

間違いはなかった。

一瞬だったけれど、見た横顔に自信があった。

田代は大股になった。いそいで、四つ角まで行ったのだが、向うから来る通行者にぶつかったり、横町から出てくる自動車をよけたりして、暇がかかった。そのため、あの若い女の姿は、どこにかくれたかわからなかった。

田代利介は、それでもあとを追う気になった。

せまい通りには通行者がそれだけ溢《あふ》れているので、田代利介は、あの若い女の姿を見つけるのに骨が折れた。

それでも大股にすすんで行くと、それらしい後ろ姿がちらりと見えた。田代は足を早めた。

両側の灯が、道に流れあっているので、人の頭や肩は明るい。その人の肩と肩との間に、彼女に似た髪が動いていた。

田代は、それから目を放さずに追いながら、

(おれは、どうしてあの女を追っているのか)

と思った。

飛行機の中で、偶然、乗りあわせたというだけの女ではないか。何を話そうというのか。

そうは思ったが、ふしぎに、引き返す気にはなれなかった。それだけ惹《ひ》かれるものを、彼女はもっているのであろうか。

若い女は、せまい街を、さっさと歩いている。田代が後ろから見ていると、彼女は、少しもわき見をせず、店のウインドーにどのようなオシャレ品がならんでいようと、見むきもしなかった。

いかにも目的があって、それへ一直線に向っているという印象であった。

そのうち、彼女の姿は、街角を右に曲った。田代もそれに従う。追いついて、よほど話しかけようと思ったが、適当な機会がなく、できるなら、さりげなく出会ったという体裁にしたいのである。

彼女が、立ちどまって、陳列窓でも覗《のぞ》くようなことがあったら、後ろから、声をかけた方が自然にみえる。

そのうち、

「おや」

と思ったのは、彼女の足が、せまい路地の中にはいった。まぎれもなく、その路地の奥は、バー・エルムがあるのだ。

「はてな」

と考えたとき、頭にひらめいたのは、前の晩にずんぐりした、あの男がエルムのカウンターに来ていたことだ。

あの男と、この若い女とはエルムで落ちあうことにしているのかもしれない。

すると、あの二人の関係は、どうなんだろう？

じゃ、あの男がエルムに来るというのは、ただのお客として酒を飲みにくるのか。それとも誰《だれ》かと会うための待合せ場所に利用しているのか。

いったい、あの小太りの男の正体はなんだろう、そして、いま目の前を歩いている若い女は、なにに当るのか。

田代が、こんなことを考えているうちにも、女はエルムの前で、足をとめると、さっさと店の中へはいった。

田代も、そのあとから、今度はゆっくりと歩いて、エルムのドアを押した。

第三章　再会

1

田代利介が腕で押して、エルムのドアをあおるようにあけると、内にこもった煙草《たばこ》の煙が流れる。

「あら、いらっしゃい。センセ」

女たちが、田代のところへやってきて、

「やっぱり戻《もど》ってくださったのね。ありがたいわ」

「久野さんは？」

「久野は途中で別れたよ」

「そう、やっぱりセンセの方が誠実だわね」

「つまらんことを言うな」

田代は女たちに誘われながら、ボックスに行きかけたが、カウンターの方を見るのを忘れなかった。

果して、思ったとおり、あの若い女が、ほかの男客の間にはいって、肘《ひじ》を台の上に突いていた。

ここからは、横顔がまるで見えるから、はっきりと飛行機の中で会った若い女だということを確かめた。

田代利介がカウンターの方へ歩みかけると、女たちは、

「あら、センセ。ボックス、空いているわよ」

と、言ったが、彼はその手を払った。

若い女はバーテンと何か話していたが、田代が近づいたので、ふと、こちらへ顔を向けた。

目が黒く、鼻筋が細く通っていて、かたちのいい唇《くちびる》が微《かす》かに開いている。頰《ほお》から、顎《あご》にかけての線が、どこか稚《おさな》くてかわいい。それは飛行機の中でみた印象の再現だった。

その目を大きく開いて、

「あら」

と、彼女は驚きを顔にみせた。

「やあ」

田代は近づいて、頭を下げた。

「妙なところでお会いしましたね。この間はどうも」

若い女はまだ、目をみはったままだったが、ようやくきれいな微笑を唇にのぼした。

「びっくりしましたわ」

と、率直に言って、

「こんな場所で、お目にかかろうとは、思いませんでした」

「まったく」

田代は、それを引き取った。今はじめて見た、という顔で、

「ぼくも意外でした」

と言った。

「ああ、あのときは」

彼女は飛行機のことを言って、

「いろいろ、ありがとうございました」

と礼を述べた。

「いや」

田代は、会釈《えしやく》を軽く返した。

バーの女たちは遠慮して離れた。

さて、この女は、なんの用でここへ来たのか、田代がそれを知る番となった。

　田代はバーテンに、

「ハイボール」

　と命じて、横の若い女が、何も取っていないのに気づき、

「あなた、何かお飲みになりませんか？」

　と言った。

「いえ、わたし、だめなんですの」

　彼女は首を振った。

「へえ、ちっとも？」

「そうなんです」

「ごく軽いのはいかがです？」

「ありがとう」

　女は言った。

「でも、本当にだめなんです。遠慮ではありませんわ」

「そうですか」

　田代は彼女の顔をちらりと見て、

「お酒をお飲みにならない方が、こういう場所へいらっしゃるのは珍しいですね」

　と、そろそろ探《さぐ》りを入れかけた。

「ええ」

若い女は、すこし苦笑をみせて、

「ちょっと用事があったものですから」

と、小さく言った。

「あ、なるほど」

それ以上、どういう用事で来たか、とはきけないから、バーテンから出されたハイボールを黙って飲んだ。

このバーテンは、昨夜のバーテンと違って、ずっと若く、おとなしそうな男だった。

「君」

と、今度はその若いバーテンに、

「今夜は、あのバーテンさん、休んでいるのかね？」

「倉本さんですか？」

シェーカーを振りながら彼は反問した。

「倉本君というのか？　どうしたの？」

「なんですか風邪をひいたとか、二、三日、休むんだそうです」

「君がその間の代りというわけだね」

「そうです。お客さん倉本さんを、よくご存じなんですか？」

「まあね」

あいまいに言ったが、実は、そうよくも知らないのである。バーのバーテンは出入りが激しく、しじゅう人がかわっている。倉本というバーテンも、たしか三カ月ぐらい前から、このエルムに来たはずで、田代も、彼とそんなに話したことがない。

田代は、その間に、若い女のようすを観察していると彼女はなんだか、手持ち無沙汰《ぶさた》のようすである。

そのようすから、彼女は、誰《だれ》かを待っているように想像された。

よし、誰を待っているのか見届けてやれ、と田代は決心した。

そのためには、彼女と少し話をしなければならない。

田代は、話しかける緒口《いとぐち》として、飛行機のことから言い出すほかはないと思った。

「どうです。飛行機にはたびたびお乗りになりますか？」

若い女は、それには、すなおな目をみせて、

「いいえ、あのときが初めてなんです」

と無邪気な言い方で答えた。

「初めて。そりゃあ、意外でした」

「あら、どうしてですの？」

「ぼくは、たびたびお乗りになっているのかと思いました。とても落ちついてらしたか

ら」

「心配していてもはじまりませんわ。落ちたときは、それまでの運命だと諦《あきら》めてました」

彼女は、すこし笑った。きれいな歯並びがのぞいた。

「立派です」

田代はほめて、

「望遠レンズの富士山、いかがでした？」

「すてき」

彼女は、思い出したように、目を輝かせて言った。

「あんなに真正面から、同じ高さで見たことありませんわ。まるで額にはまった絵みたい。あんな角度から見たことありませんもの」

これで、彼女が、東京の人間か、もしくは、近県の人間だということがわかった。

「九州にはたびたびご旅行ですか？」

と、次の探りを入れた。

彼女は何か言いかけたが、黙った。そうだ、とも、いいえ、とも言わない。すこし、うつむいて指をいじっている。

「ぼくは九州にはたびたび行きますがね」

田代は誘導にかかった。

「阿蘇《あそ》なんかは、何度行ってもいいですな。カメラを向けても、何かこう野心というものを感じますよ」

「写真家でいらしたわね」

彼女はさりげなく目をあげた。

「そうなんです。ですから、どこへでも行ってます。博多もいいですな。夜なんか、ことにいいです――」

「カメラの方は、実物以上に、きれいな景色になさいますのね」

博多をよく知っているとも、知らないとも言わない。

彼女が乗ってきた飛行機は、板付《いたづけ》からだから、当然博多は見ているはずだが、田代が知りたいのは、彼女が、よく知っているかどうか、である。それによって彼女の因縁《いんねん》、ひいては、あの小太りの男との関係を探知しようとの魂胆であった。

が、それを避けた彼女の返事は、利口な答えであった。

彼女は腕時計をめくった。

「マダム、遅いわね」

と、バーテンに言ったことで、彼女が小太りの男ではなく、マダムを待っていることだけはわかった。

だが、この若い女がエルムのマダムを待っているとは意外だった。

田代は、思いがけないことなので、興味を起した。

「あなたは……」

と、よけいなことだが、彼は話しかけた。

「マダムとお知合いなのですか?」

若い女は例の黒い目を、ちらっと動かして田代利介を見た。それは快い表情ではない。つまり、多少当惑げなまなざしであった。

「ええ」

と、彼女は仕方なさそうに、小さくうなずいた。

「そう、そりゃ愉快ですな」

田代は快活に言った。

「ぼくは、このバーにはよく来るんですよ。マダムとはよく知っているんです」

ハイボールのコップを持って、

「そうですか。世間は広いようで狭い。人間、どこに縁があるかわかりませんな」

と、彼女に微笑《ほほえ》みかけると、その整ってきれいな横顔の線は、すこしためらうような複雑な表情だった。

「マダム、帰り、まだ、おそいかしら?」

彼女はバーテンの方を向いてきいた。

「さあ」

若いバーテンは、グラスをふきながら答える。

「そう」

腕時計をめくってみて、

「じゃ、わたし、あとで来てみます」

「そうですか」

「お帰りになったらマダムにそう言ってくださいね」

「かしこまりました」

若い女は、田代利介の方に向きなおって、

「では、わたし、失礼します」

と、軽くおじぎをした。

「あ、そうですか」

田代は、あわててコップを置いた。

「じゃ、さよなら」

すらりとして、かたちのいい姿が、さっさと戸口の方へ歩き、ドアの外へ消えた。

すぐにもあとを追いたかったが、みんなの手前、そうもゆかない。

「いまの女のひと、なんという名前のひと?」

と、きいたが、

「初めての方なんです。名前は言いませんでした」

とバーテンは言った。

どうも、おかしい。普通の話をしていると、あの若い女は快活なのだが、自分のことに触れられそうになると、にわかに言葉があいまいになるのである。

(何かあるな)

と直感した。

勘定を払うと、女たちが引きとめにやってきたが、それをふりきって外へ出た。

もちろん時間が経《た》っているので、あの若い女の姿は見えなかった。賑《にぎ》やかな、そして無関係な人通りがあるだけであった。

2

そのことがあって三日経った。

その三日間、田代利介は、仕事に没頭した。九州のキャンプめぐりを撮《うつ》したフィルムを、焼きつけるだけでも忙しかった。

これは、雑誌の五ページつづきの口絵グラビアにするので、一度棒焼きにしてみて、気に入りそうなのを選ぶ。引伸しをしただけでも、四十枚はたっぷりあった。その中から、構図のいいのを二十枚ばかりトリミングして、雑誌の編集者に見せたのである。

その雑誌社との話しあいや、まだ注文を受けてすんでいない仕事が、留守中にたまっており、それを少しでも片づけることやらで、田代は助手の木崎と吉村とを相手に奮闘した。

四日目の朝、田代は、アパートで遅く目をさました。仕事場から帰ったのが、今朝の二時ごろで、さすがに疲れていた。

独身だから、アパートの近所のおばさんに、通いで朝と夕方の世話を頼んでいる。目がさめたとき、時計を見ると十一時近くだった。窓にはまだ重いカーテンが垂れていて室内が暗いのは、おばさんの心づかいであった。

「おばさん、窓をあけてください」

寝床の中で、田代は言った。

台所で音をさせていたおばさんが、

「お早うございます。よくおやすみでしたね」

と、カーテンを引く。

明るい光線が流れ、開いた窓から、新鮮な冷たい空気が流れこむ。田代は、寝床の中にいて、この空気を吸うのが好きだ。

「ミルク、頼みます」

「はい、はい」

おばさんは、台所で、ミルクをあたためている。枕《まくら》もとには、朝刊がたたんで置いてあったが、煙草《たばこ》好きの田代は、まず、パイプに一服詰めなければならない。

「今朝は、トーストにいたしますか、ホットケーキにしますか？」

おばさんがきく。

「そうだな。トーストにしよう」

青い煙が、外から流れてはいる空気に揺られている。これが、また格別な気分だった。

一仕事片づけたあとの、翌朝の気分は爽快《そうかい》である。田代はパイプをくわえながら、昨日の仕事のダメを考えていた。

新鮮な頭脳《あたま》のせいか、思わぬアイデアが浮んだり、工夫を考えたりするのが、この朝の寝床のひとときなのである。

「ミルク、どこに置きましょうか」

おばさんが、茶碗《ちゃわん》を運んできた。

「そこに置いてください」

田代はパイプを捨てて、ミルクを飲みながら新聞を抜いた。

社会面をあけたとき、彼は思わず目をむいた。

田代が目をむいたのはほかでもない。

社会面の下の方だが、二段抜きで次のような記事が出ているのだ。

「バーのマダム失踪《しっそう》。銀座裏のバーのマダムが、三日前から行方《ゆくえ》不明になって話題をまいている。銀座のバー・エルム経営者川島英子《ひでこ》さん(29)は二十三日午後八時頃《ごろ》『用事があるから遅くなる』と店に電話をしたまま、その晩は店に出なかった。知人の家に泊っているものと思われていたが、翌晩も次の日も帰らないので、店では所轄署《しょかつしょ》に捜索願いを出した。所轄署で目下捜索中」

記事は簡単だったが、新聞社は重視しているのか、おもしろがっているのか、二段で扱っている。

田代は何回も読み返した。

それから新聞を置いた。さすがにショックだった。

あのマダムが失踪した——。

本当だろうか。いや、これは新聞に出ているから、間違いはないのだが、ちょっと信じられなかった。

が、しだいに落ちついて考えてみると、それがまんざらありうべからざることでもないような気がする。

というのは、マダムの最近のようすがちょっと、おかしいことだった。いつもは、店にいてサービスに奮闘している。めったなことでは、客に連れられてお付合いに外をまわることもないのである。

それが、最近はひどく落ちつかないということだった。

現に、田代が見ていることでも、妙な男とキャバレーに行ったりしている、妙な男といえば、あの、小太りの男も、何かいわくありげである。店の女給にきいても、あまり見かけない顔だと言っていたではないか。そういえば、飛行機で乗りあわせた、あの若い女は、どういう筋合いか。何の用事でマダムを訪ねてきたのであろう。

マダムが失踪したのは、あの晩からである。

それにしても、マダムの失踪は誘拐《ゆうかい》か、それとも事情があって、みずから姿を消したのか。田代にはバー・エルムに出没するおかしげな男が、ことごとく怪しく見えて仕方がなかった。

その中でもあの若い女だけは、怪しく思えないから妙だった。どこにいるのか、名前も知らなければ、素姓《すじょう》も知らない。それでいて、ちっとも疑えないのである。

理由はわからない。しいていえば、彼女が美しいゆえであろう――美しい女はとくなのだ。

久野から電話がかかってきた。

「リイやんか？」

久野の声はもう興奮していた。

「今朝の新聞、見たか？」

「うん、見たよ」

田代は答えた。

「いやに落ちつくなよ。エルムのマダムの失踪だよ」

「わかってるよ」

と、田代は言った。

「驚いたなあ」

久野は電話口で驚愕《きょうがく》していた。

「おれは戦争が始まっても、こんなに驚きはしないぜ」

大げさな言い方は、久野のくせだから、

「まあ、そうあわてることはないさ」

と、田代は言った。

「いまに、ひょっこりどこからか、店に戻《もど》ってくるかもしれないよ」

「あれ、おまえ、ほんとうに、そんな心当りがあるのか？」

「ばかだな。おれが知るわけないよ。ただ、マダムが誰《だれ》かと雲がくれしているのを、大げさに、騒ぎたててるんじゃないか、と思うんだ」

「あのマダムに、そんな男はいないよ」

久野は保証した。

「もしかすると、マダムは殺されたのかもしれないよ」

「そんな、ばかな」

田代は言ったが、久野に言われると、そんな気もしないことはなかった。

「いや、おれは、そう思うな。だって、失踪した晩ってのが、考えてみたら、あのナイトクラブのクイーンに行ったときだよ」

「………」

「もしもし、聞えるか？」

「うん、聞える」

田代も、なるほど、そういえば、マダムの英子と連れだった恰幅《かっぷく》のいい男を目の先に浮べていた。両人《ふたり》は、田代と久野の見ている前で帰って行った。マダムの失踪がそれから始まったとすれば、たしかに疑わしいようでもある。

しかし、果して、あのときの男が、それに関連があるのかどうか、すぐには即断できなかった。

「おい、リイやん、今夜、エルムに行ってみないか?」

久野はたかぶった声で誘った。

「いや、おれは、今夜仕事がある。せっかくだがだめだよ」

「飲むだけの用件ではない。マダムの失踪の原因を探るのだ」

田代もそれには心が動いていたが、久野のように騒ぎたてる男といっしょに行っては、ちょっとかなわない気がした。

「いや、おれは忙しい。明日の朝までに仕上げなくちゃならんものがいっぱいあるんだ。君、今夜はひとりで行けよ」

「つれない奴《やつ》だなあ」

久野は残念そうに言った。

3

田代利介は、その晩九時ごろ、仕事があがった。

久しぶりに忙しい夜業をしたので、快い疲労に身を任せることができた。

助手の二人には、何かうまいものを食べてくれといって、金を置いて、仕事場で着替えをした。

　さて、これからアパートに帰ろうか、それともどこかへ遊びに行こうかと、またすわりこんで考えたが、今朝から、バー・エルムのマダム失踪の記事が、やはり頭にこびりついて離れなかった。

　エルムに偵察《ていさつ》に行こうか、と思ったが、久野が必ず来ているに違いないし、久野にかきまわされたらかなわないので、今夜、エルムに行くのはやめることにした。

　それにしても、あのマダムの英子は、どうして行方不明になったのだろう。別に大金を貯《た》めこんでいるという噂《うわさ》も聞かないから、金が原因でもなさそうである。

　では、男関係か。

　これはわからない。マダムは品行方正な方で定評があり、浮いた話を聞かないが、水商売をしていると、人の気づかない裏がいろいろありそうである。

　マダムの英子は、田代に好意を持っているように思えるが、田代は、半分はそれは商売意識ではないかと考えている。むろん嫌《きら》いではあるまい。が、その額面どおりにうけとるのは危険だ。

　しかし、世の中の男というものは、得てして、うぬぼれが強いから、マダムの営業用の言葉を真《ま》にうけて、熱心になり、それが期待どおりでないと、逆に恨むのではないか。

　そういうケースだってずいぶんあるのだ。

するとマダムの行方不明も、その辺に原因はありはせぬか。

田代の頭には、飛行機で乗りあわせた小太りの男、ナイトクラブでマダムといっしょだった口髭《くちひげ》の紳士の姿などがかすめすぎる。

けれど、かれらは、エルムには馴染《なじみ》の客ではない。もし、マダムに惚《ほ》れた客なら、エルムには当然足しげく通ってきたはずだった。しかし、エルムの女給は、あまり知らない顔だと言った。女給たちが嘘《うそ》をついたとは思われないのである。

どうもわからない。失踪というけれど、もう少しようすをみるほかはない。久野のように騒ぎたてて、あとでばかをみないとはかぎらないのである。

田代利介が考えこんでいるとき、電話が鳴った。

木崎が出たが、

「先生、文声社の伊藤さんからお電話です」

と取り次いだ。

文声社は、雑誌「文声」という総合雑誌を出している出版社で、伊藤は、そのグラビア係の編集者だった。

「やあ、リイやん」

伊藤の声が送受器から聞えた。

「なんだい。今ごろ？」

田代利介は時計を見た。九時半になっている。

「ちょいとリイやんに会いたくなったんだ。例の湖畔めぐりの期日も迫ったしな。その打合せもあるから、今晩、これからつきあわないかい？」

伊藤の声の背後には、音楽が聞えていた。

「どこにいる？」

「新宿の喫茶店だ。実は、少し打ち合せたいことがあるんだが、出てこられないか」

「そうだな」

田代は考えた。ちょうど、自分も仕事があがったところだし、どこかをぶらりとしたい気持だったので、出かけていってもいいと思った。

「よし、行こう」

「そうか。それはありがたい。待っているよ。喫茶店の名はバンドンというのだ。武蔵《むさし》野《の》館《かん》の近くだ」

「わかった。車で二十分はかかるだろう」

「ああ、それじゃあ待っているから」

と、伊藤は電話を切った。

助手の木崎が、帰り道だというのでいっしょに連れ立った。

「先生、湖畔めぐりはいつからですか？」

「四、五日先だろう」

「いいですな、今ごろの季節では」

木崎は、羨《うらや》ましがっていた。

空車が来たので、田代は乗った。

「じゃ」

「行ってらっしゃい」

木崎はおじぎをした。彼は田代を尊敬している忠実な助手だ。

車は予定どおり、二十分で新宿に着いた。

喫茶店のバンドンはすぐにわかった。

店にはいると、伊藤が、半分立ちあがって、ここだ、というように手をあげた。

文声社の伊藤は、田代とほぼ同じ年輩で、長年の交際だ。

今度の湖畔めぐりという企画は、伊藤の案なのである。

「やあ、お待ちどおさま」

田代利介は、伊藤の前にすわった。伊藤のコーヒー茶碗《ぢゃわん》は空になっている。

「呼び出してすまん」

伊藤も言って、

「例の湖畔めぐりの話だが……」

と、すぐ切り出した。

「最初の予定では、ぼくもいっしょに同行するはずだったがね。実は、社で文士の講演旅行があり、ぼくがその方の世話で大阪まで行くことになったので、君の方にはついて行けないのだ」

「ああ、そんなことか」

田代は、コーヒーを注文しておいて答えた。

「それならかまわんよ。ぼくひとりで行くから」

「そうか、悪いな」

「いや、君こそ気の毒だな。せっかく、たのしみにしていたんだろう?」

「実はそうなんだ」

と、伊藤は言った。

「気ままな文士連中にくっついてまわるより、君と歩いた方がよっぽどいいんだがね。これも宮仕えで仕方がない。ところで、湖畔めぐりのプランは、だいたい、目鼻がついたかね?」

「そうだな。最初に信州からまわろう」

と、田代利介は答えた。

「なるほど、信州か」

「白樺湖《しらかばこ》、諏訪湖《すわこ》、木崎湖、青木湖、野尻湖《のじりこ》」

「うん、あるね」

「それから飛んで東北にまわってみたい」

それはたのしい話だった。田代利介も話しながら、目には、白い雲と蒼《あお》い湖面とが見えるようであった。

「よかろう」

と、伊藤は賛成した。

「旅費の前借は編集長に話しておくよ」

「頼む」

「あまり先に延ばさないでくれ。グラビアは印刷の都合でひまがかかるからな」

「わかっている」

田代は運ばれたコーヒーを飲んだ。

「ところで、これからどうする？」

田代がきくと、伊藤は、勢いづいたように、

「これから渋谷に行こう」

と言いだした。

「渋谷へ？」

「うん。近ごろ発見したんだが、ちょっとおもしろい店があるんだ」

「へええ。またいい娘《こ》でも発見したのかい」

田代はどうせ、浮気性の伊藤が、かわいい女の子でも見つけたのだろうと思い、彼を冷やかした。

「まあ行けばわかるよ」

伊藤は、うれしそうな顔をして立ちあがると、先に伝票をつかんだ。

その夜は伊藤につきあって、かなり遅くなった田代は翌朝、といっても昼近く、目ざめるとにわかに思い立って外出の支度にかかった。

表へ出て、タクシーをとめ、大急ぎで、世田谷に走らせた。場所は、例の石鹼《せっけん》工場を建てている空地だ。

飛行機の中で乗りあわせた、例のおかしげな小太りの男のことが、どうも気にかかってならない。エルムであの男とマダムが話しあっていたようすが思い浮ぶのである。田代はあの小太りの男にどうしても一度会いたいと思った。それには、とにかくあの工事場に行ってみることだと思いついたのである。

道はおぼえている。

タクシーを坂道のところでとめた。空地はここから狭い道を歩かねばならぬ。田代は車を降りて歩いた。高台の上には、雑木林の一群れが見える。

空地に着いた。

田代は、あっと思って目をみはった。

空地には、草があるだけで、工事場も何もないのである。板囲いはいつのまにか消失している。

田代は、自分の目を疑った。

この前見た工事場の板囲いが、きれいさっぱりと、あとかたもなく消失し、空地は、以前のまま、草が生えている。

あれは石鹸工場ということだった。その建物は、建築中で、この前、板囲いの隙間《すきま》からのぞいたところ、基礎工事をやっていた。

あれから何日か経《た》っているから、工事は相当に進捗《しんちょく》しているのであろう、と思って来てみると、今や、一物もないのである。

いったい、どうしたのだ。

にわかに建築をとりやめたのか。

その理由は何か。田代は、工事現場に例の小太りの男がいただけに、この変化を普通の意味には考えられなかった。

草の上を歩いて、工事場の跡らしい場所に行ってみた。

コンクリートの基礎のあとがある。それから、何をこわしたのかコンクリートの欠片《かけら》が散っていた。

それを一つ、拾い上げてみると、その欠片の内側には、油脂《ゆし》らしいものがついていた。油脂は石鹼製造材料の一つである。油脂と苛性《かせい》ソーダを鹼化《けんか》して、それにグリセリンを調合して、石鹼はできあがる。

すると、ここでは石鹼の製造をもう始めていたのか。それはたぶん、洗濯《せんたく》石鹼であろうが、このコンクリートの欠片は、察するところ、それらの材料を煮上げて固める冷却《れいきゃく》槽《そう》らしいのである。

欠片の数が、あまり多くないところをみると、持ち去って捨てたとしても、それほど大きな冷却槽ではない。せいぜい長さ二メートル幅一メートルぐらいなものか。田代はそのくらいの見当をつけた。

それでは、試作品をつくったという程度である。そのほかの設備は、むろん、持ち去って、ここにはないが、コンクリートの欠片の内側についた脂肪らしいもので、田代は、これだけの推測をした。

すると、連中は、建物工事が完成しないうちに、早くも試作をしてみたのであろう。その結果の成績がどうであったかはわからないが、あるいは失敗したのではなかろうか。

しかし、たとえ、一、二度試作が失敗したからといって建物工事を急に中止するというのは合点《がてん》がゆかない。

田代は、しばらく腕を組んで考えていたが、ふと、この事情は久野が知っているのではないかと思った。久野はこの近所だ。

田代は、広場をはなれた。

だらだら坂をくだって、五分も歩くと、久野の家である。

「今日は」

田代は、玄関をあけた。

田代が玄関に立つと、奥から久野の細君が出てきた。

「あら、田代さん」

細君は、目を大きくして、

「いらっしゃい。先だっては、おかまいもしませんで」

と微笑した。

「ところで久野はいますか?」

田代はきいた。

「あいにくと出かけて、いま、いないんですよ」

細君はあやまるように言った。

「そうですか」

「今日は遅くなると言って出ました。すみませんね、お約束なさっていたんですか?」

「いや、そういうわけじゃないですが」

田代は細君の顔を見て、

「いま、そこの空地へ来てみたんですがね。ほら、久野が家を建てないかとすすめた土地ですよ」

と言うと、

「ああ、あすこですか？」

と細君はうなずいた。

「いま行ってみると、前に石鹸工場か何か建築中で、板囲いがしてあったんですが、今日見ると何もかもなくなっていますね。どうしたんですか？」

「それなんですよ」

細君は玄関にすわって、一膝《ひとひざ》のり出した。

「あの建築はね、地主が来て、怒って撤去させたんだそうですよ」

「へえ、地主が怒った？どういうわけで、怒ったんです？」

「あれは、地主に無断で建てていたそうですよ」

細君は説明を加えた。

「地主というのは、藤沢にいて、こっちにはあまり来ないでしょ。だから、あすこに他人が断わりなく家を建てているのを知らなかったんですよ。私たちはその事情を知らないもんですから、てっきり、あの土地を売ったものと思いこんでいましたわ。だって、まさか地主に無断で家を建てる人があるとは思いませんでしたもの」

「ずいぶん横着な人間がいるものですね」

「そうなんですよ。私も、あとで聞いてびっくりしましたわ」

「地主の抗議にあって、建築中のものを取りこわしたわけですね？」

「そうです。もう、板囲いもないでしょう。地主さんの話では、こっちから誰《だれ》か投書したらしいですわね。それで、かんかんになってやって来て、取りこわしを命じたらしいのですよ」

建築が中止になったのは、石鹼製造の試験が失敗したからではなかった。他人の土地に了解なく家を建てたからだった。

地主が怒るのは無理もないと思った。

「ひどいもんですねえ、他人の土地に無断で家を建てて」

と、久野の細君は、ひとごとならず憤慨していた。

「それは、悪い土地の周旋屋でもいて、建て主の方が引っかかったのですか？」

田代利介は煙草《たばこ》を喫《す》いながらきいた。

「いえ、そうではないらしいですよ」

細君は、お茶をすすめながら言った。

「全然、なんの連絡もなしに建てたのだそうです」

「ほう。それは、ちょっと無茶だな」

「無茶ですよ。近ごろの商売人は、油断も隙《すき》もありませんからね。無断で建てておいて、地主が立退《たちの》きを迫ったら、今度は、立退料をせしめようという人があるそうです」

「ふうむ。すると、今度も、その口かな」

「わかりませんね。もしそうだとすると、地主さんは、危なくひっかかるところでしたね」

その地主は、いったい、誰に抗議したのだろう、と田代は思った。

それをきくと、

「さあ、投書があったというから、地主さんがこっちに来て、建築場の誰かに言ったんじゃないでしょうかね?」

と、久野の細君も、そこまでは知らぬらしい。

「投書は誰がしたのでしょうな?」

「近所の人で、あの土地の事情を知っている人でしょうか。見るに見かねて投書をしたんでしょうね」

と、細君は言う。

その考え方は、いちおうは常識だが、田代利介には、どこかピンと来ないところがあった。そのピンとこない、というのが、どういう理由か、はっきりしないが……。

「地主は、あの土地を手放すつもりはないそうですよ。田代さんも、せっかく、あの土地が乗り気でしたのに、残念でしたわね」

細君は慰め顔に言った。

「いや、そのうちいいところを捜しておいてください」

「心がけておきます。あなたも、いつまでもアパートでひとり暮しでなく、そろそろ家を建てて、良い奥さまをおもらいなさいよ」

細君は、その仲介まで買って出かねなかった。

「どうもお邪魔しました」

田代は立ちあがった。

「あら、もう、お帰りですか？」

「ええ、これから、まだ仕事が残っているんです。久野君によろしく」

「そうですか」

細君は家の外まで見送った。

「主人が帰ったら、残念がるかもわかりませんわ。今夜あたりお電話するかもしれませんよ」

「どうぞ」

田代は道を戻《もど》った。

4

翌朝は、けたたましい電話のベルに夢をやぶられた。時計を見るとまだ八時である。こんな時間に誰だろう、と思いながら、田代は起きあがって送受器をとった。

「おい、リイやんか?」

久野の声であった。

「おう、久野か、どうした?」

と、田代利介は言った。

「しばらく声を聞かなかったな。元気か?」

「元気だ」

久野は電話の向うで言った。

「ちょっとここんとこ忙しくてね。外に出てばかりいる」

「それは、ご苦労さん」

「女房から聞いたが、きのう、うちに来てくれたんだって?」

「ああ、例の土地のことでね」

「聞いたよ」

久野は言った。

「おれも、あの土地に工場が建つのは、どうもおかしいとは思ってたんだ。前に聞いた時は、地主が分譲しないということだったからね。案の定、無断建築だったよ」

「そうだってね」

「それを、君にすすめて、申しわけなかったよ。君の気がかわって、ほっとしたところだ」

「予感だね。ところで、ぼくも君に電話をしようと思ってたところだ」

「ほう、何か用かい?」

「例のエルムのマダムの行方《ゆくえ》不明さ」

田代利介は言った。

「君は、だいぶ、熱を入れてたようだが、何か耳よりの話は聞かなかったか?」

「それだ」

久野の声は勢いづいた。

「おれも気にかかっていながら、あいにくと、仕事が混むものだから、つい、その方がお留守になっている。だけど、君、あれは誘拐《ゆうかい》事件だよ」

田代は、久野がはっきりと、誘拐事件と言ったものだから、はっとした。自分もそう思っているのだが、まだ確実なデータがない。久野は何かをつかんでいるのか。

「それは、たしかな証拠があるのかい?」

田代はきいた。

「ぼくの直感さ」

「証拠はないのか?」

「証拠は、ぼくの直感だよ」

久野の相変らずの言い方なので、田代はがっかりした。

「しかも、その直感も、状況判断の上に立たないと、成立しないわけだが」

「その状況判断とは?」

「ちょっと電話では話しにくい。君に会ってから、話してやろう」

「そんなら、今夜会うか? ぼくにも、ちょっとしたニュースがあるんだ。君が驚くような……」

「おい、どんなニュースだ?」

「それは今夜のおたのしみとして、八時に、いっそエルムではどうだね?」

「よかろう」

約束して電話を切ると、それを待っていたように別の電話が鳴った。

第四章　湖畔めぐり

1

「もしもし、田代さんですか。文声社ですが」

と、その電話の声は言った。きれいな女の声であった。文声社は伊藤のつとめている出版社である。

「ぼく、田代です」

ちょっとお待ちください、と言って女の声にかわったのは次長の中原だった。

「やあ、田代さん、しばらく」

「しばらくです」

「さっそくですがね、この間、伊藤からお願いしてある湖畔めぐりの撮影ですがね、企画の都合で、早くなったので、明日から出発していただきたいのですが」

「明日から？」

田代はびっくりした。

「それは、急ですな」

「申しわけありません」

中原次長はあやまった。

「なにしろ、グラビアにまわすのが一週間後になっているんでね。実は、予定していた写真がおもしろくないので、急にあなたの分にかえたわけですよ。なんとか助けてください」

田代は事情を聞いて、いやとも言えなかった。

「仕方がありませんな」

「ところで、もう一つお詫《わ》びしなければならないのは、伊藤が大阪に行って、まだ、こっちに帰れないのです。すみませんが、誰か代りの者をつけましょうか？」

伊藤が大阪へ行っていることは田代も、すでに承知していた。

「いや、それだったら、ひとりでいいですよ。ぼくが勝手に歩きまわります」

気心の知れないものをつけてもらうより、ひとりで歩いた方がよっぽど仕事がしやすいのである。

「そうですか、すみませんね」

「では、切符と旅費だけを、夕方までに、届けてください」

「わかりました。ではよろしく」

田代は、急いで撮影予定地の下調べをしたり、汽車の連絡を調べたりして、昼過ぎまではそのことにかかった。

午後から、仕事場に出て、助手の木崎に、撮影に持ってゆくカメラ二台、広角や望遠レンズなどを用意させた。

次に、五、六日ぐらいは留守になるので、留守中の仕事の手配など、木崎や吉村に命じたり、自分でも、にわかにやりかけの仕事をすませたりして、夕方の七時すぎまでは忙しい思いをした。

久野とは、八時の約束なので、田代は銀座にタクシーをとばした。

ところが、バー・エルムの前に来ると壁に衝突したように、あっと思った。エルムは店を閉鎖しているのだ。

バー・エルムはドアが閉り、窓は真っ暗になっている。外のうすい灯《ひ》でみると、白い紙が貼《は》ってあった。

「今回、店内改装のため、勝手ながら当分の間、休店させていただきます。開店の際は、よろしくお願い申し上げます。　バー・エルム主人
お客様」

店内改装のためというのは、口実であろうと田代は思った。この間、店に来たときは、

だいぶ景気が悪かったが、ついに休業したらしい。ここに働いていた店の女は、いずれどこかの店に散って行ったに違いない。

田代が、ぼんやりしていると、路地に靴音《くつおと》がして、久野の影が近づいてきた。

「やあ」

久野は、田代を認めて声をかけた。

「早かったな」

「早かったはいいが」

田代は答えた。

「みろよ、エルムは閉店しているぜ」

久野は、田代のさした方を見て、あっと驚いた顔をした。

「ほんとうだ」

と、目をみはって、貼り紙の文句をよんでいる。

「本当に改装するのかしら？」

と、首を傾《かし》げた。

「さあ、ぼくは閉店の口実だと思うがな」

田代が言うと、

「ぼくもそう思うが、あるいは、店の買い手がついて、権利を譲り渡したかもしれないな」

「だってマダムがいないのに、そんなことはできんはずだがね」

「いや、こんな水商売の内情というのは、ふしぎだからね。何がひそんでいるか、外部にはわからない」

久野は真っ暗な窓を見上げて呟《つぶや》いた。

何がひそんでいるかわからない——久野の呟きは、田代利介に一つの暗示のようなものを与えた。

「久野君、君、マダムの失踪《しっそう》のことに、だいぶ熱心だったが、事情はどの程度に知り得たかね？」

「いや、それが電話で言ったとおり、手放せない仕事のひっかかりがあって、まだ調べていないのだ」

「ぜひ、調べてくれ」

田代利介は熱心に言った。

「ぼくもあの事件には急に興味をもってきたんだ。実はぼくが調べたいくらいなのだが、あいにくと明日から、文声社の仕事で、田舎まわりをしなくちゃならん。五、六日はかかるだろう。どうだね。その間に、君の手で調べてくれないか？」

田代利介は、夜の遅い汽車で新宿を発《た》った。

ホームには木崎が見送ってきた。

「先生、気をつけて行ってらっしゃい」

「あとは頼むよ」

田代は窓からのぞいて言った。

「わかりました」

木崎は、にこにこしていた。

「あ、それからね、久野から何か言ってくるかもしれないが、予定どおり帰ると言ってくれ」

「承知しました」

汽車が動き出して、木崎は手を振った。

窓の外の賑《にぎ》やかな灯が去って立川をすぎたころから、田代は腕を組んで眠りにはいろうとした。仕事上、旅行が多い。この姿勢は慣れているはずだが、今夜はどういうものか、すぐには眠れなかった。

エルムの一件が気になるのである。マダムはいったいどうしたのだろうか。あの飛行機の中の女とマダムとはどんな関係があるのか。田代にはマダムの失踪のかげに犯罪の匂《にお》いがするように思えてならないのだ。

田代は、こうして、のんびりと旅に出るのが、ちょっと恨めしかった。しかし、前から引き受けていた仕事だし、断わることもできないのである。

あとは、久野に任せているから、何かわかるかもしれない。田代はそう決めて無理に眠りにはいろうとした。どういうものか目がさえて眠れない。仕方がないから、網棚《あみだな》から一度よんだ新聞をとって広げ、読み残したところをていねいに読んだ。

そのうちに、いつとはなし眠くなり、うとうととした。夢で、あの飛行機の中で乗りあわせた若い女の姿を見た。

松本に着く前に、目がさめた。外はまだ乳色の朝靄《あさもや》の中だった。その蒼白《あおじろ》い膜の中に、見覚えの平野が走っていた。

松本から信濃大町《しなのおおまち》行きの大糸線に乗りかえ、それからさらに大町で乗りかえた。電車のようなガソリン車だった。この車両に乗ると、さすがに、登山姿の若者が多かった。春だが、彼らはまだ完全に冬支度だった。重いリュックを通路にすえて、互いが山の話ばかりしていた。

その登山客も、途中で次々と降りて行く。外には霧が晴れて、朝の光が射《さ》していた。

その光が、近いアルプスの連山の上に当っていた。

一時間後、田代は肩にかけたカメラのバッグを揺すって小さな駅に降りた。

2

田代が降りたのは、海ノ口《うみくち》という小さな駅である。ここからは、北に爺岳《じいだけ》、布引岳《ぬのびきだけ》、それに北寄りには鹿島槍《かしまやり》の頂上がみえる。

駅前の広場の近所に、飲食店とも宿屋ともつかぬ貧弱な家が建っているが、その反対の駅の裏が木崎湖なのである。

朝はまだ早い。この駅に降りる登山客もなかった。

田代は、この小さな湖が南北に細長い形で、その北の端が駅のあるところと知っていた。だから、降りたついでに北の湖岸を歩いた。

湖の一方の岸は、大糸線の鉄道と往還になっており、一方は山々になっている。朝の澄明《ちょうめい》な空気の中に、西岸の山が湖水に影を落して風景としてはきれいだった。

田代は、そこで十三枚撮《と》った。

それからふたたび、街道に引き返し、大町方面にあと戻《もど》りした。今度は湖水の中央部と、南の端を撮りたいためだった。

途中に小さな村がある。

田代は朝めしを食べていないことに気づき、一軒きりないと思われる飲食店に寄った。


店にはいってゆくと、暗い奥から老婆《ろうば》が出てきた。

「今日は」

「何か、朝めしのようなものができますか?」

「御飯ないけんどな」

老婆は言った。

「そばなら、ありやす」

「そばで結構です」

店の腰かけにすわって待っていると、やがて老婆は湯気の立っているそばを運んできた。

「たいそう早いですな」

田代は言った。朝が早いから、湯も沸いていないだろうと想像していたのだ。

「へい。いえ、それが、あなた、さっき、そばを注文なさったお客さんがありましてな。ちょうど、いいあんばいに、今、まに合ったんですよ」

「そうですか。それはありがたい」

やはり旅人が先に寄って、ここで朝の腹ごしらえをしたとみえる。田代がそばをすすっているのを老婆は見て、

「お客さんは東京の人ですか？」

　ときいた。

「そうなんですよ」

「へえ。いまここでそばを食べたお客さんも、東京の人のようでしたな。今朝はつづけて東京の人が二人もみえましたな」

「そうすると、ここは東京から来る者が多いのですか？」

「いいえ、若い者が夏に山登りにくるほかは、めったにありませんよ。湖はきれいでも、見物できるようにできていませんでな」

　つまり、観光施設ができていないのであった。

　田代は湖畔の中央部に出た。正面が山で、湖面は山かげが濃い色になっている。決して悪くない湖だ。

　しかし、そば屋の老婆も言ったとおり、観光施設がないから、周囲は樹林と雑草ばかりである。写真としてはこの方がおもしろいが、土地はもっと宣伝する必要があると思った。

　田代は、そこで十四、五枚撮った。

　森閑《しんかん》としたものだ。ときどき、列車が汽笛を鳴らして通る以外に、うるさい音はない。東京からみると、まるで別天地の感じである。

汽車の中で、あれほど気にかかったバー・エルムの事件など、どうでもいいような気がする。

土地の農夫が通りかかって田代が写真を撮るのをしきりと眺《なが》めていた。

「おじさん、この辺にも、東京の連中がよく撮影に来るかね?」

田代は、カメラを目から離してきいた。

「いいんや、あんまり来ねえだ」

農夫は、にやにや笑っている。

「そうかねえ、いいところだと思うがな」

「わしらも、いいところと思いますだ」

農夫は湖面を見渡すようにして言った。

「ずっと、ここに住みついていますがな、朝と夕方の景色なんざ、日本のどこにもねえと思うくらいでさ」

農夫は、自慢していた。

このとき、こちらの岸のどこかで、水音がした。ちょうど物をほうりこんだような音である。静かな湖面に波紋がひろがってゆく。

「あれ、なんだろうな?」

農夫は首を傾《かし》げた。

その方角を見るけれど、誰《だれ》が何を捨てたのか、はっきりわからなかった。波紋はまだ消えないで動いている。

田代にも、何がほうりこまれたか見当がつかなかった。

「ときどき、ああして、物を投げこむ人がいるのかね？」

「いいや、めったにねえだ」

農夫は言った。

「この湖の底には、白竜《はくりゅう》さまがいるだでな。そんな罰当《ばちあた》りなことをするのは土地者にはねえはずだ。変だな」

農夫は首を傾げながら去った。

田代利介は、今度は場所をかえて、南の方へ歩いた。

つまり、湖畔の南端からの撮影だが、これに約一時間ばかり費やした。これでだいたい、木崎湖は終った。次は青木湖であるが、これは、もう一つ北の簗場《やなば》という駅で降りる。しかし、汽車に乗るほどのこともないので街道を走るバスを利用することにした。

田代は、道に立ってバスを待った。

田舎の路傍に建っているバス停留所の標識の横に、田代が佇《たたず》んでいると、白い埃《ほこり》をあげながらバスがよちよちやってきた。

降りる客はなく、乗る客は田代だけだった。

「どちらまでいらっしゃいますか？」

女車掌がきいた。

「簗場まで」

「はい」

車掌は料金を言い、切符を切った。

バスはあんがいに客が多く、田代は後部にやっと席を見つけた。

車窓からは左側は、近い山岳と湖面がちらちらと見え隠れする。右側は平野となり、遠い連山が見えた。

次の停留所では、子供連れの三人の乗客が乗った。これはすわる場所がないから立っている。

「次は、海ノ口駅前でございます」

女車掌は、こちらを向いて言った。田代が、汽車で降りたところである。

バスがとまると、さすがに駅前だから、降りる人も多いが、乗る人も多い。

田代は、ぞろぞろと乗ってくる客を何気なく見ていたが、そのうち、ある人物を発見して、はっとなった。

いろいろな乗客にまじって、ひょっこり乗りこんできたのは、なんと、あの小太りの男ではないか。

田代は、瞬間に、わが目を疑った。先方では気づかないらしい。これはつり皮にぶらさがって、ぼんやりと車窓の方をむいている。低い鼻、厚い唇《くちびる》、それに濃い眉《まゆ》と細い目、まさしく間違いはなかった。

あっ、と声をのんだものだ。

まさか、彼にこんなところで会おうとは思わなかったのだ。九州から帰りの飛行機の中で初めて会い、次は、バー・エルムで見かけ、次は、世田谷の石鹼《せっけん》工場の工事場で目撃し、いままた、思いがけない信州路のバスの中で彼に会おうとは！

田代は、なるべく立っている乗客の後ろに身をかくすようにして小太りの男を注意していた。

この男は、飛行機やバー・エルムで会ったときとは見違えるほどよれよれの背広を着て、ちょっとみると、田舎の農夫が街に出かけるという恰好《かっこう》だ。向うでは、田代に気がつかないから、相変らず外を眺《なが》めている。その横顔を見れば見るほど、あの男にまぎれもなかった。

いったい、あいつは、なんの目的で、こんなところに来ているのだろう？　田代は首を傾げた。

どうも、得体の知れない人物である。彼は、ただ単に石鹼製造業者なのであろうか。

「次は簗場駅前でございます。お降りのお方は、お忘れ物のないように、ご用意願います」

あの小太りの男は降りる用意をしている。

バスが簗場駅前にとまると、乗客はかなり降りた。立っている客が先に降りるから、例の小太りの男もそれといっしょに降りた。

とうとう先方では田代利介に気がつかなかった。

田代はあとから、ゆっくり降りる。駅はすぐ前にあるが、例の男の後ろ姿が、駅の方に歩いてゆくのが見えた。

（はてな、どうして、あの男がこんなところに来ているのだろう？）

田代は、立ちどまり、首を傾げて見送った。人間、どんなところに、どんな用事があるかわからないから、ふしぎではないというものの、ここで鉢合《はちあわ》せしようとは思いもよらなかった。

とにかく、彼とここで会ったのは幸いだ。あの男がバー・エルムの事件に関係をもっているのは確かなのだから、彼の行動を知る絶好のチャンスである。

田代が見ていると、小太りの男は、運送店の中にはいって行った。彼に、見られてはまずいので、田代は物かげにかくれるようにして、ようすをうかがった。

小太りの男は、運送店の主人と何か話している。やがて主人が荷物の積んである土間に降りて、しきりと捜していたが、やがて四十センチ真四角の菰包《こもづつ》みを持ってきて彼に渡していた。

その持ち方を見ると、かなり重そうであった。

小太りの男は、その菰包みを肩にかついで出てきた。きょろきょろとあたりを見まわしている。

田代は物陰に身をかくして、視線だけを離さずにいた。

運送店から荷物をかついでくる。察するところ、どこかから送ってきた荷を、運送店止めにし、それを受け取りにきたらしいのである。

わざわざ、こんな田舎に荷物を送りつけ、それを受けとりにくるのもふしぎだった。それに荷物の内容がさっぱりわからない。重そうにしていることは、彼が肩にかついでいる状態でもわかるのである。

（なんだろう）

田代は、それが知りたかった。

田代に見られているとも気づかず、小太りの男は、駅の入口へ歩いた。

（おや、汽車に乗って、どこかへ行くのかな？）

と思っているうちに、駅前にたった一台とまっているタクシーに彼は乗ったのである。

（あれ？）

見ている前で、彼は荷物をタクシーの中に入れると、自分もさっさと乗りこんだ。タクシーは走り出して、田代の前を通過した。田代はとっさにほかのタクシーを目で捜したが、むろん、こんな田舎にそれがあろうはずはなかった。

田代は、小太りの男のタクシーを無為に見送ったが、追跡することもできないので、このうえは運送店にはいって、彼が何を荷受けしたのか、たずねることにした。

「今日は」

と、店にはいると、さっきの店主が奥から出てきた。

「おいでなさい」

と、カメラのバッグを肩からかけている田代の顔を、じろじろ見ていた。

「ぼくは、東京の雑誌社の者ですが」

田代は嘘《うそ》を言った。こんなふうに言わないと、他人の荷物のことを調べにくいのである。

「いま、お客さんがはいって、荷物を受けとったでしょう」

「へえ」

店主は、きょとんとして田代の顔をみつめている。

「あの荷物の発送人と受取人の名前、それに内容品目、重量などを教えてくれませんか？」

田代は、わざと横柄《おうへい》な態度で切り出した。これはあんがい効果があって、

「なにかそれが雑誌に出るのですか？」

と、店主は興味を見せた。カメラを持っているので、実際に雑誌社の者と信じこんでいるらしい。

「そうなんです。ある荷物のことを突きとめる必要がありましてね。それが中央線に発送されている形跡があるので、こうして追いかけてきているのですよ」

「へえ、それは、いったい、なんですか？ まさか行李《こうり》詰めの死体ではないでしょうね？」

「そんなものじゃないです」

田代は苦笑した。

「内容は言えませんが、四十センチ四方の箱にはいるものですよ」

田代は、小太りの男が受けとった荷物の容積を言った。

「あ、そうですか。いま、受けとりに来た人の荷がそのくらいだったが」

店主は口をあけていた。

「それは好都合です。ぜひ、その送り状の控えを見せてください」

ひどく興味を持っている店主は、なんの疑いもなく、送り状控えの綴込《とじこ》みを持ってき

た。

「これです」

田代利介は、それを覗《のぞ》いた。

それは次のとおりの要領だった。

「品目、石鹼材料。重量、四十四・八キロ。タテ四十センチ、ヨコ四十センチ、深さ三十センチ。木箱、菰包み」

石鹼材料――田代利介には、ピンとくるものがある。メモをとりだして、詳細に書いてゆく。

「発送人、東京都新宿区角筈《つのはず》一二四、川合《かわい》五郎。受取人、同人。発送駅、新宿。届先、大糸線簗場駅前運送店止」

発送日は三日前になっていた。

――東京都新宿区角筈一二四、川合五郎。

田代は運送店を出てからも、この名前を口の中で呟《つぶや》いた。

(どうせ、でたらめな名前に違いない)

田代は思った。しかし、東京に帰ったらいちおうは確かめる必要はあるのだ。

それにしても、あの小太りの男、そうだ、「川合」という名にしておこう。あの川合の奴《やつ》、タクシーに乗ってどこに行ったのであろう。

田代は、駅前にしばらく佇《たたず》んだが、容易にタクシーが戻ってくるようすはなかった。明るい陽《ひ》が、広場の前の家や、遊んでいる子供や、汽車を待ってぶらぶらしている旅客の上にふりそそいでいるだけだった。

田代は腕時計を見た。三十分経《た》っている。ここで、あんまり時間をつぶすと、先に行くのが遅くなるので、田代はタクシーを待つのをあきらめた。

（荷物は石鹼材料だ）

田代は、青木湖の方に向って歩きながら考えた。

（世田谷の空地に、地主に無断で建築しようとしたのが、石鹼工場。だから、川合が発送し、荷受けした品物が石鹼材料というのは、符節が合うのだが）

道路の向うに、湖の蒼《あお》い色の一部が見えはじめた。

（が、あの建築中というのは、他人の目をごまかす手段で、板囲いの中で、何か作業をやっていたらしい。それがすんで、板囲いを解くと怪しまれるので、地主の抗議に持っていったのだ。それは最初からの計画であろう。建築工事を中止しても、怪しまれないようにしたためだ。これはうまい手段だ）

田代は湖畔に出た。青木湖は、木崎湖よりも、やや大きい。前面にはかなり高い山がある。その背後には、鹿島槍《かしまやり》や五竜岳《ごりゅうだけ》などの主峰が連なっているはずだった。今日は雲がかかって、そのあたりは見えなかった。

(板囲いの中で、なんの作業をやっていたのか。拾ったコンクリートの欠片《かけら》の内側には、凝結した油脂《ゆし》が厚く付いていた。まさしく石鹼を作っていたらしいが)

田代は、湖を眺め、写真の構図を選んでいた。

(そして、受けとった東京からの荷物は石鹼材料だが、なぜそんなものを、わざわざこんな田舎に送りつけたか。川合は、それをタクシーでどこに運んだか)

田代は写真の構図が決らずに、その辺の草の上を歩きまわった。

(あの川合という男、たしかにバー・エルムの事件に関係がありそうだ。しかし、その事件と、石鹼製造とはどのような関連があるのか?)

やっと構図が決って、五、六枚、シャッターを切ったとき、一つの変化が湖面に起った。

湖面の変化というのは、一つの物音から起った。

大きな石でも投げこんだような音だ。波紋が輪となって広がってゆく。山の影が揺れ、浮んでいるものが漂ってゆく。

田代利介は、はっとなった。

波紋の中心を捜したが、それはこっちの岸で、樹林に遮《さえぎ》られてわからない。ここからの距離もかなり遠い。

田代利介は走りだした。草を踏み、木の枝を折ってゆく。道がないのだ。だから、方向だけ決めて直線コースに走るが、川があったり藪《やぶ》があったり、崖《がけ》になっていたりして、直線に進むというわけにはゆかない。

どうしても遠まわりになる。

その間にも、森にかくされて湖面が見えなくなったりする。

ようやく、この辺だなと思って湖水のへりに出たときは、波紋はおさまって、ふたたび、静かな山影を動かさずに映していた。

水の輪のあとも残っていなかった。

だから、落ちた物がどのあたりの位置か、さっぱり見当がつかなかった。

田代利介は腕を組んだ。

「川合」の受けとった荷物と、湖水に「落ちた物」とを結びつけるのは、とっぴな考えだろうか。

木崎湖でも、彼は水音を聞き、波紋を見た。

これは偶然だろうか。

田代の目には、簗場の駅前運送店で「川合」が受けとっている菰包《こもづつ》みの木箱が浮んだ。さらに、それが湖底に沈んでいるのを想像した。

（待てよ）

と、彼は考える。

「川合」は、海ノ口の近くからバスに乗ったではないか。

するとと、海ノ口の駅前運送店から、何かを受けとっているのではなかろうか。その駅から二、三百メートルも離れないところに木崎湖があるのだ。

田代は、海ノ口の駅に後戻《あともど》りしようか、と思った。しかし、こんなことでうろうろすると、肝心の撮影がお留守になってくる。

スケジュールは、先々までつまっているのだ。時間的な余裕はなかった。

田代は迷った。

が、ついに海ノ口まで引き返すことを決定した。どうもこのままでは見のがす気になれなかった。田代は往還に出た。

折りよくバスが来るのが見えた。田代は手をあげた。

来たときと同じ道を、バスは埃《ほこり》をあげて走った。

田代は期待に胸がふくれた。

3

田代は海ノ口駅に降りた。

田舎の駅のことで、運送店は、一軒しかないので、ものを尋ねるには都合がいい。

「ごめんなさい」

はいってゆくと、中年のおかみさんが出てきた。土間には若い使用人が、荷物の片づけなどをしている。

「どういうご用事でしょうか？」

おかみさんは背が低くて、太っている。にこにこして愛想がいい。

「新宿から荷物を、こちらの運送店止めで送ったのですが、着いていますか？」

田代はきいた。

「お名前は？」

「川合五郎の名前で送っています。受取人も同じ名前です」

「ちょっと待ってください」

おかみさんは、帳簿をひらいていたが、

「そういう名前では来ていませんねえ」

と答え、

「品物は、なんですか？」

「石鹼《せっけん》材料です」

それも調べていたが、

「見当りませんよ」

と、帳簿から顔をあげて田代を見た。

田代は意外だった。てっきり、この海ノ口の運送店でも、簗場と同じものが送りつけられて来ていると思ったのだ。

「たしかに、お送りになったんですか?」

おかみさんはきく。

「確かなんです。三日前に新宿から送り出したんです」

傍で、荷物の整理をしていた雇い人が顔をあげて、

「新宿からの荷物は、この四、五日、一件も到着していませんよ」

と言った。

こう、はっきりすると、田代も諦《あきら》めなければならない。見込み違いなのだ。

「どうもお邪魔をしました」

田代は外に出た。

家《や》なみの間から、木崎湖が光ってみえる。この湖でも、物を落したような音を聞き、波紋を見た。青木湖でもそうだった。

これを「川合」の行動に結びつけたのは、あまりに考え方が偶然すぎたのであろうか。

田代が、がっかりして駅の構内の方へ歩いて行くと、後ろから彼を呼びとめる者がいた。

振り返ると、さっきの運送店のおかみさんだった。

「いま、おたずねになった荷物のことですが」

おかみさんは、追いついてきて言った。

「うちでは扱っていませんが、ひょっとすると、駅止めかもしれませんよ。わたしが、係りの人にきいてあげましょう」

地方だけに、親切なのである。

親切な運送店のおかみさんは、田代を、駅の小荷物係のところに連れて行った。

「小田さん」

おかみさんは駅員を窓口から呼んだ。

「ちょっと、到着荷物を調べてもらいたいんだよ」

「なんだね？」

若い係員が、寄ってきた。

「このかたがね」

と、田代の方を指さして、

「三日前に新宿から荷物を送ったけど、まだ到着してないんだよ。どうも、うちではなさそうだから、ひょっとしたら、あんたの方ではないかと思って、ききにきたんだけれど」

と、首を伸ばした。

「なんですか、品物は？」

係員は田代の方を見た。

「石鹸材料なんです、中身は」

「石鹸材料？　はてな」

係員は伝票の綴込《とじこ》みを出して繰った。

「お名前は？」

「発送人は川合五郎。荷受人も同人です」

「川合五郎さんですね？」

係員は、丹念に調べていたが、

「その人の名前では、ありませんなあ」

と、顔を上げて言った。

「ないですか？」

見込みがはずれたか、と田代は思った。

「発送駅は新宿ですね？」

駅員は、もう一度、伝票を覗《のぞ》きこんで、

「新宿からの荷物は、今日の到着で、一個あっただけですよ、最近では」

と呟く。

田代は、はっとなった。

もしや、と思って、

「それは木箱で、その上を菰包《こもづつ》みした荷じゃありませんか？」

「そうです、そうです」

と駅員は答え、

「しかし、それは石鹼材料ではありませんよ」

と言った。

「なんですか？」

「内容は、ロウソクになっています。発送人の名前も違っています。荒川又蔵となっていますよ」

品物はロウソク。発送人が荒川又蔵……田代は首を傾《かし》げた。発送駅と荷造りだけは合っている。

「それは、四十センチ四方ぐらいの大きさではありませんか？」

「いいえ。細長い箱でしたよ。そうですな、タテが八十センチ、ヨコが二十センチぐらいです。目方が、二十九・六キロでした」

田代が、ぼんやりしていると、

「しかし、その受取人は、今日、午前中に来ましたよ」

と、係員が言ったので、田代は、あっと思った。ホームに出て、汽車を待っている間も、彼は駅員の話を分析していた。

田代は上りの汽車に乗った。

次の予定地は野尻湖《のじりこ》である。ここへ行くには、いったん、松本まで引き返し、篠ノ井《しのい》線に乗って、篠ノ井駅から信越線で北上しなければならない。

その長い汽車の時間の中で、田代は考えた。

(あの川合の奴《やつ》も、なかなか巧妙だ。一つ手口ばかりを使っていない)

簗場駅に送りつけた荷は、内容品が石鹼材料である。今度の海ノ口駅ではロウソクだ。

発送人、受取人の名も、前回が「川合五郎」で、今度が「荒川又蔵」である。住所もむろん違う。

しかし、駅員が、

(その受取人は今日、午前中に来ましたよ)

と言ったものだから、人相や風采《ふうさい》をよくきいてみると、紛れもなく、あの「川合」と同一人であった。

「川合」は「ロウソクの荷」を木崎湖にも捨てたに違いない。青木湖の場合を考えあわせても、この推定に間違いはない。

いったいあの荷の内容はなんだろう。今まで石鹼材料とばかり思いこんでいたが、これは少々考えねばならぬ。

それにしても「川合」と名乗り「荒川」と変名し、運送店止めにするかと思うと、駅止めにする変化は巧妙だった。

田代はあることに、ふと思いついて、あっと声をあげた。

(川合五郎、荒川又蔵、これに関連性はないか)

ある、のだ。

(川合五郎は、河合又五郎、荒川又蔵は荒木又右衛門《またえもん》だ。講談の伊賀の仇討《あだう》ちではないか！)

はっきりと、偽名だとは、これでわかった。

(ふざけてやがる)

田代利介は腹を立てた。

この上は、あくまであいつを追及してやるぞ、と思った。

(それにしても、送りつけた荷の内容はなんだろう？)

と考えた。

彼はメモした手帳を見た。

「簗場駅のもの、木箱菰包み、タテ四十センチ、ヨコ四十センチ、深さは三十センチくらい。目方、四十四・八キロ。内容、石鹼材料。海ノ口駅のもの、木箱菰包み、タテ八十センチ、ヨコ二十センチぐらい。目方二十九・六キロ。内容、ロウソク」

木箱で菰包みという包装形式だけが共通である。

内容は何か。

(待てよ)

と、田代は考えた。

一方が石鹼材料で、一方がロウソクだ。まるきりとびはなれた異質なものではない。田代はやはり、あの「石鹼工場」を考えずにはいられなかった。

田舎の汽車は単調だ。田代も山ばかり這《は》ってゆく汽車の中で、眠くなってうとうととした。

長いトンネルをくぐり抜けたころに、目をさますと、右手に姨捨山《うばすてやま》が見えた。汽車は下り坂を走り、川中島の平原にはいる。

篠ノ井駅で、下りの信越本線に乗りかえた。

長野をとおって、牟礼《むれ》駅、古間《ふるま》駅を通過し、柏原《かしわばら》駅に降りたときには、すでに日が暮れかけていた。

とにかく、日が少しでもあるうちにと思って、田代は駅前からタクシーを走らせた。野尻湖の湖畔に出ると、水面に残照が光って、これはこれなりの美しさである。

田代利介は、この暮色の湖を何枚か写真に撮《と》った。山はすでに黒くなっていた。春だが、この辺はまだ寒い。夏になると、避暑客で賑《にぎ》やかだという湖畔も、今は人かげがなかった。

白樺《しらかば》旅館というのが目についたので、田代はいきなりその玄関にはいった。

「いらっしゃい」

番頭が出迎えた。

「部屋はありますか?」

「へえ、ございます。お一人さまですか?」

番頭は、ていねいな物腰の中にも、じろじろと田代の風采を見る。

「一人です」

「はあ、さようで」

一人というと、番頭の顔は、少し不機嫌《ふきげん》になった。儲《もう》からないのか、旅館は一人客を歓迎しないのだ。番頭は女中に耳うちした。

通された部屋は、案の定、狭くて、窓からの見晴らしもよくない。

「もっと、ほかの部屋はないかね？」

と言うと、女中は、

「はあ、あいにくといっぱいでして」

と断わった。

田代はくさったが、仕方がなかった。雑誌社からもらった予算も、たっぷりとはないので、特別の部屋を頼む勇気もない。

「あの、貴重品はございませんか？」

女中はきいた。

「これを」

田代は、カメラのバッグを抱えて出した。

「帳場にあずけてください」

貴重品といえば、田代にとってはカメラ以外にない。

「はい」

女中は、カメラのバッグを重そうに抱えた。

「お風呂《ふろ》が沸いております」

女中は次に案内した。田代利介は洋服を宿の浴衣《ゆかた》に着かえた。東京を発《た》って、長い汽車に揺られ、方々を歩いたので疲れている。今夜は、早寝にしようと思って、湯につかっていると、一つの考えが田代の頭にひらめいた。

田代利介が、風呂につかって思いついたのはほかでもない。「川合五郎」が、この野尻湖に来ているのではないか、という疑念である。すでに彼は木崎湖と青木湖とに現われた。野尻湖に来ていないという保証はどこにもない。信州の湖といえば、この三つのほか、大きな諏訪湖《すわこ》をはじめ、蓼科湖《たでしなこ》などの小さな湖がある。しかし、田代はどうやら「川合」が、自分と同じコースをたどっているような気がしてならないのである。

田代利介は、風呂からとびだすと、宿の浴衣の上に、どてらを着て、玄関に出た。

「お散歩ですか」

女中が杉下駄《すぎげた》を揃《そろ》えた。

「この辺は、見るようなところはございませんが、東京の方には田舎町も珍しいかもしれませんね」

女中が愛想を言って送り出す。なるほど柏原の町は、小さくて格別見物するところもない。野尻湖に遊びにくる客を目当てのそば屋や土産物屋が目立つくらいなものである。それに、バーがわりに多いのも、観光地の特徴であった。

この柏原は高原の町で、春の夜はどてらをきてもいい加減である。田代は町を歩いていて、土産物屋で売っている「一茶饅頭《いっさまんじゅう》」とか「一茶《いっさ》羊羹《ようかん》」を見て、ここが俳人一茶の生れ故郷だったことに気づいた。

是《これ》がまあ終《つひ》の栖《すみか》か雪五尺

信濃《しなの》では月と仏とおらが蕎麦《そば》

などの句を染めた手拭《てぬぐ》いや、のれんなどが、店頭にぶらさがっていた。

田代は、そんなものを横目で見ながら、駅に行った。

駅構内の小荷物扱所に行くと、駅員が電燈の下で、伝票を繰りながら、しきりと算盤《そろばん》を入れている。

「今晩は」

田代は言った。駅員は宿のどてら姿の田代をじろりと見上げる。

「何か、ご用ですか？」

「新宿から荷を送ったのですが、まだ着きませんか？」

「お名前は？」

田代はきいた。

「発送人が川合五郎で、受取人も同人です」

駅員は伝票を調べていたが、

「まだ到着していませんなあ」

と言う。

「それでは、荒川又蔵という名前になっているかもわかりません。内容品は、石鹸材料かロウソクです」

駅員は、また伝票を見ていたが、

「到着していませんよ。だいたい、新宿からの荷物というのは、この一週間扱っていませんよ」

と、すこし面倒くさそうに答えた。

「そうですか」

田代は考えた。

「東京方面からの荷物はどうですか?」

改めてきくと、

「それはたくさんありますよ」

と、駅員はやはり面倒くさそうに言った。

「すみませんが」

田代は言った。

「三、四日ばかり前に送り出したのですが、新宿とは限らず、中野か荻窪《おぎくぼ》あたりから発送した荷で、到着したのはありませんか?」

駅員は、仏頂面《ぶっちょうづら》をして伝票を見ていたが、

「あ、中野駅から来たのが一つありますね」

と答えた。

「内容品は、なんですか?」

「葛粉《くずこ》ですよ」

「葛粉?」

田代は呟《つぶや》いてみて、

「それじゃ、目方は軽いですね?」

ときいた。

「軽いです。一・五キロです」

「やはり木箱ですか?」

「ボール紙箱に詰めたものです」

駅員は伝票を閉じて、そっぽをむいた。

包装が紙箱で、目方が一・五キロというと、田代の想像しているものとは全く違うのだ。あまりにも軽すぎる。

「どうもありがとう」

田代は不機嫌《ふきげん》な駅員に礼を述べて出た。

今度は運送屋である。

駅前に、ぽつんと一軒あった。店の中には暗い灯《ひ》がともっている。

「今晩は」

出てきたのは五十ぐらいの頭の禿《は》げた店主だった。

「いらっしゃい」

駅員とは、打ってかわって愛想がいい。

田代利介は、店主に、三、四日前に、新宿から発送した荷物が到着していないか、ということ、発送人は、川合か、荒川かになっていること、ただし、これは、ほかの名前に変っているかもしれないこと、外装は木箱菰包《こもづつ》み、内容は石鹸《せっけん》材料またはロウソクだが、ほかの品名になっているかもしれないことなどをきいた。

店主は、自分で帳面を繰っていたが、

「どうも心当りの物がありませんなあ」

と、顔を上げて答えた。

「いったい、東京からの荷物は、ここ一週間扱っていませんよ」

「ははあ、なるほど」

田代は念のために「川合」の人相を言って、そのような人物が、今日、荷受けに来なかったか、ときくと、

「いいえ。知りませんよ」

と、はっきり否定した。

田代は、その夜、宿で眠ったが、夢を見た。

荷物の夢ばかりである。

どこの駅かわからないが、駅の小荷物係から、川合五郎の名札のついた木箱菰包みを受けとったのである。喜んで、かついで行こうとすると、小太りの男が横から現われて、それはおれの荷だと言う。顔はまさしく川合五郎であった。

そこで、取りあいがはじまった。田代がそれを振りきって逃げ、ようやくひとりになって荷を解いた。それも湖の見えるところである。

苦労して、木箱の蓋《ふた》をあけると、中には、おが屑《くず》がいっぱいつまっていた。田代はがっかりした。

すると、そこへ、川合五郎が現われて、彼も木箱をかついでいる。田代を見て、せせら笑っている。

田代が、それはなんだときくと、川合は、蛇《へび》がはいっていると言う。嘘《うそ》だと田代が言うと、嘘なもんか、と川合は言った。そして、実際に木箱の蓋をとると、何百匹ともしれぬ蛇がはいっていて、それがことごとく這《は》いだし、湖水を泳いで渡り散って行った。——

田代は、朝起きたが、いやな気持がしてならない。後頭部がずきずきした。

女中が朝食を運んできたが、あまり食欲がなかった。

「あら、お若いのに、あまりお召しあがりになりませんのね？」

女中は、妙にていねいな、ちぐはぐな言い方をした。田代を東京の者と知ったらしかった。

「ああ、なんだか腹がすかない」

田代は言って、

「ねえさん、一茶の生れた家があるそうだが、どの辺かね？」

ときくと、女中は、詳しく道順を教えた。

これから、すぐに湖を撮影に行くのも気乗りがしないので、せっかく来たから、この辺をぶらついて行こうと思った。

宿料を払って、宿を出た。

野尻湖行きのバスは駅前から出るが、その方には行かずに、女中に教えられたとおりの道を歩いた。

柏原の町は、表通りは商店街になっているが、少し裏に行くと、屋根に重石《おもし》を置いた農家ばかりである。

朝がまだ早いので、人通りもあまりなかった。空気は春外套《はるがいとう》の衿《えり》を立てねばならぬほど冷たかった。

田代は商店街の横通りを歩きながら、ふと何かを見て立ちどまった。それも普通の立ちどまり方ではなく、ぎくりとして足をとめたのである。

田代は、そこで、ある女の姿を見たのであった。

田代の目に映ったのはほかでもない。

道から、家と家の間をはいって行った女の横顔が、ちらりと見えたからだ。それはほんのわずかな瞬間だったが、田代がはっと思ったくらい、ある女に似ていた。

ある女——それは、九州から乗りあわせた飛行機の女だ。バー・エルムのカウンターに、マダムを訪ねてきたあの若い女の顔である。

むろん、見たのは、この土地の者らしい服装だったが、横顔は、まさにあの女だ。

田代は急いで走った。女の消えたあたりを見ると、一方が印刷屋で、一方が建具屋になっていて、その間に路地がある。

路地の奥は、いやに、ごたごたと家がならんでいた。

田代は、その路地の奥にはいって行った。彼女のあとを追わなければならない気持が切迫していた。

路地は、やがて突きあたりとなって、農家とも、しもた家ともつかない小さな家が、密集している。

いま、この路地をはいったと思われる女の姿は、影も形もなかった。

すると、あの女は、この辺にならんでいるどの家かにはいったのである。

田代は、両側の家に目をやってきょろきょろした。

朝だし、まだ肌寒《はだざむ》いときだから、たいていの家が入口の戸も障子も閉めていた。路地からは、家の中が見通せない。

田代がうろうろしているものだから、家の前で子供を背負っていた五十ぐらいの主婦が、うさんくさそうに田代を見た。

「もしもし」

と、主婦は声をかけた。

「あんた、どこの家を尋ねておいでやすのか？」

「はあ」

田代は困った。いいかげんなことを言うよりほかはない。とっさにでたらめな名前を思いついた。

「川合さんという家を捜しているんですが」

川合は、あの荷物のことから思いついたのだが、

「川合さんなら、この突きあたりの家ですよ」

と、主婦は指さした。

田代はおどろいた。まさか、本当に川合という家があるとは思わなかった。

「川合五郎さんというのですが」

と、あわてて言うと、

「さあ」

主婦は首を傾《かし》げて、

「川合という家は、ここ一軒しかないでな、行ってきいてみなさったらどうですか?」

とすすめた。田代はおじぎをした。

仕方がないから、田代はおじぎをした。利介は突きあたりの家にいった。

田代は、ほんとうは、田代路地から道へ出るつもりだったが、その主婦が怪しむように見ているので、仕方なしに突きあたりの家を訪問した。

「ごめんください」

このあたりの特徴として、雪除《ゆきよ》けのために軒が深く、屋根も、ひさしも、ひわだ葺《ぶ》きで、石が置いてある。

標札を見ると、「河井文作」とある。同じカワイでも、「川合」は「河井」となり、名前も違う。

田代利介は、とにかく、入口の狭い障子戸をあけた。

「へえ」

暗い奥から返事があって、出てきたのは、一見して農夫らしい四十二、三の男である。背が高いが、顔に無精髭《ぶしょうひげ》を生《は》やし、筒袖《つつそで》の着物に股引《ももひき》をはいている。

「おいでやす」

男は初めて見る田代に、ぼんやりした顔で挨拶《あいさつ》した。

「ちょっと、お伺いしますが……」

田代は尻《しり》ごみしながら言った。

「このご近所に、川合五郎さんというお家《うち》はございませんか？」

「へえ……」

中年の男は、感情のない顔で、田代をしばらく見つめた。

「へえ、カワイはうちだども……」

まのびした声で言い、

「五郎ってえのは、いねえですな」

と、やはり田代をぼんやり見ていた。

「そうですか」

田代は、はじめから諦《あきら》めていたので、

「どうもすみませんでした。失礼します」

と、すぐに引きさがろうとすると、

「あんたさんは……」

と、男がひきとめた。

「どこから、こっちへおいでやしたかな？」

「東京です」

田代は答えた。

「ふむ」

男は、うなずいて、

「どうも、そうずらと思ったが、やっぱりそうけえ。東京の人と聞くと、なんだかなつかしい。まあ、こっちへはいって休んで行きなさい」

とすすめた。

「どうも。何か、東京にご親戚《しんせき》でもあるのですか？」

田代は、この男の様子が様子なので、思わずきいた。

「親戚はねえが、妹が東京に行ってますでな……まあ、なかへはいってお茶でも一ぱい飲んで行きなさいよ」

この男が、標札の「河井文作」なのであろう。田代は、その親切に従うことにした。

彼に、一つの考えが起きたからだ。

4

田代に一つの考えが起ったというのは、ほかでもない。

さっき、この路地を曲った若い女の正体を、見きわめたい気持がある。たしかに、この近所にいることは間違いない。瞬間に一瞥《いちべつ》した横顔だが、あまりにも、飛行機の女に似ている。

それとも、あれは幻覚であろうか。よく見たら、似ても似つかぬ顔かもしれない。それなら、それでもよいのだ。とにかく確かめてみたい。

田代は、ここでこの男としばらく世間話をしてみて、ようすを探るのが得策だと思った。

「お邪魔をします」

田代が上がり框《かまち》に腰かけたものだから、その農夫らしい四十二、三の男は、自分で奥に行き、渋茶をくんできた。この家には、女手がないのか、と田代は思った。

「お妹さんは、東京のどちらにおいでですか?」

ときくと、男は、

「なんでも、新宿の方に奉公しているということだが、一度も行ってやったことがねえので、どういうところにいるやら、ようすがわかりませんよ」

と、髭《ひげ》の濃い顔で、ぼくとつに言った。

「そうですか。東京においでになったことはありませんか？」

田代は茶を飲んだが、舌に渋い。

「貧乏百姓ですからな、そんな金もありませんよ」

と、男は言う。

田代は、それとなく家の中を見渡すと、囲炉裏《いろり》を掘ったこの部屋は、十畳ぐらいあってだだっぴろいが、畳はささら立ち、ところどころ破れている。天井はすすけ、壁の穴には雑誌の口絵を貼《は》ってふさいでいる。

なるほど、こんな苦しい生活では、東京へ行く旅費もないであろうと思われた。

「妹さんの奉公先がわかっていましたら、ぼくが東京に帰ってから、何かことづけしましょうか？」

田代が言うと、河井文作は首を振った。

「それほどのこともありません。そのうち、こっちへ帰ってくると思います」

「そうですか」

田代は言った。その妹は、どこかの中流家庭で、女中をしているのであろう。こんな貧しい実家に帰るよりも、女中奉公をしていた方がいいのかもしれない。

田代は、この農夫の顔を、ふと写真に撮《と》ってみたら、と思った。

あんがい、河井文作は彫りの深い顔をしている。口辺《こうへん》が無精髭で真っ黒になっているが、「農夫の顔」にしてはなかなか味がある。カメラ雑誌の口絵にしてもよさそうだった。

田代はカメラマンである。被写体のいいのに出あうと心が動く。

「すみませんが」

と、田代は、河井文作に申し出た。

「あなたのお顔を、一つ写真に撮らせていただけませんか？」

「わしの顔を？」

河井は、顔をしかめて、迷惑そうな表情をした。

「こんな顔を写真にとっても、仕方がないでしょう」

と、太い指で、ごしごしと無精髭を撫《な》でている。

「いや、そこがいいんですよ」

芸術的意欲を起した田代は、図に乗って言った。

「失礼ですが、農民として、とてもいいお顔だと思います。ぜひ、撮らせてください」

「どうするんだね？」

河井は、じろりと田代を見た。

「ぼくの作品集の一つとしてカメラ雑誌にのせるか、展覧会に出品したいと思います」

「まあ、やめてくださいよ」

と、河井は断わった。

「こんな顔を、大勢の人に見られるかと思うと、恥ずかしいでな」

この羞恥《しゅうち》は、当然の予想だったので、

「いや、そんなことはないです。別に、あなたのお名前を出すわけではなし、ぜひ、撮らせてください」

田代は、そう言いながら、バッグから三十五ミリカメラをとりだした。

「いや、それは勘弁してください」

河井は、手を振って、いやがった。

「困りますよ」

てれながらも、結局は、撮らせてくれると思っていた田代も、相手が頑強《がんきょう》に断わるので、すこし当惑した。

が、多少、強引なのは、カメラマンの癖だ。カメラを向けてシャッターを切れば、こっちのものだと思って、露出計などをひっぱりだしていると、

「あんたも、しつこい人だなあ」

と、河井は色を変えておこりだした。

「そんな、人目にさらされるのは、いやだと、わしは言っているのに、まだわからんかい？」

「はあ？」

田代は、相手のあまりの剣幕におどろいた。河井は髭だらけの顔を、怒気《どき》であかくしているのだ。

「帰りなさい！」

河井はどなった。

「百姓だと思って、ばかにしなさんな、早う、この家を出て行ってくれ！」

田代利介はあわてて、カメラをしまい、早々に逃げだした。これは、こっちが悪い。

田代は、野尻湖畔を歩いた。

今日は、昨日、柏原に着いて直行してきたときと違って、湖面は明るい。

それに、急に寒い風が水面を渡ってくる。

野尻湖は、湖岸線の出入りがいちじるしく、北方には琵琶島《びわじま》がある。

「面積四・二八平方キロ、湖岸線一四キロ、湖面標高六五四メートル、最大深度三八メートルの湖である」

とは、田代がもらったパンフレットの記事である。

もう四月になるが、ここは東京の三月初めのような気候であった。三月初めまでは、この湖水は凍結するのである。

湖岸の線の出入りが複雑なだけに、写真に撮って変化がある。その点、青木湖や木崎湖の単調の比ではなかった。

田代利介は、カメラを持ちながら湖岸を歩いた。

夏の避暑客のためにバンガローなどがあるが、今は草の中に侘《わび》しく建っているだけである。

(あの百姓をおこらせたのは失敗だった)

と、田代利介は、まだ思っている。

無神経にカメラを向けたのが、悪かった。なまじっか断わるよりも、さりげなく、無断で撮った方がよかったのだ。

しかし、写真もそうだが、あのときに、ちらりと路地をはいってゆく若い女の正体を、見きわめなかったのも失敗である。

あの女は、必ず路地の中に住んでいる人に違いない。あの「河井文作」の家にいたら、そのことがきけたかもわからない。もっとも、きいたところで、まるで人違いかもわからないが、少なくとも納得できるのである。

田代利介は、妙高山《みょうこうさん》と湖面とを組みあわせながら、いくつか風景写真を撮った。昨日から、あの荷物のことに少々心が奪われすぎているので、今日は仕事に精を出さなければなるまいと思った。

田代は、波一つ立っていない湖面を、ファインダーでのぞきながら、今にもどこかで、物を投げこむ音がし、見るまに波紋がひろがってゆくような錯覚に陥った。

（あの川合が、ここに現われぬはずはない）

そんな気がして仕方がないのである。

木崎湖でも、その音と波紋のひろがるのを見た。青木湖でも、音と波紋を見た。だから、この野尻湖でも、同じ音と波紋が起らなければならぬ気になるのか。同じ信州のことだ。

田代は考えた。

（昨夜、柏原の駅に行ったときは、東京からの荷は、木箱の菰包《こもづつ》みでなく、葛粉《くずこ》だった。葛粉では、まるきり予想が違うが。今日あたり、もう一度、駅に行ってみようかな）

田代は、それから、しばらくは、撮影に没頭した。

野尻湖は、湖岸の出入りが入りくんでいるから、角度をかえると、どのようにでもいい写真が撮れそうである。

カメラマンというものは、欲を出すとキリがないもので、いい構図をいい構図を、と捜すと、道のないところを勝手に歩きすすんでゆく。

もとより、雑誌社から頼まれてきたのだから、撮影が本筋である。田代はしばらく余事を忘れた。

湖畔には、マツ、スギ、ケヤキ、ナラ、カシが密生し、シラカバ、カラマツ、エゾマツなどの亜寒地帯植物や、高山植物も群生している。

シラカバ、カラマツなどは、短い青葉が、出たばかりだ。

シラカバの林を主体にして、湖面をとりいれたおもしろい構図ができそうなので、草の上を歩いていると、田代は、ふと妙な予感に襲われた。

あたりには、むろん人の影はない。あるのは、密林と湖と、遠い山だけである。音も聞えず、人の声もしない。野鳥が梢《こずえ》の間をとびまわっているだけである。

それなのに、田代は、誰《だれ》かに見られている、という予感がした。

すうと気持が悪くなった。

後ろを振り返ろうとしたとたんに、耳のそばに、ヒュッと短い口笛のような唸《うな》りを聞いた。

はっとしたときに、あたりの空気を炸裂《さくれつ》させて銃声が鳴った。

田代は無意識のうちに、草の上に伏した。動悸《どうき》が高くうったのは、草の匂《にお》いを鼻に嗅《か》いでからである。

あきらかに、誰かが自分を狙撃《そげき》したのだ。弾丸が耳のそばをかすめて飛んだが、これは狙《ねら》って撃ったものだ。

田代は何秒か、そのままの姿勢でいた。

その何秒かの間、彼の頭にはさまざまな思索がかけめぐった。

猟師か。——山では、よくあることだ。猟師が人を獲物《えもの》と間違って撃つことがある。しかし、ここは、深山ではない。密林ではあるが、そんな間違いがあろうとは思われない。

やはり、彼を目標にした狙撃者があったのだ。

誰だ？　見当がつかない。

が、ぼんやりした見当はつく。彼の調べていることを邪魔に思っている相手に違いない。名前も、素姓も一切わからないが、田代は、ここに初めて「敵」を感じた。

本能的というか、よくしたもので、倒れたとき、カメラだけは、疵《きず》がつかぬように大事に手にかばっている。

田代は、草の上を少しずつ動き、敵を捜す目になった。

田代は、からだの位置を動かしながら、目を配った。

相変らず、低い姿勢で、草むらの間を、じぐざぐに歩いた。

音は、それきり聞えない。さっきの銃声で驚いてとび立った小鳥の群れが、まだ空を舞っている。

森は静まり返ったままだ。隙間《すきま》から見える湖面は、やはり春の光をおだやかにうけている。木の葉は動いていない。

逃げてゆく足音も耳にはいらず、むろん、こっちに向ってくる足音もしない。

じっとようすを窺《うかが》っていた田代利介も、ようやく、からだを伸ばした。もう安心だと思った。

「敵」は最初の攻撃に失敗した。二度と銃声を鳴らすこともあるまい。これ以上、銃声を聞かせると、人の注意をひくことは必定《ひつじよう》である。

田代はカメラを肩にしたまま、ぶらぶらと遊歩道へ出た。バスの終点近くなると、茶店などの家も多い。

人が四、五人いたが、一目見ただけでも、普通の観光客だとわかったし、別におかしなようすもない。

ふしぎなことに、ここまで来て、また胸の動悸がうった。

耳もとを弾丸が掠《かす》め過ぎ、轟音《ごうおん》をきいて草に伏したときは、あまりの異常さに、かえって落ちついていたが、あとになって、その恐ろしさが復活したのである。

「おばあさん」

田代利介は茶店にはいった。

「サイダーでもくれないか」

「へえへえ」

茶店の老婆《ろうば》がサイダーを持ってきた。

「この辺は、猟師がよくやってくるかね?」

「へえ。ときどきですよ。あんまり来ませんよ」

「そうかね。さっき、鉄砲の音がしたが、猟師でもはいっているのかな」

「さあ、あたしも聞きましたが……」

おばあさんは言った。

「誰かはいったのかもしれませんな。猟銃は免許証がないと持てないので、ここに来る人はたいてい、わたしは顔を知っているが、今日は誰も見かけませんでしたがな」

おばあさんは首を傾《かし》げていた。

あれは、やはり鳥を撃ったのではない。あきらかに自分を射撃したのだ。田代は、見えざる敵が何者であろうか、と考えた。

(小太りの男?)

最初に浮んだのが、それだった。自分のしていることが、あの男の行動を追及するかたちになっている。もし、先方が自分に「敵」を感じるとしたら、あの小太りの男以外には考えられないのである。

このとき、田代利介が、ふと湖面を見ると、一艘《そう》の小舟がこちらに動いてきているところだった。

その小舟は、湖面の対岸から、こちらへ向けてきていたが、漕《こ》いでいるのは、ひとりの女である。

頭に頭巾《ずきん》をかぶっているから、着ている漁師の服装だけ見ると、男か女かわからなかったが、岸に着いたところを見ると、きゃしゃなからだつきであった。

田代は見るともなく、その方を眺《なが》めている。女漁師は小舟を岸の杭《くい》につけて縄《なわ》を結ぶと、びくを持って陸にあがった。

「おばあさん」

田代は茶店のおばあさんにきいた。

「この湖では、何が獲《と》れるのかね？」

「ワカサギとか、鯉《こい》などですよ」

おばあさんは教えた。

「だども、このワカサギは諏訪湖《すわこ》と違って、量も少なく、アブラが薄いので、あんまりおいしくねえだ」

「そうかね」

田代は腰かけて見ている。

おばあさんは、びくを持って、すたすたと歩いている女の漁師に、

「こんちわあ。今日は、よく獲れたかね？」

と、大声に言った。

防寒用の頭巾をかぶった女漁師は、頭を振って、黙って柏原の町の方へ歩いてゆく。

「この辺は、女でも漁をやるんだね？」

田代は、遠去かってゆく女の姿を見送りながらきいた。

「めったにしねえですよ。あの娘《こ》は、漁が好きで、やっているのですよ」

おばあさんは答えた。

「そうかね。やっぱり柏原の人かね？」

「うん。町の人だ。百姓半分だが漁もやっていますよ」

「道理で。舟の漕ぎ方も、なかなかうまいもんだな」

田代は、岸辺につないである小舟を見た。道具らしいものは何もなかった。このとき、田代利介には、何か勇猛心が湧《わ》いた。

さっきの銃声は、どこから聞えたかわからない。むろん、何者とも見当がつかない。しかし、自分は狙《ねら》われたことは確かだ。

人間は「敵」の存在を意識すると、勃然《ぼつぜん》と闘志が起るものだ。

田代利介は、湖面の平和な風景を眺めて、見えざる敵に怒りが湧いた。

（よし。そんなら、こっちも本気でやるぞ）

今までは、何か白い霧の中を彷徨《ほうこう》しているようだったが、今度は、はっきりとこっちから霧を突破してゆこうという意欲が湧いた。

田代利介は、柏原の駅行きのバスに乗った。

駅の到着荷物を調べることが、やはり、最初の攻撃であった。

田代は、柏原の駅の小荷物係の窓口に行った。

昨夜の駅員が机で帳簿をつけていたが、田代の顔を見て、また帳簿に目を戻し、ペンを走らせた。無愛想な横顔だった。

「あの、昨夜の荷物のことで来たんですが」

田代は思わず遠慮したようなきき方になった。

「今日の汽車便で到着していませんか?」

「どういうものでしたかな?」

駅員は目も上げない。

「木箱の菰包みです。発駅は東京方面です」

「到着していませんなあ」

駅員は即座に言った。

「おかしいなあ」

田代は、わざと大仰《おおぎょう》に首を傾《かし》げた。

「とうに、新宿を発送したというのですがね」

「甲片がありますか？」

と、駅員はきいた。

「いや、それは、まだ届いていないのです」

「甲片がなくては、来ていても受けとれないし、第一、途中で遅れていても、調べようがありませんよ」

と、駅員は答えた。

それはそのとおりだった。荷物の発送を依頼する時、荷主は発送伝票の控えを貰《もら》う。これが甲片で、駅止めの場合、荷受人は、この甲片によって荷物を受けとるのである。こう、とりつく島がなくては仕方がなかった。田代は駅から出た。

次は、運送店だ。

昨夜の店の者が出てきて、田代の顔を見ると、

「ああ、昨夜お尋ねの荷物のことですね？」

と、向うから言った。

「そうです。わかりましたか？」

田代が思わず目を輝かすと、

「いいえ、まだ、その心当りの荷は着いていないのですよ」

と、店の者は言った。

「私も気をつけてみたんですがね。今日の到着にもありません」

「ははあ」

田代は、がっかりした。

「いつ、発送したんですか？　正確な日はわかりませんか？」

運送屋はきくが、田代が正確に答えられるはずはなかった。

「だいたい、五、六日前です」

「五、六日前なら、とっくに到着しているはずですよ。このごろは速いですからな」

田代は諦《あきら》めて外に出た。

（おれの見当違いかな）

田代は、歩きながら考えた。

（捨てたのは、青木湖と木崎湖だけだったのかもしれない）

霧の正体を見破ろうと、意気ごんできたが、その第一歩でつまずいた。

田代は勇気を奮《ふる》いおこした。

こんなことで挫《くじ》けてはいけないと思った。あの小太りの男が、東京方面から送った「荷物」を捨てたのは、青木湖と木崎湖だけではない。必ずほかにも捨てている。

では、それはどこか。

野尻湖ではなかった。

考えてみると、野尻湖では、青木湖から遠すぎるのだ。やはり順序としては、諏訪湖ではなかろうか。

それから諏訪湖に近いところとして、茅野《ちの》からバスで行く白樺湖、蓼科湖《たでしなこ》がある。冬季には結氷するが、いまは湖面に漣《さざなみ》が動いているはずである。

湖畔めぐりなら、どうせ、この三つの湖には行かなければならぬ。

田代は決心すると、すぐに柏原駅から上り列車に乗った。

また、山ばかりの単調な景色の汽車に乗る。この汽車が諏訪に着くときは夕方になっているのだ。

田代は、途中の駅から新聞を買った。この辺の地方紙で、別に目新しいことはない。

そのうちに眠くなって、うとうとと眠った。

傍に携帯ラジオを持っている人があって、何かニュースを聞いていた。

「山川亮平《りょうへい》氏が……山川氏は……その周囲の関係者の話では……、山川氏の行動は……」

などと、しきりに山川亮平の名前が、夢うつつの中に耳にはいってくる。

はは あ、また山川が何か動きはじめたのか、と田代は夢に誘われながら思っていた。

山川亮平は保守党の有名な幹部で、党内のいわゆる実力者であった。現在は入閣もせず、党のポストにもついていないが、その勢力はたいしたもので、前の内閣では、経済企画庁長官、通産大臣などを歴任している。頭脳《あたま》と腕の切れることは党内随一で、それだけに反対派も少なくない。策士としても名うての業師《わざし》であった。

現在は、どちらかというと不遇だが、この男の現在は、野に虎《とら》を放ったようなものだと評する新聞が多い。

田代が、眠りに引きこまれながら、ラジオから流れる山川の名前を聞いて、またこの大物の策士が何かやりはじめたニュースかと思ったのはそのためだ。

目をさましたときは、篠《しの》ノ井《い》駅についていたので、あわてて降りて、中央線に連絡の汽車に乗った。

これから先も単調である。

やっとの思いで上諏訪駅に着いたときは、あたりが暗くなっていた。田代利介は、駅で新聞を買って立ち読みしたが、半分、眠りながら聞いたラジオニュースの山川亮平の名前は、夕刊に一行も出ていなかった。たいした記事ではないらしい。

田代は、上諏訪の小荷物係の窓口に行った。

「新宿駅から四、五日前に送った荷物ですが」

田代はきいた。

「川合五郎名義の発送で、こちらの駅止めになっています。まだ到着しませんか?」

と言うと、駅員は、すぐに、

「甲片をお持ちですか？」

と、反問してきた。

「いや、それは、まだないのですが、荷物は木箱を菰《こも》で巻いています。内容は、石鹸《せっけん》材料になっています」

川合五郎の名義かどうかもわからないし、内容品名も変っているかもしれない。田代は当てずっぽうで言うよりほかはなかった。ただ新宿駅の発送であること、駅止めになっていること、木箱菰包みであることだけは、間違いなさそうだった。

「さあ」

駅員は首を傾げた。

「甲片がないと困りますが、調べるだけは調べてみましょう」

「すみません」

駅員は、立っていたが、よいしょ、と掛け声をかけて椅子にすわると、前に立てかけてある帳簿をひっぱりだした。

指でおさえて、ずっと帳簿の上をたどっていたが、

「そういう名義では来ていませんなあ」

と、田代の方を向いた。

「名義は、もしかすると違うかもわかりませんが」

田代は改めてきいた。

「とにかく、新宿駅発で、こちらの駅止めになっている荷物、木箱菰包みです」

「駅止めですね？　それなら、それに絞ってみましょう」

田代は、そうか、そういう方法なら手間は要らない、と思った。

駅員は、ふたたび帳簿に目をさらしていたが、

「どうも、該当の物はないようです」

と言った。

「はあ、ありませんか？」

「調べてもないようですな。甲片があるといちばん早いのですがね」

「すみません、お手数をかけました」

田代は、上諏訪の駅の前に出た。

諏訪湖を中心とする駅は、ほかに下諏訪、岡谷《おかや》の二つの駅がある。白樺湖などにゆくには茅野駅がある。

まだ三つの駅に、この雲をつかむような質問を持って回らなければならないかと思うと、さすがの田代利介もちょっとうんざりした。

駅前には旅館の客引きが集まっている。田代は、いいかげんに「湖月荘《こげっそう》」というのを選んだ。疲れているから、宿の選択など、どっちでもよかった。

第五章　政治家失踪《しっそう》

1

上諏訪《かみすわ》の温泉街は、湖畔からはずれたところにある。旅館から湖面を見渡すということはできない。田代利介が選んだ「湖月荘」も、部屋の窓をあけると、人家の屋根ばかりであった。

田代は、ひどく殺風景なところだ、と思った。

客引きに釣《つ》られてきたのだから、

「もう少し、どうかした部屋はないか?」

と、女中に言うと、

「あいにく、この部屋しかございませんので」

と、すましている。

田代は、今さら、ここを出て、よその旅館を捜しにゆく気もせず、仕方なしに落ちついた。疲れたので、その晩は、ぐっすりと眠った。

朝、目がさめたときは、障子に明るい陽《ひ》が当っていた。

女中を呼んで、

「風呂《ふろ》に行ってくるから、朝食の用意をしておいてくれ」

と、手拭《てぬぐ》いを一本ぶらさげて出ていった。女中は、あまり愛想がよくない。

湯に浸っていると、昨夜熟睡したせいか、昨日までの疲れがからだから落ちてゆくような気がする。

元気が出たし、勇気が湧《わ》いた。窓から射《さ》す明るい光線が、湯の上に落ちて光っていた。

(今日は、下諏訪、岡谷、茅野の各駅を調べよう)

田代は肩まで浸りながら思った。

(やっかいだが、東京に帰ったら、二度と調べに来ることはできない。むだかもしれないが、安心のためにも、それをやってみる必要がある)

と思った。田代は、自分の意志が少々、執念じみているかもしれぬ、と思った。

湯から上がって座敷に戻《もど》ると、卓の上には食膳《しょくぜん》が出ていた。

「お帰りなさい」

女中は、それでも挨拶《あいさつ》した。

「御飯をおつけいたしましょうか？」

「いいよ」

田代は断わった。

「ぼくが勝手に食べる」

ひとりの方が気が楽なのだ。

食膳の横には、新聞がたたんで載せてある。田代は箸《はし》をとる前に新聞をひろげた。

何気なく見たのだが、いきなり大きな活字が目を奪った。

「山川亮平氏、姿を消す。すでに十日前から」

汽車の中で、夢うつつに聞いたニュースはこれだった！

山川亮平が失踪《しっそう》した――。

これは近ごろ衝撃的な事件である。ラジオのニュースが、これを織りこんだのは無理もない。

山川亮平といえば、政界の一方の実力者である。彼の言動は、いい意味にも、悪い意味にも、政界、財界に影響を与えている。

その彼が「姿を消した」のだから、新聞が大きく扱うのは無理もなかった。

その記事を、田代は読んだ。

「――政界の実力者山川亮平氏が突然、行方《ゆくえ》を絶ち、十日経《た》った今日まで、所在が知れないことがわかった。――山川氏は去る三月二十三日、逗子《ずし》に静養中の総裁を訪ねて懇談し、その夜七時ごろ帰京、Tホテルで約束の某実業家と夕食を共にしたあと、自家用車でナイトクラブ・シルバーに行った。そのとき、山川氏はお抱えのK運転手に、今晩は別の車で帰るから、待っていなくともよい、と言ったので、同運転手は命令どおり帰った。

シルバーでは、山川氏が九時ごろまでいたことを確認している。そのとき、氏はひとりの紳士と卓で話しあっていたが、その紳士はシルバーでは初めての客で、誰《だれ》だかわかっていない。さらに、その席に、山川氏宛に電話がかかってきたので、ボーイがとりつぐと、氏は席を立って、電話口まで行き、うんうんとうなずき、これからそっちへ行くと言っていたという。ボーイの話では、電話の主は、婦人の声だったと言っている。

山川氏は、その紳士といっしょにまもなく席を起《た》ち、表からタクシーに同乗してどこかへ去った。それきり家庭にも、知人のところにも連絡を絶った。

同氏の行方不明の事実の発表が、なぜこのように遅れたかというと、同氏には二、三人の愛人があり、仕事に疲れると、その愛人宅のどこかに三日間ぐらい滞在することは珍しくなく、そのときは一切の連絡をしないことが習慣であった。だから三日目の夜になって、どうしても同氏に連絡しなければならぬ緊急な用事ができたので、家族が心当りの家を電話でききあわせたところ、どこにも同氏は寄っておらず、そのほかにも姿がないので、二十七日朝に至って、山川氏の家族から警視庁に正式捜索願いの届出があったものである。警視庁では、同氏の地位を考慮し、ひそかに捜索をつづけたが、手がかりなく、ついに今日四月二日午前十時、山川氏失踪のことを一般に発表することになった。

警視庁では、山川氏の生死については、まだその推定の発表をさし控えている」

この記事のあと、関係者の談話がつづいた。

「警視庁伊原刑事部長談……山川亮平氏が三月二十三日夜から所在が知れなくなったという届出は、家族から二十七日朝にあった。いろいろ事情を聞いてみると、同氏の特殊な生活環境から、家族はそれまで同氏のことを心配しなかったらしい。したがって、山川氏が行方不明になってから、まる三日半の空白があり、これが現在捜査をある程度困難にしている。ナイトクラブで山川氏といっしょにいた紳士や、電話で山川氏と話した女性については、いまのところ手がかりがない。同氏は、政界にはきわめて重要な存在であるが、この失踪に政治色があるとは思えない。同氏の生死については、今は何も言えない。まったく、見当がつかないというのが現状だ。

ナイトクラブ・シルバーのボーイA君の話……山川先生は、ここにときどき、お見えになりますので、よくお顔を存じあげています。ここにお見えになったときは、お客さんが先に来て待っていたようで、山川先生が席におつきになると、その人が立って挨拶《あいさつ》に行き、それからはお二人でお話があったようです。ホステスはいませんでした。そのお客さんというのは、三十五、六歳の紳士でしたが、ここでは初めて見る顔でした。同店の女受付係Bさんの話……電話を聞いたのは私です。『そちらに山川先生がお見えになっていませんか』と女の方の声できかれたので、『はい、お見えになっていらっしゃいますが、どなたさまですか』ときくと、『呼んでいただいたら、わかりますから』と言うので、山川先生の卓に行ってそう申しあげました。先生は、そう、と言って、相手のお客さんにちょっと失礼と言って立ちあがり、受付の電話機のところに来て、何か話していらっしゃいましたが、私どもは、遠慮して離れていたので、先生がどんなことを話されたか、よくわかりません。話は短く、じゃこれからそっちへ回るよ、という最後の言葉だけが高かったので耳にはいりました。その電話の女の方の声は、そんな若い感じではなく、三十歳前後の方の声という感じでした。

山川夫人の話……主人はあまり警戒しないたちで、ひとりでどこへでも出かけていきました。こんなことなら、運転手を待たせておくのでした。主人の行方については心当りがまったくありません。

保守党某幹部の話……山川氏の行方がわからないと聞いて驚いている。目下はたいした問題もなく、山川氏ものんきだったはずだ。一部に誘拐《ゆうかい》説があるが、軽々《けいけい》には速断できない。なんにしても、早く見つけたいものだ」

政界の一方の実力者、山川亮平の失踪だけに新聞も大きく書き立てている。

警視庁が、家族の届出が遅かったことを指摘しているが、それは山川氏の環境の特別な事情だという。それよりも、捜査が開始されて約一週間も遅れて、この事実を新聞社に発表したのは、やはり同氏の地位からくる影響を考えたに違いない。

とにかく、新聞は興奮しているのだ。

が、田代には、これはあまり興味がない。

山川亮平のことは、かねがね新聞や雑誌でよく承知していたし、その顔も、写真で知っているが、ただ、それだけの話で、

(ほう、えらい事件が起きたな)

というくらいな感想しかなかった。

自分に直接関係がないから、やはり他人《ひと》ごとであった。

この新聞記事を読むのと、朝飯がすむのとが同時だった。無愛想な女中が来て、朝食の膳をひきさげた。

「君、すぐ発《た》つから勘定してくれ、それからすぐにタクシーを呼んでくれ」

「かしこまりました」

女中は、かたちだけおじぎして行ってしまう。どうも不愉快な宿である。

だから、タクシーに乗ったときは、かえって、せいせいした。

「どちらまで」

と、運転手がきく。

「下諏訪駅に行ってくれ」

タクシーは旅館街を抜けて、国道に出た。これから北へ向ったのだが、左手に諏訪湖がひろがってきた。

湖面はまだ寒い色をしている。対岸の岡谷の町は、うすい霧の中にあった。白い遊覧船が、湖水を横切っている。

タクシーが走っている道は、昔の中仙道《なかせんどう》で、右手は丘陵の斜面になっている。まだ、桜や桃が残っていた。大型のバスがのんびりとすれ違った。

東京では、大事件が起きているというのに、この田舎の風景は、悠長《ゆうちょう》な春景色であった。

下諏訪駅には、三十分ぐらいで到着した。

田代は、さっそく、駅の小荷物係の前に行った。

たずねることは、前と同じだから、すらすらと出た。

「さあ、それだけではわかりませんな」

駅員の答えも、想像のとおりだった。

「前の運送店に行ってきいてごらんなさい」

というのが、よそとは違った、わずかな親切である。

運送店も、前の例と同じで、

「そんなものは扱っていません」

と、事務員が帳簿を調べて答えた。田代は最後の勇気を出して岡谷駅へ向った。

田代は、岡谷の駅の前の運送店に先に行ったが、ここでも、やはり収穫はなかった。

駅の小荷物係の窓口に行ったときは、実のところ、希望を半分投げていた。

田代が、前回と同じことをきくと、

「木箱に菰包《こもづつ》みですね？」

と、駅員は首を傾《かし》げた。

まだ、二十二、三の若い係員だったが、その首の傾げ具合から、田代は、これはモノになりそうだ、と直感した。

「発駅は？」

と、係員は、台帳をとって繰りはじめた。

「新宿です」

係員は、帳簿の一点を指でおさえた。

「発送人は誰《だれ》ですか？」

その荷が到着していることは間違いなかった。田代は迷った。川合というべきか、荒川というべきか——。

「川合五郎というのです」

田代は思いきってその名を選んだ。

「着いていますよ」

係員は、あっさりと答えた。

「え、到着していますか？」

田代は思わずきき返した。胸が思わず鳴った。久しぶりに、その荷物にめぐりあったのである。

「到着していますが、もう受取人がありましたよ」

駅員は田代に言う。

「何日ですか？」

「三日前です」

「三日前？」

田代は、素早く計算した。それは自分が東京を発《た》った日だ。すると、「川合五郎」は、木崎湖畔の駅に現われる前日に、この諏訪湖畔の岡谷で荷をうけとったことになる。地理的な順序としても、これはうなずけるのである。

「その荷物の重量はどれくらいですか?」

田代はきいた。

すると駅員は、田代を見て、

「あなたは、この荷とどういう関係があるのですか?」

と反問した。もっともな質問だ。

「実は、私が本当の荷主なんですがね。便宜上、買い主の名義にしましたが」

田代は弁解を思いついて言った。

「ところが、その荷の内容について、先方と悶着《もんちゃく》が起ったのです。重量がわかれば、こちらの言い分が正しいかどうか、およその見当がつくのですが……」

若い駅員は、それで納得したらしい。

「重量四十八・二キロです。箱の長さは五十センチ、幅五十二センチのほぼ正方形で、深さは二十センチです」

田代はそれを手帳に控えた。

「どうです、合っていますか?」

駅員は、確かめるようにきいた。

「まさしく合っています」

田代利介は、勢いづいて答えた。

「内容品目は何になっていますか？」

とたずねると、

「石鹼《せっけん》材料です」

駅員は帳簿を見て言う。

ここでは、簗《やな》場《ば》の駅の場合と、全く符節を合わせていた。

「石鹼材料だなんて、こっちの方には石鹼工場がないのに、へんですな」

と、若い駅員は田代の顔を見て、ふしぎそうな顔をした。

まったくそのとおりである。これは田代が、とうに気づいていることだ。田代は想像で、内容が石鹼材料とは違うのではないか、とひそかに考えはじめていた。

「いや、石鹼材料といっても、ほかの工業用に使うのです」

田代は、自分が荷主であると名乗った手前、ごまかさないわけにはゆかなかった。

「そうですか」

駅員は、田代の顔を見て、

「あなたが荷主さんなら言いますが、荷物はもう少し、がんじょうな材料を使わないとこわれやすいですよ」

と忠告した。

「何か、具合の悪いところがありましたか？」

田代は、叱《しか》られて恐縮したようにきいた。

「木箱が一部、こわれて、なかがのぞいていましたよ」

「えっ？」

田代は、びっくりした。同時に、喜びが湧《わ》いた。思わず、つばを飲みこんだ。

「角がつぶれて、木が割れたんです。菰《こも》も切れていました。何しろ、鉄道は乱暴ですからね。かなりの力でほうりますから、荷造りは丈夫にしてください」

駅員はさとした。

「内容品が外から見えましたか？」

田代が知りたいのは、これだった。

「ええ、木が割れたから、その間からのぞいていましたよ」

「どんな物でしたか？」

つい、荷造り人の立場を忘れてきいた。

果して駅員は妙な顔をした。荷主のくせに、内容がわからないかと言いたそうだったが、送り荷の悶着が起っているから、それできくのであろうと思い返したらしい。

「やはり石鹼ですな」

と、駅員は答えた。

「石鹼？」

「すべすべした白い石鹼です。小さな石鹼を何個も詰めたのではなく、木箱一ぱいが一つの石鹼のようですな」

「ほう」

田代の予想とは違っていた。

田代は、その「石鹼材料」という品目の荷の内容品は、もっと違った物を想像していた。違った物といっても、彼には、それが何かと言い当てることができないが、少なくとも、石鹼材料でないことは確かだと考えていたのだ。

それが、案に相違して、ほんものの「石鹼がはいっていた」と駅員が言ったので、田代の予想は完全にはずれたわけである。

「それは、確かに石鹼でしたか？」

と、田代は再度、確かめたくらいであった。

「そうですよ。乳白色の、堅い、すべすべしたものです。石鹼に間違いありませんでしたよ」

小荷物係は答えた。

田代は駅の構内を出た。駅前から湖畔の方へ歩いて行く。

（「川合」がここで荷物を受け取った以上、それを湖畔に捨てている）

田代は考えながら歩く。

（青木湖でもそうだった。木崎湖でもそうだった。この諏訪湖が例外であるはずがない）

岡谷の町は製糸工場が多い。町の中にも、その工場の煙突があちこちに建っていた。が、どの煙突からも煙は出ていなかった。

戦前の岡谷は製糸工業として知られていたが、近年は、衰微して、精密機械、時計、写真機などの工業がとってかわっている。町の通りにも活気がある。

しかし、田代は視察に来たのではなかった。湖畔に向うのは、漁師の家を訪ねたいからである。

諏訪湖は大きいだけに、湖岸は海の波打ちぎわのように浅い。物を沈めるとしたら、どうしても湖の中心近くまで出ないと、湖底が深くない。それには、むろん、小舟によらなければならないのである。

田代利介が、漁師の家を訪ねるのは、小太りの男が、あの日、舟を借りた形跡はないかと調べてみたいからであった。

漁師の住んでいる一区画は、網《と》が干してあるのですぐにわかった。湖からは、コイ、フナ、ウナギ、ワカサギなどが獲れるのである。老漁夫が、早春の陽《ひ》を肩に浴びながら、網をつくろっていたので、

「ちょっと伺いますが」

田代は歩み寄って頭を下げた。

「へえ？」

老人は顔を上げた。

田代は、老漁夫に、四日前に、こういう背恰好《せかっこう》の男が、舟を雇った事実はないか、ときいた。

「さあ」

漁夫は、頭をひねって、

「わたしの家には、そんなことはなかったが、ほかの奴《やつ》はどうだかわからねえ。一つ、きいてあげよう」

と、親切に言ってくれ、腰をあげた。

田代は待っていた。

かなり時間がかかった。親切な老漁夫が、心当りのところを、ほうぼう捜してくれて、ひまどっているに違いなかった。

その間、田代利介は、無心に湖面を眺《なが》めていた。

向い側は、ちょうど、下諏訪の町に当り、ゆるやかな斜面に向って小さく家がならんでいた。白い洋館や、赤い屋根がちらちらと見える。遊覧船が湖上を横切っていて、マイクから説明の声や、音楽が流れていた。

魚を獲《と》る小舟もいくつか浮んでいる。湖上に櫓《やぐら》が組んであるのは、湖底から湧き出ている温泉をとるしかけらしかった。

こちら側の背面の丘陵には、うねうねと曲った道がついていて、小さな白い車体のバスがゆるやかに登っていた。これは塩尻峠《しおじりとうげ》で、ここを越すと、松本盆地に出るのである。峠の上には光をふくんだ白い雲がかかっていた。

田代は、煙草《たばこ》を何本か喫《す》いながら、この風景を眺めていると、後ろに足音が聞えた。振りかえると、さっきの老人で、若い男をひとり連れてきていた。

若い男は黒い顔をし、がんじょうな体格をして、一目見ただけでも、同じ漁師仲間だとわかる。田代は口から煙草を捨てた。

「どうも、心あたりの者がおりやせんでなあ」

老人は言った。

「いま、留守中の者もあるだで、よくわからねえが、この男が、それらしい男を見たと言ってるで、連れてきましたよ」

「それは、どうも」

田代利介は頭を下げた。

「忙しいところをすみませんでした」

「いやいや、役にたつかどうかわからねえ。まあ、こいつの話を聞いてやってください」

老人に促されて、若い漁夫は田代の前にすすんで話しはじめた。

「四日前のことというので、ちょっとしたことを思い出しました」

「ははあ、どういうことですか？」

田代は目を向けた。

「わたしが、舟を貸したわけじゃありません。四日前の晩、ちょうど、舟をあの辺に出して」

と、若者は右手の湖岸の森をさした。

「ウナギ釣《つ》りをやっていると、どこの舟だか知らねえが、近くに来てとまったのです。なにしろ暗い夜だし、向うの舟は、舳先《へさき》に灯をつけているだけで、誰《だれ》が乗っているだか、よくわからねえ。わたしが釣りに気をとられていると、突然水音がして、こっちの舟が揺らいだので、わたしは、ばか野郎といって、どなってやりましたよ。なんでも、大きな石のようなものを湖の中に落したようすで、波紋が起って、せっかくの釣りが邪魔されました。まったく非常識な奴《やつ》もあったもんです。どうやらそれが、土地の漁師ではないようで……」

田代利介は、岡谷から茅野《ちの》駅に向った。

これは、中央線で東京へ帰る途中だから、都合がよかった。

途中でふたたび上諏訪駅を通過した。この駅からは、温泉の帰り客がどやどやと乗ってきた。芸者らしい女が四、五人、見送りに来ている。

それから三十分ばかりして、茅野駅に着いた。茅野は高原の町で、寒天《かんてん》の製造地として知られている。駅に降りてからも、古めかしい家が多かった。

駅前には「上諏訪行」「蓼科《たでしな》行」「白樺湖《しらかばこ》行」などの標識を掲げたバスがとまっていた。

この白樺湖と蓼科湖が問題なのだが、駅の小荷物係にきいても、駅前の運送店に行っても、

「そんな荷物は来たことがありませんよ」

と、にべもなく言われた。

「駅止めとか、運送店止めだったら、たいてい覚えているのですがね、さっぱり記憶がありません」

と言う。

小太りの男が、受取人として来なかったか、ときいても、

「そんな人は来ません。ここに駅止めや運送店止めの荷物を受けとりに来る人は、たいてい土地の人間ですからね。顔を知っています。知らない人が来たら、それだけ印象に

残っているわけですよ」

と説明された。

そのとおりに違いない。

白樺湖や蓼科湖は、小さな人造湖だから、湖底もそんなに深くはないだろうし、人目にもつきやすい。したがって、川合五郎もこの二つの湖を除外したのではないだろうか、と田代は考えた。

田代利介は次の汽車に乗った。妙なことに、白樺湖や蓼科湖に写真を撮《と》りに行く魅力まで失ってしまった。

すると、小太りの男は、この二つの湖には、例の荷物を落さなかったのであろう。思うに、諏訪湖に最初に行き、木崎湖、青木湖とまわったのだろう。

しかし、それにしても、あの木箱の内容品は、なんであろうか。

岡谷の駅員が、箱の壊れで、ちらりと覗《のぞ》いたとき、なかは確かに石鹸のようだと言っている。しかし、石鹸の材料を、なぜ、わざわざ東京から送りつけて本人が湖底に沈めなければならないか。

もっとも、湖面に投げたものが、その「荷物」かどうかはわからない。それは、ただ、田代の想像だけだが、まず間違いないと彼は信じるのだ。

湖畔めぐりも、ずいぶん、長くかかったように思われて、ひどく芯《しん》が疲れた。東北の湖へもまわる予定だったが、今回はこれで勘弁してもらいたいと思った。

面倒な思索は、いずれ東京に帰って、ゆっくりするとして、田代は一眠りしたくなった。

甲府の駅についたとき、夕方で、駅売りの夕刊を買って見ると、

「山川亮平氏、依然、所在不明」と大きな活字が出ていた。

田代は、あまり興味がないので、内容も読まずに、新聞を放り出して眠りはじめた。

2

田代が、新宿駅に着いたのが八時過ぎで、ホームには助手の木崎が、いつものように出迎えていた。これは茅野駅を発《た》つときに、電報を打っておいたのである。

木崎は、田代を捜す名人で、どの車両に乗っているか、ちゃんと嗅《か》ぎわける。だから、列車がホームにとまるまでもなく、徐行しているうちに、自分もホームを列車について歩きながら、

「先生」

と、声をかけた。

「おう」

田代は小脇《こわき》のカメラのバッグをとって木崎に渡した。どんな場合でも、田代は大事なバッグを網棚《あみだな》に置いたことはない。

「お帰んなさい」

停車して、田代がホームに降りると、木崎は挨拶《あいさつ》した。

「やあ」

田代はホームで体操のように背伸びした。

「お疲れだったでしょう」

木崎が言う。

「ああ」

実際、疲れた。いつもの撮影だけの旅行ではない、精神的な疲労感があった。

「いい画《え》がとれましたか、先生？」

助手の木崎は若いだけに、いちずに写真のことばかり言っていた。

「まあね」

と、生返事して、

「君、留守中に何か変ったことはなかったかね？」

ときいた。

「いいえ、別に」

「そうか」

「何か？」

「いや、なんでもないんだ」

この会話は、大勢の下車客といっしょに出口に歩きながら言ったことだ。

田代は、自分の前を流れて行く客の後ろ姿を、なんとなく見ていたが、そのうち、はっとした。

人と人との肩がすれあう中に、一人の女の姿が、瞬間に目についたのである。

どきっとしたのは、その女が、何か気をとられて、ちょっと横を向いた顔であった。

(あの女だ！)

まぎれもなく、飛行機の若い女性だった。

田代と彼女との間は五、六メートルぐらい離れていて、その間にはたくさんな人間がはさまっている。田代が彼女を確かめようと思っても、間にはいっている人間が邪魔になるのだ。

「おい、木崎君、君、勝手に帰れよ」

田代は助手に急いで言った。

「はあ？」

木崎は、きょとんとしている。

「急用ができた」

田代は言い捨てて、人の間を泳いで前に進んだ。

田代は、女のあとを追って改札口に向った。

夜の八時すぎの新宿駅は、ひどい混《こ》みあいである。ことに出口に向う地下道は、ほかの線から吐き出された降車客といっしょになるものだから、洪水《こうずい》のような群衆だった。

田代は彼女の姿を見失わないように、目を放さずに歩いて行く。が、群衆という障害物のために、なかなか思うように前に進めない。彼女の後ろ姿も、見えたり隠れたりするのである。

田代は動悸《どうき》が打っている。今度こそ間違いなく、あのときの若い女だった。今夜は濃いグリーンのスーツを着ているので、その色を目印にすれば見失うことはないと思った。

いったい、あの女はどこからの帰りであろうか。

地下道にはいろいろな列車の降車客が雑多に合流するので、よくわからないが、どうも彼女は中央線のホームから地下道に降りたような気がする。そうだとすると、田代が乗ってきた列車といっしょだ。

田代は、グリーン色の女のあとから、十メートルは完全に遅れて出口に来た。改札口は、群衆が堰《せ》かれた水のように一時にたまるから、容易に女のあとを追えない。前につかえた群衆にじだんだを踏みながら、目だけは、改札口を出てゆく女の姿を追っていた。

彼女は駅前のタクシーに寄って、ドアを開かせている。ぐずぐずできない。相手はタクシーに乗って立ち去ろうとしている。田代は前の人の肩の間に割りこみながら進んだ。田代利介が出口を通過して、タクシーのたまり場に行くのと、彼女の乗ったルノーが走り出したのと同時であった。

「どちらへ?」

運転手は、悠長《ゆうちょう》に、田代を振り返って行先をきく。

「あの前の車のあとを追ってくれ」

田代は指をつき出した。

「へ、ルノーですな?」

「そうだ。メーター料金のほかにチップを出す」

「わかりました」

運転手は乱暴にアクセルを踏んだ。

ルノーは、デパートのある方へ走っている。田代は、その車から目をはなさない。この辺は車が多く、田代の乗っている車の前には、タクシーや、自家用車や、バスやオート三輪まで挟《はさ》まって、容易に前に出られないのだ。

向うのルノーは、前にあまり邪魔物がないので、かなりの速度で走ってゆく。みるみる距離が遠去《とおざ》かった。

「だめか」

田代が、がっかりして呟《つぶや》くと、

「この先の信号にうまくひっかかると追いつくんですがね」

と、運転手も気を焦《じ》らせていた。

田代の乗ったタクシーは、そのまま進んだが、間にはいった、ほかのタクシーやバス、トラックなどが、前から順々にとまった。

「しめた、赤信号にひっかかったですよ、旦那《だんな》」

運転手は言う。

田代は窓から首を出して前方を見ると、たしかにルノーも信号待ちしている。

「いまの間に、前に突っ込めないかね？」

田代は運転手をつついた。

「さあ」

運転手は首をひねっている。

なるほど、前の車がつかえて、一メートルもはいってゆく隙《すき》がない。

「ちょっと、むずかしいが、信号が変ったら、すぐに走りましょう」

その信号が変った。赤が青に変るや否《いな》や、前方のルノーが真っ先にとびだした。

こちらの気も知らないで、間に挟まった車は、のろのろと動く。ことに、バスは車体が大きいだけに始末が悪い。目を凝らすと、彼女の乗ったルノーはデパートの角を左に曲った。

「おい、君、左に曲ったよ」

田代は運転手に注意した。

「わかってます」

運転手はハンドルを回しながら、器用に車と車の間を縫って進んだ。ほかのタクシーが、おどろいてクラクションを鳴らす。

やっと、デパートの角を曲るとルノーは遥《はる》か前方に、赤い尾燈を見せながら走っている。わりに少ない型だから、目標には都合がいい。こちらの運転手もスピードを出した。距離が少しちぢまったと思うころ、ルノーは電車通りに出て、また左に曲って姿を消した。

「旦那、向うでは尾《つ》けられているのを感づいていますよ」

運転手が言った。

「かまわないから、離れないでくれ」

田代は命じた。やはり心臓が鳴った。

こちらの車も電車通りに出て左に曲る。ルノーの姿は見えたが、かなり遠くなっている上に、ここにも邪魔な車が多く、ターンをしただけに、分《ぶ》が悪い。容易に直線コースに出られないのだ。田代は、いらいらした。それをあざけるように、ルノーは、すうっと横町にはいった。小型だけに身が軽いのである。

田代の車が、ようやく横町にはいると、ここは車より、人通りが多くて、前進が思うようにゆかない。運転手はしきりと、クラクションを鳴らして、人を分けた。ルノーの姿は見えない。

「しまった、まかれたか」

運転手が舌打ちしながら、車をのろのろと進めると、今度は左側の横町に走り去っているルノーを発見した。が、先方も人の出盛りに悩んでいる。

ルノーは横町の先にとまっているが、人通りが多くて身動きできない。こっちの車も自由が利《き》かない。折りから、どこかの映画館が閉場《はね》たとみえて、やけに人が多い。

こういう群衆に限って、車が来ても、避けようとしないのだ。

田代が、向うの車を見ると、女のグリーンの洋服が動いている。どうやら、これから先、進むのを諦《あきら》めて料金を払っているらしい。

田代も、急いで、ポケットから財布を出した。

メーター料金二百円にチップをつけて払い、田代がドアの外に出るのとグリーンの洋装の女性が背中を見せて歩き始めたのと同時であった。距離は約二百メートル。

田代は、間の人波をかき分けるようにして進んだ。ようやく、距離がちぢまったと思うころ、若い女はあとも見ずに、くるりと横を曲った。

田代は追いかける。彼女の方では、あきらかに追跡者を意識しているのだ。せっかく、ここまで来て、見失ってはならない。

田代利介も三十秒ほど遅れて角をまがった。この辺はバーや喫茶店、飲み屋などが多く、灯《ひ》が明るいから、視界が利《き》く限り、暗いために見えないということはない。果して、グリーンの色は、人の肩と肩の間にちらちらしながら歩いている。田代の足の速度が早くなったとたん、彼女の姿はさっと横に走った。

そこには横町がないことは知っているので、どこかの家に飛びこんだに違いない。田代が急いで行くと、ちょっとしゃれた喫茶店であった。

田代は急いで、はいった。立っていた女店員がドアを引く。

「いらっしゃいませ」

田代は店内を見まわした。暗い照明のなかにボックスがならんで、客がすわっていた。その客にグリーン色はなかった。田代はあわてて、目を入念に配ったが、どこにも発見できなかった。

ここは一階だけで、二階はない。

田代がきょろきょろしていると、カウンターの女の子が寄ってきて、

「あの、緑色の洋服を召した女の方を、お捜しになっているんじゃありませんか?」

ときいた。

田代利介は、びっくりした。

「おう」

返事にもならない声を出すと、

「これを差しあげてくれ、とことづかりました」

と、女の子は紙片をさしだした。

田代はひったくるように、それをとって、目を走らせた。万年筆で、何か走り書きが書いてある。

田代はその紙片に書かれた、走り書きを読んだ。

「あなたは、いまの興味から遠ざかってください。でないと危険がおよぶかもわかりません。

富士山をのぞいた女
カメラマン様」

田代は、どきんとした。

「この紙をくれた人は、どこにいる？」

顔を上げてきくと、

「はい、その方は」

喫茶店の女の子は微笑して、

「あっちの入口から出て行かれました」

と、奥の方へ指をさした。

「え、もう一つ、入口があるのか?」

「はい、表と裏と、両方の通りからはいれるようになっています」

なんのことはない。あの女は、この喫茶店の内を通り抜けたのである。むだだとは思ったが、田代はあとを追って、店内を横切り、もう一つの入口に進んだ。

外に出ると狭い横町は、相変らず、人通りが多く、グリーン色の洋装の姿はなかった。右に行ったか、左に逃げたかわからない。今ごろはタクシーを拾って、どこかに走り去っていることだろう。

田代利介は、すごすごと店内に戻《もど》って、コーヒーを頼んだ。

あらためて、手に持った紙片をひろげてみる。走り書きだが、女性らしい達筆な文字であった。

「あなたは、いまの興味から遠ざかってください」

というのは、むろん、湖畔の駅から例の荷物を尋ねていることをさしているのであろう。すると、あの「富士山をのぞいた女」は、田代利介の行動を知っているのだ。

「危険がおよぶかもわかりません」

というのは、それに興味をもっていろいろせんさくすると、あなたの身辺は危険だ、という警告に違いない。

田代の湖畔めぐりの行動を、あの女性が見ていたとは思われなかった。それなのに、彼女はどうしてそれを知っているか。

彼女は誰《だれ》かに、それを聞かされたに違いない。では、誰が、彼女に聞かせたか——。

田代はここで、自分の行動が、逐一、誰かに監視されていた、と気づくと同時に、漠《ばく》然《ぜん》と、一つの組織が動いているのを感じた。若い彼女は、その組織体の中の一粒であろうか。

警告はおそらく、あの女の意志ではなく、誰かに命令されて、彼に伝達したのかもわからない。

「この事件から手を引け」

田代の耳には、この声が聞えている。小説や映画の世界ではない。これは田代が身を置いている現実だった。

田代利介は、コーヒーに一口つけただけで考えこんだ。すこし寒気がしてきた。

(この警告は、ただのいたずらや、おどかしではない)

田代利介は思った。

げんに、野尻湖《のじりこ》では、銃弾の狙撃《そげき》をうけた。あのときから、狙《ねら》われているのだ。

（しかし……）

と、田代は考える。

（野尻湖には、あの小太りの男の影も見なかったではないか）

木崎湖でも、青木湖でも諏訪湖でも、小太りの男の影や、立ちまわったあとの形跡を見た。野尻湖だけには、それがなかった。

つまり、柏原《かしわばら》の駅には、例の石鹼《せっけん》材料の木箱を送りつけたあとがないのである。これが小太りの男の形跡なのだ。

その形跡のない野尻湖で、最も危険な狙撃をうけたのは、いったい、どういうわけであろう。

田代の目には、野尻湖の風光明媚《めいび》な湖面が浮ぶ。

美しい眺《なが》めである。一艘《そう》の小舟が湖をよぎってきている。舟からあがったのは、若い女漁師だ。茶店のおばあさんが、大きな声を出して、何か釣《つ》れたか、ときいている。平和な眺めだ。

人も平和だし、眺めも平和である。あの風光の中に、どこにそんな危険がひそんでいるのか。

田代は回想している。

柏原の町で「川合五郎」を捜して「河井文作」の標札にぶつかったのは、今は、おかしな思い出だ。四十二、三の、いかにも農夫らしい河井文作の顔に興味を起し、カメラを向けて怒られたのも、くすぐったい記憶だ。

どれを思い出しても、野尻湖の周辺には、彼が狙撃される因子がひそんでいようとは思われなかった。一茶《いっさ》の故郷の、風雅な古い田舎町なのである。

田代利介は、コーヒー茶碗《ぢゃわん》を片側に押しやってメモを出した。

①岡谷駅止めのもの

品目 石鹼材料 重量四十八・二キロ、タテ五十センチ、ヨコ五十二センチ、深さ二十センチ。

②簗場《やなば》駅前運送店止めのもの

品目 石鹼材料 重量四十四・八キロ、タテ四十センチ、ヨコ四十センチ、深さ三十センチ。

③海《うみ》ノ口《くち》駅止めのもの

品目 ロウソク 重量二十九・六キロ、タテ八十センチ、ヨコ二十センチ。

「警告」がきたのは、これらの荷物を、田代が「調べている」と思われたからだが、田代は「石鹼材料」、「ロウソク」のこれらの内容品が、実際、いかなるものか推測がつかなかった。

しかも、危険は、この荷物の到着の有無を調べたことから始まっているのだから、これはよく考える必要があった。

3

田代は、その夜、アパートに帰って寝た。旅の疲れと、夜、新宿を車で追跡してまわった疲労とで、泥《どろ》のように熟睡した。

疲れているときは、かえって田代は夢を見る。

このときも、グリーンの服の女を街中、追いかけている夢だった。街は、新宿のようでもあるし、銀座のようでもある。雑踏の中を、田代は横町から横町へと、女を追ってゆく。

夢には色彩がないのが普通だが、あたりは灰色なのに、グリーンだけが鮮やかにわかるのである。

追いつきそうになっては、女が逃げ、距離がひろがっては、またちぢんでゆく。

田代の手が女の背に届くようになると、後ろから歩いている人が触れてきては邪魔になる。

そんな光景を何度か見ているうちに、田代の背は強く揺すられた。田代は目をあけた。

いつも、世話を頼んでいる近所のおばさんの顔が真上から田代をのぞきこんでいた。

何か、さっきから呼ばれていると、おぼろに思っていたが、

「田代さん、田代さん」

というおばさんの連呼であった。

「はあ？」

田代は、まだ、半分は眠気が後頭部に残っていた。

「田代さん、大変ですよ」

おばさんは目を三角にしている。普通、こんな起し方はしないし、何か容易ならざる事態が発生したらしい。

田代は、おばさんの真剣な顔を見て、はじめて意識がはっきりした。

「なんですか？」

枕《まくら》から頭を起した。

「なんですかじゃありませんよ、田代さん。泥棒がはいったんですよ」

「え、どこに？」

「この部屋ですよ。あれをごらんなさい」

おばさんの指さす方を見ると、洋服簞笥《だんす》があけ放しになったまま、田代の上着やズボンがとり散らかっていた。

本箱の扉《とびら》や、引出しがあけられて、なかの原稿の書きかけや、手紙や、写真を焼き付

けた紙などが散乱している。

「これですよ」

おばさんは机をさした。その引出しもことごとくあけ放たれ、よそから来た通信などが散らばっていた。田代は一瞬、呆然《ぼうぜん》となった。

「こっちからはいったんですよ」

おばさんは窓をさした。

裏通りに面している窓のガラス戸が、半分あいて、寒い風がはいりこんでいた。確かに錠《じょう》をさしこんだはずだが、ガラス戸はあいている。よくみるとガラスがまるく焼き切られている。

泥棒は、そこから手をつっこんで内側の捻《ね》じ錠をはずしたのだ。

「これは本職だな」

田代は、それを見て感心した。寝ていて物音一つ聞えなかったのである。

「まったく気がつかなかったのですか？」

おばさんは、あきれたように田代を見た。

「よく寝たもんだ」

田代は頭をかいた。

「これだけ家捜ししているんです。田代さん、何を盗《と》られたか、よくごらんなさい」

おばさんは、自分が被害をうけたように田代をせきたてた。

「盗られたって、ろくなものはないはずだ。金もないしね。何を盗りにはいったのだろう？」

田代は洋服箪笥、整理箪笥、机、本箱など、かきまわされたところを一つ一つ見ていった。調べたが、格別に盗られたものはなかった。

「なんにも盗られていないよ」

田代は突っ立った。泥棒がかき乱したあとを、骨を折って整理したようなものだった。

「ほんとに盗られていないんですか？」

おばさんは容易に信じなかった。

「ない。それはぼくが知っている」

おばさんはふしぎそうな顔をして、

「へえ、せっかく、はいってきたのに、洋服一着ぐらいは持って行きそうなもんですね」

と呟《つぶや》いた。

そういえば、田代の洋服は、わりと上等で、生地はイギリス製だった。

田代は、昨夜まで着ていたジャンパーとズボンを調べた。ポケットをさぐられた形跡はたしかにあったが、これも盗られたものはなかった。三万余円入りの財布は、そのまま異常なくはいっているのだ。

「へんだな」

田代は首を捻《ひね》った。何を狙《ねら》いに泥棒ははいったのだろう。

「警察に届けましょうか？」

おばさんが言ったが、

「被害が別にないから、かまわんだろう」

田代は断わった。

「でも、泥棒がはいったのははっきり間違いないから、いちおう届けた方がいいですよ」

おばさんは主張する。薄気味悪がっているようすだった。

「そうだな」

田代が煮えきらないでいると、

「田代さん、木崎さんから電話ですよ。何か変ったことが起ったらしいですよ」

と、おばさんが取りついだ。

田代は急いで送受器をとった。

「もしもし、先生ですか」

木崎のあわてた声が聞えた。

「なんだ？」

田代が送受器を握って言うと、

「先生、えらいことが起りました」

木崎は興奮した声で言う。

「工房に泥棒がはいりましたよ」

「えっ」

田代は驚いた。

「そっちにもはいったのか？」

「そっちにもって……」

今度は木崎の方が驚いた声を出して、

「お宅にもはいったのですか？」

アパートの部屋を、お宅というのもおかしいが、木崎はそんな呼び方をしていた。

「そうだ、こっちも今朝《けさ》わかったが、工房の方はどんな具合だ？」

「えらく引っかきまわされていますよ」

「何か盗られているのか？」

「まだ、よくわかりませんが、カメラは無事のようです。しかし妙なことを泥棒はしていますよ」

「よし、ともかく、これからそっちへ行く」

「警察に届けておきましょうか？」

「それも、ぼくが行ってから決める」

電話を切ると、おばさんが横から、

「工房にも泥棒がはいったんですか？」

と、びっくりした顔をしていた。

「そうらしい」

田代は落ちつくために、煙草《たばこ》を出した。

「まあ、どうしたんでしょうね。こっちと工房と両方を狙うなんて、ただの泥棒じゃありませんね」

「流しの泥棒じゃないな」

田代は考えている。

アパートに単独にはいったのならそうは思わないが、同時に、工房と両方に侵入したとなっては、別な考え方が起きるというものだ。

ともあれ、工房の被害状況を見ないと話にならない。

「おばさん、あとを頼むよ」

田代はタクシーを拾って、仕事場に急いだ。

神田の工房に着くと、木崎が、待っていたように田代を迎えた。

「先生、ひどいことになりました」

木崎は仕事場の内を見せた。なるほど、ひどい。

机の引出しという引出しはあけ放たれ、中のものが掻《か》き出されて床の上に散乱している。ネガや、焼き付けた写真なども、遠慮会釈《えしやく》なく散らばっていた。

「カメラは？」

いちばん気にかかるのは写真機だ。商売用だから、ずいぶん、高価なカメラも置いてある。

「それが一台も盗られていません」

木崎が言った。

「表の錠前を壊してはいったらしいのですが、泥棒はカメラなどを見向きもしていないんです」

「何も盗まれていない。妙なことがあるものだ」

田代利介は呟く。

アパートに侵入した泥棒も、一物も盗っていない。ただ、部屋の中を掻きまわしただけだった。

「へんな泥棒ですな」

木崎も言って、

「妙なことといえば、暗室にはいって、泥棒はフィルムを見ているんですよ」

と告げた。

「なんだって?」

田代は目をむいて、

「どうしてわかった?」

「ぼくが吊《つ》り下げた位置と、フィルムが違うんです」

木崎は答えた。

「昨夜、新宿で先生からカメラバッグをうけとると、ぼくはすぐに暗室で現像したんです。そして乾燥させたんですが、その位置が今朝は違ってるんです」

田代は暗室にはいった。

フィルムは十数本も吊りさがっていた。田代が湖畔めぐりをして撮《と》ったものを、助手の木崎が現像して乾燥したものだ。

田代はフィルムを手にとる前に、

「どう違うのかい?」

と、木崎にきいた。

「順序がばらばらなんです。ぼくがならべたとおりと違うのです」

木崎の説明によると、現像の順に従って、右からフィルムを吊り下げておいたのだが、今朝見ると、その画面の順がまるきり入り乱れているというのだった。

「泥棒《どろぼう》は、この暗室にはいって、このフィルムを手にとって見たに違いありませんよ。そして元《もど》に戻すときに、前のとおりにしなかったので、こんなにめちゃめちゃになったに違いありません」

「うむ」

田代は顎《あご》に指を当てて、目を据《す》えた。

「まだおかしなことがあります」

「なんだ？」

「最後のフィルムが残っていたのはコンタックスでしたね？」

「そうだ」

「その裏蓋《うらぶた》があけられてあったんです」

「なに!?」

「もっとも、そのフィルムはぼくがひきだして現像しましたから、被害はありませんが、フィルムが装塡《そうてん》されたままだったら、むだになるところでした」

田代には泥棒の目的がぼんやりわかってきた。

田代の撮影したフィルムの映像を調べにきたのだ。アパートにはいったのも、田代が撮影したカメラを持って帰っているかもしれないと思ったからであろう。

しかし、彼らの狙《ねら》いは湖の写真ではあるまい。田代がいろいろな湖畔をうろうろしているときに、何かを撮っているのではないか、と心配したのに違いない。

その証拠に、湖畔を写したフィルムは無事に残されている！

と、いうことは、田代が、彼らの懸念《けねん》する何ものも撮影しなかったことだ。

田代は腕を組んだ。

いったい、何者であろう？　単純な泥棒ではない。ここへ出てこいとどなりたいくらいであった。

すると、忍びこんだ者が、カメラの裏蓋をあけて見ていることに気づいた。当然指紋がついているはずだ。

「木崎」

と、田代は急に命じた。

「すぐ警察に電話して、泥棒がはいったと届けろ」

木崎は、にわかに田代の気持が変ったので、びっくりしていたが、すぐ電話機にとりついた。

所轄署《しょかつしょ》から刑事が三人連れで来たのは、一時間後だった。

「何か被害はありましたか？」

刑事はきいた。

「いや、実害はありませんが、このとおりです」

田代は、取り散らされた工房の内部《なか》を見せた。

「ははあ」

刑事は拍子抜けの顔をした。実害がないので、張り合いを失ったらしい。

「騒がれたから、逃げたんですかな？」

誰《だれ》もいない時だし、そんなはずはなかったが、田代は黙っていた。

刑事たちはそれでも侵入口や逃げ口を調べてくれた。それは入口のドアの錠を破壊しているので、素人《しろうと》にもわかった。

「刑事さん」

田代は、ハンカチの上にのせて、コンタックスをさしだした。

「泥棒はこの裏蓋をあけているんです。これに指紋がついているかもわかりませんから、調べてください」

「そうですか」

刑事は携帯してきた鞄《かばん》の中から鑑識の道具を出した。それから白い粉をカメラの裏表に振りはじめた。

刑事がカメラに白い粉をかけるのを田代は横で見ていた。

刑事は、次に真っ白になったカメラを刷毛《はけ》で掃きはじめた。彼は明るいところに、それを持ち出し、ハンカチの上にのせたまま、拡大鏡を出して、ためつ、すがめつ、入念に見入った。

刑事は、しばらくその動作をつづけていたが、やがて拡大鏡をおいた。

「指紋はついていないよ」

と、同僚にともなく田代にともなく言った。

「え、指紋がない？」

田代はカメラをのぞきこんだが、むろんわかるはずはなかった。

「しかし、このカメラをいじっていることは、たしかですよ」

田代が言うと、

「犯人はゴムの手袋をはめていたのですな」

と、刑事は答えた。

「ほら、医者が手術用に使う薄いゴム手套《てとう》です。あれだと指が自由に動き、細かい工作ができます」

「ははあ」

田代はうなった。いよいよ計画的な侵入である。

「表戸の錠を壊していますから」

と、彼はなおも言った。

「そっちに指紋がついているかもしれません」

刑事は、たぶん、むだだろうと言ったが、それでも、壊れた錠前の上に、白い粉を振った。

「やっぱり、ついていませんな」

刑事は、ふう、と白い粉を口で吹いてから言った。

「カメラにもつけないくらいですから、こっちにもついていませんよ」

田代は腕組みして突っ立ったが、こうなると、もっと調べてもらいたくなった。

「実は、ぼくの住んでいるアパートの部屋も昨夜荒らされたんです。そっちの方も調べていただけませんか？」

「えっ」

刑事は驚いた顔をして、

「被害はあったのですか？」

ときく。

「盗《と》られたものはないんですが、指紋の有無を調べていただきたいのです」

「場所は？」

ときいてから、

「それは管轄が違うから、所轄署に言ってください」

と言う。刑事たちは、とにかく届書を出してくれと言って帰った。

「やれやれ」

田代は仕方がないから所轄署に電話した。

田代がアパートに帰って、二時間ぐらいして、新しい刑事が三人連れで来た。

刑事たちは賊の侵入口を調べた。

「ここからはいったんです」

田代は部屋のガラス戸を見せた。ガラスは、手がはいるくらいに、まるく焼き切られていた。

「ははあ、専門家だな」

刑事はガラス戸をあけて外をのぞいた。ここは二階だから、横の路地が下に見えた。

刑事の一人が鞄の中から道具を出して、白い粉を、ガラス戸の桟《さん》、箪笥《たんす》の引出し、本箱、机などに振った。

それから拡大鏡を出して、覗《のぞ》きながら、ぐるぐる回っていたが、

「指紋が出ないね」

と、首を傾《かし》げている。

「手袋をはめてたんでしょうな？」

刑事は田代に言った。

「被害はありませんか？」

「被害はありません。ただ、外からはいってきて、かきまわされただけです」

刑事はへんな顔をした。

「妙な泥棒《どろぼう》があったもんですな。盗ろうと思えば、洋服だって持って行けたのにな」

五、六着、洋服箪笥の中にぶらさがっている洋服を見ていたが、実害がないということで、やはり拍子抜けしているようだった。

「まあ、何も盗られないのに越したことはありません。今後も気をつけてください」

刑事はそう言って帰って行った。

田代は考える。

ここにも手套をはめた男がはいってきた。もはや、工房と同じ男であることは疑いもなかった。

侵入の時間がわからないので、どちらが先かはっきりしなかったが、どっちにしても、一晩のうちに両方を襲ったのだ。

目的は、いよいよはっきりした。狙《ねら》っているものは、田代が湖畔めぐりで撮ったフィルムで、先方の好ましくないものが、撮《うつ》っていないか、という懸念であろう。もし、それがあったら、奪《と》って行くつもりだったのだ。それなら、それはなんだろう？　田代は、自分がカメラを持って歩いた所を回想した。

相手が、田代の行動をどこかで見ていたに違いないから、当然、田代の行った所に、彼らの懸念する被写体があったわけだ。

(この事件に深入りしないでください)

飛行機で、「富士山をのぞいた女」の残した紙片の文句が田代の目に浮ぶ。つまり、ふしぎな盗賊の侵入も、考えかたによっては一種の「警告」であった。

(警告か!)

(なに、おどかされるものか)

田代はからだの中に、かえって闘志を感じた。田代はまだ帰ってきてから伊藤に連絡していないのに気づき、電話機をとって、文声社の番号を回した。

4

文声社は、すぐに出た。田代が伊藤に、というと、彼の声もつづいて聞えた。

「田代です」

と、名のると、

「やあ」

伊藤は大きな声を出した。

「この間から、電話をかけたかったんだが、湖畔めぐりから君が帰るのを待っていたんだ。ぼくも大阪から入れ違いで帰ってきてね」

「実は昨日、帰ってきた」

田代は言った。

「そうか。それは、ご苦労さん。いい写真が撮れたかい？」

「まああ、だ」

田代はごまかした。あまり自信がない。それというのも、例の荷物のことに、すっかり心を奪われたかたちだったからだ。

「そう。そりゃたのしみだな。次号のグラビアで飾らせてもらうよ」

伊藤は単純によろこんでいた。

「どうだね、久しぶりだし、今夜あたり、一ぱいいこうか？」

「いいね」

伊藤が目を細めているようすが、電話機の奥に見えるようだった。

「どこにする？」

「それは、会ってから決めるとして、とりあえず、このあいだの喫茶店で待ちあわせないか？」

「よかろう。何時だ？」

「六時」

「オーケー」

伊藤は、元気よく返事して電話を切った。

田代は、今夜は飲んで、いやな気分をさっぱりと洗い流したいと思った。

手伝いのおばさんが、それを横で聞いていて、

「田代さん、大丈夫ですか、今夜？」

と、心配そうな顔をした。

「なにが？」

「なにがって、また泥棒に来られそうですよ。わたしは、なんだか、うす気味悪くなりましたよ」

「大丈夫だ、おばさん」

田代は立ちあがった。

「もう二度と来ないよ。狙うものがないとわかったからね」

おばさんは、洋服箪笥の方を眺《なが》めて、わからない顔をしていた。

その夜はまた、この前、伊藤に連れられて行った渋谷の「しらかわ」で飲んだ。

「しらかわ」は、飛驒《ひだ》の高山《たかやま》の民家風を模したつくりの料理屋で、女中たちはすべて紺がすりに赤い前だれがけという田舎風の味を売りものとしている。

伊藤の気に入りのヨシちゃんという娘は、まだ十八、九の、色白の丸顔に紺がすりのよく似合う、可憐《かれん》な少女だった。

ヨシちゃんや年増《としま》の女中たちを相手に、いい気分になった二人が、「しらかわ」を出た時は、もう十時をまわっていた。二人は、すぐ近くでタクシーを拾った。

伊藤は、銀座にまわろうか、と言ったが、田代はなんだかおっくうになったので、

「いや、今夜はよそう。おれは帰るよ」

と断わった。

「じゃ、おれも帰る。一人じゃつまらん」

伊藤の帰る方角は、途中までいっしょだったから、二人はそのまま、車を新宿の方へ向けた。

二人とも、話すのが、大儀なような妙な気分だった。

このタクシーには、ラジオがついている。ニュースが聞えていた。

「……山川亮平氏のその後の消息は、依然としてわかりません。三月二十三日以来、行《ゆく》方《え》不明を伝えられている保守党の領袖《りょうしゅう》山川亮平氏は、警視庁内に設けられた捜査本部の活動にもかかわらず、依然として手がかりがなく、関係筋を憂慮させています。山川

氏からはなんの通信もなく、また、行方不明以来、同氏を見かけたという人もなく、目下のところ同氏の生死についてはまったくわかりません……」

車は渋谷の坂を下り、環状線を原宿《はらじゅく》の方へ進んでゆく。

「山川氏の家族は、同氏が自殺または失踪《しっそう》するような原因は、全くないと言っております。これに対して、捜査本部では、同氏の政治的立場から考慮すべきだと、かなり微妙な見解をとっております。しかし、はっきりした言明は避け、氏の生死の見込みについても、所見を回避しております。いずれにしても、山川氏の行方不明がこのままつづけば、政治問題に発展しそうな形勢にあります……」

「えらいことになったものだね」

伊藤が、田代を見た。

「そうだな」

田代はうなずいた。しかし、政治家のことよりも、目下、自分が取り組んでいる問題の方が気にかかる。

「もし、山川氏が殺されてどこかで死体になって発見されてみろ。下山《しもやま》事件以来の大事件だぜ」

「そうだな」

田代は、伊藤の興奮と違って、あまり気がない。

「次に……」

と、ニュースはつづいた。

「都下北多摩《きたたま》郡《ぐん》国立町《くにたちまち》の雑木林の土中から、死後七、八日経過したと思われる女の絞殺《こうさつ》死体が発見されました。本日午後四時ごろ、国立町の町はずれの雑木林の中に、薪拾《たきぎひろ》いに行った付近の主婦が、土中に埋められて野犬に掘り出されている三十一、二歳ぐらいの女の死体を発見、ただちに所轄署に届け出ました。検屍《けんし》によると、死体は絞殺されて埋められたものらしく、着衣、所持品などから……」

タクシーのラジオは、殺人事件のニュースを伝えている。田代利介は耳を澄ませた。

「着衣、所持品などから、被害者は東京都中央区銀座西××番地バー・エルムの経営者川島英子さん、二十九歳と判明しました……」

田代は、

「あっ」

と声を出した。伊藤が、驚いて田代の顔を見た。

「川島さんは、さる三月二十三日より行方を断っていて捜索願いが出ていたものであります。国立警察署では捜査本部を設け、この事件を捜査しております……」

タクシーは、代々木《よよぎ》のロータリーのところにかかっていた。

「おい、運転手さん」

田代は運転手の背中へ首を伸ばした。

「代々木駅へ行ってくれ。代々木だ」

伊藤が、また、びっくりして、

「どうしたんだい、急に？」

と、振り向いた。

「ちょっと急用を思い出したんだ」

「ふーむ、いまのニュースに関係があるのか？」

伊藤はうさんくさそうな目をした。

「まあね、ないこともない。いずれ、君に話すよ」

タクシーは道を左に折れて、代々木駅の前に着いた。

「じゃ、失敬」

田代は降りた。

伊藤はあきれた顔をして、窓から覗《のぞ》いた。

「なんだか、さっぱりわからないな」

「失敬してすまない。あとでゆっくり話すよ」

田代は手を振った。

駅で、国立までの切符を買い、ホームに駆けあがった。

夜の中央線の電車はすいている。田代は座席にかけて考えこんだ。

エルムのマダムが殺されたのは、意外というよりも衝撃だった。まさか、こんなことになろうとは思わなかった。春なのに、肩のあたりが寒い。

マダムの失踪から十日以上も経《た》っている。いったい、なぜ、彼女は行方不明になったのか。久野が、しきりに気づかっていたが、ついに最悪の結果になった。

誰《だれ》が、彼女の加害者なのか？　また、国立あたりに埋めたのは、いかなる理由によるのか？　失踪は、同じ犯人が彼女を誘拐《ゆうかい》したのか、それとも、彼女の意志で、どこかに雲がくれし、そこで犯人と遭遇したのか？　田代にはいっさいがわからなかった。

電車は荻窪《おぎくぼ》を過ぎ、三鷹《みたか》を過ぎ、小金井《こがねい》を過ぎた。

第六章　目撃者

1

田代利介は、国立警察署に着いた。

ドアをあけると、三、四人の警官が、私服や制服で、机に向っていた。田代は、正面にすわっている制服の警官に頭を下げた。

その警官は、椅子《いす》から立ってきた。

「実は、さっきラジオのニュースで聞いたのですが、この管内に殺人事件があったそうですね？」

「ああ」

若い警官は、田代を無愛想な目で見た。

「実はそのことで、詳しくお伺いしたいと思って参りました」

田代が言うと、警官は、

「あんたは、事件に何か関係があるのですか？」

田代は首を振った。

「いいえ、そうじゃないんです。ぼくは、殺されたというバー・エルムのマダムをちょっと知っているものですから、びっくりしてやってきたんです」

「マダムと、どういう関係なんですか？」

警官が、勘ぐったような目つきをしたので、田代は少しあわてた。

「個人的には特別に親しい間柄《あいだがら》ではありませんが、よく飲みに行ったので、知っています。長いこと、行方が知れないので、実は心配していたのですが、死体となって発見されたと聞いて驚いているんです」

この時、向うの机にすわった私服が、小さい声で、警官を呼んだ。制服が振り返ると、私服は顎《あご》を動かして、こっちに上げろというような合図をした。

制服は、横の入口をさした。

田代は、机の並んでいる中にはいった。私服が立ってきて、

「やあ、いらっしゃい」

と、田代に笑いかけて言った。

「まあ、おかけなさい」

私服は空いている椅子をさした。そして自分でも腰をおろして、

「あなたは、バー・エルムの常連なんですか?」

と、ニヤニヤ笑って言った。

「いや、常連というほどでもないですが、ときたま銀座に行く時には、あの店に寄るんです。そんなわけで、マダムともよく口をきいていたので、他人事《ひとごと》とは思えず、飛んできました」

「そりゃ、ご苦労さまです」

私服は、カメラを持っている田代をじろじろと見て、

「あなたが、バー・エルムの行きつけなら、あの店によく来ている客はだいたいご存じ

でしょう?」

「よく知っているというわけではありませんが……」

田代利介は、そこまで言ったが、なんだか自分の方が尋問されているみたいであった。

私服は、田代がバー・エルムの常連だというので、マダムの事情に通じているのかと思って、いろいろときさだそうとしたらしいが、ようやく、田代がそれほど深いことを知っていないと気がついたようだった。

「実は、この被害者の殺された原因が、痴情関係だとわれわれはみているんです。それで、参考のためにあなたにきいたわけですよ」

私服はそう言った。ポケットから名刺を出したが、それには捜査係長とあった。

「それで、その線からの心当りは、何かあったのですか?」

田代はたずねた。

「今のところ、何も出ていません。被害者は、別に、金銭を盗《と》られたようなところもないので、男関係にしぼって捜査にあたっています。あなたは、あのバーによく行かれたそうですが、マダムの性格はどうなんです?」

「明るい人でした。別に浮いたうわさも聞いていません。もっともわたしは普通の客ですから、内側のことは知りませんがね」

田代はいちおう、そう言っておいて、

「死因はやはり絞殺ですか」

「そうです」

「絞殺に用いた凶器は、なんですか？」

「はっきりしたことは言えないが、ひものようなものではなく、柔らかい布を巻きつけたと思うんです。普通の堅いひもだと、皮膚にきずがつき、剝落《はくらく》が見られるのですが、それがありません。だから、たとえば、ネクタイ、手拭《てぬぐ》いのようなものでしょうな」

「凶器はまだ見つかりませんか？」

「ええ、発見できません」

捜査係長は答えた。

「それが見つかると、犯人の捜査が、だいぶん楽になるんですがね」

係長は田代に気を許したらしく、煙草《たばこ》を取り出して吸った。

「発見されたときの状態は、どんなふうなんです？」

「現場は、武蔵野《むさしの》の名残りのある雑木林と畑地《はたち》の真ん中です。付近には、あまり家がありません。遠い所に農家がぽつん、ぽつんとあり、近ごろ開けた団地が二キロほど離れたところに建っているくらいです」

係長は膝《ひざ》を組み合せ、煙草を吹いて、話しだした。

「死体は土に埋めていたのを野犬が掘り出し、手首がのぞいていたのを、通りがかりの通行者が見つけたんですがね。幸い、顔はいたんでいませんでした。死後経過四日ぐらい経《た》っているが、土中に埋められているので、腐爛《ふらん》状態はそれほどひどくはありません。しかし、どこで絞殺して死体を運んできたものか、今のところ被害者の足どりが、まったくつかめないのです」

「四日前というと、その日、死体を現場に運ぶのを、付近の人で、目撃した人はありませんか？」

　田代はきいた。

「それがまったくないのです」

　捜査係長は顔をしかめて答えた。

「ずいぶんあの辺を、刑事たちを聞込みにまわらせたのですがね、人家が離れているせいか、まったく見た者がありません」

「しかし」

　田代は目をあげて言った。

「いくら家が遠い所にあるからといって、まったくの無人地帯ではなし、畑に出ていた人だってあったでしょうし、散歩する人だっていたでしょう。また、家の中から、偶然に現場付近をうろうろしている人影を眺《なが》めていた、という人だってあるでしょう」

　係長は煙草を口にあてて、うなずいた。

「同じことはぼくらも考えてみました。けれど、まったくそういう目撃者がないんですね」

田代は少し考えていた。

「では、人の目がまったくない夜に、犯行は行われたのでしょうか？」

「それは十分に考えられますね、われわれもその見込みで捜査しています」

「この現場に来るには、国電は国立駅ですね、国立駅の聞込みはどうなんです？」

「残念だが、駅でも、なんの手掛りもありません。国立駅は、夜の十時を過ぎると、電車の客はずっと少なくなるけれど、普通は、わりと客が多いのです。だから、駅員に被害者の写真を見せても、よく覚えていないのですよ」

「しかし、駅から現場までは、三キロは離れていると思います。もしエルムのマダムが、生きて現場まで行ったとすると、まさか歩いて行ったとは思えないから、当然タクシーかハイヤーに乗ったものと思います。このへんの聞込みはどうなんですか？」

「いや、それも、まったくありません。運転手にきいても、そのような場所に客を乗せて行ったことはないと言っています。また、被害者の写真を見せても、見覚えがないと言っているんです」

田代利介は、また考えた。

それでは、国電によらずに、都心から自家用車で、マダムは運ばれたのであろうか。

別の場所でマダムが殺されて死体となっていたばあい、この運搬方法が最も考えられるのである。しかし自家用車だと、捜査はちょっと面倒になる。結局、国立署に来たけれど、田代には新しい発見はなかった。係長のようすからみて、捜査の内容を、それほど隠しているとは思えない。やはり、事件は難航しているのだ。

田代は、礼を言って外へ出た。警察署の前は寂しく、町の灯《ひ》がまばらについている。田代が十メートルも行かないうちだった。向うから自動車の強いヘッドライトの光が走ってきて、警察署の前に止ると、灯を消した。

田代利介は歩きかけて、立ちどまった。

ふりむくと、ヘッドライトを消した車は、中型の自家用車であった。

三人連れの背広服が、署内に大股《おおまた》ではいってゆく。そのようすで、彼らが警官だと知った。普通の市民とは態度が違う。

何が起ったのか――。

田代は興味を起して引き返した。

署の建物は、内部《なか》から灯がついて、窓が明るい。外から覗《のぞ》きこめるのである。

田代利介は、まさか、その窓枠《まどわく》に手をかけて首をのぞかすわけにはゆかないから、道路を隔てた反対側に立って伸びあがった。

署内には、自動車から降りた三人が、署員と話していた。全員が立ち話なのである。

田代は三人が本庁の捜査課員だと直感した。

その中の、背の高い一人が、しきりと何か言って質問している。

それに答えているのは、田代に、今まで話をしてくれた国立署の捜査係長であった。係長は、相手にひどく敬意を表しているらしいから、本庁でも、相当な地位の警察官のようだ。

普通の、巡視でないことは、どこか、ものものしい彼らのようすでわかった。新しい事件でも発生したのか。

田代は、マダム殺しのことで、本庁から誰《だれ》か相当の人が出張してきたのか、と思った。が、時計を見ると、もう十二時を過ぎている。こんな深夜にわざわざ本庁から遠い国立署にやってくるのは、ただごとではない。

それに、警官たちの表情をみると、みなひどく緊張しているのである。

何がはじまったのか。

田代は、中にはいってきくわけにもゆかず、また、きいても教えてくれないのはわかりきっているので、いらいらした。

もし、マダム殺しで、新しい発展があったら、なんとかして内容を知りたいのだ。

田代は、新聞記者でないから、本庁から来たおもだった男が誰なのか、まるきり知識がない。深夜に国立署を訪問した係官の名前がわかったら、せめて事件の輪郭は見当がつきそうなのだが。

そのうち、田代は、自分がカメラを持ってきていることに気づいた。幸い、望遠レンズもバッグにはいって、紐《ひも》に吊《つ》り下げている。

田代は、さっそく、カメラを出し、望遠レンズをとりつけた。暗いところで操作しているから、本庁の自動車の運転手も、田代のすることに気づいていない。

窓には明るい灯がついている。人間の顔は、はっきりと照明に浮んでいる。田代は、レンズの焦点を、本庁の男に合わせた。望遠だから、すぐそこに男の顔があるようだ。

田代は、立ち話している男に、ゆるいシャッターを切った。

その晩、田代は、ゆっくりと眠った。

朝、起きたのが十一時近くだった。それも、通いのおばさんに起されたのである。

「ずいぶん、疲れて、おやすみになってましたよ」

おばさんは朝飯を出しながら笑っている。

「ああ、昨夜、遅かったからな」

田代は顔を洗って、食膳《しょくぜん》の前にすわった。

「何時になりました?」

「帰ったのが、一時ごろだったろうな」

終電車がやっとだった。

「そんなに遅かったんですか？」

おばさんは目をまるくした。

「じゃ、相当酔ってお帰りになったんでしょう？」

「いや、酒じゃないよ」

と言ったが、急に思い出して、

「おばさん、今朝《けさ》の朝刊朝刊」

と、大きな声をした。

「はいはい」

おばさんは二つの新聞を持ってきた。

田代はいきなり社会面をひらいた。

出ている、出ている。

「国立の林の中で、女の絞殺《こうさつ》死体発見」

と、三段抜きの見出しがついていた。

田代は、飯を食うのを中止して、急いで内容を読んだ。記事は、昨夜のラジオのニュースと、国立署の刑事から聞いたこととあまり違っていない。ほかのもひらいてみたが、これもだいたい同じであった。

その横には、保守党幹部の山川亮平氏の行方《ゆくえ》が依然として知れない、と出ている。ラジオのニュースと同じらしい。田代は、この方はあまり興味がないので、そのまま読むのを素通りした。

「御飯を早く食べてください」

と、おばさんは請求する。

田代は、飯をかきこむと、久野の電話のダイヤルをまわした。

電話口に出たのは、久野の細君だった。

「あら、田代さんですか、しばらくですわね」

細君は言った。

「ご無沙汰《ぶさた》しています。久野、いますか?」

「はい、いえ、それが今朝早く家をとびだしたんですけど、おひるまでには帰ってくると言っていましたから、もう、そろそろ帰るころですわ」

「そうですか、それじゃ、これからそっちへ行きましょう」

「そうですか。では、お待ちしています。もしかすると、それまでに、久野も帰っているかもしれませんわ」

電話を切って、田代は急いで支度をした。

「まあまあ、忙しいんですね」

おばさんは見送った。

田代は、おばさんに、木崎が来たら、昨夜撮ったフィルムを現像焼付けするようにことづけて、久野の家に向った。

2

久野はまだ家に帰っていなかった。

細君が気の毒そうな顔をして、

「まあ、お上がりください。もうすぐ帰ると思いますわ」

と、上に招じた。

田代も今日は、ぜひ、久野と話したかったので、座敷に上がった。八畳の間が応接間で、それに椅子《いす》を置いてある。

細君が茶を出して、

「田代さん、しばらくですね、お元気でしたか？」

ときく。

「はあ、なんとかやってます」

「この間、ご旅行ですって？」

「ええ、信州の方へ行きました」

「そりゃ、いいでしょう。うちの久野は出無精だから困りますわ」

細君はこぼした。

「いや、仕事を抱えて旅をするんですから、つまりません。……ときに、久野君は散歩ですか？」

田代は話をかえてきいた。

「なんですか、今朝、早く起きてとびだしたんですよ。朝が早いのは珍しいことですわ。このごろ何か一生懸命に調べているようですわ」

「へえ」

田代には思い当るところがある。

「いったい、何を調べているんです？」

「それが、さっぱり私には説明しませんが」

細君は笑いだして、

「何か、刑事さんみたいなことをしているようですわ」

「刑事？」

「いろいろ人に会って、きいたり、自分でもどこかを歩きまわったりしてるようです。そのため、仕事の方が手につかないようすですの」

「何をやってるのかな」

田代はわざと首を傾《かし》げたが、およその見当はつく。

バー・エルムのマダムの失踪《しっそう》に関連していることに違いないのだ。久野は、マダムが行方不明になったときから、異常に熱心だった。そのマダムが死体となった記事が新聞に出たのだから、彼の興奮がわかるのである。

しかし、いったい、何を調べているのか。

田代が考えながら、細君と話をしていると、表の戸の音が、勢いよく聞えた。

「あら、帰りましたわ」

細君が立ってゆく。

「田代さんが見えていますよ」

と言う細君の声が、玄関でしていた。

「そうか」

久野の急ぐ足音が近づいたかと思うと、

「やあ」

と、久野のあからんだ顔が、田代の前に現われた。

久野は田代の目の前の椅子にすわって、

「やあ、よく来てくれたな。おれも会いたいと思っていたところだ」

と、目を輝かせていた。

「この間から、電話したんだけど、君は信州に出かけたきりで、なかなか帰らないんでね」

彼は言うのだ。

「失敬した。二日前に帰ったばかりだ」

「なんだい、仕事は？」

「湖畔めぐりだ、雑誌のグラビアの企画さ」

「ああ、そんなことを言ってたな」

久野はうなずいて、

「順調にいったかい？」

ときく。

「まあね。あんまり自信がないが」

田代は答えて、久野の顔を見た。

「ときに、君は、何を調査してるんだ？」

「何をじゃないよ」

久野は声を昂《たか》ぶらせて、

「君は新聞を読んだかい？」

と、叫ぶように言った。

「読んだ」

田代は、久野の剣幕に、ちょっと驚いた。

「読んだから来たのだ。エルムのマダムが殺されたことだろう？」

「だろう、などと言うのは手ぬるいよ」

「しかし、まさか殺されていようとは思わなかった。今日の朝刊をみてびっくりしたんだが」

田代は、久野の目をのぞきこんで、

「君は、マダムが殺されるのを、予想していたのかい？」

ときくと、

「まさか」

と、久野も目を落した。

「おれだって、そこまでは考えていなかったよ。そりゃ、生命の危険は考えていたが、あんな残酷な殺され方をしていようとは思わなかったよ」

「君も、朝刊で、はじめて知ったわけだな？」

「いや、昨夜のラジオのニュースで知った」

と、久野は言う。

「おどろいたよ。ちょうど、よその家に行ってラジオを偶然に聞いたんだが、目の前に火が燃えあがったような気がしたね」

久野も、田代がタクシーで聞いた同じラジオを、偶然に聞いていたのだ。

「君は、マダムの殺された現場を見たかい？」

田代がたずねると、

「むろんさ。今朝、さっそく、国立の雑木林の中へ行ったよ」

と、久野はまだ声から興奮が消えなかった。

「あれは、武蔵野《むさしの》の真ん中の寂しいところだ」

久野はつづけた。

「あんなところで殺して埋めるなんて、ひどい奴《やつ》があったもんだ。おれは、マダムがかわいそうになったよ」

「君は、マダムの失踪《しっそう》以来、しきりと調べていたそうだね？」

田代は、久野の細君の話を思い出してきいた。

「うん、いろいろの聞込みをやったがね」

久野は言うのだ。

「まず、失踪した原因について考えた。ああいう水商売をしている女だから、当然、愛情問題に関係があると思ったんだがね。それをいちいち当ってみたが、どうもそんな線が出ないのだ」

「すると、ほかには何がある？」

「バー・エルムの商売は、まず順調だった。だから、金銭関係、たとえば借金に困って行方をくらましたというわけでもない」

「なるほど」

「色でもない、金でもない。すると、残るのは、家庭的な事情ということになるが、これもマダムといっしょにいるレジの女にきくと、それほどの悩みはないらしい」

「レジの女？」

「ほら、エルムの会計をしていた女さ。あの女はマダムの大森の家にいるのだが、彼女がいちばんマダムの私生活を知っている。だから、だいたい、間違いはないわけだ」

田代はそれを聞いて、久野は、なるほどよく調べていると思った。

「ところが、君」

久野は、からだをのりだすと、急に声に力を入れた。

「ぼくは、行方不明になって以後の、マダムの姿を見たという目撃者を発見したんだ」

「え、そりゃ本当か？」

田代は、すこし緊張して久野の顔を見た。

「本当とも。たしかだよ」

久野は真剣な表情だった。

「誰《だれ》だい、それは?」

「タクシーの運転手さ」

「タクシーの?」

「うん。その運ちゃんは、前に何度か、マダムを店から大森まで乗せたことがあるので、顔を知っていたわけだな。だから、その目撃というのは確実だよ」

そう言っている久野自身が、確信ありげであった。

「いったい、その運ちゃんは何を見たというのだね?」

「大型の自家用車に乗っているマダムを目撃したと言っている。その車には、マダム一人ではなく、三人ぐらいの男がいっしょにいたというのだ」

久野は、目をらんらんと光らせていた。

「いったい、その車を見たという場所は、どこだね?」

もし、そのタクシーの運転手の言うことが真実なら、たいへんなことである。エルムのマダムは失踪後、手がかりというものが、まるでないのである。

田代も、息をつめて久野を見ると、

「それがね、君、つい、この近所なんだよ」

と、久野はやはり目を光らせて言った。

「近所?」

「うん、そこの先に原っぱがあるね。そうそう、いつか、君が家を建てたいと言うので、ぼくがすすめた土地さ」

「あ」

田代は、それを聞いただけで動悸《どうき》がうった。

「その原っぱの下が道になっている。あの辺、まだ木立が残っていて暗いからな。それをまっすぐに行くと、君がいつか写真を撮《と》りに行った作家のAさんの家になる」

久野の説明で、田代も、はっきりとその地形を目に浮べた。

「うん、わかっている」

田代は話の先を催促した。

「つまり、そこに木立があるだろう。夜は、あんまり、あの道はタクシーの通らぬところさ」

「そうだろう、あの辺は、流しが行かない」

「ところが、その運ちゃんはね、あの先に客を乗せて通りかかったそうだ。夜の十一時すぎだったというがね。客があったから通りかかったまでで、めったに行ったことがないと言っていた」

「それから？」

田代は、話の先を急いだ。

「すると、あの道の木立の下にかかると、そう、あすこは、カーブになっているだろう？　そのカーブを曲ったら、灯《あか》りを消した大型の自家用車が一台、木陰にひそむようにしてとまっていたんだ。それをこっちのタクシーのヘッドライトが、ぱあっと照らしだしたものだ」

「なるほど」

田代は、そのときの情景が目に見えるようであった。

「その照明の中に浮んだのが、エルムのマダムさ。彼女の両脇《りょうわき》に男が二人いて、ライトに照らされたものだから、男の方は顔をそむけていたというのだ」

「ふうむ」

田代は息をひいて、

「マダムというのは間違いないだろうね？」

「それは確かだ。さっきも言うとおり、その運ちゃんは、エルムのマダムを乗せたことがあるので知っているわけだ」

「いったい、その運転手は、どこにいる？」

「それが、君」

久野の目が、また興奮したように光った。

「奇々怪々なことがあるんだよ」

「奇々怪々？」

　久野の大時代な言葉にも、田代は笑えなかった。

　久野の口吻《くちぶり》に、妙な迫真性があったからである。

「どういうことだ？」

　田代がきくと、久野は肩をそびやかした。

「実は、おれは、その目撃者という運転手を捜し出したんだがね」

「それだ」

　田代は膝《ひざ》をすすめて、

「それから聞かぬとわからぬ。君はいったい、どうしてその運転手のことを知ったのだね？」

「そりゃ、簡単だ」

　久野は言った。

「そのタクシーの運転手の同僚の車に、おれが偶然、乗ったというわけだ。すると、いろいろ話しているうちに、おれがバー・エルムに行っていると運ちゃんが知ったものだから、実は、ということになったんだよ」

「実は？」

「うん、つまり、実は、自分の友だちが、あのマダムの乗っている車を見た。その車が妙なところに駐車していたとふしぎそうに言っていた、というんだな」

「なるほど。それから、君はたぐっていったというしだいだな？」

「そうなんだ。運ちゃんの名前も聞いたし、住所も聞いたよ」

「君のことだから、むろん、訪《たず》ねて行ったのだろう？」

「行った」

久野は昂然《こうぜん》と言い、

「その運転手の家は、大久保《おおくぼ》の裏通りの、わかりにくいところだったよ。名前は小西忠太郎というのだが」

「会えたか？」

「一度、行ったが留守だった。仕事に出ているというのだ。それであくる日に出かけた」

「そこで、やっと会ったわけだな」

田代が言うと、久野は目を光らせた。

「それからが、君、奇々怪々なところだよ」

「わかった、早く言えよ」

「ぼくは、そのあくる日に行った。運ちゃんの勤務は、一日つとめたら、あくる日は休みだからな。これは、もう間違いなしにいる、と思って行ったのだ」

「ははあ、その口吻《くちぶり》からみると、留守だったってわけだな」

「散歩に出た、というわけだ。おれは、せっかく来たのだから、待たせてもらった。そうだ、二時間はたっぷりと待ったな。欲しくもないのに、近所の喫茶店にはいって、コーヒーをのんだりしてさ」

「やれやれ、仕事の忙しいのに」

「君、話はこれからだよ」

久野は、椅子《いす》にすわり直した。

「ぼくは、二時間ぐらい経《た》って、運ちゃんの小西忠太郎の家へ行った。すると、奴《やっこ》さん、まだ家に帰っていないのだ。散歩だとすると、ずいぶん長い散歩だし、細君も、こんなことはめったにないと言って首を傾《かし》げていた」

「途中で、友だちにでも会ったのじゃないかな。それでいっしょにどこかに行ったということだな」

田代は言った。

「よくある場合だね。ぼくも、はじめは、そう思っていた。それからも待ったが、とうとう、こっちで痺《しび》れを切らして帰ってきたよ」

「いつの話だね？」

「それが一昨日さ。そこで、ぼくは心配になったので、昨日も、小西忠太郎のところへ行ったよ」

「ふむ。それで、どうだった？」

「小西は帰っていない」

「前日、散歩に出たままか？」

さすがに田代も驚いた。

「そうなんだ。小西の細君も半泣きでね。これがタクシーに乗ってて、行方《ゆくえ》不明になったとなると、会社の方も捨てておけないが、当人が休んでいる間の話だから、タクシー会社も冷淡なんだな。ちっとも、細君の相談に乗ってくれない、というのだ」

「待て待て」

田代は頭で整理するように考えて、

「その小西という運転手は勤め明けの休みの午後、散歩に出て、その晩は帰らなかった。すると、あくる日は、彼はタクシーに乗る勤務日だね？」

「そうなんだ。会社では連絡がないから、無届欠勤だと言ってるそうだ。会社は、心配してくれるどころか、小西が無届けで休んだというので、ひどく機嫌《きげん》が悪く、クビにもしかねまじきようすだったそうだ」

「そりゃかわいそうだな」

田代も、タクシー会社の非情は話に聞いている。しかし、今は、もっぱら、小西忠太郎について聞かねばならない。

「かわいそうだ」

と、久野も言った。

「細君の話では、小西は今まで、ついぞそんな無断外泊なんかしたことがないそうだ。で、ぼくも、少し気にかかったので、実は、今朝、国立の帰りに、大急ぎで、小西の家に行ってきたところさ」

久野が朝早く出かけた理由はこれでわかった。

「やっぱり小西は帰っていないのか?」

「帰っていない。つまり、彼は、ひる過ぎにふらりと出かけたまま、二晩、自宅に帰っていないことになる。ね、君、ふしぎじゃないか?」

久野は、田代を見つめていた。

「捜索願いは警察に出してあるのか?」

田代はきいた。

「いや、それはまだだが、今日あたり細君が出しているはずだ」

久野は答えたが、

「しかし、警察に捜索願いを出しても、あんまり効果がないと思うな。これが、はっきり犯罪に関係がある、というなら、ともかく、二晩ぐらい無断で家を明けたくらいでは、本気になってくれないだろう」

と、自分の判断を言った。

「いや、それは出しておいた方がいいだろう」

田代はそう言ってから、

「君の判断はどうだね、運ちゃんの行方不明と、車のマダムを目撃したことと関係がありそうに思えるか？」

ときいた。

久野は、鼻をこすって、

「関係があると思うな。つまり、マダムを殺した奴《やつ》は、小西運転手が見た自動車にマダムと乗っていたのだ。それを目撃されたので、小西運転手を消すつもりで誘拐《ゆうかい》したに違いない」

と、推測を言った。

「しかし、消すつもりだったら、どうしてすぐにしなかったのだろう？」

田代は反問する。

「それはだな」

久野は考えて、

「犯人の方では、タクシーのナンバーを覚えていて、その調査にひまどったのだろう。

つまり、タクシー会社を捜し、当夜の勤務運転手を調べるのに時間がかかったのだろう」

田代は首をひねった。

久野の言うことも一理ある。しかし、それよりも、久野がその話を聞くくらいだから、小西という運転手は、自分が目撃したことを、方々でしゃべっていたに違いない。もし、久野の言うように、小西運転手が犯人に消されたとしたら、そのへんの原因からではあるまいか。

このとき、田代の頭の中にひらめいたものがある。

「君、小西が見た自動車というのは、原っぱの下の道だと言うんだな？」

「そうだ。そこの木の陰にとまっていたというのだ」

「君の家に、鍬《くわ》か、シャベルはないか？」

「鍬かシャベル？」

田代が、突然言い出したので、久野はびっくりした顔をした。

「そりゃ、シャベルぐらいは、ないこともないが」

「そいつを貸してくれ」

田代は腰を浮かしかけた。

第七章　パラフィン

1

石鹼《せっけん》工場のあとは、すぐにわかった。草っ原のなかだが、その一画だけが草がむしられて、赤土が出ている。

「無断、侵入を禁ず」

と、藤沢の地主の名前で立札が出ているのは、黙ってここに工場を建てられそうになった地主が、おどろいて最近、禁制の札を立てたものらしい。

「ここを掘ってみよう」

田代利介は、シャベルを手に持って、赤土をさした。

「こんなところを掘って、どうするんだい？」

久野は、田代がまだなんにも理由を言わないので、怪訝《けげん》そうな面持《おももち》だった。

「石鹼工場のあとを発掘するのさ」

田代は言った。

「発掘したら、何が出る?」

久野がきいた。

「わからん、わからんが掘るのだ」

「しかし、目的があるだろう?」

「だいたいね。しかし、それは掘ってみた上でないと言えないよ」

「ここは、石鹼工場を建てるはずだったが、途中で工事中止になっている。そんなところを掘っても、何も出てくるわけはない」

久野はそう言ったが、

「あ、わかった」

と、自分で気づいたように叫んだ。

「何がわかったのだ?」

田代は、ぎょっとしてきいた。

「かくしものだろう」

久野は、あたっていないか、という顔をした。

「かくしもの?」

「そら、よくあるじゃないか。隠匿《いんとく》物資さ。たとえば」

と言いかけて、久野はその次の言葉につまった。

田代は笑い出したが、なるほど自分が見当をつけているのも、一種のかくしものに違いない、と思った。

「少し違うが、似たりよったりのものだ」

「もったいをつけずに、言えよ」

「掘れば、わかる。とにかく掘ろう」

田代は、シャベルを地の中に食いこませた。

かなり広い一画には、周囲に基礎のコンクリートを打ちこんだあとがある。それが工場の建物の輪郭であろう。

その内部にもコンクリートのあとは、いくつもある。それは工場の内部の仕切りのつもりに違いない。

しかし、その仕切りとは違って、小さなコンクリートの一画があった。箱といってもいいような大きさである。

田代が、シャベルを入れたのは、小さな区画の中だった。草がなく、赤土が出ていた。

「掘るのは、その場所か？」

久野は見ていたが、よし、とかけ声をかけ、協力するように鍬《くわ》を打ちこんだ。

田代はシャベルを土にさしては、掘りおこした。そこは、工場を建てるために土固めがしてあって、わりあいに堅いのである。石ころだの、コンクリートの欠片《かけら》などがまざっていた。

コンクリートの欠片は、基礎工事の崩れたもので、土のついたものが多い。田代は、それらを掘り出しては、丹念に片側に集めていた。

「おい、そんなものが何かの参考になるのか？」

鍬を振るっている久野が、田代を見て横から言った。

「ああ、コンクリートの欠片は、べつに集めておいてくれ」

「そうか」

久野は理由がわからないままに、鍬で掘っては堅い欠片をよせていた。

その欠片はあまり土の堅い所にはなかった。田代は、かなり広い範囲に掘ってから、その作業をやめた。

「コンクリートの欠片を調べてみよう」

田代は久野に呼びかけた。久野も鍬を休めた。久野の掘り出したコンクリートの欠片と、田代の掘り出したものとは、そこに小さな二つの山を作っていた。

「この欠片を手にとってみて、土だけついているものには用事はない。欠片に何か白い凝結物が付着している分があるはずだ。それだけをより出してくれ」

「よし」

久野もこうなってからは、田代の言うとおりになるほかないようすだった。たぶん、説明はあとで聞けるものと思っているに違いない。

田代も久野も、そこでコンクリートの欠片を二つによりわけた。すると、白い凝結物が付着しているのは、あんがいに多いのである。

田代が手にとって眺《なが》めていると、久野も同じように欠片を目の先に持ってゆき、じっと見入っていた。

「なんだい、これは？」

久野は指先で、白いものをこすってみた。するとそれは、ぼろぼろと崩れ落ちるのである。

田代もそれを指の先で削り落し、ポケットから出した紙に受けた。紙の上には、すべすべした白い粉が集まった。

「ははあ、これは石鹼だね」

久野が言った。

「そうなんだ。このコンクリートの欠片は、石鹼工場が試作のために作った水槽《すいそう》の一部分だろう。見たまえ」

と、田代は土だけついたコンクリートの欠片を取りあげた。

「こっちの方は、厚みが少し大きいだろう。つまり、こっちが基礎の欠片で、こっちの方は水槽の欠片というわけだ」

「なるほどね。言われてみると、そのとおりだ」

と、田代の言葉を聞いて、久野もうなずいた。

「すると、あの工場は、完成しないうちに、試作品を作っていたんだね」

「そうだ。まだ、板囲いのままにね」

田代が言った。

「しかし、久野。なぜ、石鹼工場は、建物ができないうちに、そんなに試作品を作るのに、あせっていたのだろう？」

「そりゃ、製品の出来具合が心配だったからだろう」

と、久野は答えた。

「石鹼を作るのは、材料は決りきったものだが、その分量の配合が、とても微妙なんだそうだ。そこが技術だね。だから、ここに工場を建てたやつは、一刻も早く、試作品をつくってみたかったわけだろうな」

「この、石鹼のできる水槽はどれくらいの大きさかな？」

田代は計ってみたが、

「かなり大きいね。試作するのに、こんなに広い大きさが必要だろうか？」

と、地面を見ていた。

「それは必要かもしれん。なにしろ、工場だからね。これから、大いに本格的に製造しようというわけだから」

久野が言った。

「君は、本格的な製造といったね？」

田代は、その久野の顔を見た。

「それだけ本格的に製造を開始しようという工場主が、どうして、他人の土地を無断で使用したのだろう？」

「さあ」

久野も、それは、わからない、という顔をした。

「たぶん、何か事情があったんだろうな。たとえば、周旋人にだまされたというようなー」

「それはいちおう考えられるが、ちょっと杜撰《ずさん》だな。工場でも建てようという男だ。もっと土地の調査をすると思うな」

「どういう意味だい、それは？」

「ぼくはね」

田代は考えてから言った。

「この工場の建築主は、わざと他人の土地を、最初から無断で使用するつもりだったんだと思うんだ」

「そんな、ばかな」

久野は吐き出した。

「それだったら、たちまち、地主の抗議が来て、取り払われるのはわかりきってるじゃないか」

「地主は、この近所の者ではなかった」

田代は答えた。

「藤沢にいる人だった。ここには、管理人も置いていない。だから発見がおくれた。つまり、建築主は、すぐに見つかって立退《たちの》き命令をうけるより、ある程度、工事の基礎がすすんだころに、立退きを受ける必要があったのさ」

久野は、その意味がわからない顔をした。

「どういうのだ?」

久野は、ぼんやりした目をしている。

「わからないか?」

「わからん」

と、久野は首を振った。

「つまり、この石鹸工場は、完成する必要がなかったのだ」

「え？」

「途中まででよかったのさ。基礎工事まで、というよりも、ここで試作品を作るだけで、あとは用事がなかったのだろう」

「しかし」

と、久野は反問した。

「試作品なら、なにもここに工場を建てかけてしなくても、どこかの工場を借りてもできるじゃないか？」

「秘密を要するのさ」

と、田代は言った。

「製品の秘密をね」

「あ、そうか」

久野は、それにはうなずいて、

「なるほど、新製品だから、品質の秘密を要するわけだね。ほかの工場を借りるわけにはゆかないんだな」

と言った。しかし、田代のいう秘密とは、その意味とは違うのである。

「いずれにしても」

と、田代はつづけた。

「この工場は、初めから完成する意志がなかったのだ。だから、途中の地主の抗議を予想して、無断で、ここに建てたのだ。君は、藤沢の地主が投書でこの事実を知って、あわててやってきたと言ったね？」

「そのとおりだ」

「ぼくは、その投書というのも、建築中の石鹸工場の連中が出したんじゃないかと思うよ」

「…………」

「近所の人は、あんがい、無断で工場を建てているかどうかわからないものだ。げんに、君だって、てっきり地主が土地を売ったと思っていたじゃないか。そしてぼくに、ほかの地所を早く買えとすすめたんじゃないか？」

「そうだったね」

久野は思い出してうなずいた。

「しかし」

久野は怪訝《けげん》な目をした。

「なんだって、石鹸工場の連中は、そんな手間のかかることをしたのだろう？　石鹸造りというのは、そんなたいそうな秘密を要するものかな？」

「それは、今にわかる」

田代は、またシャベルを振るって、土を掘り出した。目でしらべているのである。今度はセメントの塊でなく、掘った土を丹念に、しらべているのである。

田代は、しきりと土を掘っていた。それもかなり広い範囲だった。

彼は、その土を手で、すくっては、しらべるように見たり、嗅《か》いだりした。

「何をやってるんだい？」

久野が怪訝な顔をした。

「うむ」

ちらりと久野の顔を田代は見て、

「土質をしらべているんだよ」

と答えた。

「土質？」

久野が、正直に目をまるくした。

「そんなものが、何か関係があるのか？」

「まあね、何かの役に立つかもしれないと思ったのさ」

田代はポケットから紙を出して、その土を包んだ。

「さあ、ここはこれくらいにして帰ろうか」

田代が言い出した。

「何か収穫があったか？」

久野がその紙包みをじろじろと見てきく。

「収穫のことはよくわからん。とにかく、君は行方不明《ゆくえ》になったというタクシーの運ちゃんのことを、つづけて気をつけて調べてくれ」

田代が歩きながら言った。

「そりゃ、むろんだ。その運ちゃんの失踪《しっそう》は、あのマダム殺しの犯人に必ず関係があるよ。おれひとりで手にあまったら、どこかの新聞社の奴《やつ》に、手伝わせて調べようかと思っている」

久野は、運転手のことになると興奮していた。

「新聞記者に話すのは、もうちょっと待った方がいい」

と、田代は少し考えて、とめた。

「なぜだ？」

「新聞記者に話すと、わっと書き立てるだろう。前後の見さかいもなくさ。めちゃめちゃにされるおそれがあるよ。もう少し、君が、目鼻のつくところまで調べてみてからにしては、どうだ」

「そうだな」

久野も、その考え方に賛成のようだった。

「ところで、さっきからの君の行動や言葉から判断すると、君はぼくよりも、よほど事件の核心を知っているように見える。少なくとも、ある程度、見当がついているらしいな。ねえ、そうだろう？」

久野があらたまって田代にきいた。

「そうだね、多少は見当がついているかもしれないな」

「それを聞かしてくれよ」

「うん、約束だから、話してもいいが、ちょっと待ってくれ。もう少しはっきりしてから話すよ。まだ単なる想像の域を脱していないんでね」

田代は、湖畔めぐりで得た奇怪な木箱の件などについて、久野に話したくないわけではないが、久野にはどうも少し軽率なところがある。うっかり打ち明けてしまうと、どんな失敗をしないとは限らないと思ったのだ。

「へえ。いやにもったいぶるんだな」

久野は、にわかに不機嫌《ふきげん》な顔つきになった。

「じゃ、ぼくはこれで失敬するよ」

田代は久野に別れると、タクシーをとばしてS大学の構内に行った。彼は、暗い、長い廊下を、応用化学教室の方へ歩いて行った。

2

化学教室のある廊下には、教授、助教授、講師などの個室がある。入口の外には、それぞれの名札がかかっていた。

田代利介が、ドアに手をかけたのは「杉原講師」の名札の出ている部屋であった。軽くノックをして、ドアを押すと、杉原多市《たいち》が、自分の机にしかつめらしい顔をしてすわっていた。

「おう、田代じゃないか」

杉原は田代利介を見てびっくりしたような顔をした。

「珍しい男がやってきたものだな」

田代は、この高等学校時代の友人に片手をあげた。

「元気か、しばらく」

「しばらくじゃないよ。ずいぶん会わないじゃないか」

杉原多市は、机から立ちあがってきたが、

「そうそう、君の作品は、よく雑誌のグラビアなどで見てるよ」

と、肩をたたいた。

「なかなか、やってるじゃないか」

「ありがとう」

田代は礼を言った。

「ところで、なんだい、今日は？」

杉原はきく。

「うむ、君に少し鑑定してもらいたいものがあって来たんだ」

「そうか。まあ、なんでもいい。久しぶりだから、お茶でも飲もう」

「お茶を飲むところがあるのか？」

「ばかにするな。大学だってお茶を飲むところぐらいはあるよ」

杉原は田代を廊下に引っぱり出して、先に立った。

食堂が構内にあった。学生たちでいっぱいである。

隅《すみ》にすわって、紅茶を頼んだ。

しばらく雑談したのち、

「ときに、なんだい、鑑定というのは？」

杉原が言った。

「これだ」

田代は、ポケットから、二つの紙包みを出した。一つは、セメントの欠片《かけら》で、一つは、ただの土であった。

「まず、このセメントの欠片の方を見てくれ」

田代は、杉原に、三つばかり欠片を渡した。

「なんだい？」

杉原は、手にとって眺《なが》めている。

「これに、うすく白いものが付着しているだろう。この成分は何かを鑑定してもらいたいのだ」

田代が言うと、杉原は、目を近づけて眺め、指で白いものをこすっていた。

「なんだか、石鹼《せっけん》みたいだな？」

と、彼は呟《つぶや》いた。

「それを削りとったものは、ここに一ぱい集めている」

田代は、別の紙包みを出した。それには削った白い屑《くず》が包んである。

杉原講師は、田代の出した紙包みの中の、白い粉を指でつまみあげて見ていた。

削り取った粉は、すべすべと光沢があった。

「これを調べろというのか？」

杉原は田代の顔を見る。

「そうだ。実は、これは石鹼工場の水槽《すいそう》のコンクリートに付着していたものだが、その成分をよく調べてくれ」

「よろしい」

杉原は引きうけた。

「それから、もう一つ」

田代は、もう一つの包みを出した。

「これは、その現場の土を採集したのだがね。この土もしらべてくれないか？」

「ほう」

杉原講師は、土を眺めて、

「地質学のことは、ぼくにはわからんよ」

と答えた。

「いや、地質のことじゃない。この土の中に、何か化学的な反応があるかもしれないのだ。それをしらべてくれたらいい」

杉原は、いきなり指の先を土につけて、舌の先でなめた。

「ふん、普通の土のようだがね。君は、この中に含まれている何を期待しているのかね？」

田代は、わざとそれを言わずに、

「とにかく、反応を見てくれ」

と頼んだ。自分の予想が間違っているかもしれないし、杉原に妙な先入観を与えたくない用心からだった。

「よし」

杉原は受けあった。

「すぐわかるかね？」

「わかる」

杉原は、うなずいて、

「君がここで、もう一杯コーヒーを注文し、煙草《たばこ》を二本ぐらい喫《の》んでいる間に、戻《もど》ってくるよ」

と、椅子《いす》から立ちあがった。

「頼む」

田代は、杉原が出て行くのを見送った。

食堂は、学生たちで繁盛《はんじょう》していた。ライスカレーやパンなどをしきりに食べている者もあれば、さかんに話に花を咲かせている者もある。青春のエネルギーが、この食堂いっぱいに立ちこめていた。

田代利介が、コーヒーを新しく注文してのみ、それから、煙草を二本喫《す》うと、その予言どおりに、杉原講師が急ぎ足で戻ってきた。

「お待ちどおさま」

杉原は、二つの紙包みを持って、田代の傍にすわった。

「すまん。早かったな」

田代は杉原を見た。

「ぼくの言ったとおりの時間だったろう？」

杉原は、ちょっと自慢そうだった。

「ところで、君、これは石鹸じゃないよ！」

「え、石鹸ではない？」

田代利介は、杉原の顔を見上げた。

「そうなんだ。このコンクリートの欠片に付着している白いものは、石鹸とはまったく違う」

杉原は言った。

「石鹸はね、脂肪酸ナトリウムを主成分とするが、この白い屑には、全然、そんなものがない。これは、君、パラフィンだよ」

「え？　パラフィン？」

田代は、おうむ返しに叫んだ。

「そう。パラフィンの凝固したものだ。ちょっと見ると、似ているが、性質は脂肪とはまったく別種なもんだ。パラフィンというのは、パラフィンワックス、つまりセキロウさ。パラフィン系炭化水素とも言うがね」

杉原講師は、ちょっと講義めいた口調で言った。田代にはよく理解できなかったが、要するに石鹼とは、全然、性質が違うことだけはわかる。

「しかし、君」

田代は、疑問を挟《はさ》むように、

「これは石鹼工場の試作品の一部だぜ。げんに、このコンクリートの欠片は、その製造用の水槽《すいそう》のかけらなんだが」

と、杉原を見つめた。

「石鹼工場か何か知らないが」

杉原は鼻に皺《しわ》をよせて笑った。

「こいつが石鹼でないことは確かだ。化学が証明するのだから間違いはないよ」

「石鹼工場で、パラフィンを作っていたのだろうか？」

田代利介は目を宙に向けた。思案するような目だ。

「君は、石鹼工場とパラフィン工場とを、間違えていたのじゃないか？」

と、杉原もききかえした。

「そんなことはない」

あの空地に建築中の工場は、たしかに石鹸工場と聞いた。それに、岡谷駅でも、簗場《やなば》駅でも小太りの男が受けとったのは、たしかに品目が石鹸材料だった。

そう思ったとたん、田代は、ふいに小さな声をあげた。

海ノ口駅では、その荷の品目が「ロウソク」になっていたのを思い出したのだ。

パラフィンとロウソク。これは似ている！

「君」

と、田代は杉原にからだをのりだした。

「パラフィンは目方が重いかね？」

「いや」

杉原は首を振った。

「軽いよ」

「石鹸とは？」

「パラフィンの方が軽い」

田代利介は、ポケットから急いで手帳を出した。

「君、ちょっとききたいがね」

田代は手帳の中の、ある場所を見て、

「タテ四十センチ、ヨコ四十センチ、深さ三十センチの木箱の中に、パラフィンがいっぱいつまるとしたら、その目方はどれくらいだろうな」

「なんだか、小学校の算術の問題のようだね」

杉原は笑って、

「そうだな、正確なところはわからないが、まあ三十キロちょっとぐらいじゃないかな」

と、考えるようにして言った。

「え、三十キロだって？」

田代は、手帳と見くらべて首をひねった。

「その程度なのか？　何かの間違いじゃないか？」

「いや、だから正確なところはわからないと言っている。しかし、だいたいの見当はそう違わないはずだ」

田代は手帳の数字を改めて見て、

「ぼくが見たのは、その容積で四十四・八キロの重量だったがね」

と、杉原の顔を見つめた。

「そんなはずはない」

杉原は笑いだした。

「それは君、パラフィンだけじゃなくて、石ころでもまぜてたんだろう。かりに、木箱の重さを加えたとしても、そんなにはならないはずだ」

「石ころ？」

田代はじっと宙に目を据《す》えて考えた。岡谷の駅で駅員が言った言葉に、包装が不完全で木箱が割れ、中身の石鹼が見えていたという。駅員の言葉でも、それはすべすべして確かに木箱全体の中身は石鹼だと言っていた。

田代は岡谷の駅の荷物の数字を見た。長さ五十センチ、幅五十二センチ、深さ二十センチの木箱で、重量四十八・二キロになっている。

田代がその数字を杉原に言うと、

「それもパラフィンかね？」

と、けげんな顔をした。

「それくらいの容積だと、木箱の重さを加えてもせいぜい三十五キロぐらいだよ」

田代はそれを聞いてまた首をひねった。

「いったい、君は何を考えているのかね？」

杉原が怪訝《けげん》そうにきく。

「いや、ちょっと」

田代は、ここではまだ、実際のことを言えなかった。

「いずれまた君にききにくるよ。その時になってみんな話ができると思うがね。少々都合があって、今は何もきかないでくれ」

「なんだ、ひどく気をもたせるじゃないか」

杉原は、それでも別に憤慨したようすもなく笑っていた。

「悪いけど、ぼくはこれで失敬するよ」

田代は椅子から立ちあがった。

田代は、大学の構内を出ると、タクシーを拾った。

(あの荷物は、石鹼材料ではなかった。パラフィンだった)

(パラフィンとしては重量がありすぎる)

杉原から得た知識はこれだけだった。これだけだが、この二つはかなり重要なのだ。

(なぜ、あの空地で、石鹼工場と称してパラフィンを凝結させていたか?)

(なぜ方々の湖畔の駅に送りつけた荷物を、石鹼材料と称して、パラフィンを詰めた木箱を送っていたか?)

なぜ、という疑問は無限にある。

たとえば、荷物の大きさは三つとも違う。重量も違う。

田代が確かめたのは、簗場駅、海ノ口駅、岡谷駅の三カ所だが、もっとほかにあるかもしれないのだ。

たとえば、小太りの男の運んだのが、その三個で、もっと別な人間が、別な方角に運んだ、という考え方だって、ありうるのである。

もはや、木箱に詰めたパラフィンが、空地の建築途中の「石鹼工場」で製造されたことは疑いもない。してみると、「石鹼工場」に関係した人間は二人や三人ではないから、パラフィンの発送先が各方面にわたっているという推定は、きわめて根拠のあることだ。

彼らは、「荷物」を送った。それはかならず駅止めか、運送店止めであった。あとから東京の人間が汽車に乗って、送りつけ先に荷物を受けとりに行く。

そこで彼らの手によって、処分がなされた。小太りの男のばあいは、湖水の底に捨てることだったが、ほかの人間の分担は、なんであったか。

そして、この「処分」は何を意味するか。それは木箱のパラフィンの重量の謎《なぞ》を解明したときに、解明できそうである。

田代利介が腕を組んで考えているうちに、タクシーは彼の工房の前に着いた。

田代がはいって行くと、助手の木崎が、音を聞いて暗室から飛び出してきた。

「あ、先生」

木崎は田代を見て、ぺこりとおじぎをした。

「どうだね、今朝頼んだやつは焼付けができたかい？」

田代は立ったまききいた。

「できました」

木崎は、机のところへ急いで行き、引出しをあけて、茶色の封筒を出した。

「これです」

「写っているか。なにしろ暗いとこで撮《と》ったからな」

「よく撮れていますよ」

田代利介は封筒から、キャビネ型に引き伸ばした写真を数枚とりだした。それは昨夜、国立署の前でかくし撮りしたものである。

第八章　捜　査　陣

1

田代利介は、新聞社の社会部に電話をかけた。

「木南《きなみ》さんはいませんか？」

ときくと、

「木南さんなら、ここにはいませんよ。警視庁詰めですから、記者クラブでとぐろをまいています」

　と、先方の声は教えた。

　田代はポケットに写真を忍ばせて、タクシーに乗った。

　四月の太陽のふりそそぐ新緑の柳の下に、若い男女がのんびりと歩いていた。お濠《ほり》では白鳥が群れをつくって泳いでいる。

　明るい外からはいった目には、警視庁の建物の内部《なか》は急に暗かった。

　受付で記者クラブは、ときくと、三階だと言う。エレベーターで上がって、おりたところはやや広い場所になっていて、裸女の大きな彫刻が据《す》えてある。

　記者クラブは、三室をぶちぬいて広かったが、衝立《ついたて》でいくつにも仕切られてある。それぞれの衝立の中には机もあり、椅子《いす》もあるが、ほとんど仕事をしている者はなく、椅子をまたいで将棋をさしたり、碁を打ったりしていた。

「R新聞社」と貼《は》り紙《がみ》が出ている衝立の中にはいると、そこでは煙草《たばこ》の煙が立ちこめて、四人の若い男がワイシャツだけになってマージャンをしていた。

「木南さんはいませんか?」

　田代がその一人にきくと、その男は、牌《パイ》を握ったまま、黙って、顎《あご》を壁の方にしゃくった。

　見ると壁際《かべぎわ》に、長椅子があり、毛布をひっかぶって、一人の男が寝そべっていた。それが木南だった。

「木南さん」

と言うと、四十年輩のその男は、ひょいと目をあけて田代を見た。伸びた髪の毛が埃《ほこり》っぽく、顔にも無精髭《ぶしょうひげ》をはやしている。

寝不足の赤い目をあけて田代を見たが、

「よう」

と言って毛布をはねのけた。椅子をならべた寝台から、ごそごそと、からだを起した。

「これは珍しい人が来たね」

と、木南はにっと笑った。

田代は、二年ぐらい前に、木南の注文で写真を撮って以来のつきあいである。その後、木南は、警視庁詰めのR社のキャップにまわったらしい。

「しばらくです」

田代も笑いかけて、二、三の雑談を交わした。

「ところで、今日、来ましたのは」

と、田代は用件にかかった。

「あなたに見てもらいたいものがあるのですが」

「ほう、なんだね？」

「これです」

田代は、ポケットから三、四枚の写真を出した。国立《くにたち》署の例のかくし撮り写真だった。

木南は、ふけを飛ばして髪を掻《か》きながら、その写真を手にとって眺《なが》めていた。

「ほう、これは、どこで撮った写真だね？」

木南は、その写真を眺めながら言う。

「国立署です」

田代利介は答えた。

「へえ国立署か？」

木南は眠そうな目をしょぼしょぼさせて写真を見つめていた。

「あなたは、警視庁に顔が広いから知っていると思いますが、この人は誰《だれ》ですか？」

田代は、写真にうつっている一人物をさした。その男は窓の内の、ほぼ、真ん中に立っていて、国立署の署員と話しあっている。

「これかね、この野郎は」

と、木南は言った。

「日下部《くさかべ》という本庁の捜査一課の係長だが」

抑揚のない、まるきり興味がないといった声だが、目の底が光っていた。

しかし、これは田代にはわからない。

「ほう、本庁の係長ですか？」

道理で、と田代は思った。あの晩、車で乗りつけたときの、ものものしい光景が目に浮ぶ。

「いったい、何を捜査しているのですか？」

田代はきいた。

木南は、まだ睨《にら》むようにして写真を凝視していたが、ふいとそれを田代の手に返した。

すぐには返事をせず、煙草をくわえ、ライターを鳴らした。が、油が切れているのか、ライターが故障なのか、すぐに火がつかなかった。

木南は、やけくそにライターをかちかち鳴らしたうえで、やっと火を点じた。

ふう、と煙を吐いて、

「その男はね、目下、保守党幹部の山川亮平《りょうへい》の行方《ゆくえ》を追っている奴《やつ》さ」

と、軽く言う。

ああ、あの事件か。

田代もラジオで聞いたり、新聞で読んだりして、目下の大事件だとは知っているが、それにはあまり興味がない。

彼が知りたいと思ったのは、国立署のマダム殺しの捜査本部に現われたこの男が、その手がかりを摑《つか》んで、深夜にとびこんできたのではないか、それなら当の刑事が誰であるかをきいて、少しでも匂《にお》いを嗅《か》ごうか、と思ったことだ。

政党幹部の失踪《しっそう》など、田代には興味がない。当てがはずれた恰好《かっこう》で帰りかけると、

「リイやん」

と、木南が言った。

「あんた、その写真が必要でなかったら、ぼくにくれんかね。いや、貸してもらえるだけでもいいが……」

木南の言い方はさりげない。

「かまいません。あげますよ」

田代はあっさり、木南に渡した。

田代から写真をもらったので、木南は、

「ありがとう」

と、軽く礼を言った。

「いや、忙しいところを、どうもすみませんでした」

田代は、木南に礼を言って記者クラブを出た。出る時にちょっと見ると、木南は、また、椅子のベッドの上に毛布をひっかぶっているところだった。

田代は眩《まぶ》しい外に出た。相変らず明るい陽射《ひざ》しのお濠端《ほりばた》にはのんびりと若い人たちが

歩いている。田代は立ちどまって、どっちに足を向けようかと考えていた。

田代利介は知らないが、毛布をひっかぶって寝たように見えた木南は、すぐ、むっくりと起きあがった。同僚は相変らず、マージャンの牌《パイ》を鳴らしている。他社のクラブの中も静かなもので、碁の音か、将棋の音しか聞えてこない。電話一つ鳴っていないのである。ここには怠惰の空気がよどんでいた。変った事件のけぶりもなく、まことに天下泰平であった。

木南は、手洗いにでも行くような恰好で、何気なく廊下へ出た。それから、階段をゆっくり降りて行く。顔つきは、いかにも退屈でやりきれないといったように、おもしろくない表情だった。

一階に降りると、いわゆる刑事部屋が、廊下を中心として両側にずらりとならんでいる。木南は、捜査一課の、ある部屋のドアを押した。刑事部屋には二、三人の連中がいたが、木南がじろりと見まわすと、誰の顔にも、今は世間にさしたる事件はない、という表情だった。

係長の日下部は机にかがみこんで雑誌をよんでいる。木南が近づいてくるのを、上目でちらりと見たようだったが、何でもないように、雑誌の活字の上にまた目を落した。

木南がのろのろした足取りで歩いて行き、雑誌をよみふけっている係長の肩をたたいた。

「日下部さん」

木南は何気ない声でよびかけた。日下部係長は雑誌に熱中している恰好で、顔もあげないで鼻で返事をした。

「ちょいと、あんた、忙しいかね？」

木南も負けずに、退屈そうな声を出す。

「別に」

と、やはり係長は、本の上に目をさらしたまま答えた。

「ごらんのとおりだ。雑誌を読んでいるくらいだからね」

「ずいぶん、ひまそうですね」

木南が皮肉ると、

「ああ、何もない時は、こんなことよりほかに仕方がないよ」

と、日下部はあくびを一つした。木南はポケットから煙草《たばこ》を捜し、一本を自分でくわえ、一本を日下部に差しだした。

「どうです日下部さん、そんなにひまだったら、お茶でものみに行きませんか？」

「ありがとう」

係長はやっと雑誌を解放して煙草を受けとった。木南がライターを出そうとすると、

「いいよ」

と言って、自分は机の上のマッチを取ってすった。

「せっかくだが……」

青い煙をはいて、日下部係長は答えた。

「新聞記者とうっかりお茶をのんでいると、何を勘ぐられるかわからないからな。ことに、君のように、誘導のうまい男はこわい」

木南はニヤニヤと笑って、

「そうでもないでしょう。あんたが退屈しているんで、ちょっとばかり、コーヒーをご馳走《ちそう》しようと思ったんですがね」

と、ポケットに指を忍ばせて、田代から貰《もら》った写真に触れた。

そっとあたりを見まわすと、他の刑事連中は、調書か何かの整理にかかっている。

「じゃあ、仕方がないから、ここで話します」

木南は、声を小さくして、日下部の耳のそばにかがみこんだ。

「あんた国立署へ何の用事で行ったの？」

係長の肩が、ギョッとしたように動いた。しかし、係長はふりむきもせず、

「おれは国立署なんかに行かないよ」

と、抑揚のない声で答えた。木南は薄く笑った。

「嘘《うそ》じゃないでしょうね？」

と、念を押すと、

「嘘じゃないよ」

と、日下部係長は同じ調子で答える。

木南は、ポケットから写真を取り出した。そして、さりげないようすで、係長の目の前にそれを突きつけた。

日下部は、目の前に現われた写真を何気なしに見ていたが、あきらかにギョッとしたようだった。

「君」

と、低い声が日下部係長の口からもれた。思わずふりむいて木南を見たが、目をむいていた。

「日下部さん」

木南はおっかぶせるように言った。

「あんた、国立署へ、なんで行ったんです？　ネタはこのとおりあがっているんですからね、とぼけずに教えてくださいよ」

係長は、肩を張って、しばらくじっとしていた。

「キ、キミは」

と、どもって、

「この写真を、いつ撮《うつ》したんだ？」

と言ったが、声はすでにふるえていた。

「それは、あんた、こっちも商売ですからね。とにかく事件が片づくまで、しじゅうあんたをマークしてますよ」

係長が太い息を吐《つ》いた。それを後ろから見おろしている木南は、唇《くちびる》にほくそ笑みを浮べた。

日下部係長は、雑誌を置くと立ちあがった。

「君、お茶でものみに行こう」

係長は、木南に言った。

木南は思わず、ニヤリとした。日下部係長は、完全に降伏したのである。

二人は部屋の外に出かかったが、木南が、

「日下部さん、あなた、先に行ってください。いっしょに行くと、他社の連中に勘ぐられそうだから」

「いいだろう。どこで待つ？」

「日比谷《ひびや》の交差点のところに『モナミ』という喫茶店があります。そこで待ってください」

「わかった」

日下部係長は、ひとりで先に歩いた。木南は、そこで煙草を一服喫《す》い、五分間たったころに、のろのろと歩きだした。玄関の所に出ると、果して他社の記者と行きあった。

「やあ、どこへ？」

他社の記者は、木南をじろりと見て声をかけた。

「うん、あんまり、くさくさしているんで、その辺をぶらついてくる」

木南は退屈そうに答えた。

「じゃあ、あとで」

その記者は、多少うさんくさそうに木南の姿を見ていたが、そのまま玄関の石段をあがって暗い奥に消えた。

危ない、危ない、と木南は思った。彼は、それからも、できるだけ用事のない男のように、ぶらぶらと日比谷の方に向った。舗道を通っていると、たくさんな車が疾駆して、彼とはかかわりのない所で世の中が忙しく動いているみたいだった。木南は、ようやく時間をかけて、日比谷の交差点を渡った所の「モナミ」という喫茶店のドアを押した。

隅《すみ》の方に、果して日下部係長が、こちらに背中を向けてコーヒーを飲んでいる。幸い、あたりは閑散として客の姿がなかった。

「お待ちどおさま」

木南は係長の前の椅子《いす》にすわった。

「おまえはひどい奴《やつ》だな」

日下部は木南に目を向けたが、どことなく恨めしそうな表情だった。

「あんな写真を撮らせやがって……」

「いや、それは誤解ですよ」

木南はニヤニヤして答えた。

「何も、意識してあんたの仕事の邪魔をしたわけじゃありません。ただ、例の問題は事が大きいので、しじゅうあんたから目を放さなかったんです。で、うちの熱心なカメラマンが、たまたま、あんたのああいう場面を撮ったまでですよ。写真を見せてもらって、実は、こっちがびっくりしたくらいです。いったい、なんで国立署なんかへ行ったんですか？」

日下部は、それには、しばらくだまってコーヒーをすすっていた。

「そうネタがあがっちゃあ、しようがない、しかし、木南君、これはまだ新聞に書かないでくれ」

と、懇願するような目つきをした。

「わかりました、あんたの方さえとぼけずに言ってくだされば、約束は守ります」

「よろしい。じゃあ、話そう」

　と、日下部は木南の方に顔を寄せて、小さな声を出した。

「それは、山川氏の事件だが」

　と、係長は本音《ほんね》を言って、木南の顔をみつめ、

「君、これは絶対に秘密だよ、君だけに話すんだからね。これが外にもれると、ぼくは大変な立場になる」

　と、真剣な表情で言った。

「大丈夫ですよ。その点は十分にご安心ください。誰《だれ》にも口外はしません。また、あなたがいいと言うまで、新聞には書きませんよ」

「きっと、書かないね？」

「約束しますよ。だから、安心して話してください」

　木南は、日下部係長が何度もうるさく念をおすのを、押し返すようにして言う。

　日下部係長は観念したような声を出した。

「実は、山川亮平氏の事件で聞込みがあったんだ」

　日下部係長が国立署に現われたのは、山川事件に関係があるとは、木南も見当はついていたが、聞込みがあったということはむろん、初耳だったし、重要である。

　彼も、思わず真剣な目つきになって、係長の目をのぞいていた。

「どういうことなんです？」

「いや、聞込みというか、正確には、投書といったほうがいいだろうな」

「投書ですって？」

「うん、内容は簡単なことなんだがね。実を言うと、この事件ではわれわれも参ってい る。山川氏の失踪《しっそう》は、その後まったく足取りがつかめず、われわれも困難な立場に立っ ているところだ。そこに、この、簡単だが有力な投書があったので、ぼくも、それを読 んですぐに国立に行ったのだ。ただし」

と、係長は声をいったん切って、

「昼間行くと目立つので、新聞社の諸君の目をかすめて、深夜に国立署に行ったのだ。 だが、君んとこのような、油断のならない社があるんで、まんまと、しっぽをつかまれ たよ」

係長は、自分のうかつを後悔するような表情をした。

「で、その投書の内容というのは？」

「それがね、山川亮平氏が国立の近くで、しばらく監禁されていたというんだ」

「へえ——」

と言ったが、それは、政党幹部が行方不明になって以来、新聞記者の間に、噂《うわさ》されて いたことであった。

ただし、国立という地名が出たのは初めてである。

「その投書の内容は」と、木南は、係長にきいた。

「どういうことなんです？」

「内容は簡単なんだ。簡単すぎるくらい簡単でね。三月二十三日の晩、十一時ごろ甲州街道を国立に向って、山川亮平氏を乗せた自動車が走っていたのを目撃したというんだ」

日下部係長は低い声で言った。

「三月二十三日の晩？」

新聞記者は目を宙にやって一瞬に考えた。

「それは、山川氏が行方《ゆくえ》不明になった晩じゃないですか？」

と、思わず勢いづいて言う。

「そうなんだ。山川氏は、二十三日の午後九時ごろ、銀座のナイトクラブ・シルバーにいたのまでは、足どりがとれている。それ以後は全然わからない」

「そうでしたね」

木南もうなずく。それは、前に捜査本部が発表したとおりだった。

「それで投書には、山川氏はどのような人物と乗っていたのか、書いてありましたか？」

「それはあった」

日下部係長は答えた。

「山川氏のほかに男が二人、女が一人、乗っていたとある」

「女?」

木南は目をまっすぐに係長の顔に当て、

「女がいっしょにいたというのはおもしろい。その特徴はどういうのです?」

「それが書いてあれば苦労はないよ。投書はそれだけで終っている」

「車の型は?」

「それも書いていない」

「プレートの番号はどうなんです?」

「それもわからない。それがわかれば君、ぼくはこんなところで、今ごろぼさっとしていないよ」

「なるほどね」

木南は係長のようすを見たが芝居をしているとは思われなかった。実際に憂鬱《ゆううつ》そうな顔をしているのである。

「その密告の内容はそれだけですか?」

「いや、そのあとで、本人の推察が書いてある」

「へえ、なんと書いてあったんです?」

「山川氏はたぶん、国立付近で監禁されているのではないか、というんだ」

「なるほどね」

木南は落ちついて煙草《たばこ》を喫った。

「もちろん、警察では、その投書者を捜したのでしょうね？」

「捜したが、これはわからない。ただ、消印が四谷局とあって、その文字の筆跡が、女らしいと判断したくらいのものだ」

「女の字ですって？」

木南は目を輝かせた。

「そりゃ、おもしろいな。日下部さん、それはなかなかおもしろい」

事件に「女」が出てきたので、木南はひどく興がったのだ。

「そう来なくっちゃいかん」

と、木南は日下部に言った。

「犯罪の裏には女あり、でね。これは、千古の鉄則だ」

「そうおもしろがってもらっては困る」

日下部係長は、憂鬱な顔をしていた。

「ぼくたちは、それどころではないのだ」

なるほど、当事者としては、新聞記者の弥次馬《やじうま》なみにおもしろがってはいられないであろう。

「君たちは、読者にサービスするような記事を書けばいいが、おれたちは、まかり間違うとクビだからな」

山川亮平氏は政党の大幹部である。行方不明になっただけでも大事件なのに、その端緒を摑《つか》めないとなると、捜査陣の大失態である。

日下部係長が蒼《あお》い顔をしているのも当然であった。木南は、それに気づいたか、

「失礼しました」

と、すなおにあやまった。

「しかし、日下部さん」

と、彼は声を改めて、

「その投書のロジックは、ちょっとおかしなところがありますよ」

と言いだした。

「なんだね」

係長は目をあげる。

「だって、投書によると、山川氏を乗せた自動車は、甲州街道を国立方面に走っていたのを目撃したというのでしょう？」

「そうだ」

「それだったら、どうして国立方面に山川氏が監禁された、とわかるんです？」

「…………」

「甲州街道の行先は、国立、立川、日野《ひの》、八王子《はちおうじ》、浅川までつづいている。その投書者は、どこに立って、山川氏の車を見たのか知らないが、走っているだけで、国立方面に監禁されていると、ぴたりと推理したのは、どういうわけでしょうな？」

「まさに、君の言うとおりだ」

　日下部は、木南をまっすぐに見た。

「さすがに、君はブン屋のベテランだね。よくそこに気がついた」

「おだてちゃいけませんぜ」

　木南は、てれくさそうに苦笑した。

「そんなことぐらい、常識の判断ですよ」

「いや、なかなか、そこまでは気がつかないものだ」

　日下部係長は、まだ木南をほめて、

「われわれも、それはわかった。そして検討した結果、投書者がそこまで知っているのは、ただ、車を目撃しただけでなく、この投書の女文字の主は、事件に相当深い知識を持っている人間だ、と判断したのさ」

「ところで日下部さん」

と、木南は、日下部係長にきいた。

「国立署に行って、何か目ぼしい事実がわかりましたか?」

「いや、それが、なにも手がかりがつかめなかったんだよ」

木南は、じっと係長の顔を観察していた。が、それは嘘《うそ》ではなく、係長は正直に告白している、と彼も悟ったらしい。

「国立署に行ったけれどね」

と、係長は答えた。

「その気ぶりも見えないんだ。あそこは、ほかの事件でてんてこ舞いをしている。それで、ぼくは、だいたいのことを話して、監禁されるような場所が、この辺にあるかときいたんだが、そういう所は全然心当りがないというんでね」

係長は話した。

「君はあの辺の地理に詳しいかどうか知らないが、あの付近はまだ、人家がそれほど開けていないで、林や田圃《たんぼ》がいたるところにある。そういう場所に山川氏を監禁するような家があれば、すぐに見当がつくというんだ」

木南は腕を組んでいる。彼も国立付近はおぼろげに知っていた。

そこは、東京の人口がふくれて、アパートや新しい住宅街ができたとはいえ、まだまだ、武蔵野《むさしの》の名残りの原野があるのである。

山川亮平ほどの人物を監禁するとなると、まさか、小屋のような家ではあるまい。それも何日間かそこにいたと思われる。投書によると、その車が甲州街道を走ったのは、山川氏が銀座のキャバレーを最後として、姿を見せなくなった晩である。すると、現在までに相当な日数がたっている。

「そこで、差し当り、どういう調査方法をしたんですか？」

木南はきいた。

「昔だと」

と、係長は少し残念そうな顔をした。

「戸口調査ということができたんだがね、今はそれができない。仕方がないので、これはと思う家を目当てに、もっぱら、聞込みに当っている程度だ」

「何か、耳よりな報告がありましたか？」

係長は首を振った。

「それが、まだ、ないんだ。大きな家だと、あの近所は学校が多い。大学の分校とか、戦時中疎開《そかい》したまま残っている学校だとか、療養所、寺院、そういったものしかないんだ」

「そうですか」

木南は、その話を聞いて、何かを考えている。

2

翌日は春には珍しく晴れわたった日だった。

木南は、社の車で国立に行った。

彼は、国立付近の地図を見ながら、運転手に命じて、ゆるいスピードで走らせていた。

この辺は、まだ、駅の付近に少し町らしいものがあるだけで、密集した住宅街はほとんどなかった。

初夏のような陽気で、陽《ひ》ざしが強い。埃《ほこり》っぽい道がつづいていた。木南は、国立署の前でちょっと車をとめたが、そこにはいるつもりはなく、その位置から建物を見ただけだった。

彼がきのう見た田代の写真の窓が、ちょうど、このあたりの位置に当っていた。

なるほど、あいつ、ここから撮《うつ》したわい、と彼は思ってみた。

警察の近所は、それでも町らしい。しかし、政界の大物を監禁しているような家は見当りそうもなかった。

商店街は、新開地らしい、いかにも小さな家《や》なみである。そこを出ると、田圃の果てに、新築の団地のアパートが見え、また、一方には赤や青に塗った屋根の文化住宅が建っていた。が、そのどれもが山川氏を監禁している場所とは思えなかった。地図を見ているが、どこといって当てはない。ただ、道の上に車を動かしているだけであった。

学校の建物が見えた。それは、都内のある大学の分校だった。広々と運動場をとっている。運動場の隣は田圃が続いていた。建物はさして広くない。そういう学校が、車の進むにつれて、二つ三つほかにもあった。が、まさか、学校が、山川氏を監禁する場所とも思えないのである。

車はさらに進んだ。この道をまっすぐに行くと、埼玉県に行くのである。見渡す限り田や畑で、初夏のように照りつける陽の下に青い麦がうだっていた。

木南は、いいかげんなところで車を引き返させた。

道は四つ角になり、その一方を進むと、これは立川、青梅《おうめ》の方に行くのである。両側は杉《すぎ》の垣根《かきね》をまわした古い家が多かった。欅《けやき》の木立が並んでいる。が、両側の家の窓を見まわしても、山川氏を監禁していそうな家は見当らない。

この街道は、絶えず、トラックや自家用車が走っていた。自家用車の半分は外国人のものだった。

国立付近というと、ずいぶん曖昧《あいまい》で広い解釈になる。しかし、あまり遠くに行ったのでは国立からはずれるので、木南は、また、いいかげんなところで引き返した。このようにして、車はあっちの道こっちの道をぐるぐるとまわった。

「いったい、どこへ行くんですか?」

運転手がふしぎに思って、振り返ってきいた。

「どこへ行くのか、おれにも見当がつかん。ただ、今日は、この辺を歩きまわってみるだけさ」

木南は運転手にとぼけた返事をした。

運転手は黙った。木南のふだんからの性格を知っているのである。

自動車は、それからも、道に沿ってゆるいスピードで走りまわった。どこといって当てがないので、運転手もときどき四つ角にさしかかっては木南の方をふりむき、行先をきく。木南は、適当な家を見つけるのが目的だから、彼もほとんど、行きあたりばったりである。

しばらく行くと、右側に小高い丘があり、石段が下の道路からつづいている。何かと思って、木南が窓に顔をすりよせ、上を見上げると、大きな家らしい屋根の一部が見えた。

「ストップ!」

木南は、はじめて声をかけた。

車がとまって降りた所は、ちょうど門の前だった。石の門柱に、××開発株式会社寮と看板が出ている。

このごろは、官庁、銀行などの厚生施設が完備していて、こういう社員寮がいたるところにふえている。木南が見ているこの建物も、その一つにちがいなかった。石段の両側には、よく手入れの届いた芝草が植えられており、小さな松が行儀よく並んで列をつくっていた。

改めて見あげると、建物はかなり大きいらしい。それほど新しいとは思えないので、前からあった建物を会社が買収し、寮にあてたものとみえる。ちょっと見ると、お寺と思えそうな建物だった。

木南は、車を待たせ石段をぶらぶらと登って行った。

暑い春の陽《ひ》はかっと照っている、石段はかなりの勾配《こうばい》であるが、途中まで上がったときに、ふと、上の方で人影が射《さ》した。

人影はセーターに長いズボンをはいている。そして、下から木南が上がってくるのをじっと眺《なが》めているのである。この寮に休養に来ている社員の一人のようだった。

「いや、今日は」

木南の方から声をかけた。咎《とが》められる前に、まず、ニコニコと挨拶《あいさつ》した方が得策だと思ったからだが、木南が大きな声で言っても、上から彼を見おろしている人物は、動かないで黙っていた。

木南は、それでもかまわず、四、五段上がって行った。

セーターの男は、中年の背の高い人物だった。木南をうさんくさそうに眺めている。

「今日は」

木南は、また挨拶した。すると、その男は、仕方なさそうに、黙ったまま、形だけ頭を下げた。

「ちょっと伺いますがね」

木南は悠々《ゆうゆう》と煙草《たばこ》を出して、ききだした。

「ここに、山城《やましろ》君がいると聞いてますが、部屋はどこでしょうか？」

木南は、でたらめな名前を言った。

「山城君？」

先方では、怪訝《けげん》な目をして、

「私はここの主事ですが、そんな人は、うちの社員にいませんよ」

と、ぶっきら棒に答えた。

「いない？」

木南は、わざとゆっくりとき返した。

「確かに、ここに静養していると聞いていたんですがね。山城というのは、いませんかね？」

すると、男は、少しいらいらした声で、

「山城という人は、どこの部の人ですか？」

とき返してきた。木南はちょっと弱った。どこの部かときかれても、とっさに返事ができない。

「総務課の人です」

彼は思いついて言った。たいていの会社には総務課があるから、まず安全だろうと思った。

「総務課ですって？」

男の怪しむような目は、また光った。

「うちの会社には、総務課なんてありませんよ」

木南は、あきらかに失敗を悟ったが、それでも彼は、悠々と煙草を喫《す》った。

「総務課でなかったら、庶務課かな」

ひとり言のように呟《つぶや》いたが、男は、黙って相手にしなかった。それを幸いに、木南の方では、ゆっくりと、建物のようすなどを観察するように見まわした。

「ここは相当に広いですね」

木南は、世間話のように言い出した。男はいよいよ機嫌《きげん》を悪くして、

「あんた、どこの会社の寮を尋ねてきたんですか？」

「どこの会社って」

木南は改めて考えるようにして、

「確か、××開発株式会社と聞いたんですがね」

「それは何かの間違いでしょう」

男は、木南を早く追い返したそうなようすを示した。

「とにかく、うちには総務課というのも、庶務課というのもなく、また、どこの部署にも山城という者はいません」

木南は、仕方がないので、背中を返した。この広い建物は、いくつにも分かれた和室になっているらしく、開いた障子の間から、畳に寝そべっている人間の姿が見えた。彼らも、木南の方を、怪しむようにのびあがって見ていた。

木南は、主事の怪しむような目を背中に感じながら、石段を降りた。

木南は、下に待たせてある車に乗った。

「どこへ行きますか?」

運転手は振り返った。

「社に帰ろう」

木南は少々、やけ半分に言った。結局、国立くんだりまでやってきたが、収穫はなかった。日下部係長が言ったとおり、彼も、国立付近を歩きまわっても、なんら手がかりをつかめなかったのである。

車が社に帰るまで、一時間以上かかった。その間、木南は、投書の内容のことを考えている。

確かに投書は、甲州街道を走っている車を見ただけで、その中に乗っていたと思われる山川氏が、国立で監禁されたとつけ加えているのは、単なる想像ではなさそうである。何か、その文句の中に、投書者の自信のようなものがあった。

おもしろいことは、日下部係長が、その投書の文字が女の手である、といったことである。係長に会った時、突然、事件に女が出てきたのもおもしろかったが、そのおもしろさは、今でも木南は変りはない。

たいていの投書は、仲間割れや、その反対派から出ることが多い。この投書の場合も、その仲間割れの現われではなかろうか。

しかし、仲間割れとは何か？　山川亮平氏を誘拐《ゆうかい》したのは、まさか、反対派でもなければ政敵でもあるまい。それほどの悪辣《あくらつ》なことは、いかに彼らでもできないはずである。

山川亮平氏は、現在こそ党では無役であるが、党内の実力派の一方の旗頭であった。無役とは言いながら、党の役員以上の発言権や影響力を持っている。それだけに氏の失《しっ》踪《そう》は、政界方面にもかなりショックを与えている。

警視庁が真剣にこれを調査しているのはもっともである。それだけに山川氏の件だけに専念する捜査本部が、氏の行方についてひどく焦《あせ》っているのは、当然の話である。木南は、しょんぼりとして頭を抱えている日下部係長の姿が、まだ目に残っているのである。

車は一時間半ぐらいかかって都心に出た。すぐ自分の部署の警視庁にはいるところだが、木南は車を社にまわした。それから、飛びこむようにエレベーターに乗り、四階にあがった。いつも警視庁の記者クラブにばかりいるので、社に帰ってきたのも久しぶりであった。彼は、調査室のドアを押した。

調査部長は、昔の彼の同僚だった。

「よう、珍しい男が来たな」

部長は立ちあがって、

「今ごろ、こんな所に現われるのは、警視庁も、よほど泰平無事というところだね。お茶にでも行こうか？」

調査部長は言った。

「お茶はあとにして」

と、木南は言った。

「少し、調べたいことがあるんだ」

「何を調べるんだ？」

「会社関係をね、適当な資料があるかね？」

「どこの会社だい？」

「××開発株式会社さ」

「ああ、あれか」

部長は言って、部下に言いつけ、適当な資料を持ってくるように命じた。部員が持ってきたのは、分厚い会社便覧であった。

木南は、くわえ煙草《たばこ》でページを開いた。

××開発株式会社というのは有名な会社だが、有名なわりに、あんがい木南には正確な知識がない。

会社便覧を開いてわかったことだが、その会社は大会社であった。創立は新しいが、資本金は膨大である。

××開発の名前のとおり、日本の未開発の国土を開き、資源を得るというのが創立目的で、だいたい、中部地方の山岳地帯が対象らしい。事業の結果は、鉱石、電気、水利、耕地などが開発されると、趣旨が書いてある。

とにかく、木南には、××開発株式会社が大きな事業会社ということが改めてわかったし、一流会社ということもわかった。

そんな一流会社の寮だから、怪しむ方がおかしいくらいである。木南が、寮の社員に、うさんげに睨《にら》みつけられたのももっともである。

木南は、分厚い本を閉じて、憂鬱《ゆううつ》そうな顔で煙草を喫《す》った。

憂鬱なのは、山川氏の「監禁場所」を捜し当てなかったからである。

「えらく不景気な顔をしているじゃないか」

調査部長が、木南の顔を見て笑う。

「君にも似合わないよ」

記者クラブのキャップというと、いつも賑《にぎ》やかな顔つきをしていると思っているらしい。

「うん」

木南は、ナマ返事をした。

「お茶に行こうか？」

部長は誘った。

「そうだな」

木南は、のっそりと立ちあがる。

喫茶店にはいってからも、木南は気乗りのしない顔をしていた。

「おい、今日は、どうかしているぞ」

調査部長が言ったくらいである。

「おもしろいことがないからだ」

木南は返事した。

「おもしろいことは、いくらでもあるはずじゃないか。例の山川氏の事件はどうなった？」

部長でなくても、それは誰《だれ》でもききたいところだ。

政界の実力者、山川亮平の失踪事件は、目下の重大ニュースだ。

「ふん、それがおもしろくない」

木南は吐き捨てるように言った。

3

田代利介は、その朝の新聞を開いた。

社会面を見ると、トップに、アパートに火事があって、三人焼死したことが出ている。

また、その次には、汽車とトラックが衝突して、二人の死者が出たことを報じている。

トップはいずれも暗い記事ばかりだった。

その横に目を移すと、山川亮平氏の失踪《しっそう》事件が三段で出ていた。最初、この事件が起った時は、もっと派手な扱いだったが、山川氏の消息不明が続くにつれて、しだいに記事が小さくなっていく。

げんに今もその記事は、依然として山川氏の行方《ゆくえ》がわからず、生死のほども推定がつかないと書いてあった。

山川氏のことは、田代は、信州の汽車の中で、乗客の携帯ラジオで聞いたものだった。が、その後、新聞でも見たし、ラジオでも聞いたが、彼は、そんなことにあまり興味がない方である。ただ、この間、国立署の写真を、警視庁記者クラブのキャップの木南に見せたところ、彼がそれを欲しがって、くれてやったくらいのことだ。

警視庁記者クラブは、目下、山川事件を一生懸命に追っている。

が、そんなものは、いま田代には興味がなかった。彼は、ただ、バー・エルムのマダムの殺人事件だけが気がかりなのである。

しかし、その後の新聞を繰っても、依然として、この事件の報道はなかった。犯人があがったとも報道されていないので、どうやら事件は、あのまま難航しているらしかった。

田代は、だんだん、新聞の下に目を移した。すると、隅《すみ》の方に、たった一段だが、次のような記事が目についた。

「長野県下伊那郡《しもいなぐん》××村字《あざ》××の地点で、天竜川《てんりゅうがわ》に浮いている三十歳前後の死体を村民が発見、所轄署《しょかつしょ》に届け出た。検屍《けんし》によって、死体は東京都××区××町××番地B交通株式会社タクシー運転手小西忠太郎さんと判明。自殺か過失死かわからないが、目下のところ断崖《だんがい》から足を踏みすべらせて転落したとの見方が強い。東京の同人宅への問いあわせによって、小西さんは四日前無断で家出して、所在が知れなくなっていたものであることが判明した」

田代利介は目をむいた。

このタクシー運転手こそ、あの原っぱでマダムを目撃したと久野が言った当人なのである。久野が何度訪ねて行っても、行方知れずになっていた運転手だった。田代は、その記事を二、三度繰り返して読んだ。何か見えない黒い影が、新聞記事の上に漂っているような気がした。

彼は、すぐ送受器をとって、久野に電話した、細君が出たが、まもなく久野に代った。

「お早う」

と、久野は言っている。その声の調子から、彼はまだ、新聞記事に気がついていないらしかった。

「おい、久野。大変なことが起ってるぞ」

田代が言った。

「なんだい？」

久野は、まだ、そう驚かずにきき返した。

「今朝の新聞を読んだか？」

「ああ、一通りは読んだが」

と、久野は言った。記事が小さいので、彼の目には触れなかったとみえる。

「例の、小西忠太郎さ、運転手の……」

「ああ、あれか」

久野が、急に声を弾ませた。

「えらいことになっているぞ。とんでもない所で、死体になってるんだ」

「えっ」

久野は頓狂《とんきょう》な声をあげた。

「それは、いったいどこだ？」

「天竜川に浮いてたというんだがね、今朝の新聞を見てみろ」

「天竜川？」

久野は、あきれたような声を出した。

「よし、待ってろ。ちょっと、見てくる」

久野は、電話を切らずに、田代を待たせたまま、

「おい、新聞、新聞」

と、細君にどなっている声が遠くに聞えた。

二、三分の間、久野は、細君を叱《しか》りつけるようにして、新聞を捜させていた。
「あ、ありましたわ」

という細君の声が聞える。

「どれ、どれ」

久野の声は、新聞をひったくる音といっしょに聞えた。バサバサと紙をあける音がする。

一分ばかりも待ったであろうか、その間、久野は、記事を読んだらしかった。

「あった、あった」

久野は叫んだ。

「えらいことになったものだな、あの小西君が……えらいことになった。いったい、どうしたというんだ。小西君は、誰《だれ》に殺されたんだろう？」

「殺された？」

と、田代がきき返した。新聞は、ただ、死体が浮いたと書いてあるだけで、他殺とも、自殺とも報道していないのである。

「記事には、他殺とも、自殺とも書いてないよ」

田代が言うと、

「ばかなこと言え」

久野がどなった。

「他殺に決っている。死んだなら、他殺以外にない。第一、君、天竜川くんだりで浮きあがっていたのが、おかしいじゃないか」

と、久野は絶叫した。

田代も、それはそのとおりだと思った。大久保《おおくぼ》に住んでいる運転手が、突然行方不明になり、方角違いの、信州は下伊那郡天竜川に死体となっていたのは、確かにおかしい。

が、田代はいちおう、久野の言葉にさからってみた。

「自殺しようと思えば、君、信州はおろか、北は北海道、南は九州の果てまでも、死場所を求めて自殺者はどこへでも行くよ」

「ばかだなあ、おまえは」

久野はなじった。

「小西には、自殺するなんの原因もないじゃないか。あいつは、殺されたエルムのマダムの自動車を、目撃したばかりに消されたんだぜ。犯人は、小西がそのことをしゃべっていると知って恐れたのだ。だから秘密防衛のために、小西を死体にして口を封じたんだろう」

田代も、久野のその意見には同感だった。ただ新聞記事は簡単すぎてよくわからない。東京の中央紙は、地方の出来事に冷淡である。小西の記事も、彼が東京の人間だというので、隅っこに小さく出したのであろう。

もっと詳しい事情を知るには、その地方新聞を読むほかはない。

ところが、地方紙は東京ではめったにお目にかかれない。これから新聞社に申し込んで掲載紙を送ってもらうのでは、まだるっこいのである。

田代は、なぜか一刻も早く、小西の怪死事件の内容を知りたくなった。

「どうだい？」

と、田代は誘った。

「君がそれほど熱心なら、おれと二人で信州の伊那まで出かけてみないか」

「え？」

と、久野はびっくりした声を出した。

「君は、いつ、それほど熱心になったのか。よし、おもしろい。おれもいっしょに行こう」

電話の久野の声ははしゃいでいた。

「いつ行く？」

「今日発《た》とう」

「今日？　それはまた急だな」

「ばかだね」

田代はやり返した。

「こんなことは、早く行って、現場を見なければわからん」

「大きにそれはそうだ」

久野は、たちまち同感した。

「新宿発十二時二十五分の松本行の急行がある。これで行こう。十二時に新宿駅の東口で待っている」

「オーケー」

久野は元気よく賛成した。

第九章　木南乗り出す

1

R新聞社の警視庁詰めのキャップ木南は、長椅子《ながいす》の上に横になって眠っていた。軽い鼾《いびき》が聞える。

事件のないときの記者クラブは、閑散としたものである。取材にデカ部屋を歩きまわっているのは若い連中で、木南のような古狸《ふるだぬき》は悠々《ゆうゆう》と昼寝をたのしんでいる。

もっとも、現在の記者クラブは、閑散というわけにはゆかない。政界の実力者山川亮平氏の行方が、依然としてわからないので、各社は刑事部の動きを警戒する一方、自分の社の全力をあげて失踪《しっそう》事件を追及している。

警視庁でも、山川氏の立場が立場だから、捜査一課と二課とが合同して捜査しているのだ。

山川氏の失踪は、今や誘拐《ゆうかい》説が絶対的となった。氏がみずから行方を断ったとは考えられない。誰かに拉致《らち》か誘拐されたことは必定《ひつじょう》である。十年前に、ある高官が原因不明の失踪をして、ふしぎな死に方をした。まだ、それが自殺か他殺か結論がつかず、週刊誌のトップ記事をにぎわせている状態であった。山川氏の失踪は、当然、十年前のその事件を想起させた。したがって、同氏は、すでに生存していないだろうという見方が強いのである。

新聞として、これほど強い材料はない。記者たちが血眼《ちまなこ》になっているのは当然だった。しかし、事件捜査は、目下、膠着《こうちゃく》状態である。捜査がはじまって以来、相当な日数が経《た》つが、これという手がかりがなく、捜査本部も新聞社も疲労していた。

が、新聞記者は油断がならない。いつ、他社から抜かれるかわからないのである。こんな大事件を抜かれたら、それこそ一大事だ。

それなのに、キャップの木南は、のんびりと特設寝台の上で鼾を立てている。

午後三時になると、早刷りの夕刊が到着する。

若い記者が、その一枚を、寝ている木南の枕《まくら》もとに置こうとすると、バサリという夕刊の音で木南は目をさました。武士は、刀の鍔音《つばおと》で目をさましたというが、当今の新聞記者は、新聞紙の音で目がさめるらしい。

木南は、あくびをし、夕刊をひろげた。

まず、重大な記事を他社に抜かれていないかを確かめた。ざっと見出しを一瞥《いちべつ》しただけでわかる。あとは、ゆっくり読者の目になって読むのだ。

いま、木南の目をひいた見出しがあった。

「カメラマンの奇禍《きか》、中央アルプスの山中で」

という三段抜きだった。木南は、目をこすり、活字に目をさらした。

「東京都××区××町××番地、カメラマン田代利介氏(32)は、四月六日、撮影のために長野県の伊那地方に行っていたが……」

木南の眠そうな目が、急にぱっちりと開いた。

「――七日の朝、田代氏は飯田《いいだ》の大平峠《おおだいらとうげ》付近の山中十メートルの断崖《だんがい》から転落しているのを、付近の村民に発見され救助された。負傷は、頸部《けいぶ》の、擦過傷程度である。田代氏の申したてでは、××開発会社の工事現場で背後から穴の中に突き飛ばされた、と言っているので、飯田署で捜査している」

田代利介の名前と「××開発会社」の名が、彼を眠気からさましたのである。木南は長椅子の特設寝台から起きあがって、その新聞を片手に持ち、

「おい」

と、若い記者を呼んだ。

「はあ」

原稿を書きかけた若い記者が、キャップを見あげた。

「君、田代利介を知っているかい？」

「カメラマンのですか？　知っていますよ、いや、会ったことはありませんがね」

若い記者が言った。

「田代利介が、どうかしたんですか？」

若い記者は、まだ夕刊を読んでいない。

「いや、なんでもない」

木南は、ゆっくり記者の傍を去りかけたが、また戻《もど》ってきた。

「その田代と親しい友人といったら、誰だろうな、君、知っているか？」

「そりゃ久野《ひさの》でしょう。久野正一《しょういち》ですよ、同じ新進カメラマンで、いっしょのグループ

ですからな」

「君はカメラもやるかい？」

「いいえ、道楽程度です」

「それにしては詳しいね」

「そりゃ常識ですよ」

「そうか」

木南は、憮然《ぶぜん》とした。

木南は、長椅子に戻ってひっくり返ったが、目は天井を向いたままだった。ひとみを凝らして、真一文字に見つめている。

突然、はねるように飛び起きると、

「おい、その辺に電話帳はないか？」

と、せきこんできいた。

木南は、電話帳を取りよせて見ていたが、メモしてその番号のところのダイヤルをまわした。

「久野さんのお宅ですか？」

彼は他社の連中に聞えぬように、声を押し殺して、話しかけた。

「私は、R新聞社の木南という者ですが、ちょっと、お伺いしたいことがありますので、ご主人がおられましたら、電話口までお願いできませんでしょうか？」

木南の耳に、先方の細君らしい声が答えてきた。

「あいにくと、主人は昨夜から出張しておりまして」

「ああ、留守ですか？」

「はい」

木南はちょっとがっかりしたようなようすをした。

「いつごろ、お帰りでしょうか？」

「仕事で山形県の方に行ってますので、五、六日はかかる予定でございます。ご用件を伺っておきましょうか？」

「そうですね」

木南は迷った。

「失礼ですが、奥さまですか？」

「さようでございます」

「それでは、ちょっと、うかがいますが、ご主人のお友だちに田代さんとおっしゃる方がおられますね？」

「はい。よく存じあげております。主人の友だちでございますから」

「その方が、今、長野県の方にいらしているのをご存じですか？」

「はい。知っております。実は主人も、山形県に出張する前は、田代さんとごいっしょしていましたから」

「え？　それでは久野さんといっしょに信州に行かれたんですか？」

「そうなんです。なんですか二人で、撮影があるとか言って、二日ばかり前に出かけました。主人の方は、あとの仕事があったので、途中で帰ってきましたけど、田代さんだけお残りになったそうです」

「ああ、そうですか」

木南は考えていたが、

「その信州の撮影旅行は、ただの撮影が目的でしたか？」

「は？　それは、どういう意味でしょう？」

先方では不審がった声できいた。

「いや、こんなことを伺ってはどうかと思いますが、撮影以外に、何か目的があったでしょうか？」

「さあ」

先方でも、ちょっと、ためらったようだったが、決心したように、

「よく存じませんけれど、なんですか、ある事件にひっかかりがあるとかで、主人はそんな目的で行ったようでございます」

木南の声は、急に熱心になった。

「その目的というのを、奥さんはご存じないですか？」

「ええ、私には、よくわかりませんが」

電話の声は、少しためらっていた。それで木南は、細君は、ほぼ知っているのではないかと直感した。木南は、いちだんと声を殺してきた。

「こんなことを、電話でおききしては、なんですが、その、目的というのは、ある犯罪に関係があるんじゃないでしょうか？」

「ええ、なんですか、そんなことを言っていましたけれど」

電話の声は、やはり、内容をはっきりさせなかった。

「その事件は、目下、新聞で騒がれている、大きな事件に関係がありませんか？」

「さあ、どうでしょうか」

久野の細君は、それはすこし違うのではないか、というような口吻《くちぶり》だった。

木南の方は、あくまでも、それを、山川亮平氏の失踪事件だと思いこんでいる。彼の目には、いつぞや、国立の郊外を車で見まわったときの、××開発会社の寮が、まだ幻影のように残っていた。

新聞記事を読んだとき、田代利介の遭難は、同じ開発会社の工事現場で穴に突き落された、と出ていた。記者の直感として、何かある、と感じたのは、その会社の名前を見てからである。

ところが、田代の親友の久野は、目下、出張でいない。細君の話と、自分の考えていることとは、どこかずれている。

電話ではもどかしかった。やはり、直接に会ってききださねばならないと考えた。

「恐縮ですが」

と、木南は電話を続けた。

「ただいまから、誰かをうかがわせますから、ちょっと十分だけでも、会っていただけませんでしょうか?」

「はい。それはかまいませんが」

「そうですか、それでは後ほど」

木南は、電話を切って、煙草《たばこ》をとりだした。ぐるりを見まわして、誰をやろうかと考えた。

デスクには、若い記者が二人ほどいた。それぞれ仕事を持っている。それに、この若い二人では、ちょっと、心もとなかった。

木南は、自分が出かけることに決めた。

しかし、彼はクラブ詰めのキャップだから、勝手に外に出ることができない。

「山田君」

と、彼は若い記者の一人を呼んだ。

「一時間ばかり出てくる。何かあったら、ここに電話連絡してくれ」

と、久野の電話番号を書いて渡した。

木南は警視庁を出た。

世田谷までは、車で三十分だった。久野の家を捜すと、ゆるやかな坂道の途中にあった。木南は途中で車を止め、手土産を買った。久野の家の玄関のブザーを鳴らすと、直接に久野の細君が出た。久野の細君は、訪問客が誰だかすぐわかった。

「さっき、お電話申しあげたR新聞社の木南です」

細君は少し迷惑そうな顔を見せたが、

「さあどうぞ」

と、上に招じた。

木南は応接間のような座敷に通った。部屋の周囲には、主人の作品が額縁に入れて並べたててある。

挨拶《あいさつ》をしたのち、木南はポケットから折りたたんだ新聞を出した。

「奥さん、電話では申しあげなかったのですが、ご主人のお友だちの田代君が、信州の山の中で遭難したのをご存じでしょうか？」

久野の細君には、驚きの表情が見えた。

「えっ、それは本当ですか？」

と、目を大きくあけて、木南を見つめた。

「これをごらんください」

木南は新聞を出した。田代の記事のところには、赤インクでしるしをつけてある。

久野の細君は、息をつめてその記事を読んでいる。

「まあ」

彼女は溜息《ためいき》をついて、木南の顔を呆然《ぼうぜん》と見た。

「ぼくがお電話でうかがったのは、じつはこの記事を読んだからですよ。ご主人もごいっしょだったと聞いたので、もっと詳しいお話をうかがいにきました」

木南は来意を述べた。

「はあ」

細君は衝撃を受けたあとで、すぐには言葉が出ず、大きな息をついた。

「主人は確かに田代さんといっしょに、この新聞記事の場所に出かけました」

ようやく少し落着きを取りもどした彼女は、ぽつぽつ話しだした。

「主人だけ用事があって、先に信州から帰ったのは、電話でお話したとおりですが、あとに残った田代さんが、このような災難にあおいになったとは、夢にも知りませんでした」

「それについてうかがいたいのですが、写真撮影の他の目的というのは、なんだったでしょう。よけいなことをおききするようですが、ぼくに少し気がかりなことがあるんです。奥さんが知っておられる範囲で結構ですから話していただけませんか」

「はい、それは、こういうことだったんでございます」

細君は少しうつむいて言いだした。

「主人はある事件に興味を持って、しきりとそれを調べておりました……」

2

木南は、急に目を光らせた。

「それは、どういう事件ですか？」

細君は、もじもじしていた。初対面の木南に言っていいものかどうかを、ためらっているようすである。

「奥さん。私は、ご承知のとおり、R新聞社の社会部です。しかし、お差《さ》し支《つか》えがあることは、絶対に書きませんから、ご存じの範囲で、ぜひ、話していただけませんでしょうか？」

木南が熱心に言ったので、久野の細君も、やっと決心がついたらしい。

「私も、よく存じませんけれど」と前置きして言った。「前に、バーのマダムが行方《ゆくえ》不明になり、国立の近所で、惨殺《ざんさつ》死体となって発見されたことがありました」

「ああ」

木南は、うなずいた。それは、やはり、彼が警視庁ダネとして手がけた事件の一つである。

「よく知っています。それに、何か、ご主人が？」

と彼は怪訝《けげん》な目を向けた。

「はい、なんですか、主人は、そのバーによく行っていたそうで、マダムとも親しかったそうです。まだ、惨殺死体となって発見される前、マダムの行方が知れない時から、主人は、ひどく心配していました」

「なるほど」

「それで、そのころから行方を盛んに調べていたようですが、とうとう、ああいうことになって、がっかりもし、ひどく、その事件を気にかけていました。ところが」

と細君はちょっと木南を見た。木南はじっと耳を傾けていた。細君の話は続いた。

「ところが、そのマダムを乗せた自家用車が、ついこの先の、大きな欅《けやき》の木のある原っぱで停車していたという話を、主人が聞いて帰りましてね、それからというものはもう、その車のことばかり調べておりました」

「はあ」

木南にとって、その車の一件は初耳であった。

「それで、調べた結果、わかりましたか?」

「わかりました」

と細君は言った。

「その車を目撃したタクシーの運転手さんが、ようやく、突きとめられたんです。主人は、その方に会いに行ったようです。ところが運転手さんは、ぶらりと家を出たまま、行方知れずになってしまいました」

木南の目は、だんだん熱を帯びてきた。

「それから、どうなりました?」

「はあ、それから、その運転手さんは、変死体となって、信州の方で発見されたことが、新聞に出たのでございます」

3

木南は、大急ぎで、待たせてある自動車に乗った。

「これからまっすぐ、警視庁に帰りますか？」

運転手はふり返ってきいた。

「いや、本社に帰ってくれ」

自動車は、せまい道だから、Uターンができずに、そのままますぐに登って行く。家《や》なみが途切れて、広い原っぱが左手に見えた。

「ほう、この辺には、まだ、いい地所が残っているな」

木南は、窓から覗《のぞ》いて呟《つぶや》く。

その呟きが聞えたとみえて、運転手は背中ごしに答えた。

「もったいないですねえ、こんなところに、家も建てないで置いているのは」

「どのくらいの広さがあるのだろう？」

「さあ、三百坪は、たっぷりありますね」

「ふうむ」

木南が感心したように眺《なが》めているうちに、自動車は、原っぱに突っこんで、転回《ターン》に移った。

「待ってくれ」

木南は、急にとめた。

「なんですか？」

運転手は、ブレーキを踏んだ。

「あれだな、大きな欅の木があるというのは」

木南は、原っぱを隔てた道の向い側に伸びている木を見つめた。葉が低く茂っている。

彼は、木の下を見つめた。いま、久野の細君から聞いた話を思い出しているのだ。その木陰で、エルムのマダムの乗った自動車を、通りがかりのタクシーの運転手が見たという。

その運転手の小西という男が、信州の飯田の近くの、天竜川で怪死を遂げている。

田代は、久野を誘って、小西運転手の死の現場を見に行ったのだが、久野が帰ったあと、田代は、××開発会社の工事現場で何者かに穴に突き落されて、傷害を受けたのであった。

木南の目は、じっと欅の木の下を見つめた。

「よし、行ってくれ」

木南は命じた。

「木南さん」

運転手は話しかけた。

「なんだい？」

「あんたも、地所を買って、家でも建てませんか。ここなんか、高台で閑静でいいですよ」

運転手は、ハンドルを握りながら、顎《あご》で、原っぱをさした。

「冗談言うな。前借だらけのおれに、そんな金があるかい」

木南はわらったが、その原っぱの印象は、妙に彼の目に残った。

自動車は、そのまま商店街にはいり、新聞社に向って走りつづけた。

木南は、編集室にはいって行った。

社会部の席にまっすぐに行く。

「よう」

社会部長の鳥井は、目で木南を迎えた。

「どうしたんだい?」

「ちょっと、相談があってね」

木南は古手の記者である。古いだけで、出世の方は遅れていた。それは、木南の要領の悪さからであった。

彼は、上の者にもずけずけとものを言った。だから、木南を慕う者もあるが、敵もあった。入社した同期生が部長クラスになっているのに、彼は、まだ次長級の警視庁詰めのキャップであった。

だから、今の社会部長も彼の友だちである。部長としても、このような古い記者は扱いにくい存在であった。

木南は、部長の横の来客用の椅子《いす》に、どっかりと腰をおろした。

「少し、おもしろい話があるんだがな」

木南は部長に言った。

「そうか」

部長は、木南に煙草をすすめた。

「それで、警視庁の方を、ちょっとはずしてもらえないか?」

「え?」

部長は、木南の性格を知っているので苦笑した。

「どういうわけだ?」

「少しの間、おれを遊軍に回してくれ、例の山川氏事件を、少しほじってみたいんだ」

「君も気が若いね」

と、部長は笑った。

「そんなものは、若い奴《やつ》に命令したらいいじゃないか」

「おれがやってみたいんだ」

と、木南は主張した。

一度言いだしたら、あとに引かない彼の性格を知っているので、部長も、仕方がないという顔をした。

「どのくらい、遊軍にいるつもりだ？　君が警視庁にいてくれないと困るんだがね」

「そうでもないさ」

木南は言った。

「まあ、おれも、ここいらで少し若返って、昔の気分に返りたいよ」

「それは、結構だ」

部長は仕方なしにうなずいて、

「事件も、山川氏の一件なら、おれも局長に言いやすいよ。では、まあ、ふた月ばかり遊ぶか」

「よし」

木南は、椅子の肘《ひじ》をたたいた。

「話は決ったね。それじゃ、おれの後釜《あとがま》を至急に考えてくれ」

木南は、椅子から立ちあがると、部長の卓上の電話を取って交換台を呼んだ。

「大至急に飯田の支局を出してくれ」

「なんだい、飯田は？」

社会部長の鳥井は、木南の電話を聞いて言った。

「うん、ちょっと、心当りがある」

木南は、別に説明しようとはしない。電話の通ずる間、椅子に腰掛けて煙草を喫《す》っていた。社会部長は木南の癖を知っているので、それ以上深く聞こうとはしなかった。それよりも、警視庁のキャップに穴があくので、その後任を次長と相談していた。

木南は他人事《ひとごと》のように知らぬ顔をしている。

電話が鳴った。木南は、いち早く送受器を取りあげた。

「ありがとう」

と言ったのは、交換台にである。

「もし、もし、そちらは飯田支局ですか。主任は、なんとか言ったな？」

向うでは、その名前を答えたらしい。

「そうだ、そうだ、その黒崎君に、ちょっと出てもらってほしい。こちらは本社の社会部です」

その相手が出たらしい。

「黒崎君ですか、社会部の木南と言います。どうも」

彼は、要点を話した。

「そちらから、東京のカメラマンで、田代利介という男が負傷したというニュースが送られていますが、その後どうなりましたか？」

木南は、送受器を耳に当てたまま、鉛筆を手に取ってザラ紙にメモの構えをした。

「なるほど。それで本人はどうしたんです?」

向うの説明を聞いて、彼は、ききかえした。

「ああ、まだ、そちらにいますか。どうですか、負傷の程度は?」

そのことをきいて、

「そう、じゃあ、別に歩くには差し支えないですね?」

と確かめて、さらに田代のいる病院の名前をきいた。

木南は、送受器を置くと、腕組みして、しばらく考えている。それが五分ばかり続いた。

目をふたたびあけると、社会部長の鳥井の傍に行ってボソリと言った。

「おい。二十万円ほど、伝票を切ってくれよ」

部長は、驚いて目を上げ、

「何に使う金かね?」

ときいた。

「旅費だ」

木南はうそぶいた。

「少しこれから歩いてくる、二十万円ぐらい持って行かないと、心細いからな」

いちどきに二十万円の金は、やはり部長も、内容を聞かなければ印が押せなかった。

「だいたいの輪郭を話してくれよ」

社会部長は、木南に関するかぎり、妥協的であった。同期生だし、社内では横紙破りの男である。どちらかというと、部長も次長も木南は苦手であった。

「今、話すわけにはいかん。第一おれの頭には、何もないんだ」

木南は、平気で言った。

「取材費として名目が立たなかったら、おれの前借でもいいよ。もっとも会計に行っても、おれの前借では金を出してくれないだろう。もう枠《わく》がいっぱいになっているからな」

木南は、ヤニのついた歯を出して笑った。

「しかし、君」

部長は木南を気弱く見た。

「これは、山川事件に関係があるんだろうね？」

「今のところは、そういうことだ。しかし、ものになるかどうかわからんので、はっきりその名目をうたうことは遠慮したいね」

木南は、日ごろ、皮肉な口をきくが、そういう点ではなかなか良心的であった。

仕方がないので、部長は、伝票を書いて印を押した。

「ありがとう」

木南は、片手をポケットに入れ、片手で伝票を受けとると、ひょうひょうとして編集室を出て行った。

会計部に行くと、銀行のように出納係の席が金網の中にあった。会計係は、木南の顔を見ると渋い顔をした。が、今日は木南は大いばりである。

「二十万円、出してくれ」

彼は、社会部長の印のある伝票を、会計部員に突きつけた。会計部員はその伝票を改めるように見ていたが、それを出納主任の方にまわした。出納主任が、部長の印を銀行員のように調べて、さらに係員にまわす。これらの操作を窓口の外で、気持よさそうに煙草《たばこ》をふかして木南は見ていた。一万円札で二十枚、木南の前に差し出された。

「ありがとう」

木南は受けとって、わざと、無造作にポケットに突っこんで凱歌《がいか》をあげて出て行く。

4

木南は、朝早い汽車で、新宿を発《た》った。ずぼらな彼が、こんな早い時間に起きて汽車に乗るのは、珍しいことだった。細君もびっくりしていた。

しかし、木南は、心の中では歌いたいような気持だった。毎日、あの陰気な警視庁の記者クラブにごろごろしていると、久しぶりの短い旅だが、気持が爽快《そうかい》になる。この中央線もなつかしかった。

甲府を過ぎて汽車が信濃境《しなのきかい》のあたりにかかると、あたりの全山は輝くような緑色である。暑い太陽が、その色の上に燃えている。蒼《あお》い空の下に八《やつ》ヶ岳《たけ》のゆるやかな裾《すそ》がひろがって、汽車の進むにつれて、ゆっくりと方向をかえた。

木南は、学生の時、この八ヶ岳に登ったことがある。彼は懐《なつ》かしむように窓からあかずに眺《なが》めていた。富士見あたりから、汽車は下向を続け、まもなく、上諏訪《かみすわ》に着いた。窓から見える湖面も、きらきらと太陽に光っている。

諏訪湖が見えなくなり、やがてふたたび山境を縫って汽車は辰野《たつの》にとまった。旅も長い間しなかったので、木南は、待合せのホームに立って、生き返ったような気持になっていた。彼には珍しいことだが、口笛を吹いていた。穴倉のような記者クラブの部屋で、長椅子《ながいす》にごろごろしている彼とはまるきり別人のようであった。

電車が来て飯田の方に向った。右の窓ぎわに、見える中央アルプスの山は、生い茂った森林がゆだったような色になっている。太陽も真上にあった。飯田の駅に降りたときはさすがに彼は疲れていた。いつになく早起きしたことと、六時間の旅がやはりこたえたのだ。

駅に降りて、タクシーに、病院の名前を言った。駅から病院までは、二十分とはかからない。

病院は高い土地にあった。飯田の町は、坂の上と下に分れている。病院の門からは、下の町の家なみが、陽《ひ》にきらきらと光っていた。その果ては、桑畑が広がり、天竜川まで続いているのである。

木南は、受付の窓に立った。田代の名前を言うと、

「どうぞ、こちらへ」

と、看護婦の一人が彼を案内した。

むろん、小さな病院である。すぐに廊下の突き当りの部屋を看護婦はノックした。看護婦の後ろに続いて部屋にはいった木南は、田代が椅子にかけて新聞を読んでいる姿を見た。

田代の顔がこちらを向き、木南を認めると、驚いたように、椅子から立ちあがった。田代は、まさか、こんな所に木南が来ようとは思わなかった。

木南の方は、ニコニコして、

「どうだね、からだの具合は？」

と、病室の窓ぎわにある来客用の椅子に腰をおろした。

「いったい、どうしたんです？」

田代は、木南を見つめた。

「新聞で読んだよ」

木南は煙草を出して、ゆうゆうと喫いながら言った。

「この田舎で、怪我《けが》をしたらしいな」

「はあ」

と言ったが、田代は、まだ急に言葉が整わなかった。

木南は、なんのためにやってきたのか？　まさか自分の見舞いにだけ来たとは思われない。その木南の目的がわからないだけに、どう返事をしていいか、わからなかった。

「新聞によると、誰《だれ》かに穴へ突き落されたんだって？」

木南は言った。それは、田代があの翌朝、村の人に助けられて、いちおう、警察に届けておいたことである。警察に来る新聞記者から、そのニュースが東京に流れたらしい。

「ええ、そのとおりです」

田代は答えた。

「新聞によると、××開発の工事現場で、とあったが、それは本当かね？」

「本当です」

田代は答えた。

「田代さん」

その返事を聞いて、木南は急にあらたまった調子で田代の横に来て鋭い目つきをした。

「あなたは、何か知っていますね？」

田代はビクッとした。

「なんのことです？」

「いやあ、あなたが信州に来た目的ですよ」

田代は、木南の顔を見返した。

「信州に来たのは、久野という仲間と写真を撮りにきただけです」

「ただ、それだけですか？」

木南はうす笑いしていた。

「その目的だけではないでしょう？　あなたが来たのは××開発の工事場を探るためでしょう？」

「なんですって？」

今度は田代の方が驚く番だった。

木南の言うことは、思いもかけなかった。

「隠しても、だめだよ」

木南は、ニヤニヤした。

「ぼくも、その話を、少し突っこんで知っているつもりだ。どうです、わざわざ、ここまで来たんだから、ひとつ、ざっくばらんに話してくれませんか?」

田代は、木南が何を言いだすのかわからなかった。まさか、彼が、マダム殺しのことを、ここまで追っかけてくるとは思われない。この事件は、それほど、重要なニュースではなかった。

木南は、R新聞の警視庁詰めのキャップである。それが、わざわざ東京から来たのだから、些細《ささい》な事件で出向くはずがない。

その田代の顔色を、木南は、じろりと眺《なが》めて、煙草を喫った。彼は、まだ、田代が、正直に打ち明けそうにもないと見ている。

「あんたが、この山の中に来たのは」

と、木南は言いだした。

「目下、騒がれている、大きな事件に関係しているでしょう?」

田代は、マダム殺しが、木南の言う、大きな事件かどうか、判断がつかない。むしろ、それほど、騒がれている事件とも思われなかった。

「さあ」

彼は、思わず、あいまいな顔になった。

「田代君」

木南は、また言った。

「隠しても、だめだよ。現に君は、××開発で、ひどい目にあっているじゃないか?」

田代は、××開発と、木南の言うことが、どう関連しているのかわからない。どうやら、木南は、その会社の名前で、何かあると思って飛んできたようである。

「××開発なんて」

と、田代は答えた。

「ぼくは、ここへ来て、はじめて知った名前ですよ。木南さんは何を考えているんですか?」

木南の顔に、ようよう、いぶかしげな色が浮んだ。どうやら、彼は田代に対する考え違いを悟ったらしい。

「ほんとに、あんたは、××開発の名を、こちらに来てはじめて知ったの?」

「そうなんです。ぼくが、久野といっしょに山の中を歩いていると、偶然に、その工事現場に、看板がかかっていたんですよ。それまでは、全然、その会社の名前を身近に知ったことはありません。むろん、名前だけは聞いていましたがね」

「すると」

木南は言った。

「君は、誰に、どんな理由で突き落されたのかわからないわけですね」

「全然、わかりません」

田代は答えた。

「なにしろ、夜道で後ろからいきなり、すごい力で突かれたのですから。そこは昼間も通ったところでしたが、突き飛ばされた時にはそこだとは気づかなかったくらいなんです。病院で気がついてから××開発の工事現場だったと聞かされました」

木南は、それを聞いて、首をひねった。

「本当に心当りがないんだね？」

「ありませんね」

田代は自分の言い分をかえなかった。

「木南さんの方こそ」

彼は言った。

「××開発とぼくの事件とを、どう結びつけて考えたんですか？　ここに、あなたがわざわざ見えたくらいだから、それはよほど重大なことだと思うんですが、いったい、何なんです？」

こんどは田代が木南を逆襲した。

木南は、田代の質問を受けて、ためすようにしばらく彼の顔を見ていた。しだいに木南の顔に安心の色が表われたのは、実際に、田代が何も知らないことを確かめたからである。

「君は」

木南は、新しい煙草に火をつけて言った。

「山川亮平氏の事件を知っているでしょう？」

「知っています。新聞で読みました」

田代は答えた。

木南が見た田代のその表情には、平静さしかなかった。つまり、その平静さは無関心と通じている。

「大変な事件だ」

彼は解説するように言った。

「山川氏といえば政界の一方の実力者だ。それが、突然行方《ゆくえ》不明になったまま、いまだに生死が知れない。警察当局では、生存より死亡の方に重点をおいて捜査している。われわれ新聞社でも、この事件を必死になって追っているが、まだ手がかりがない」

田代は何のために木南がそのようなことを言うのかと言いたげな表情をしていた。

「田代君」

木南は椅子を動かして田代の傍に寄った。

「君はいつぞや国立署に行ったね？」

「行きました。そうだ、そのときに撮《うつ》した写真は、あなたにあげましたよ」

「いただいた」

と、木南は言った。

「日下部《くさかべ》係長の顔がうつっていたので貰《もら》ったのだが、おかげで、あれはたいへん役に立ったよ」

「それは結構でした」

「おいおい、田代君、それが、君に関係のあることなんだよ」

木南は、田代が何か感じ、何か知っていると思いこんで、しきりと追及してゆく。田代の方では、木南が別なデータを握って乗りこんできたと思っている。二人の話は、しばらく探りあいのようにして続けられた。

窓の外には真昼の陽が明るく映っている。

遠い山脈が美しく霞《かす》んでみえる。土地が高いだけに、空気は澄みきっていた。

「ところで田代君」

と、木南は言った。

「君が捜していることと、ぼくが捜していることとは、どこかで一致すると思うんだがね」

木南は様子だけは悠々《ゆうゆう》と煙草をふかしながら言った。

「君の追っている線とぼくの追っている線とは、かならずある一カ所で交差すると思うんだ。その交差したところを、ぼくは見つけようと思って、ここまで来たんだがね。どうだね、君の知っていることを全部、話してもらえまいか？」

田代は木南の話から、だんだん彼の意図を感づいていた。もとより木南は、山川亮平氏の失踪《しっそう》事件を追っている。ところが、田代自身は、バー・エルムのマダムの線を追っているのである。この二つが、木南の言うようにどこかで交差するとしたら、二つの事件は一つになると考えていい。

つまり山川氏失踪とエルムのマダムの殺人とは、一つのものになってくる。

さらに、田代がこれまで不審を持っている湖水の奇怪な出来事も、これに関連するのではなかろうか。

木南の話を聞いているうちに、田代自身の気持が少したかぶってきた。

しかし、彼には言えないことが一つある。ほかでもない、「飛行機の女」である。あの若い女は田代が追っている。調査の線上にちらちらしているのだ。田代が木南に自分の知っていることを全部話せば、当然彼女のことも出さなければならない。

田代はそれを恐れている。自分の手で彼女の正体がわかるまでは、誰にも言いたくなかった。このベテランの新聞記者の手にかかれば、情け容赦なく全貌《ぜんぼう》はひきだされるであろう。同時に田代がひそかに胸の中に考えている彼女の身辺も、あばきだされるであろう。田代はそれがたまらなかった。

むろん、彼は「飛行機の女」の正体を知っていない。それを知りたいのはやまやまであった。この木南なら、新聞社の全機構のバックもあるし、彼個人の手腕からいっても、突き止めてくれるであろう。だが同時に、田代の考えているイメージが、木南の手でさんざんにこわされそうであった。

「少し待ってください」

田代は、窓から見える山を眺めて考えていた。

5

田代は木南にだいたいのことを話した。

なるべく飛行機の女のことには触れないで、彼が知っていることを用心しながら話した。

たとえば、九州から飛行機に同乗してきたあの小太りの男の一件では、その横に例の若い女がいたことははぶいた。バー・エルムでも、その若い女がマダムを訪ねてきたくだりははぶいた。

それから、彼が信州から帰ったとき、一つの警告を彼女から受けとった点も省略した。

要するに、田代の気持の中に、まだ、彼女が巣くっていた。

木南に話すと、むざんにそれがあばきだされてしまう。田代としては、誰の手からも、彼女だけは、守りたかった。

だが、そのほかのことは、木南にほとんど伝えた。

木南は、煙草《たばこ》の火が、途中で消えたのも忘れて、熱心に田代の話に聞き入った。

そして、メモを出して、ときどき要点をつけている。

田代の話で、最も木南の興味を引いたのは、湖畔めぐりのときに、例の小太りの男が受けとった荷物の一点である。

彼は、田代の言う、その荷物の大きさ、重さ、包装について詳しく書きとった。

「石鹸《せっけん》材料と書いてあったんですか？」

木南は鉛筆を頰《ほお》に当てて考えこんだ。

「なんだろうな？」

彼は半ば自分に問いかけるように呟《つぶや》いた。

「それは、何かの偽装かもわかりませんよ。石鹸材料ってそんな重さだったかな」

と言った。

田代は、石鹸工場のコンクリートの欠片《かけら》に付着していたものが、友人の杉原講師の鑑定によると、石鹸ではなくパラフィンだったことを思い出した。

「そうなんです。それは石鹸よりももっと軽い、パラフィンだったのです。だから何かかなり重いものが、そのパラフィンの中に封じこめられていたという想像が成り立つのです」

田代は、杉原講師からそれをききだしたいきさつを木南に話した。

木南は、田代の言葉を聞いて唸《うな》った。目をぎらぎら輝かせ、田代が杉原から聞いたパラフィンの重量を、一つ一つメモした。

「おもしろい。これは実におもしろい事件だ」

木南はもう一度唸った。

だが田代は彼が柏原《かしわばら》へ行ったことには、全く触れなかった。それも、例の「飛行機の女」に似た女がからんでいたからである。彼女に関する限り、どこまでも、彼は話からはぶいた。

したがって、田代の話は中途半端《はんぱ》なものになった。ただ久野から聞いたバー・エルムのマダムについてのタクシーの運転手の目撃談は詳細に話した。

人間は、ときに、自分の思っていることや、その考えを人に話している時に、しだいに思考がはっきりすることがある。今の田代の場合がそうだった。

彼は、木南に順序立てて話しているうちに、あっ、と気づくことがあった。が、それは、木南には言えないことである。

「だいたいわかった。どうもありがとう」

木南は、満足そうに言った。

「最後にもうひとつ、きくがね。君が、あの××開発の工事現場で背後から突き落されたのは、計画的だったと思いますか？」

「それは、ぼくにはわからない。けれど、あれが偶然の事故だとは思いませんね」

田代は答えた。

田代と二時間ばかり話しあったその話の結果は、木南を十分に満足させたようであった。

どうやら、わざわざ、信州飯田まで来ただけの効果があったわけである。

「どうも、いろいろ、ありがとう」

木南は、いそいそと立ちあがった。

「君も、もう退院だろう。いつごろになりますか？」

「明日ぐらいで、ここを出られると思います。たいした負傷ではないから、今日でもいいくらいです」

田代は微笑して答えた。

「それじゃあ、いずれ東京で会いましょう。お大事に」

木南は挨拶《あいさつ》した。田代は、廊下を歩いて、彼を玄関に見送った。

二人が玄関まで来たとき、

「もしもし、……もしもし……」

という看護婦の甲高《かんだか》い声が、受付の中から聞えてきた。

「あっ、田代さん、お電話ですよ。東京から……」

看護婦は、受付の窓越しに田代の姿を見て、あわてて声をかけた。

「ありがとう、誰《だれ》からですか？」

と、田代は受付の中へとびこみながらきいた。

「あの久野さんとかおっしゃいましたけど……」

田代は送受器を受けとって声をかけた。

「もしもし……、もしもし……」

送受器の中からは、なんの反応もない。

「もしもし……、もしもし……」

田代は、躍起になって呼んだが、依然として答える声はなかった。線が切れたのだろうか？

「確かに久野ですね？　東京からですか？」

田代は看護婦に念を押した。

「ええ、そうおっしゃいました。局の方で東京からだと申しましたから、間違いはありません」

看護婦は、念を押されて、少し気持を悪くしている。

田代はちょっと不審に思った。久野が電話をかけてきた用件は、田代の怪我《けが》を知って、驚いて見舞いの電話をかけたに相違ないが、それにしても東京からという点が変だった。

木南が久野の細君に会って聞いた話によると、久野は伊那から帰るとすぐ山形県へ行って、まだ四、五日は帰らないはずである。それが、どうして東京から電話をかけてきたのだろう？

木南は、次の汽車で東京に向った。

東京に着くまでの長い時間、彼は、メモを出しながら、ひとりで考えていた。田代に会うまでは、これほどの収穫は期待していなかったのである。彼の顔は明るかった。

岡谷や上諏訪を過ぎた。

木南は、窓から諏訪湖を眺《なが》めた。田代の話が彼の頭にこびりついている。湖面は陽《ひ》を受けて輝いていた。遊覧船が音楽を鳴らしながら走っている。

木南が東京に着いたときは、夜になっていた。彼は、新宿駅を出ると、公衆電話ボックスにはいり、電話帳を繰りはじめた。ある一カ所を拾うとダイヤルを回した。

「もし、もし、吉井先生のお宅ですか？　こちらはR新聞社の木南と申します。先生はご在宅でしょうか?」

先方は、女の声でしばらくお待ちくださいませ、と言ったが、すぐ男の声にかわった。

「やあ、木南君」

と、電話口で男が言った。

「先生ですか、木南です。どうも、ご無沙汰《ぶさた》しております」

「いや、こちらこそ。なんだね、今ごろ?」

先方は、吉井博士といって、法医学の教授だった。博士は、ときどき、警視庁から持ちこまれる変死体の解剖鑑定をしている。

警視庁詰めの木南は、その関係から、吉井博士とも親しかった。何か事件が起って、死体の鑑定が問題になると、彼も、博士のところへ行って意見を聞くことにしている。博士が、今ごろなんだね、と言ったのは、もう、夜も八時を過ぎていたからである。

「ちょっと、先生に、教えていただきたいことがあるんです。もしお邪魔でなかったら、今からお伺いしてよろしいでしょうか? 夜分恐縮ですが」

「うん、それは別にかまわんがね。何か、面倒な事件でも起ったのかね?」

「はあ、ちょっと。それは、お伺いしてからお話いたします」

木南は電話を切ると、ボックスを出て、急いでタクシーを拾った。

吉井博士の家は、下落合《しもおちあい》の方にあった。新宿からそこまで、車で二十分とはかからない。

閑静な住宅街の、ふとはいった路地の奥に、博士の家はあった。

教授といっても、法医学の学者では、アルバイトもあまりないと見えて、家もそれほど大きくはない。普通のサラリーマンの住宅のような、庶民的な家であった。

玄関のベルを押すと、木南が訪問するのを待っていたように、すぐに、内側から格子《こうし》戸《ど》をあけてくれた。それは、博士の夫人だった。

「どうも、突然、夜分にお邪魔をいたしまして」

木南は、恐縮して挨拶した。

「いいえ、どういたしまして。さあ、どうぞ、おあがりくださいまし」

「ありがとうございます」

木南は、玄関に上がり、一、二度来たことのある、応接間めいた座敷に通された。

「やあ」

博士はすぐ出てきて、

「しばらくだね」

と、笑いながらすわった。
四十二、三の吉井博士は、でっぷりと太っているので、和服がよく似合った。磊落《らいらく》に
木南の前にすわった博士は木南の横に置いてあるスーツケースに目をとめた。

「おや、君は、旅行の帰りかい？」

「はあ、信州に、ちょっと、行ってきました」

「信州？　おやおや、それで、ぼくのところに来たのは、その信州旅行と、むろん、関係があるんだろうね？」

木南は、吉井の質問には、はっきりと答えないで、

「先生、今まで、先生が扱われた事件の中で、人間の死体を処理する方法として、変った例がありますか？」

と、逆に質問した。

「そうだね」

吉井博士は、しばらく考えていた。

「だいたい、犯人が殺人をやって、いちばん苦心するのは、その死体の処理だろうな。だから、たいていの犯人は、殺した死体を発見されないように工夫するものだ。君が聞きたいのは、犯跡をくらますための、死体の変った処理の仕方だろう？」

「そうなんです」

木南はうなずいた。

「たとえば、土を掘ってそのなかに埋めるとか、行李《こうり》詰《づ》めにしてよその駅に送りつけるとか、いろいろありますね。そういう、変った死体処理の方法を伺いたいんです」

吉井博士は、目を壁の方に向けて、ゆっくりと、思い出すようにしていたが、

「どうも、適当な例がないね。ぼくがやったのは、あんがい、平凡な事件が多かった」

と答えた。

「先生がおやりにならなくても、何か、お聞きになったことはありませんか？」

「そう、何かの本では読んだことがあるがね。死体を壁の中に塗りこめるとか、コンクリートの下に埋めこむとかいうことは、小説にもあるし、外国の例にも、ないことはない」

木南は、手帳を出して、それから、博士にいろいろと質問した。

吉井博士は、考えながら答えた。時には、書斎に行って分厚い本を出し、調べてから返事したりした。

その問答は一時間あまりもかかった。聞き終った時の木南の表情には、かなり、満足げな色があった。

「どうもありがとうございました」

木南はおじぎをした。

「いや、役に立てばいいがね」

「いえ、たいへん、参考になりました」

「だが、まさか、そんなことがあるとは思われないから、君もよく研究したまえ」

吉井博士は、自分の話したことを、多少あやぶむようにつけ加えた。

「はい、わかりました」

手帳をしまって、木南は立ちあがった。

「いずれ改めてお礼に伺います」

「いや礼はいいが、まあ、そのうちに遊びにきたまえ」

温厚な博士は、木南を玄関まで見送った。

吉井博士の家を出た彼は、かなり興奮していた。

その晩、木南は、家に帰って、すぐには床につかず、煙草《たばこ》を喫《す》いながら、いつまでも、机に向って何かを書いたり、考えたりしていた。

気が昂《たか》ぶっているときの癖で、木南は、灰皿《はいざら》の中に、みるみる、吸殻《すいがら》を埋めていた。

翌朝、彼は、昼前に起きた。

昨夜、熟睡できなかったので、彼の目は赤かった。そして寝起きの煙草を喫いながら、昨夜遅くまでかかって書いた紙の文字を見つめた。

それには、数字がいっぱい書かれてある。足したり引いたりした計算が、走り書きでついていた。彼は、それを、さらに検討するように眺めている。重要だと思うところは、わざわざ、赤鉛筆を出して印《しるし》をつけた。

それから、ゆっくり起きて、妻の出した遅い朝食を食べた。

「四、五日、戻《もど》らないかもわからないよ」

飯をまずそうに嚙《か》みながら彼は妻に言った。

「あら、また、大きな事件ですか？」

女房は、木南の顔を見てきいたが、別に驚いてもいない。新聞記者は、大事件が起ると、一週間も十日も、家に帰ることができなかった。その例を、たびたび妻は知っている。だから、四、五日帰らない、と、木南が言っても、当りまえのような顔をしている。

「いや、事件ではない」

木南は言った。

「ちょっと、旅行してくる。むろん社用だが」

「遠いんですか？」

「信州だ。そうだ、払いの金はあるかい？」

「あら」

女房は木南のいつにない心づかいに驚いた。十日も帰らないと聞いても平気だったが、木南が払いの心配をするのは珍しかったのである。

「どうしたんですか？」

「少し、旅費の仮払いがあるからね、置いといてもいいよ」

「それは助かるわ」

と、女房は笑った。

「いただきたいわ」

木南は内ポケットから黙って封筒を出した。飯田に出張する前、会計から貰《もら》った金で、中身はそれほど減ってはいなかった。

木南は、一万円札を二枚取出した。

「とにかく、これを使っといてくれ」

妻は、それを、ちょっと、いただくような恰好《かっこう》をした。

「ちょうど、給料までのお金が切れていたところなんです。よかったわ」

「そう喜んでも、仕方がないよ。どうせ、給料袋から引かれるんだからな」

この金は、月給の前借でないのだから、旅費で使ったことにすれば、給料から差し引かれる心配はなかった。しかし木南は、女房の手前はそうしておく方が、先へいって飲《の》み代《しろ》を浮かすことができると思った。

朝食が終って、木南は旅行の支度にかかった。

「おい、旅行の支度をしてくれ」

「はい、はい」

細君は立って行って、木南が昨日持って帰ったばかりのスーツケースに、新たな肌着《はだぎ》や何かを詰めかえた。無精者の木南のために、できるだけ不自由のないように気を配っていろいろ詰めた。出張のたびにそのようなことをしているので、木南の妻は慣れていた。

木南は、縦のものを横にもしないような性格で、妻がこまごまと鞄《かばん》に詰めるのを任せきりであった。

「はい、できました」

細君は、スーツケースを差し出した。

「うん」

「もう、お出かけですの？」

「汽車の都合があってね」

木南は、もう玄関に出ていた。

四十分後には、木南は社に出ていた。

編集局には、まだ社会部長の鳥井は姿を見せていない。彼が来るのは、あとまだ一時間ぐらいである。早出の部員が四、五人いるだけだった。その中で一番古い部員の傍に行き、無造作に机の上に腰をおろして、

「部長が出てきたら、言ってくれ」

と彼は言った。

「ぼくは、今から長野県の木崎湖に行ってくる」

その部員は目をまるくした。

「うん、部長が来たら話すつもりだったが君から伝えてくれ。ぼくは木崎湖に行ったら、そこで人夫を雇って、ある捜索をする。ちょっと費用がかかるけれどな。清算はあとでするから、金が足りなくなったら、電報為替《がわせ》で送るようにとな」

その部員は、木南の言うことを聞いて、呆気《あっけ》にとられていた。もとより、木南は、ずっと先輩だし、いわゆる大記者なのである。部長も、この木南には手を焼いている。わがままの言いたい放題の男だった。

「わかったね？」

木南は、念を押した。

「わかりました。ところで、木南さん、木崎湖で、何を捜査するんですか？」

木南は黙ってニヤリとした。

「今にわかるよ」

彼は、おいてある鞄をとった。

「しかし、あんな所に行っても、何もないでしょう？」

部員は自分の経験を言った。木崎湖にも青木湖にも、施設は何もないのである。

「何もないと思う所から、何かが出てくる」

木南は謎《なぞ》のようなことを言った。

彼は、古い部員が、あきれて見送っているうちに、鞄をかかえて、悠々《ゆうゆう》と編集局を出ていった。

6

その日の夕方、木南は、信濃《しなの》大町《おおまち》の駅に降りた。

汽車は山に登る登山客で混んでいた。若い者が多い。そこまで乗りあわせた登山客は、ほとんど、大町で降りた。連中は、駅を出ると、バスの乗り場に騒ぎながら集まっていた。この寂しい町は、登山のシーズンになると、若い都会の登山客で賑《にぎ》わうのである。

木南は駅前の広い通りを横切って、町役場の方に行った。役場は近い所にある。

役場の中にはいると、吏員がワイシャツの袖《そで》をまくって仕事をしていた。木南は労務課の標識の出ている所に行った。

「木崎湖で、少しものを捜したいんですがね」

木南が名刺を出して言うと、話を聞いた中年の吏員が、びっくりした顔をした。

「木崎湖で、何を捜すんですか?」

「荷物です」

木南は平気で言った。

「荷物？」

吏員は、また、目をまるくした。

「なんですか、それは？」

吏員は、木南が新聞社の名刺を持ってきているので、親切に話を聞いてくれた。

「四角い木箱ですがね。東京で、ある荷物が行方《ゆくえ》不明になっているんです。内容は、ここでは言えませんけれどもね、なに、宝石のような高いものじゃありませんよ」

木南は説明した。

「その荷物がどうやら、木崎湖に捨てられたらしいんです。世間的には価値のない品物ですが、必要な人にとっては、どうしても捜し出さねばならぬ品物です」

「どういうわけで、木崎湖に捨てたのでしょう？」

「それはぼくにもわかりません」

木南は用件にはいった。

「ついては、人夫を四、五人世話してくれませんか。木崎湖と言っても、荷物は岸から投げこんだのだから、湖全部を干すことはありませんよ。だいたい、捨てた場所は見当がついていますから、その辺の底を捜してみたいんです」

個人の申し出だったら、あるいは吏員も断わったかもしれない。が、新聞社の肩書の名刺が吏員を信用させた。

「それじゃあ、あの辺の農家の若い連中に頼んだ方がいいでしょう。今ごろは農閑期で、遊んでいますから、日当さえ出せば、すぐ集まってきますよ」

「それは誰《だれ》に頼めばいいんですか?」

「私が紹介しましょう。待ってください」

親切な吏員は、役場の用箋《ようせん》に簡単な手紙を書き、やはり、役場の名前のはいった封筒に入れて渡してくれた。

翌朝、木南は、旅館を出ると、バスに乗った。それは、木崎湖の傍にある部落までだった。彼は、その停留所で降りた。

木崎湖の蒼《あお》い色が、目に痛いようだ。その部落も、明るい陽《ひ》ざしの中に眠ったようになっていた。

空は晴れて、当分、雨は降りそうにない。

その天空を画して、北アルプスの連峰が続いていた。ここからは、鹿島槍《かしまやり》などの山稜《さんりょう》が見える。

封筒の宛先《あてさき》を訪ねて行くと、それはかなり大きな農家であった。

「ごめんください」

木南は、暗い戸口をはいった。

出てきたのは五十過ぎの農夫だった。

短いズボンをはいたほかは、ほとんど裸体である。

「加藤次郎さんというのは、こちらでしょうか？」

「ああ、加藤というのは、わしですが」

その男は、木南を見て言った。

「そうですか」

ちょうど、当人に会えたので、

「私は、東京の新聞社の者ですが、実は、この木崎湖で捜《さが》し物があるんです。そこで、ひとつ、あなたにご協力願って、手伝い人を世話してもらいたいんですが」

木南は、そう言いながら、添書《てんしょ》の封書を差し出した。

加藤次郎は、木南の言う意味をよくのみこめないような顔だったが、差し出された添書の封をまず切った。中の役場用箋の文句を読みおろしていたが、それをていねいに封筒に収めた。

「だいたい、わかりましたが、いったいこの木崎湖で何をお捜しになるんですか？」

「落し物です」

木南が答えると、加藤次郎はキョトンとしていた。

「落し物？　なんですか？」

「大きな荷物です」

木南は言った。

「それは、木箱なんですがね。確かに、この湖の底に沈んでいるんです。その場所も、だいたい、見当がついています。深い所ではないと思います。岸からほうりこんだので、中に誰かにはいってもらえばすぐわかると思いますがね」

「へえ」

加藤次郎は、あきれた顔をしていた。

「その木箱の中身は、なんですか？」

「石鹸《せっけん》ですよ」

これにも、加藤次郎は驚いたらしかった。

「石鹸を詰めた木箱を、この湖の中に落したんですか？」

「あきれた奴《やつ》がおりましてね、そいつは、石鹸工場の工員でしたが、経営者と喧嘩《けんか》して、石鹸箱を盗み出し、腹いせに、ここまで来て湖の中に投げこんだわけです。あんまり、もったいないから、それを拾いあげようというわけです」

加藤次郎はこの辺の顔役らしかった。

彼はたちまち近所の若い連中を五、六人ぐらい集めた。

これは木南の名刺が、R新聞社であったことと、役場の紹介がだいぶものをいっていた。

若い者は、日当を出すというので集まってきた。

彼らは、しじゅう、水の中にもぐっているカッパのような連中だった。

湖の中に石鹼の木箱が隠されていて、それを捜すのだということを聞いて、まるで宝捜しでもするような気でいる。

内容が石鹼と聞いて、少々ひょうし抜けがしたらしかった。それでも、日当を貰った上、こんなおもしろい遊びはないといったような顔だった。

木南は、田代利介からその荷物の落ちた位置と水音を聞いている。木崎湖でもそれは対岸の湖岸だった。したがって彼の指図《さしず》はおもにその位置に限定された。

若い連中は手に手に熊手《くまで》や鉤《かぎ》を持っている。これで湖中にもぐって木箱をひっかけようというのである。

加藤次郎はすべての采配《さいはい》を振るった。

「旦那《だんな》、この辺に間違いないんだね」

彼は木南に位置を確かめた。

「まあ、この辺からやってもらおう」

だいたいの位置が決ると、後は加藤の采配であった。

「さあ、やってくれ」

彼の掛け声と共に四、五人が湖の中に真っ白いしぶきを上げて飛びこんだ。

まだ水は冷たいはずだが、見ている木南が、自分でも裸になって飛びこみたいくらい気持よさそうであった。彼は湖岸に腕を組んで立ち、若い連中の成果を待った。

若い者は、水の中に肩までつかったりもぐったりしていた。その位置は、木南が、田代から聞いてだいたい見当をつけていた場所である。

その水の捜索作業は、一時間続いた。

しかし、誰も成果をあげないのである。

木南の目には、

「あったぞ」

と叫んで若い男が、水の底から木箱を抱え上げて岸に上がってくる情景が描かれていた。

が、いつまでたっても、連中はむやみに水を掻《か》きまわしているだけである。

木南の隣にいる加藤次郎が時計を見た。彼も首を傾《かし》げた。

「旦那」

彼は木南に呼びかけた。

「場所が違うんじゃありませんか。こんなに捜しても見つからないところをみると、その荷物はここにはないようですな」

木南も自信を失いかけた。

「もう少し位置を移動してみよう。そして、もっと広い範囲を捜してみてもらえないか」

加藤次郎は、そのとおりにした。その作業は、しばらく続いた。

若い連中は水にはいりながら新しい場所を捜したが、荷物はあがってこなかった。

時ならぬときに湖の中を大勢の人間が捜索しているので、いったい何が起ったのかと、近所の連中は集まって見物した。

「なんだね？」

「さあ、なんだかわからない」

皆ふしぎそうに、若い連中が捜しまわっているのを眺《なが》めている。

中には、わざわざ、加藤次郎にききに行く者がいた。

「木箱だよ」

加藤次郎は答えた。

「中身は石鹸だということだがね」

「へえ」

きいた者は驚いた。たかが、石鹸のはいった木箱を、高い日当を払って人を使い、引きあげて割が合うものだろうか。

「石鹸じゃあるまい」

と言いだす者がいた。表向きは石鹸だと言っておいて、実は何かの宝物かもしれない。五、六人も若い連中を雇い、給金を払い、ただの石鹸では勘定が合わないはずだ。

岸辺《きしべ》では、見物人が互いに想像しあいながら、なおも水の表を見ていた。

ところが、どのような位置に移って捜してみても、木箱は一向にあがらないのである。すでに陽は暮れかけて、まもなく夜にはいろうとしていた。

「旦那、どうも見当らないようですよ」

加藤次郎は木南に言った。木南も、先ほどから絶望しているのだ。これほど、捜してもわからないとすると、木箱は湖の中に初めからないのではなかろうか。

田代が言ったことは、何かの間違いではあるまいか。

それとも、捜し方が悪いのか。いやいや、そうではない、これだけ若い連中を潜《もぐ》らせてやったのだから、品物があれば、見つからぬはずがない。

狭い場所だし、捜し物が大きな箱なのである。木南は、あきらめきれなかった。

ここで発見できないとすると、次は青木湖である。彼は、いちおう木崎湖は後まわしにして、あすは青木湖に移ろうと考えた。

「加藤さん」

木南は言った。

「あすは青木湖の方をやりたいのですがね。ご苦労だが、あすもう一日やってもらえませんか？」

加藤次郎もせっかくのところなので、多少気の毒そうな顔をしていた。

「そうですなあ。乗りかかった舟ですからやりましょう。若い者にもそう言っときます」

と言う。

「頼みます」

木南は、こうなると加藤次郎が頼りであった。

「しかし、ほうぼうに石鹸を撒《ま》いたものですな」

加藤はふしぎそうに言った。

木崎湖と青木湖とはほとんど接近している。八キロとは離れていなかった。

翌日も木南は、加藤次郎に頼んで若い連中を青木湖に呼んでもらった。

「今日は見つかるといいですがね」

加藤次郎は言った。若い連中に高い日当を払ってもらっているのが気の毒そうだった。

そこは地方の人だけに律義《りちぎ》なのであろう。

若い連中は青年団の人たちだった。彼らも昨日は成果がないので、今日は、ぜひ見つけようという意気込みを見せていた。

木南が田代に聞いたのは青木湖だった。それも湖岸の北の端だった。そこで田代は水音を聞き、湖面に広がっている波紋を見たと言うのだった。

木南は位置を定めた。

「加藤さん、この辺からはじめてもらいましょうか」

だいたいの見当をつけながら、昨日と同じように、青年団の連中は手に手に熊手や鈎《かぎ》を持っていた。まだ水は冷たい。四月の眩《まぶ》しい陽《ひ》が照っているが、もともと、この湖水の水は夏になっても冷たいのである。しかし、若い連中だけに元気が良かった。加藤次郎の合図で彼らはここでも湖中の捜索に移った。

木崎湖と同じように、この青木湖でも近くの人たちが何が起ったのかと集まってきた。石鹼のはいった木箱を捜していると聞いて、みんな、あきれ顔をしている。昨日の木崎湖と違って、今日は朝からはじめたので、たっぷり時間がある。十分に捜索ができるはずだった。

木南は、腕を組んで岸辺に立っていた。紺碧《こんぺき》の色をたたえた湖面に、白いしぶきを上げて若い連中が潜《もぐ》っている。

一時間ぐらいたった。まだ目的物の発見はなかった。加藤次郎は、昨日と同じように、熱心に湖面を眺《なが》めている。彼は昨日の木崎湖のことがあるので、やはり心配そうだった。

木南は、今日はなんとかして木箱を湖底から見つけたかった。その木箱の中身を見れば、彼の予想どおりに、大変な事実が発見できそうなのだ。

見物人たちは刻々にふえてきた。その見物人たちの後ろに、ひょっこり一人の男が近づいてきた。彼はこの辺の百姓と同じ恰好《かっこう》をしていた。木南は知らないが、これが小太りの男である。

彼は湖の中でしきりと捜している作業を眺めていた。何を捜しているのか、と彼はそこに立っている見物の老人にきいた。

「なんでも、木箱を捜しているそうだよ。中身は石鹸だそうだがね」

老人は小太りの男に答えた。

「へえ、木箱をね」

小太りの男は感心したように目を湖面に投げた。相変らず眩しい太陽の下で青年たちの作業は続いている。それを眺めながら、小太りの男の目にはあざけるような色があった。

青木湖の水中捜索は、その日一日かかった。

結果は、木崎湖と同じであった。何も出てこないのである。場所も移動したし、ていねいに若い連中は捜してくれた。が、すべては無駄《むだ》であった。加藤次郎は、たいそう気の毒そうな顔をして、木南に言った。

「旦那、これだけ捜してないのですから、はじめから、品物がないのじゃないですか?」

木南も、この結果にしょげていた。腕組みして、残念そうに湖面を眺めているだけである。

田代が言ったことは嘘《うそ》だったのであろうか? 加藤が言うように、捜査は隈《くま》なくやったわけである。少しも手落ちなく皆がやってくれたことは、彼が終始見守ってわかっている。

木崎湖もそうだったが、この青木湖でも、田代の言う「石鹸入りの木箱」が出ないのは、見つからないからではなく、最初からなかったことを物語っているのではあるまいか? 彼は、加藤に言われて、よけいにそう感じてきた。

しかし木南には、まだ未練が残っている。

彼は、田代の言葉から、あるヒントを得ていた。その木箱の内容についても、木南は、彼なりの推察をくだしている。だから勢いこんでここまでやってきたのだが、その結果は、期待はずれだった。

彼は、どちらかというと楽天的だった。湖水の捜査にかかる時、彼には湖底から引き上げられてくる木箱を、目の前に見るように想像していたのである。その後の調査も、彼には心の用意があった。

しかし、その結果は、すべて幻と消えた。これ以上、加藤次郎に頼んで、明日もつづけて捜してくれとは言えなかった。

「どうも、いろいろやっかいをかけました」

木南は、心から、加藤次郎に礼を言った。かれらは、ただの金欲しさの労働でなかったことは、彼にもわかった。青年団の連中も、それを差配する加藤も、欲得を離れて熱心にやってくれたのだ。

「それじゃ、諦《あきら》めますか」

加藤次郎は、気の毒そうに言った。

「仕方がありません。あなたにこれだけやってもらって、ないところをみると、あなたの言うとおり、現物は、はじめからないのかもしれません」

「お気の毒でした」

加藤次郎は、木南を慰めた。

約束の日当の計算をすまし、金を渡して、木南は駅の方に行った。がんらいは呑気者《のんきもの》だが、今度ばかりは少しまいった。が、駅に歩いていくうちに、木南には、もう一度、という闘争心が起ってきた。

その木南の歩いている姿を、小太りの男が見送っていた。彼は、木南を観察しながら、手帳をポケットから出して、特徴をメモしていた。

第十章 木箱の行方《ゆくえ》

1

田代利介は、ベッドに横たわって、木南からの手紙を受けとった。

ベッドは、アパートの中においてある。彼が、信州飯田の病院からここに帰ったのは、昨日であった。あまり無理をしないようにと、院長から言われたので、当分、静養するつもりであった。

介抱と世話はいつも頼んでいるおばさんがやってくれた。それに、助手の木崎もときどき見舞いに来てくれる。

「先生、仕事のことは心配しないで、ゆっくり静養してくださいよ」

木崎は、そんなことを言った。

長年使っている助手だけに、腕も、一人前であった。軽い仕事なら、彼に、もう全部任せられるのである。

田代は、病院から、ここに帰っても、まだ当分静養しなければならないので、例の一件のために活動することはできず、ちょっと残念であった。

昨日帰ってからさっそく、久野の家に電話をかけてみたが、彼はまだ山形県から帰っていなかった。

そんなはずはない。飯田の病院へ、東京から電話をかけてきたのは、確かに久野という名だったと看護婦が言っていた。すると久野は、山形県へ行くと嘘《うそ》をついて、実は東京のどこかにいるのだろうか？

久野の細君にその嘘がばれてはいけないと思って、田代は、電話では、わざと細君の言葉に反問をしなかったが、久野の所在がはっきりしないことが、田代の胸に妙にひっかかっていた。久野の身の上に、何か災いがなければよいがと不安だった。

そこへ今日、木南から手紙が来たのである。信濃大町局の消印があった。

田代は、木南が例の一件を自分から聞きとって、興奮しながら帰っていったようすが、まだ目に残っている。

大町から手紙をよこしたところをみると、彼は東京に帰って、さっそくそこに飛んで行ったらしい。

田代は、封を切って中を読みくだした。やはり彼は、その一件で現地に急行していたのであった。

前略　この間はどうも失礼しました。あなたがもう信州飯田から東京にお帰りになっていることと思って、この手紙を東京の住所に出しました。

おかげんはいかがですか。

私は、あなたの話を聞いて、非常に参考になりました。参考というよりも、ひどくそれに惹《ひ》かれたのです。それで、あれから東京に帰って、新聞社から時間をもらい、さっそく、大町にやってきました。

こうお話すると、あなたはもう察しているでしょう。そのとおりです。私は、あなたが話した例の木箱、つまり木崎湖と青木湖に石鹸《せっけん》材料のはいった木箱が投げ入れられたという、その現場を捜しにやってきました。私は、近所の青年たちに頼んで、昨日は木崎湖を捜しました。広い湖ですが、だいたいあなたから投げこまれた場所を聞いていたので、それを中心に青年たちに捜してもらいました。ところが、昨日は、どう捜しても現物が見つからないのです。もしや場所が違うのではないかと思って、ほかも捜したのですが、やはり上がってきません。そこで、木崎湖の方はいちおう諦《あきら》めて、今日は青木湖に移りました。ここは朝早くから捜索作業を始めたのですが、その結果は、昨日の木崎湖と同じでした。

やはり木箱は、青木湖にもありませんでした。若い人たちは熱心にやってくれたのですが、どうしても発見できなかったのです。私は、場所が違うのかと思って、青木湖でもいろいろと手をかえて捜索したのですが、結果は、やはり同じでした。

そうすると、青木湖でもなく、木崎湖でもなく、両方の湖にないとなると、木箱ははじめからなかったのかと思いました。つまり、一度は、あなたが何かの錯覚を起して、木箱が湖中に投げられたように思い違えた、と考えたのです。

しかし、あなたの話された内容は、私の気持に食いこみました。錯覚と考えるには、あまりに真実性があります。なるほど、これだけ捜して現物がないのだから、あるいは、とあなたの言葉を疑いたくなりますが、しかし、一方では、ますます、私は、あなたの言うことが真実だと思えるようになりました。私がこう言うのは、今ここで、全面的に私の考えを披露《ひろう》するわけにはいかないのですが、あなたの言うことが私の直感とぴったり合うからです。そこで、あなたの考えと私の直感が正しいとしたら、捜索は途中で打ち切るべきでない、という結論に達しました。

私は、もう一度、明日、捜索を続けてもらおうと思います。幸い、新聞社の方から相当な金を出してもらっているので、日当などには苦労しないですみます。

さて、私は今、一つの疑問に突き当りました。それは、木箱の中身が石鹸だと書いてあるが、あなたが想像されたように、実は全部パラフィンだとすると、これだけ大量のパラフィンを造って木箱に詰めるからには、相当な設備を必要とすることです。その設備は、仕事の性質上、秘密を要するので、あまり人目に触れない所でつくられたように思います。うかつですが、そのことに今、思い当ったわけです。ついては、あなたに、その心当りはないでしょうか？　もちろんあなたも想像しているように、木箱は、青木湖、木崎湖、諏訪湖の三カ所だけではなく、もっと方々に送りつけられていると思います。そのいずれもが湖に関係しているのは奇妙なことですが計画者の考えでは、湖の底に捨てた方が一番安全だと思ったのでしょう。これについてのこる問題は、そのパラフィンをどこでつくったかということです。これについて、あなたの心当りがあったら、至急にご返事ください。

なお、お気づきのご意見があったら、お聞かせください。

木南に対する田代の返事――

この間は失礼いたしました。私も、あれからだんだんからだの調子がよくなり、今は、信州の飯田の病院から退院して、自宅療養を続けています。ご心配をかけました。私がお話した石鹼入りの木箱について、いろいろ捜索されているようで、大変ご苦労さまと思います。お手紙によると、木箱は青木湖にも木崎湖にもなかった由《よし》、意外に思います。仰《おお》せのように、私の錯覚かもわかりませんが、しかし、自分は、それが真実だと思いこんでおります。

私は、あなたにお話したように、木崎湖でも、青木湖でも、確かに、物を投げる音と、湖面に広がっていく波紋を見ています。そして、その両方の湖畔に近い駅から、一人の男が石鹼箱入りの木箱を受けとった事実を突きとめました。その木箱は両方とも新宿駅発送となっています。現に、青木湖では、その男が木箱を受けとってタクシーでどこかに行ったのを目撃しています。彼は、小太りの男でした。人相はよくわかりません。名前は、表面では川合五郎となっています。

着駅は簗場《やなば》駅で、受けとった荷物は、品目石鹼材料、重量四十四・八キロ、縦四十センチ、横四十センチ、深さ三十センチです。

海ノ口の駅止めで受けとった品は、ロウソクとなっていますが、やはり、内容は、同じものと見ていいでしょう。目方は二十九・六キロ、縦八十センチ、横二十センチの細長い荷物です。発送人は荒川又蔵となっています。

ここで考えてください。一方の受取人は川合五郎であり一方の発送人は荒川又蔵であります。一目して偽名であることがおわかりであると思います。つまり、両方とも講談に関係のある名前で、川合五郎は河合又五郎をもじったものであり、荒川又蔵は荒木又右衛門をもじっています。ずいぶん、ふざけた偽名だと思いますが、これによっても偽装だということがわかります。

次に、おたずねの工場のことですが、それは、まさに、ちょうどぴったりのことがあります。私の友人に久野というカメラマンがおりますが、その家の近所に広い原っぱがあります。

その原っぱは、もとから分譲しないという地主の方針でしたが、いつのまにか、無断で建築をはじめた奴《やつ》がありました。私も、現にそれを見ていますが、板囲いにして、建築途中の石鹼工場ということでした。

その石鹼工場が、また、いつのまにか取り払われていたのです。理由は、地主が無断建築を知って撤去を命じたのだそうです。これは当然のことですが、私の考えでは、石鹼工場を建てる奴は、あるいは、はじめから全部完成するつもりはなかった。板囲いにして、建築途中の工場で何かをやっていたのではないでしょうか。それを、目的がすんでから工場を解体したのでは人に怪しまれるので、わざと地主に密告の形をとり、地主の抗議に会って工場の建築を取りやめたという体裁にしたのだと思います。

私は、この工場のことをかなり調べましたが、正体が知れぬまま、今日に至っております。あなたのお手紙によっても、それが、例の木箱に詰めたパラフィンをつくった工場だったと思います。

なお、私のからだがまだ十分でないので、外に出て活動することができません。そちらの模様が判明しだい、こちらでも調査を進めてゆこうと思います。今申しましたとおり、そんな具合ですから、木箱は必ず湖底にあると思います。明日の捜索の成功を祈ります。


田代利介が、木南への返事を書き終って封をし、

「おばさん、これを速達で出してきてください」

と言ったとき、電話がかかってきた。

おばさんが取りついで、

「先生、久野さんからですよ」

と言った。

田代は急いで電話口へ出た。

「おう、田代か、怪我《けが》はどうだ？　えらい目に会ったなあ」

久野の声はひどく急《せ》きこんでいる。

「いや、怪我は大したことない。もうほとんど直ったよ」

答えながら、田代はふと思いだしたことを口にした。

「ところで久野、君はいつ山形県から帰ってきたんだ？」

久野は、一瞬、電話の向うで黙っていたが、

「いま帰ってきたばかりなんだ。女房から君の災難を聞いて、びっくりして電話をかけたんだよ」

久野の声は妙にあわてている。何か、その問題にふれられたくないように思えた。

田代は、東京から飯田へ電話をかけてきたのは、君じゃなかったのか？　と危うく言いそうになって思いとまった。

何か事情があるらしい。

田代は、話題をかえようとして、

「久しぶりで君といっしょに一杯やりたいところだが、なにしろ当分は門外不出なんでね、いろいろ話したいこともあるんだが、よかったらやってこないか？」

と、水を向けてみた。

ところが久野は、意外にも返事を渋った。

「うん、そうだな、見舞いに行かなくちゃならないところなんだが、実は帰ってきたばかりなんでね。留守の間に仕事がものすごく来ていて、どうにもさばききれん状態なんだ。今日は勘弁してもらいたいな」

そう言ったかと思うと、

「じゃ、近いうちに行くよ。大事にしてくれ。今日はこれで失礼する。さよなら」

それで、久野の電話は切れてしまった。

田代は、何かあっけないような、物足りない気持で、じっと考えこんでいた。

木南からの返事――

あなたの速達を受けとりました。ありがとうございました。おからだの調子がよい由《よし》、何よりと思います。さて、先便でお知らせした青木湖と木崎湖の二度目の捜索は昨日、完了しましたが、結果は同じでした。やはり、品物はないのです。

これほど、十分に手を尽して捜して、発見できないのだから、現物ははじめからなかったものと推定せざるをえません。
あなたのお考えを疑うわけでは、決してありませんが、木箱はもっと湖の中心に投げこまれたのではないでしょうか。それだと、両方の湖は非常に深いので、私のやっているような素朴《そぼく》な捜索方法では追いつきません。もっと金をかけて、大仕掛けな湖中捜査をやらないと駄目《だめ》だと思います。

だから、この両湖の捜索は、一時、中止します。が、それは、諦めたわけではありません。そのような事情が急にできたからです。

その前に、あなたに礼を言わなければならないのは、私の考えている木箱の中のパラフィンが、どこで製造されたかということがわかったことです。お手紙を見て、まさしく、しめた、と思いました。

私もあなたのお手紙にある久野さんのお宅を訪ねたことがあります。折《お》り悪しく久野さんは出張したあとで会えませんでしたが、奥さんにはお目にかかりました。その帰りに、社の車で、あの細い道を通ったのですが、偶然に目についたのが、お話の原っぱです。

例の小西運転手が、バー・エルムのマダムを目撃したという、あの欅《けやき》の木のある原っぱという点で、印象に残っています。

偶然に目撃したその原っぱが、私の知りたいと思っているパラフィンの工場の位置であったとは意外です。まさに、おっしゃるとおり、そこが木箱の中身を包装した工場だったと思います。石鹼工場という名目をつくって、建築にかかり、外を板囲いにして、中身を全然遮蔽《しゃへい》したやり方は、なんと巧妙な方法であろうと感嘆します。

その場所だと、発送駅が新宿ということもうなずけます。そして、すべての目的を達したので、工場を解体したと思います。それも、あなたのお考えのとおり、地主に撤去命令を出させて、誰《だれ》に疑われることもなく、きわめて自然に撤去したのも、敵ながら見あげた策略だと思います。

このことから考えても、この事件は、かなり知能犯罪だと思います。しかも、これは個々の単独な計画ではなく、非常に総合的な謀略で仕組まれた犯罪のように思います。

さて、青木、木崎両湖を諦めたもう一つの事情というのは、青木湖の捜索をしている時に、見物人の中から奇特な人が現われたわけです。その人は、信州の柏原《かしわばら》の人だそうですが、私に、何を捜しているのか、ときくので、ありのままを答えました。すると、その人が言うには、野尻湖《のじりこ》でも、そういう木箱らしいものを投げたのを目撃したと言うのです。そして、場所もはっきり知っている、と彼は言うのです。

私は、今から、その人に教えられた場所に行ってみようと思います。今度こそは、あの木箱を発見できると信じています。

なお、あとの便で、私の重大な推定を書き送りたいと思います。しかし、今は、野尻湖に早く行って、現物を発見したい気持でいっぱいです。

2

木南が柏原の駅に降りたのは夕方であった。

ここは、一茶《いっさ》の生れた所で、野尻湖に行く下車駅として有名である。駅の前には、野尻湖案内の看板や道標が立ててあった。土産ものを売る店先には、どこにもあるように、暖簾《のれん》や手拭《てぬぐ》いに一茶の句が印刷してあった。

木南は、まず、駅に行った。荷物の受取り場所が構内の片隅《かたすみ》にある。

「すみませんが、東京から一カ月ぐらい前に送られた木箱のことで、お伺いしたいのですが」

木南がはっきりそうきいたのは、彼が、青木湖で若い連中に湖底の捜索をやらせている時、見物人の一人から、そのような荷物なら、確かに、野尻湖でも投げこまれているのを見た、と聞かされたからである。

それがはっきりしている以上、木箱は、当然、新宿駅から発送になっていると考えた。

その実証を得たいために、荷物の受渡所に行ったのである。

が、ここでは、彼は、剣もほろろな挨拶《あいさつ》を受けた。もっとも、これは、彼の方が無理なのである。日付もわからない。発送人も受取人も、全然、名前が知れないのである。

ただ、内容が石鹼《せっけん》材料というだけであった。

「そんな、雲をつかむようなお話では、捜しようがありませんね」

駅員は、分厚い伝票を繰っていたが、途中でやめた。

「もっともです」

木南も、この理屈にはあやまった。

「それでは、包装が木箱で、内容が石鹼材料というものはありませんか？」

「いったい、いつごろですか？」

木南は、たぶん、それは、青木湖や木崎湖に荷物を送られたと同じころだと思った。

その時期を言うと、駅員は、しぶしぶながら、伝票を繰ってくれた。しかし、その結果は、石鹼材料などは一個も来ていないということだった。

「ちょうど、あなたの言うようなことをききに来た人が、前にありましたよ」

駅員は、そのあとでつけ加えた。

「ほう、どんな人ですか?」

木南は、誰かと思ったが、駅員の話をさらに聞いて、それは田代だということに気づいた。

「その時もわかりませんでしたよ。あれから、だいぶ経《た》っているから、今ではわかりようがありませんね」

田代も、ここまで捜して来たのだ。木南は、とにかく田代が、自分より先に、木箱を求めてこの辺まで来たことに、一種の感慨を感じた。しかし、木南は、田代がはっきりとした推察を持っていなかったように思う。彼は、ただ湖に投げこまれた木箱に不審を抱いただけだ。ところが、木南の方はその木箱の内容や発送の目的まで、その推察がおよそついている。

木南は考えた。

木箱の送り状の品目は、あるいは、石鹼になっていないかもしれない。現に、木崎湖畔の海ノ口駅に送られた荷物はロウソクになっている。向うでも用心をして、品目を石瞼一本には決めていないのである。

するとここでも、品目だけを頼りに手がかりを捜してもむだであった。だから、駅員が心当りはないと言っても、品物は到着していないとは限らないのである。

木南は、とにかく、これから野尻湖に行ってみようと思った。しかし、漠然《ばくぜん》と野尻湖を見物しても無駄《むだ》である。

青木湖で自分に助言した男は、三十五、六ぐらいの小太りの男であった。彼は、自分では、柏原在の人間だと言った。

「なにしろ、私の目の前で、大きな荷物を湖中に投げこむ音がしたんですからね。私は驚きましたよ」

と、彼はそのとき話した。

「もっとも、先方では、私がそこにいるとは気がつかなかったようですがね。私ですか? 私は、その時、近くの森の中の径《みち》を歩いていたんですよ。こちらは木の陰になってわからないので、誰もいないと、先方では思ったんでしょうね。そうです。これくらいの大きさの木箱でしたよ。だいぶ、重かったらしいですな」

これくらいの大きさ、と言った時、その小太りの男は、両手を広げて見せた。木南は、ビール箱ぐらいの大きさと見当をつけた。

「柏原においでになったら、私がご案内しましょう。ただ無茶苦茶に捜してもわかるわけがありませんからね、その場所を教えてあげます。それに、捜索する人夫が必要だったら、私が心当りを捜してあげてもいいです」

その人は、そう言った。

木南が、すぐに野尻湖に行くとは言いかねていると、

「もし、おいでになったら、柏原の駅前に、越後屋《えちごや》という宿屋があります。そこに泊ってください。そうしたら、私がお訪ねします。だいたい、いつごろになるでしょうか？」

木南は、もし柏原に行くのだったら、ここ二、三日のうちだと言った。

名刺を渡そうかと思ったが、新聞記者という職業をこの場合、相手に知らせたくなかったので、ただ名前だけを言った。

その越後屋を、現在、木南は駅の前で見ている。あまり大きな旅館ではなかった。

時計を見ると、もう五時ごろである。陽《ひ》が翳《かげ》ってはいるが、まだ日中である。彼は、越後屋に足を向けた。

「いらっしゃいまし」

女中が木南を迎えた、彼は二階に通された。

野尻湖は、夏になると、避暑客や遊覧客が集まる。だから、この近所も忙しくなるわけである。しかし、今はまだシーズンには早いので、この宿も閑散としているらしかっ

た。

木南は、スーツケースを宿に置いて、外に出た。

湖畔にすぐ行ってみるつもりだったが、その宿の前に「一茶旧宅跡」という標識が出ていたので、ついふらふらとそちらに歩いた。

野尻湖の方は、どうせ、ひとりで行っても、例の木箱のありかはわからないし、今夜あたり、青木湖で親切に教えてくれた男が訪ねてくるという期待もあったから、万事、その男の話を聞いてからにすることにした。

彼は、一茶の旧居を訪ねてみようと思った。前に写真では見ているが、せっかく、ここまで来たのだから、見残すのも残念だった。

道は、狭い賑《にぎ》やかな通りからはいったところで、このあたりになると農家がかたまっていた。

知らない町を歩くのは、やはり珍しかった。通りの両側に流れる小溝《こみぞ》に、清冽《せいれつ》な水があふれるように走り、屋根の上に石を乗せたこの地方特有の民家を見ると、木南にも、やはり信州に来たという感じがした。

穴倉のような警視庁の記者クラブの中に寝起きしている彼は、明るい陽光の降り注いでいる未知の土地を歩くのは、新鮮で快かった。ここらは高原になっているので、空気も澄み、空は冴《さ》えた青さだ。見渡すと、信州の山なみが越後につらなっている。

木南は、「一茶旧宅跡」と書かれた標識の傍を歩いた。旧宅はすぐだった。くずれかけた土蔵のような造りである。これが、信州の生んだ一世の俳人の生家かと思って見ると、いかにも彼らしい建物であった。

傍に、絵葉書や土産物を売る店がある。何かの記念にもと思って、木南は、その店に立ち寄った。藁葺《わらぶき》の屋根のその土産物屋から、一枚の手拭いを買った。

「是《これ》がまあ終《つひ》の栖《すみか》か雪五尺」

木南は、その句を染めた手拭いをポケットに入れて、ぶらぶらと歩きだした。

来たときと同じ道を歩かないのが、彼の癖である。どこに出るのかわからなかったが、だいたいの方向を決めて別の道を歩いた。高原のはるばると開けた風景の中で妙高《みょうこう》、黒姫《くろひめ》の頂上が見えた。

歩いていると、彼の耳に鋸《のこぎり》の音がした。ふとみると、それは製材所だった。それも大きなものではない。粗末なバラックだった。その中から、金属性の鋭い音があたりに広がって行く。

機械鋸《きかいのこ》がまわっていた。雇い人たちが材木を挽《ひ》かせているのだ。ほかに小さな機械鉋《きかいかんな》があったが、それは使われていない。傍には、わずかな木材が置いてあるだけだった。

この辺の農家の侘《わび》しさといい、土地の荒廃といい、その貧弱な製材所がいかにもこの土地らしかった。

木南がよその土地の人間だとわかるとみえて、製材所の中から三、四人の従業員が顔を出して、彼の通るのを眺《なが》めている。

そこで道は二つに別れている。木南は迷った。どちらの道を行けば宿に帰れるか、製材所できこうと思ったが、そこまでは、かなり歩かなければならない。

その時、ちょうど、製材所から出てくる四十ばかりの痩《や》せた背の高い男があった。恰《かっ》好《こう》な人間に会ったので、

「ちょっと、お尋ねしますが」

木南は、軽く頭を下げた。

「駅の方は、どちらに行ったらいいでしょう?」

その男は、製材所の持ち主か頭分《かしらぶん》らしく思われたが、シャツ一枚で、汚れたカーキ色のズボンをはいていた。

「駅ですか、駅ならこっちの方ですよ」

痩せた男は教えてくれた。

「どうも、ありがとう」

木南は、教えられた道を歩きだした。製材所の音は、彼がかなり遠くに行くまで、背中から聞えてきた。

その晩である。八時ごろであろうか、遅い陽《ひ》が暮れてまもなくだった。

「お客さん、どなたか訪ねてきましたよ」

夕食をすませたあとの木南に、女中が取りついだ。

「そうか、じゃあ、こっちへ通してくれ」

女中と入れ違いに、足音が廊下に聞えた。

「ごめんください」

田舎の人らしい律義《りちぎ》さで、廊下にすわってから挨拶《あいさつ》した。木南は恐縮して立ちあがった。これは、自分の用事で来てもらった人である。

「どうぞ、こちらへ」

まさしく青木湖で会った人だった。からだが太って、まるい顔をしている。

その男は、木南がすすめても、すぐに座敷の真ん中に移ろうとしなかった。几帳面《きちようめん》に畳にひざをついて、かしこまっている。淳朴《じゆんぼく》な田舎の人柄《ひとがら》であった。

「まあ、どうぞこちらへ」

木南は重ねてすすめた。

「そこではお話ができません。どうぞこちらへ」

木南が何度もそれを繰り返したあげくに、やっと、その男の腰が動いた。ひどく恐縮したような恰好で、座敷の上座にすわった。後ろに床があり、田舎びた粗末な軸がかかっている。

「わざわざ、おいでねがってすみませんでした」

木南は挨拶した。

「いえ、どういたしまして。夜分にあがって」

と、小太りの男も丁寧におじぎをした。

木南は宿の女中に言いつけて、酒を持ってこさせた。

「どうぞ、おかまいなく」

小太りの男は、やはり田舎の人らしく遠慮そうに杯《さかずき》を取った。

「私が、野尻湖で投げこまれた木箱を見た時のことは、日にちがあまりたっていないので、はっきりとおぼえていますよ」

彼は、杯を遠慮しながら口に運んで言った。

「さっそく、明日にでもご案内したいと思いますが、ここに何時ごろお迎えにあがったらいいでしょうか。詳しいことは、現場に行ってお話ししたいと思いますが」

「そうですか」

木南も考えた。やはり現地に行って、実際の地点を指摘してもらいながら話を聞いた方が有効だ、と考えた。

「それでは、明日の朝十時ごろに、こちらへ来ていただきましょうかね」

朝の十時だと、現場に到着するのは三十分か四十分ののちである。そうだとすると、ゆっくりこの男の話を聞き、現場での捜索ができるわけであった。

「わかりました」

小太りの男は承知した。

「ところで」

と、木南は話を明日のことに持って行った。

「あなたからその地点を教えてもらったら、それを捜してみたいんですがね」

「ああ、わかりました」

小太りの男はうなずいた。

「やはり青木湖であなたがなさったように、人夫を集めて捜すわけですね？」

「そうです、そうです。それについては、人夫の方をあなたの手で集めてもらえますか。なにしろ、ぼくはこの土地は初めてだし、誰に頼んでいいやら見当がつきませんからね。あなただったら土地の方だから、お願いできると思うんですが」

「ええ、そりゃいいですよ」

その男は、受けあった。

「私も、この町の人間ではありませんが、近くにいる関係から、そういう方面の知合いはあります。わかりました。お世話しましょう」

木南とその男との間では、何度か杯の応酬があった。小太りの男は、酒は嫌《きら》いではないらしい。木南も、飲める方であった。酒は地酒だが、東京の酒に負けないくらいにおいしかった。しかも、こういう宿で飲んでいるのだから、格別な味が出るのかもしれない。すべての用件は明日にまわすことにして、小太りの男は座を立った。

木南は彼を見送った。

「しかし、なんですな、石鹼箱がいくつ詰めあわせてあるかわかりませんが、そういうのをお捜しになるのは、よっぽど上等な品と見えますね」

小太りの男は、別れぎわに木南に言った。これは木南には、ちょっと皮肉に聞えた。

3

木南から田代への手紙――

その後、おからだはどうですか。僕《ぼく》はいま柏原に来ています。今日は、例の一茶の跡を訪ねたり、なんとなくその辺を歩いています。むろん、柏原の駅で、例の荷物のことを聞きました。駅員は、あなたが来たことを話しました。僕は、いろいろ質問したが、やはり例の荷物のことはわかりませんでした。僕より前にあなたが来たことを、一つの感慨をもって聞いたくらいです。

さて、前便でお話したように、青木湖で僕に助言した男が、宿に訪ねてきました。明日は、その人と野尻湖に行くつもりです。

今晩の話では、そう深いことを、彼は、語りませんでした。僕もきかなかったのです。なぜかと言うと、これは、やはり現地に行って、いろいろときいた方が効果的だからです。その男の話では、例の木箱を湖に投げ落した場所を、はっきり覚えていると言うのです。こんどは、間違いないでしょう。

そのために、人夫の手配も、その男に頼みました。彼は、柏原近在の男なので、その辺の伝手《つて》もあったわけです。

さて、僕は、どうして木箱にこのように熱中するか、あなたは少々不審だと思うでしょう。実際、僕があなたから話を聞いた時に、ピンときたのは、例の山川氏失踪《しっそう》にこれを結びつけたからです。

山川氏と木箱——この僕の考えを手紙に書きましょう。

僕は、ある推定をもったのです。それを確かめるために、あなたのところから、東京に帰ると、さっそく、ある法医学者のもとを訪ねました。そして、そこで僕がききだしたのは、人間のからだの重さということです。

しかも、これは標準の重量です。それも、人間の完全な体重ではありません。つまり、個々別々の目方のことです。たとえば、頭部、胴体、手、足、それぞれの重さです。

参考までにそれぞれを次に書いてみます。

頭、四・四キロ。

胴、二十六・五キロ。

左上肢《じょうし》、二・八キロ。

右上肢、二・六キロ。

左下肢、七・三キロ。

右下肢、八キロ。

だいたいこんなところです。

これだけ書けば、あなたも、ぼくの意図がだいたいおわかりになると思います。

つまり、人間の死体を処分して運搬するのに便利な方法は、ばらばらにしてしまうことです。これは、今まで、最も多く用いられた方法です。行李《こうり》詰《づ》めにしたり、布団《ふとん》詰《づ》めにして鉄道送りにした犯人もあります。

ここでは、犯人が、いちばん奇抜な方法を考えついています。

人間の体重をばらばらにして計った数量を、いま、書きましたが、なぜこれを書いたか、あなたも察しがつくと思います。

そうです。これは、あなたが見た木箱の内容を暗示するからです。試みにあなたから聞いた木箱の重量を書いてみましょう。

新宿駅から簗場《やなば》駅に送りつけられた木箱の重さは、石鹸《せっけん》材料で重量四十四・八キロです。次に海ノ口駅止めで送られた品目はロウソクで、目方が二十九・六キロです。岡谷駅止めで来たものは、石鹼材料で、重量四十八・二キロです。

これは、それぞれ、木箱になっているので、その容積は簗場駅のが縦四十センチ、横四十センチ、深さ三十センチです。海ノ口駅のは、縦八十センチ、横二十センチです。岡谷駅止めは、長さ五十センチ、幅五十二センチ、深さ二十センチです。

いま、この中から簗場駅に送られたものを例にとってみます。これにパラフィンだけを詰めたものと、実際の重量の差は、そこに頭部を入れた場合と符合します。そう考えると、縦四十センチ、横四十センチ、深さ三十センチというのも、人間の頭をその容積の中に入れて、周囲をパラフィンで詰めるのにまさに合致します。海ノ口駅のは、目方二十九・六キロです。これは左右どちらかの上肢と考えていいのです。上肢といえば細長い手です。とにかく容積の縦八十センチ、横二十センチというのも細長い荷物になっているわけです。

最後に、岡谷駅止めで来たものは、四十八・二キロです。これには、僕もちょっと困りました。該当するものがわからないのです。それに長さ五十センチ、幅五十二センチというのも人間のからだのどの部分か見当がつかない。そこで最後に考えたのが胴体です。人間の胴体は二十六・五キロです。これを二つにしたのではなかろうか。すると十三・三キロになります。これこそ岡谷駅の木箱の重量差が指し示すものなのです。人間の胴体は長さが七十二センチですから、二つに割ると三十六センチです。そうすると、この木箱の容積が長さ五十センチというのもわかるし、幅五十二センチ、深さ二十センチというのは、まさに該当するわけです。僕はこのように推定しました。この推定によって、三カ所の駅に送られたものは、頭部、上肢、胴体の半分ということになります。

死体はまさしくばらばらになって、パラフィンで、木箱に詰められ、各駅に送られてきたわけです。

すると他の部分はどうなったか。この三個の部分が鉄道便で送られてきた事実から類推すると、他の部分も同じ方法で、どこかに運ばれたとみるべきでしょう。

あなたが、たまたま発見なさったのは、妙に湖に縁のあるところばかりです。そして、死体の他の部分も、やはり湖か水に縁故のあるところに送りつけられたとみていいと思います。

諏訪湖《すわこ》、青木湖、木崎湖などの湖畔の駅で、たまたまあなたが見たのがこの三個です。それでは、他の部分は、どこにいったのか？　当然、考えられるのは、野尻湖です。しかし、柏原の駅では、該当の荷物が到着していない。信州の三つの湖にその荷物が到着している以上、野尻湖畔の柏原の駅に荷が着いていないのは、少しおかしいと思いますが、幸いにして、該当の木箱らしいものを野尻湖に投げ入れたのを見た目撃者が現われました。われわれは、鉄道便の輸送を考えて駅ばかりを捜していたが、こうなると、鉄道便も怪しくなってくる。野尻湖に投げ入れた木箱は、果して、どのような方法で輸送されたか。

推定の一つは、鉄道便で送ったが、荷物を完全に偽装状態で送りつけたことです。これは、現物を見ていないから、わからないが、あるいは、他の品物の名前にして、包装も別なものにかえたかもわからない。

もう一つは、トラック輸送が考えられますが、こう手を広げてくると、僕の一人の力では、調査がおよびません。とにかく問題は早く、その木箱を見つけて、内容を調べることです。

野尻湖に投げ入れた木箱の内容は、人間のからだのどの部分に当るでしょうか。胴体の残り半分か、足か、手か、はなはだ興味のあるところです。

その犯人は、死体をばらばらにして、各部分を別々に、違った土地に送りつけ、そこで処分をしている。まことに巧妙な方法だと思います。

しかも犯人は、パラフィンに肉体の一部分を漬《つ》けている。僕の考えるところによると、まず、最初に、枠《わく》の中にパラフィンの溶液を満たし、その肉体の各部分を一つ一つ漬けてパラフィンを冷却させ、凝結させます。つまり、パラフィンの中に人間の死体の部分品が包みこまれるわけです。

この操作は、あなたも想像したように、世田谷の例の原っぱの偽装石鹼工場で行われたと考えられます。非常に大じかけな、計画的な殺人犯罪だと思います。

それでは、殺された人間は、誰《だれ》か、という問題になる。

私の想像では、目下行方《ゆくえ》不明を伝えられている山川亮平氏ではないかと思います。


田代利介は、木南からの手紙を読んだ。

自分の部屋だった。木曾《きそ》の山中でうけた傷もかなり直ってきた。まだ仕事には出ないで、アパートでごろごろしていた。日ごろ、いそがしい仕事をしているので、これは思わぬ静養になった。

この退屈な毎日に、唯一《ゆいいつ》の刺激となったのは、木南からの手紙である。

信州地方に出掛けた木南は、克明に手紙を寄越して、自分の行動を報告している。木崎湖や青木湖で収穫のなかったこと、今、野尻湖畔の柏原の町にはいっていることなど詳しく書いてきた。

木南の手紙に書かれている推理は、田代に非常な興味をおこした。もちはもち屋というが、一々の考え方が、まさにぴたりである。前後の事情から、一つ一つ思い当ることがある。

ことに心を惹《ひ》かれたのは、パラフィンの内容が死体の一部であるということであった。

法医学者に聞いたというだけに、死体の各部分の大きさと目方を、木箱の内容の重量と大きさに当てはめたところなどは奇抜な着眼だが、正鵠《せいこく》を得ていた。

なるほど、この論理でいけば、例の原っぱの偽装石鹼工場や、信州の各駅にばらばらに送りつけられた荷物の謎《なぞ》も解けるわけである。

しかし、彼を驚かせたのは、その死体の主が、目下行方不明の山川亮平氏ということであった。

田代は政治にあまり興味がない。それで山川氏の失踪も、今まであまり心にとめていなかった。

ところが木南の方では、新聞記者意識からしきりに山川氏の失踪事件を追及している。彼は、自分の推定したパラフィン詰めの木箱の死体を、山川氏と推定してしまったのだ。もしも、これが事実とすれば大変なことである。犯人が誰かわからないが、政界で有名な山川亮平氏を殺害したとすれば、驚天動地の大事件である。新聞記者木南が異常に興奮したのは、もっともであった。田代も手紙の文句の続きを読むにつれて、気持が昂《たか》ぶってきた。

山川氏は失踪後、一度も手がかりを捜査当局に探知されていません。生きているか死んでいるかが目下の大問題ですが、この死体を山川氏と想定すれば、失踪の時期とその後の手がかりのなさを考えあわせて、まずこの推定は間違いないと考えています。政界の実力者である山川氏を殺した犯人は誰か？　その犯人を突きとめるためには、まず、三つの湖に捨てられた、死体の部分を発見しなければなりません。もちろん、他の部分がどこに散逸しているかを追及するのも大事だが、実物をまず握ることが先決です。明日は野尻湖の湖底から、かならず証拠をつかむことができると思います。その目撃者が宿に訪ねてきました。その興奮で、この手紙をあなたに書きました。

田代利介は、木南の手紙の中で、

「……野尻湖の湖底から、かならず証拠をつかむことができると思います」

この文句が、ふと、不安を感じさせたのである。

ほかでもない、野尻湖という文字が、彼をその気持に陥《おとしい》れたのだ。

野尻湖といえば、田代はいつぞやの危機を思い出さずには、おられなかった。あの時、自分も木箱を求めて柏原駅に行った。その駅にはなかった。そこで野尻湖に行った。湖畔の森林の中を歩いていた時だった。急に耳もとに弾丸がきて伏せた。空気を裂いて大きな銃声が聞えたのはそのあとである。

その時の情景が、まざまざと目に浮ぶ。逃げた犯人を目で追ったが、足音も聞えなかった。当時はその弾丸が鳥撃ちの猟師の流れ弾《だま》丸かと思ったが、誰かに狙《ねら》われているとも考えた。半信半疑だったのである。

しかし、その後のようすから考えると、あきらかに、あれは自分が狙撃《そげき》されたのである。

柏原の町から帰った時、「飛行機の女」から「警告」を受けたではないか。あのときの銃声が偶然でなかったことが思い当った。今、木南がその野尻湖に行こうとしている。危ない、と思った。ことに、野尻湖畔で木箱を投げ入れるのを見たという目撃者に、

木南は会ったという。それが田代に危惧《きぐ》を起させた。

木南は、その男の名前も人相も書いていない。ただ柏原在の男としか記していない。田代は木南が何か黒い罠《わな》に落ちたような予感がした。

木南は、木箱の内容については、田代よりも、もっと具体的な推定をしている。その考え方は田代を深くうなずかせるものがある。

それだけに、木南の行動がよけいに危なく思われる。

田代は、できれば追いかけて、木南を引きとめようかと思った。が、手紙は速達だとはいえ、日付からみて、すでに二日たっている。これから汽車に乗って柏原に行ってもまに合う話ではなかった。

田代は、じっとしていられなかった。

すわっていても、気持がいらいらしてくる。

こうしている間にも、木南が見えない黒い手に落ちてゆくような気がする。いや、すでに、落ちているかもしれないのだ。

第十一章　捜　索

1

木南から最後の手紙がきて、四、五日後だった。

田代は、負傷も癒《い》えたので、そろそろ自分の工房に出なければならないと思った。

実際、助手の木崎はよくやってくれた。田代が休んでいる間、ほとんどの仕事は、彼がもう一人の助手吉村を相手に片づけてくれた。木崎自身もそれを喜んでいる。技術は、本人がそういう機会に、何でもやってみることで上達するのだ。

田代は、木崎が仕上げてアパートまで持ってくるのを見て、ときどき、注意するだけだった。

「先生、ぼくの仕事ではお気にいらないでしょうが、おからだにはかえられないから、しばらく任せてください」

木崎は、そんなことを言った。

ほとんど任せていいくらい、木崎の腕は上達している。ただ、むずかしいものだけは、やはり田代が、自分で処理しなければならなかった。

その日も、田代が木崎の撮《と》ってきた写真のネガを見ていると、ベルが鳴った。

電話には、木崎がでた。

「先生」

木崎は、送受器を持ったまま振り向いた。

「R新聞社からです。社会部の吉田さんという方からです」

R新聞といえば、木南の勤めている新聞社だった。ただ吉田という人には心当りがない。田代は代った。

「もしもし、田代さんですか」

送受器の声はきいた、そうだ、と言うと、自分は社会部の吉田だが、実は、木南のことでお尋ねしたいのですが、と言う。

田代は、思わずどきんとした。木南のことと聞いて、自分の暗い予感を思い出したのだ。

「どういうことでしょう？」

「実は、木南さんが、まだ社に帰ってこないのです。信州方面に出掛けて、もう二週間になります。連絡も何もないので、ちょっと、心配なんですが、木南さんの信州旅行については、あなたと何か関係があるのではないかということを聞きましたから、ちょっと参考のために、事情をおききしたいと思いまして」

果して、先方は田代が心配したようなことを言った。

「わかりました。こちらにおりますから、おいでになるのを待っております」

電話を切ったあと、田代は不安が現実的になってきたのを覚えた。それを静めるために煙草《たばこ》を取り出して喫《の》んだ。窓際《まどぎわ》に寄って外を見ると、強い陽《ひ》の光が隣のビルの壁に当っている。

田代が、落ちつかない気持で待っていると、三十分ほどたって、アパートの表に車の止る音がした。木崎はもう工房に帰り、田代は一人きりだった。

訪ねてきたのは、思いがけなくも久野だった。

「よう、どうだい、具合は？　もうすっかりいいのか？」

久野は、元気な田代のようすを見て、意外そうな顔をした。

「うん、実は、今日から仕事場へ行くつもりだったんだが」

田代は、ちょっと言いよどんだが、

「急に人が来ることになったんでね、さっきから待っているんだ」

とさりげなく言った。

「ほう、誰が来るんだい？」

久野は、さぐりを入れる目つきになった。

「実は、R新聞の人が来るんだ、もう来るはずなんだけど」

田代は腕時計に目をやった。

「R新聞？　何か仕事かい？」

「いや、仕事じゃない」

田代は言葉を濁した。

「実はあれから、一度、見舞いに来よう来ようと思いながら、どうしても仕事が片づかんのでね」

久野は、田代の寝台に腰をおろして煙草を喫《す》った。

「やっと暇ができたから、ひとつゆっくり君に会って、その後の話を聞きたいと思ってやってきたんだ。だが客が来るんじゃ困ったな」

「いや、かまわんよ。どうせ用件がすんだら、すぐ帰る客なんだから」

田代がそう言った時、また表で車のとまる音がした。

訪ねてきたのは、やはりR新聞社の記者だった。若い太った男である。眼鏡の奥の目が細かった。

「お電話を差しあげた吉田です」

彼は、名刺を出して、ていねいに挨拶《あいさつ》した。

「狭いところですみません。どうぞ」

田代は、窓のそばに置いてある椅子《いす》を吉田にすすめた。

「実は、お電話でも申しあげたとおり、私の方の木南さんが、信州に行ったまま帰ってこないのです。四、五日という予定でしたが、二週間にもなる現在、まだ帰社しません。連絡も何もないのですよ」

吉田は、話しながら、寝台にひっくり返って煙草を喫っている久野を、しきりに気にしていた。

「それで、信州に行った用事は、木南さんのことですから、別に事前にデスクにも相談していないのです。われわれも何のことかわかりません。木南さんは、ルーズのように見えますが、わりと几帳面《きちょうめん》なところもあります。出張予定が延期した場合は、かならず連絡してきました。そこで今度は、何か思わぬ事故が起ったのではないかと、われわれは心配しているわけですが」

田代は、相手の話を熱心に聞いていた。久野も寝台の上で、身動きさえしないで耳を澄ましている。

「木南さんは、前に田代さんにお会いになったそうですね。田代さんは、確か、信州の飯田で怪我《けが》をなさったのですね」

「そうです。木南さんが、東京からわざわざ見舞ってくれました」

「それで、飯田から帰ると、木南さんは、急に信州に出張すると、言いだしたのです。デスクでは、木南さんが、あなたと会って、信州行きを思い立ったと判断しています。木南さんと、あなたの間に、どのような話があったのでしょうか」

吉田は、初めて会った田代に、控え目にきいた。

「実は、それはこういうことですよ」

田代は、今までのいきさつをいっさい詳しく話した。木南が、山川氏失踪《しっそう》を熱心に追及していること、それが田代の経験した点に結びついているらしいこと、その経験とは、信州の湖畔でのふしぎな木箱に関係していることなどである。

吉田は、熱心に田代の話を聞いた。メモを出して、要点を書きとめていく。

田代は、木南から来た手紙を見せた。その中で、吉田が最も興味をひいたのは、例の木箱の内容と、人間の重量の関係だった。それを読んだとき吉田は、思わずうなってしまった。

「これは大変なもんですね」

彼は、食い入るように、その数字を見入っていたが、大きな息を吐いた。

「なるほど、この推定では、木南さんが興奮するのも当然です。あの人は、めったに驚かない人ですが、今度、自分からわざわざ信州に出張を買って出たのも、これでわかります」

吉田の口吻《くちぶり》には、興奮があった。彼は、頰《ほお》に血をのぼらせ、顔や鼻の頭に汗をかいた。

「もし、この木南さんの推定が当っているとすると、稀有《けう》の犯罪です。人間一個の死体をそんな方法で始末してさえ、大変なんですが、死体が実際に山川亮平氏となると、未《み》曾有《ぞう》の大事件です」

吉田の声は上《うわ》ずっていた。彼は、田代の顔に目を据《す》えて、押えた声で言った。

「田代さん、このことは、絶対に誰にも黙っていてください。他社に知られると困るんです。うちの社だけで、秘密のうちに追及したいと思います」

田代は、それを聞いて、新聞記者が特ダネにありついたときの興奮を、まざまざと見る思いがした。

しかし、田代自身は、新聞記者ではない。彼が心配しているのは、木南の行方不明である。

この吉田も、木南が消息を断ったことに、気づかいはしているが、それよりも、今、山川氏の運命の推測にゆきあたって、その興奮で燃えているのである。木南の行方不明の重大さなどは、考えていないようだった。

「田代さん、ありがとうございます。では、さっそく部長にお話を報告して、対策をたてたいと思いますので、これで、失礼します」

吉田は目を輝かせて立ちあがり、あわただしく別れの挨拶をして出て行った。

田代は、吉田をドアのところまで見送ってから、部屋の中へ引き返してきたが、さっきから寝台の上で、死んだように静かにしている久野に目をとめた。眠っているのかしら、と思った瞬間、突然、久野はむっくりと起きあがった。

「さて、おれもそろそろ帰ろうかな」

久野は腕時計を見て言った。

「どうしたんだ、久野、せっかく久しぶりでやってきたのにもう帰るのか？」

「いや、人に会う約束をすっかり忘れていたんだ。また来るよ。じゃ、さようなら」

久野は、思いきり悪く、迷うようにドアのところまで歩いていって振り返った。

「田代、気をつけろよ。おれは今、君の話を聞いていて恐ろしくなった。君は飯田で小西運転手と同じ運命にあわされて、すんでのところで助かったというのに、まだ懲《こ》りないのか？　おれは、もうやめたよ。妻子のあるからだだから、いま死ぬのはいやだからな。あんなことに熱を上げてると、商売もお留守になって、飯の食い上げだしな」

久野はそう言って、自嘲《じちよう》的に笑いながら立ち去って行った。

2

吉田記者が、ふたたび田代を訪ねてきたのは、その翌日であった。

「昨日は、どうもありがとうございました」

吉田は太った体を窮屈そうに曲げて、おじぎをした。

「どういたしまして。社に帰って、何か木南さんの情報がはいりましたか?」

「いいえ、まだ何もはいりません」

吉田は答えた。

「それについて、少々、田代さんにお願いがあってきたのですが」

「どういうことでしょう?」

「実は、社会部長がたいそう今度の事件に興味を持ちましてね。それでぜひ、田代さんにお目にかかりたいと言っているのです」

吉田は、やはり汗をかきながらそう頼んだ。

「ぼくにですか」

「そうなんです。社会部長が言うには、木南さんの行方は、ほどなく当人から連絡があるだろうから、それを待つことにすると言うんです。それよりも、湖に投げ入れられたという木箱のことを、非常に気にしています。木南さんから、あなたにあてた手紙の内容も、ぼくは話しましたよ。非常に乗り気なんです」

社会部長が、興味を持ったのは当然だろう。しかし、自分を呼んで、何を相談しようというのであろうか。

「詳しいことは、ぼくにもわかりません」

吉田は、ただお使いにきたというだけであった。

「どうでしょう。もし、お時間があったら、これから、ぼくといっしょに社までご足労願えませんでしょうか、自動車《くるま》を待たせていますから」

「いいでしょう」

田代は、ちょっと考えてから言った。

自分としても、木南の行方が気にかかっている矢先である。社会部長が、どのような話を切り出すかわからないが、とにかく、これは聞いておかねばならなかった。

「どうもありがとうございます。お忙しいところを」

吉田は、喜んで礼を言った。

田代は、支度をして、吉田といっしょに出た。

表に社旗を立てた自動車が待っている。吉田は、田代を先にたてて乗せ、自分も横にすわった。新聞社には、十分間ぐらいで到着する。

その車中で吉田は、いろいろなことを予備的に話した。

「うちの社会部長は、非常にやり手ですよ。もともと、生《は》えぬきの社会部出身ですからね。事件となると、これは鬼になります、今度の木南さんのことも、初めに出張を許可したのは部長ですよ」

「その時、木南さんは部長に詳しいことを言わなかったのですか？」

田代は、吉田の横顔を見ながらきいた。

「それが、なんにも言わなかったんです。木南さんの癖でしてね。自分だけ、のみこんで、ふらりと出掛けるのです。あの人は、特別扱いです。古いだけに、そういうわがままが利《き》くのです」

そんな話を続けているうちに、車はR新聞社の玄関に到着した。

吉田が案内するより先に立ってエレベーターに乗り、三階にあがった。

社会部の横に応接間があり、田代はていねいにそこに通された。やがて、入れ違いに眼鏡をかけた背の高い男が、はいってきた。

「田代さんですか」

その男は名刺を出した。見ると社会部長の肩書で、鳥井慎次郎とあった。吉田もいっしょに横にすわった。

「このたびは、たいへん、木南がお世話さまになりました」

鳥井部長は挨拶した。

「それに、お忙しいところをご足労願って、申しわけございません」

部長は、田代に来社してもらった礼を言って、次を続けた。

「実は、木南の出張が長引きましてね。われわれも、それで心配していたんですが、その事情をあなたに、伺いに行ったわけなんです。すると、この吉田が」

と、横にいる吉田を、ちらりと見て、

「たいへん、重大なことを聞いて帰りました。ご承知のとおり木南はわがまま者でしてね。われわれの方には、なんにも手紙をよこさないのです。あなたにあてた木南の手紙のことを聞いて、実は、驚いたしだいです。と申しますのは、例の木箱の件と、その内容の推定です」

田代は、うなずいた。社会部長のようすは、非常に熱心である。

「ついては、木南の推定に従って、われわれも、本腰を入れて木箱のことを捜索したいと思います。木南は、個人的にやったので、まだ、捜索不十分だったと思うんです。それで、この際、新聞社として、調査に乗りだしてみたいと、まあ、こう考えるわけです」

社会部長は話した。

「それで問題は、このことを他の社にさとらせずにやりたいわけです。ご承知のように例の山川氏問題は、大変な事件でして、各社とも血まなこになっております。われわれとしては、こういう特別な情報と申しますか、特ダネ的な資料といいますか、そういうものを握った以上、他社に知られたくないのです。事は隠密《おんみつ》に運ばなければなりません。まあ、新聞社の宿命として、多少、不合理なところはありますが、ご了解を願いたいと思います」

部長は、それとなしに、田代に釘《くぎ》をさした。

なるほど、部長の言うとおり、新聞社として、そのような気持になるのが当然であろう。

「そこで田代さんにお願いなんですが、あなたがその木箱を投げ入れたと思われる地点を、ここで詳しく伺っておきたいと思います」

社会部長は、そう言いながら、用意してきた五万分の一の地図を、テーブルの上に広げた。

田代は、からだを乗りだした。諏訪湖《すわこ》と木崎湖、青木湖と野尻湖とは、それぞれ三枚の地図になっている。五万分の一だから、かなり詳細に出ていた。

「諏訪湖の方は、よくわかりません。これは、土地の漁師から聞いたことですから、はたしてどの辺だか、ぼくには見当がつかないんです」

田代は、諏訪湖の地図を傍にのけた。

「野尻湖の方も、実際に、投げこんだかどうかわからないんです。木南さんからの手紙によると、それを目撃した人物がいるそうですが、ぼくは、木箱が柏原に送られたことさえ、はっきりつかんでいないのですから、これも説明のしようがありません」

田代は、野尻湖の地図も横にはずした。残ったのは、青木湖と木崎湖の地図である。

「ぼくが、その水音を聞いたのは木崎湖のこの辺です」

田代は地図を覗《のぞ》いて、木崎湖のある一点に指を当てた。

「この辺に、ぼくが立っている時に、この方面から水音と水の波紋を見たのです」

「なるほど」

社会部長は、赤鉛筆でその地点に印を入れた。

「青木湖の場合は、およそ、このあたりだったと思います」

田代は、地図をながめておよその見当をつけた。

「なるほど、ここですね」

社会部長は、それにも赤鉛筆で印をつけた。

「木南さんにも、ぼくはこの地点を教えております。手紙によると、土地の青年たちを使って湖底の捜索をやったが、なんにも見つからなかったそうです。しかしぼくは、このあたりで木箱が投げ入れられたと確信します」

田代は、そこまで言ったが、急に気がついて言い直した。

「もっとも、ぼくは、その木箱その物を見たわけではありません。その湖に何かが投げ入れられた水音を聞き、その波紋のひろがりを見ただけです。それが、木箱だとは確実に言うことはできません。ただ、そうだという推定だけです」

「いや、だいたい、わかりました」

鳥井部長は、大きくうなずいた。その表情は、田代の慎重さほどには深く考えず、頭から木南の推定どおりに木箱と決定しているようであった。

「どうもありがとうございました」

社会部長は、頭を下げて田代に礼を言った。

「それでどうなさるんですか、やっぱり本社で調査なさるんですか?」

「そうです。現地に人をやって一つ本腰に調査したいと思います」

社会部長は決意をみせた。

3

R新聞社では、社会部長の企画で、現地に人夫を召集し、木崎湖と青木湖の大捜索を行なった。

今度は、木南個人と違って、新聞社自体が本格的に力を入れたものであり、予算を十分にとっての仕事だったから、それは大仕掛けの捜索になった。

一方、R新聞社の記者二人は、木南の消息をもとめて、柏原の町にはいった。一つは野尻湖での捜索の下調べでもあった。

木崎湖と青木湖での捜索は、まる二日間行われた。人間も百人以上が使役された。

これは、正式に管理者や土地の役場に、書類を提出して行われたのである。

ところが、この計画に沿って、田代が指摘した地点を中心に、相当、広範囲に湖底の捜索をやったが、ついにそれらしい物は発見できなかった。

あとは、諏訪湖である。

この方は、木崎湖や青木湖よりもっとやっかいであった。湖面も広いのである。それよりも第一に、田代自身が目撃していないことが弱点であった。田代が会ったという漁師も捜したが、どのようなわけか、ついに見いだせなかった。

それで、だいたい、田代が想定した地点を考え、そこも百人以上の人夫を使って、捜したが、ついに成果はあげられなかった。

青木湖も木崎湖も、現物が出ない以上、もっと条件の悪い諏訪湖で発見できる道理はなかったのである。この三つの湖の捜索に、新聞社は四日間を要した。使った費用も莫《ばく》大《だい》だったが、人間も延人員二百五十人に近かったのである。

以上の捜索は、R新聞社としては、他社に気がつかれないように、秘密のうちにやらねばならなかった。そこに個々の湖底捜索の制約があったのである。したがって関係先の役場に出した理由にも、この木箱のことはうたっていない。ただ沿岸の調査ということで、ごまかしたのである。書類の文章によって、いつ他社に嗅《か》ぎつけられるかわからないからだった。

しかし、いずれにしても、その期待は裏切られ、木箱も、それらしい物も、発見できなかったのである。

さて、一方、野尻湖に向った二人組は、まず木南の行方を捜した。

木南が田代にあてた手紙に柏原の旅館の名前がある。そこを最初に二人は訪ねて、木南の消息をきいた。

すると、旅館のおかみさんが出て、こんなことを告げたのである。

「そういうお客さんは、確かに私の方に一晩お泊りになりました。その翌日、十時ごろでしたか、スーツケースをさげて、今夜は、もう厄介《やっかい》にならないだろう、と言われて、勘定も全部すましてお出掛けになりました」

「その時、その人はどこに行くと言っていましたか?」

「そうですね。前の晩にお客さんが見えて、お話になっていましたが、翌朝も、その人がやってきました。なんでも、その人の案内で、野尻湖に行くというようなことでございましたね」

「そのお客さんというのは、なんという人ですか？」

「知りませんよ。なにしろ、私の方にも初めて見えたお方で」

と、おかみさんは答えた。

これでは、まったく雲をつかむような話だった。

「それっきり、木南さん、いや、そのお客さんは、帰らなかったわけですね」

「そうなんです。お戻《もど》りになりません。ご本人もそのつもりで、宿料もちゃんと払って
お立ちになりましたよ」

二人の新聞記者は、旅館を出た。

木南の消息は、この宿でまったく途切れたわけである。

しかし、二人の新聞記者は、木南の性格をよく知っていた。つまり、彼は、日ごろか
らの癖で、気ままに行動する男なのである。予定を立てていても、必ずしも、そのとお
りに行動しない。

だから、この場合も、木南から連絡がないといっても、記者が心配することはなかっ
たわけである。

「どうする？」

二人は、顔を見あわせた。

しかし、ここまで来たのだから、とにかく野尻湖に行ってみよう、ということになっ

た。柏原の町から、野尻湖までは、バスで十五分かかる。二人は湖畔に行った。

しかし、ここに来ても、別に捜す当てもなかった。ただ、折りから群がっている行楽客を見物しただけであった。

例の木箱は、湖畔のどの辺に投げ入れられたか。木南はどこに行ったか。すべて、ようすがわからなかった。

「木南さんも、のんきだなあ」

二人は、顔を見あわせて言いあった。

「今ごろは、きっと、とんでもない所を歩いているかもわからない」

「いや、おれは、そうは思わない。ヤッコさんのことだから、あんがい、本社に帰って、けろりとしているかもしれないよ」

「とにかく、こんなところを、当てもなくうろうろしたってしようがないよ。引きあげようか?」

「仕方がないね」

二人の新聞記者は、むなしく野尻湖から立ち戻った。

しかし、木南は、本社にも帰っていなかった。すでに彼が柏原の町で姿を消してから十日以上になる。

田代利介は、上野発八時十分の準急直江津《なおえつ》行きに乗った。沿線に見える群衆も白っぽい軽装が多い。

五月はじめというのに、真夏のような天気だった。

大宮を過ぎるころから、しだいに風景は田園にかわった。青い麦畑が広がっている。

この汽車に乗るため、田代は朝六時半に起きた。後頭部にまだ眠気が残っていた。

田代は、柏原までの切符を買っている。

木南が消息を断って、すでに十日以上たつが、田代は、彼の行方《ゆくえ》に不安を抱いている。

この暗い予想は、木南の消息不明を聞いたときから、起ったのだが、日がたつにつれて、それがしだいに濃い危惧《きぐ》になった。

かつて、田代自身が野尻湖畔で狙撃《そげき》を受けたことがある。それと木南の行方不明とが、どこかで、暗合するような気がしてならない。

あの時は、林の奥に銃声が鳴った。伏せた地面から顔を上げた田代は、犯人を追ったが姿はなかった。

木南の行方不明もそうである。いや、木南が消息を断ったこと自体が、すでに「銃声」であった。むろん、誰《だれ》が木南を隠し、誰の手が木南の生命を脅《おび》やかしているか、いっさい、田代にはわからない。

が、こうしている間にも、一刻一刻、木南の生命は危険なところに、追いつめられているような気がする。もしかすると、木南は、すでに生きていないかもわからないのだ。

しかし、田代はこのことを警察にも言えないし、R新聞社にも告げられなかった。田代だけが抱いている考えである。他人に言うには、あまりにも、彼の直感でありすぎた。客観的には、なんらのデータはないのである。

田代は、自分が柏原へ行くことに、不安を感じないわけではなかった。みずから進んで危地に身をさらすようなものである。木南の消息を求めて乗りこんで行ったために、かえって敵の虜《とりこ》にならぬとは限らない。

しかし田代は覚悟していた。木南をこのままに放っておくことは、田代の気持が許さなかった。久野の忠告も考えないわけではなかったが、自分の身の安全のために、木南を見殺しにすることは田代にはできなかったのだ。

柏原の駅に着いたときは、夕方になっていた。彼には二度目である。さすがに高原は涼しい。

田代は、スーツケースを持ったまま、駅前の旅館にはいった。そこは、木南が泊ったという宿であった。

田代は木南の消息を求めて、柏原に来たとはいえ、彼にも、何を始めていいか、どこから手をつけていいか、見当がつかなかった。

「今晩は」

田代は旅館にはいった。

年増《としま》の女が出てきたが、これが、ここのおかみさんである。どうぞ、と田代のスーツケースを取って、部屋に案内した。

田代は、食事がすんだあと、改めておかみさんを呼んだ。それは、ここに泊ったことのある木南のようすをきくためだった。

おかみさんは、よく話してくれた。しかし、その話の内容というのは、前にR新聞社の記者が訪ねてきたのと、ほとんど同じことだった。

要するに、木南を訪ねてきた男があったというだけである。

だが、田代は新聞記者と違うのだ。それは木南を訪ねてきたという男の特徴である。宿のおかみさんは、その男が、小太りだったと、言った。これが彼の注意を惹《ひ》いたのである。

「なに、小太りの男だって？」

田代は、ぎょっとして、きき返した。

「そうなんです。ずんぐりした人でしたよ」

「人相は？」

「そうですね、あんまり、いい男じゃありませんよ。三十五、六ぐらいで、眉《まゆ》の濃い、唇《くちびる》の厚い、あから顔の人でした」

おかみさんの描写は、田代が見た、例の小太りの男と、そっくりであった。九州からの飛行機でも見たし、海ノ口駅前でも見た。まさしく木箱を受けとり、それを湖に投げ入れたと田代が信じている男なのである。

「むろん、名前は言わなかったでしょうな？」

「なんにも言いません」

おかみさんは答えた。

「その晩と、翌朝と二度見えましたが、朝は、家に泊っていたお客さんを、誘いにこられたのです」

「その時、ここに泊っていたお客さんと、その男との間に、どんな話がありましたか？」

田代は注意深くきいた。

「さあ」

おかみさんは、小首を傾《かし》げていたが、

「はっきり思いだしませんね。それほど、お二人は話をしていたようにも思いません。なんでも、ごいっしょに野尻湖に行くということは、話していたようですが」

「そうですか？」

田代は考えた。木南が、その小太りの男に誘われて、野尻湖に行ったことは確実であるとすると、木南が消息を断ったのは、湖を中心ということになる。田代は、また自分の危難を思い出さずにはおられなかった。木南の上に同じ危機が襲ったことは、もう確実となった。

「お客さん」

今度は、おかみさんがきいた。

「どうして、あの、お客さんのことばかり、そうききにくるんですか？　前にも新聞記者の人が、同じことを家にききに来ましたよ」

おかみさんはふしぎがっていた。

4

その翌朝である。

田代は、宿を出た。とにかく、木南の消息を探らねばならない。これという目標はないが、なんとなく柏原の町を歩いていると、彼の足跡に行きあたりそうな気がするのであった。

この町を歩くのは、これで二度目である。以前には、駅の前から、一茶の旧跡を訪ねたものだった。あの時のことを考えると、偶然に見かけた土地の若い女のことが思い出された。

それは、裏の通りを歩いている時に、路地の入口に、ちらりと見せた横顔だった。あまりにも、あの「飛行機の女」に似ているので、思わず、そのあとを追ったのだが、彼女の姿は消えていた。

近所の人に咎《とが》められて、苦しまぎれに、例の木箱の発送人の名前を思いついて、川合姓の家を捜しているのだと、答えたものだ。すると、実際に、その「河井」の家があったのにはびっくりした。

仕方がないので、その家を訪ねたのだった。あのときは、痩《や》せた四十年輩の男が応対に出てきて、いいかげんな話をして帰ったが、田代は歩いていて、今、それを思い出している。

田代は、駅前からバスに乗って、すぐに野尻湖に行こうかとも考えた。せっかく、そこに行っても、別に目標はないし、この町を歩いていると、なんだか、木南の手がかりを得られそうな気もした。漠然《ばくぜん》とだったが、そんな意識になったのである。

が、この町では、どこも見物するところもない。結局は、信州柏原という町を有名にさせている小林一茶の旧居しかなかった。

二度目だったが、彼は、その方面に足を向けた。前に来ているので、再遊の町を歩いたのである。

一茶の旧跡は土蔵である。崩れたままの廃墟《はいきょ》が、かえって一種の風格に似合った。いかにも、生涯《しょうがい》の放浪俳人の生家という面影《おもかげ》があった。

実は、前に木南もここを訪ねているのだが、むろん田代にはわからない。

そこから田代は別の道を歩いた。これは、同じところを歩くより、変った道を行った方が、木南の足跡を求めるのに、いいように思われたからである。

道の一方は、農家と田圃《たんぼ》である。片側は家並みで、そこは、同じ恰好《かっこう》の軒が続いていた。どれも、初夏の陽《ひ》ざしの中に、ひっそりと静まっている。しばらく、それが続いたときだった。急に、金属性の音が、片側から聞えてきた。

近くに、製材工場があるらしい。機械鋸《きかいのこ》の音は、鋭い声をあげて、近くの山峡《やまかい》に反響していた。

田代は、そのまま歩みを続けた。

金属性の音は、ますます近くに聞えてくる。

ふと見ると、左手の方に材木が積みあげてあるのが、目についた。

その間から、バラックの小屋が見えるが、歩いている道からは、かなりの距離だった。機械鋸と機械鉋《きかいかんな》が、そのバラックの中に装置されているのである。

こんなところにも、製材所があるのか。

田代は、なんとなく、その小屋を見まもるように、立ちどまった。

しかし、このような場所に、製材所があるのは、少しもふしぎではない。あたりは、山ばかりである。ただ、この近くの山からも、木曾《きそ》材のような良木が、出るかどうかは、彼の知識にはない。製材所も、見たところ小さな設備である。材木の山も少なかった。

見ていると、そこでは、わずかな人数しか働いていないらしい。もっと景気のいい製材所を見ている田代には、いかにもこれが貧弱に映った。

それにしても、機械鋸の音は、きいきいと金切声をたてている。環境が静かなだけに、その鋭い音が、耳に激しく聞える。

田代が、そこに佇《たたず》んでいるので、働いている連中も、顔をこちらに向けていた。その中で、一人の職工が、ぶらぶらと田代の方に寄ってきた。ちょうど休憩時間になったらしく、鋸の音も鉋の音もやんだ。その男も、煙草《たばこ》をふかしながら、散歩でもするように近づいた。

「今日は」

先方から、頭を下げた。この辺は、田舎だけに人情が朴訥《ぼくとつ》なのであろう。田代も、それに会釈《えしやく》をした。

「どこからお見えになりましたか?」

その男は、四十歳ぐらいの、いかにも、この地方の人らしく、人のいい笑いを、満面に浮べていた。

「ご見物ですか？　やっぱり、野尻湖にいらしたのですか？」

「ええ、そうです」

田代も、のんびりとした気持になった。知らない田舎で、知らない人と、こういう話をするのは、格別な気分である。

実は、以前に木南が同じ位置に立ちどまって、製材所を見ているのだ。しかし、むろん、それは田代にはわからない。

「こういう、山の中ですから、格別、ごらんになるものもないでしょう。まあ、一茶の旧居か、野尻湖ぐらいのものですからね」

その男は、やはり煙草を喫《の》みながら話した。

よそから来た人間というわけか、それとも東京から来たという理由からか、彼は、田代と話したがっていた。

「いや、なかなか、いい町ですよ、古いだけに奥ゆかしい感じがします」

田代は、お愛想を言った。

「そうですか」

その男も、彼の言葉に喜んでいた。

「この辺はいい材木が出るんですか？」

田代は、やはり世間話的にきいた。

「ええ、たいしたことはありませんがね」

その男は言う。

「山が深いので、わりと大きな木があるんです。木曾、吉野のような良材には及びませんがね。杉《すぎ》も相当なものがあります」

なるほど、そうかもしれなかった。この町からは、黒姫《くろひめ》、妙高《みょうこう》、飯縄《いいづな》の山々が見える。その奥は、北アルプス山脈の続きである。材木が豊富なことは、うなずけた。

「やっぱり、東京の方に出すんですか？」

田代は、そんなことをきいた。

「ええ、東京にも出しますが、直江津の方にも出ています。そこから、船でもって北陸方面に運びます」

その間にも、休憩時間を利用して、製材所の職人連中は、将棋をさしたり、昼寝をしたりしている。

初夏の高原は、湿気はないし、木陰にはいると、ひんやりするから、昼寝には快適だった。

しかし、ここに東京から遊びにくる客があるのに、一日中、鋸《のこぎり》の音を立てて、木屑《きくず》にまぎれている労働を考えると、田代も、ちょっと気の毒になった。

「いやどうもお邪魔いたしました」

田代は礼を言った。

「そうですか、どうも失礼しました」

その男も挨拶《あいさつ》を返した。

田代は、歩きだしたが、ふと思い出した。それはあるいは、彼らが、ここで、木南を見かけたかもしれないという期待である。

木南の行方を求めている彼は、藁《わら》にもすがりたい気持だった。田代は足をかえした。

「ちょっと、伺いますが」

田代は声をかけた。

その男は、製材所に引き返していたが、振り返った。

「はあ？」

と、顔を田代に向けた。

「もうだいぶ前ですが、背の高い男で、東京から来た新聞記者を見かけませんでしたか？」

「はてね？」

その男は、小首をひねった。

「背の高い新聞記者？」

口の中で呟《つぶや》いた。

「もっとも、それだけでは、漠然としてわからないでしょうが、歩き方が少しうつむきかげんで、顔がひどく瘦《や》せています。そうだ、頰骨《ほおぼね》が出た、髪が絵描きのように長い人です」

田代は、木南の特徴を言った。

「おうい、みんな知らないか？」

その男は、休んでいる職人に声をかけた。休んでいる連中は、その声に立ちあがった。

男は田代の言ったことを、皆に聞かせた。連中は首を傾《かし》げた。

「さあ、見たことがねえぞ」

この製材所では、田代のせっかくの思いつきながら、木南の消息は取れなかった。

「何か、そんな人を捜しているんですか？」

相手の製材職工は、のんびりときいた。

「ええ、それは、ぼくの友人でしてね」

田代は言った。

「二週間ほど前に、この野尻湖に遊びにきたんですが、それからまだ家に帰らないのです。がんらいが呑気坊《のんきぼう》でしてね。出張して、よく予定を狂わすことはあるのですが、今度は、ちょっと長いので、家の者も心配しています」

「ほう」

職工は、別に心配もせずに聞いていた。もっとも他人事《ひとごと》だから、話をとおり一ぺんに聞くだけである。

「それで、あなたが、そのお友だちを捜しに、ここに見えたのですか？」

「いや、そんなことはありません。ちょうど、野尻湖に遊びに来る予定があったので、ついでに頼まれたわけです」

田代は、そう弁解した。

「そりゃ、ご心配ですな」

職工は親切だった。もう一度、田代の言う木南の人相を聞いて、ほかの連中にも、改めてよく考えてみろ、と言った。この近所だけではなく、それぞれ、自分の家の近所でも見かけなかったか、と尋ねたのである。

「どうも心当りがねえな」

と、皆は同じように首をひねった。

「そうですか」

田代は礼を言った。

「どうも、いろんなことを言ってすみませんでした」

「いや、どういたしまして」

田代がまた歩きだすと、製材所の方では、機械鋸の音がした。休憩が終って、また、仕事にかかりはじめたのである。

木南の足跡は、どこにもないのだ。この上は、とにかく、野尻湖に行くよりほかはなかった。田代は、駅前に戻《もど》った。

そこから、野尻湖行きのバスに乗った。湖岸に到着して、彼は、その辺をひとりで歩いた。この前来たときよりも客が多い。彼はひとりで歩きながら、この前、訪れたときの林の中の危難を、思わずにはおられなかった。その林も、彼が今、立っているところから見える。

その帰りに寄った茶店も見える。

田代は、そこに立ってぼんやりと湖面を眺《なが》めた。

湖の中には島がある。黒姫、妙高の山々が、湖面に影を映していた。

美しい眺めである。が、その底に、田代は、無気味なものを自分だけ感じていた。

木南は、いったい、どこに消えたのか。

生きているのか死んでいるのか。

田代は、湖面を眺めて立った。

ひと月ほど前には、まだ、湖は寒い色をしていた。あたりは人一人いなかった。ただ沖の方で魚を獲《と》っている漁船が、一隻《せき》あったのを見たものである。

その漁船が岸に着き、舟の中から漁師が上がってきた。茶店のおばあさんと話をしているのを偶然聞いたが、それが女漁師だった。まだ若い女らしかった。魚の収穫のことを話していたのを覚えている。

ところが、今見る野尻湖は、もうシーズンにはいったのであろうか、観光客が多い。湖面には、都会から来たらしい気早な男女が、ボートを浮べて漕《こ》いでいる。かなりな数だった。

木南の行方《ゆくえ》を捜しにきた田代も、この情景を見ると、何か、観光客の気分が湧《わ》いてくるようである。ここで、木南の行方の手がかりは、得られそうもなかった。

太陽は真上にある。直射日光が眩《まぶ》しかった。

田代は、当てもないままに、茶店に行って、ボートを借りた。

彼は、若いときボートを夢中に漕いだ時期があった。大学ではボート部に所属していたこともある。

ボートに乗って、オールを握ると、さすがに、ほかのことは忘れた。

彼は、ボートが混んでいるところを避けて、わざと寂しいところに漕いで行った。まだ真夏ではないし、それに不便なせいか、ほかの有名な避暑地のように混雑していなかった。

湖面には、島の影と、湖畔の林の影とが映っている。水が深いので色が濃い。影も、黒々と形を映している。オールを動かしていると、どこまでも水の皺《しわ》が広がっていく。

田代は、ある地点まで来ると、オールを引っこめて、ボートの上に仰向《あおむ》けになった。太陽の光は強いが、湖面に吹いている風が冷たいくらいである。目を閉じていると、軽い動揺が背中から伝わる。夢見心地に陶酔した。声が遠い。いや、ほとんど聞えなかった。目をつむっていると、森閑としたものである。

田代は、眠るのでもなく、また目をあけるのでもなく、うとうとしていた。いつのまにか浅い夢を見ていた。

木南が、山の中を歩いている夢だった。どこの山とも知れない、深い森林の中である。生《お》い茂った草の中を、木南は背中を見せて、すたすたと歩く。後ろから田代がついて行くのを全く知らぬげだった。

田代は確かに声を出したつもりだった。それでも木南は勝手に歩いていた。おうい、木南さん、彼は大声で呼んだ。

その自分の声で田代は目をさました。

わずかな、まどろみだった。

目をさますと、強い太陽はまだ真上にある。からだは相変らず揺れていた。山中の夢をみて、現在、水の上に浮んでいるのも皮肉だった。

こんな夢をみるのも、木南のことが気にかかっている証拠である。田代は、オールを握って、木陰の水面にはいろうとして漕いだ。

そこは、小さな岬《みさき》のような恰好《かっこう》になっていた。木がその上に茂っている。田代はその水際《みずぎわ》までボートを寄せた。

そのときだった。彼は、水に、カンナ屑《くず》が浮いているのを見た。

彼は何気なくそれに目をとめた。カンナ屑は、水に揺れて動いているが、岸に突きあたっては、また波にもどされている。

こんなところにカンナ屑があるのは、珍しかった。よく見ると、それは黒ずんでいるくらいに古い。

この湖の水は澄んでいた。かなりの深いところまで見えるのである。その澄んだ水の上に、カンナ屑が浮いているので、目だったのである。きたない川辺《かわべ》や海辺だったら、こんなものは目につかなかったであろう。

田代は、これがどこから流れてきたのかと思った。この近所には、むろん家はない。もしかすると、近くに建てたバンガローの工事のとき、木を削った屑が残っているのかとも思われた。最近のものでないことは、その古い色でわかる。

田代は、そのまま気もとめずに、ボートを動かすつもりだった。ところが、ふと見ると、岸辺の叢《くさむら》の上にも同じカンナ屑が撒《ま》かれてある。

こっちから眺めて、それが水の面《おもて》に浮いているのと同一であることはわかった。つまり、そのカンナ屑は、そこに捨てられたものが、風に吹かれて、水の上に散ったものであろう。

それは、かなりの量だった。

(少しおかしいな)

と、田代はふと思った。

(こんなところに、カンナ屑が残っている)

その辺は、人家から遠いし、林の中である。その場所にカンナ屑だけが一かたまり撒いてあるのも、ちょっと妙な気がした。これが、人家の多いところに置いてあったら、むろん当りまえのことだし、ふしぎではなかった。鬱蒼《うっそう》とした林と湖を前にした場所に、ぽつんとカンナ屑だけがあるのが奇異なのである。

(バンガローを建てたときの残りかな)

田代は思い返した。

しかし、この林の中に、バンガローなどは見当らなかった。その小さな建物の一群は、もっと離れたところに建っているのである。

たとえば、そのときのカンナ屑を、ここに持ってきて捨てたとしても、捨て場所があまりにも離れていた。

田代は、オールをとめてボートを勝手に漂わせた。その辺にもカンナ屑は二、三片浮んでいる。

田代は手でそれをすくってみた。

田代は、水からすくいあげたカンナ屑を掌《て》の上に載せた。

それは、水を含んでいるので、ぺっとりと田代の掌を濡《ぬ》らした。カンナ屑は普通のものである。さだかには判断できないが、杉か檜《ひのき》のようだった。黒ずんでいるが、ようやく判断がついた。

田代は、その辺に浮んでいる、もう、二、三片のカンナ屑を手にとった。それも掌の上に載せた。雫《しずく》が指の間から滴《したた》り落ちた。

それも杉か檜のようだが、同じように黒くなっている。しかし、その中の一つは、ちょっと違っていた。

何か木の節でも削ったように、真ん中がまるく、違った色になっている。ひどく黒ずんでいるし、そのもの自体には、樹木特有の年輪がなかった。よほど、大きい材木を削ったものらしい。

田代は、しばらく、それを見ていたが、やがて、また、水の上に落した。

眺めていると、それは、さざなみにゆれて、ゆらゆらと動いて散ってゆく。

相変らず、彼の頭には、なぜこんなところにカンナ屑が撒かれているのか疑問だった。

岸辺の林を見ると奥が深い。カラマツ、シラカバなどの高山樹木が、葉の茂みを深々と広げている。

田代は、しばらく躊躇《ちゅうちょ》したが、その林の奥にカンナ屑のかたまりが置かれてあるのを見て、そこに上陸して行ってみる気になった。

彼はボートを少し漕いで、岸辺に寄せた。適当なところがないので、ようやく苦心の末、ある場所を見つけ、ボートを固定させた。

ここも草が生いしげっていた。道はむろん一つもない。田代は草を踏んで奥にはいった。なるほど、カンナ屑の山である。思うに水の上に浮んでいるのは、風にでも吹かれて湖面に落ちたものらしい。

田代は、積まれてあるカンナ屑を手に取って見た。やはり、水の上で拾ったものと同じである。これも相当古くなっている具合から、かなり以前に削られたものらしい。

雨が降ったので、カンナ屑全体が黒いのだ。田代はしばらく眺めていた。やがて、それを捨てて、集まっているカンナ屑の小さな山を靴《くつ》で蹴散《けち》らした。下は夏草でなんにもない。

田代は、あたりを見まわした。すると、もっと奥の方に異様なものを見つけたのである。

彼は、その方に向って進んだ。夏草が茂っているが、高原なので、ほかの土地のように草いきれはない。空気が乾燥していて、木陰は涼しいのである。

草を踏んで、田代は目的に向った。妙なものと思って近づいたのだが、それは木片が焼けた跡だった。それもなまの木ではなく、板を燃やしたのである。

田代は、あたりを見まわした。すると、板の焼け残りも発見した。あきらかに、木箱と縄《なわ》を焼いた跡なのである。

田代は、草の上に焼け残っている木箱と、縄切れの残骸《ざんがい》を見つめた。

それが木箱かどうかはもとよりわからないが、板切れと縄らしいところをみれば、木箱と推定するほかはない。誰《だれ》かがここに木箱を持ってきて、火をつけて焼いてしまったのである。なぜこんな所に木箱を運んで焼いたのか。

木箱といえば、田代の頭には、例のパラフィンの木箱がすぐ浮ぶ。

今までの例からみて、湖に近い駅に荷物を発送していることははっきりしている。この野尻湖にもかならず送ったであろう、と前から想像していたが、今、この現場を見て、それが間違いないことがわかった。

ただ、その内容はわからない。もちろん、中身は取り出して、木箱だけを焼いたのである。それにしても、なぜこんな所に運んできて、そのような工作をしなければならないのか。人目に触れない所で始末されたことは明瞭《めいりよう》である。だが、そのような秘密めいた行動は、木箱の内容にどんな関連を持つか。つまり、木箱につめた物が秘密の物で、それをここで取り出すことが第一であったのだろう。焼けた木箱は、その空箱と考えていいようである。

何が詰められていたか。これまでの例から見て、たぶん、パラフィンであろう。木南から来た手紙によると、人間の死体を部分的に切断してパラフィン詰めにした、と推定している。では、ここでパラフィン詰めの死体部分を取り出したのか。

田代は、この仮定のもとに、一つの筋を考えてみた。

まず、犯人は柏原駅に到着した荷物を受けとる。この場合は、今までの例と違って、まったく別の品目と偽装的な包装だったので、田代も木南も、駅や運送店を調べてもわからなかったのだ。

あの木箱を受けとった人物は、人気のないこの場所にこっそりと運んで、中身を取り出し、それをなんらかの方法で処分し、残った木箱を証拠湮滅《いんめつ》のために焼いた。

これがまず自然の推定のようである。

すると、その中身はどこに始末されたか。

普通のパラフィン詰めではない。その中に死体の部分品があるとすれば、わずかではあるが重量差が生じる。その重量差については、木南が手紙に細々と書いてきたことがある。

考えられる容易な手段は、湖の底に捨てることだった。そうだ、犯人はボートか舟に木箱を乗せてここに運び、木箱の中から現物を取り出して、ふたたび湖心に漕ぎ戻《もど》り、湖底に沈めたのではなかろうか。

湖心に捨てた意味は、この湖水が非常に澄んでいて、かなり深い所まで行っても底が見えているからだ。田代は、それからボートを置いた所に戻った。ふと見ると、ボートの位置に変りはなかったが、その中に一枚の封筒が置かれてあった。

ボートの中に置かれた封筒が目にはいったとき、田代は思わずあたりを見まわした。むろん、湖水には波一つ立っていない。ほかの舟がここに来て、この付近を通った形跡もなかった。

林の奥で、焼けた木や縄を調べているのに田代が夢中になっていたとはいえ、誰かがボートに乗って漕いでくれば、その水音でわかるはずである。

といって、その封筒が天から降ってくるわけでもない。誰かが田代のいないボートに近づいて、その封筒を投げ入れたとしか考えられないのである。

その封筒は茶色の安ものだった。むろん、表にも裏にも、文字は書かれていない。

田代は森の中を気をつけて見たが、そこには人影はおろか、足音もしなかった。森閑とした湖の世界に、相変らず静寂が続いているのである。

田代はボートに乗った。それから封筒を破った。中には、便箋《びんせん》が一枚あるだけである。それも普通の、店で売っている特徴のないものだった。

内容を読まない先に文字を見て、田代が心の中で声をあげたのは、それが見覚えの筆跡だったことである。

以前、田代が信州から東京に戻ったとき、例の女から受けとったあの「警告」の手紙の筆跡と同じだった。

「以前にも、あなたに注意しました。もう、これ以上、深くおはいりになると生命が危険になります。やめてください」

文字はそう書いてある。

またしても「警告」だった。

田代は読んだ瞬間に、また、あたりを見まわした。

あの女が、自分の行動を一々見張っている証拠である。

田代が、ここにいるのを尾行したに違いない。そして、彼が林の奥にはいった隙《すき》に、この手紙をボートの中に投げこんだのであろう。それにしても、あの女はボートで来たのか、それとも陸づたいに忍んできたのか。

これ以上、深く事件にはいると生命が危険だと、その警告は言っていた。田代の一々の行動をあの女は知っているのである。

田代は、あの女の面影《おもかげ》を浮べた。飛行機の中で、彼のカメラを借りて、富士山をのぞいて無邪気に喜んでいた顔である。

あの女は、この謎《なぞ》のような事件の中に潜んでいる。だが、このような大胆なことができる女とは信じられなかった。あの少女のような無邪気さからは、想像ができないのだ。

それにしても、あのとき飛行機の中で、女の横にむっつりとすわっていた小太りの男の役割はなんだろう。

彼女は、誰かの指図を受けてこの「警告」を発しているのか、それとも彼女自身が「個人的」に田代のことを考えて、実際に心配しているのか。

田代はボートを漕《こ》いで、湖心に戻《もど》った。

ゆうすいな湖心は何ごともない。相変らずあたりには、避暑客が漕ぐボートや、音をたてて走るモーター・ボートが見えた。田代が今までボートをとめていたところは、寂しい場所だけに、ここまで遊びにくる人は、めったになかったのである。

田代は漕ぎながら、あたりを気をつけて見た。しかし、あの手紙を置いて去った例の女の姿は、どのボートの上にもなかった。

ふしぎな話である。田代が、あの林まで漕いで行ったのを、どこかで、見ていたのか。彼が上陸した後、ボートに手紙を投げ入れたのも素早い行動である。

今も田代が漕ぎ戻っているところを、あの女の目は、どこかで、じっと狙《ねら》うように見ているに違いない。つまり、田代は、あの女に監視されているわけである。

彼はボートをボート屋に戻して陸上《おか》にあがった。この春に訪ねたときのあの茶店はすぐだった。しかし、早春と違って、今はシーズンなので客が多い。

店の中では、あの老婆《ろうば》も、忙しく立ち働いていた。

「ごめんなさい」

田代は店の中にはいった。若い女を使って、老婆は客の注文を受けていたが、田代を見ても普通の客と思ったらしい。彼の顔を覚えていないのであった。この店はそばやすしやサイダーなどを売っている。

店は、場所がいいのか、なかなか繁盛《はんじょう》している。

田代は咽喉《のど》が渇いたので、ジュースを注文した。

ジュースを盆にのせて持ってきたのは、例の老婆だった。

「いや、おばあさん、しばらくですな」

老婆は怪訝《けげん》な顔をして、田代を見ていたが、まだ思い出さないらしい。

「ほら、ことしの春に、ここにお邪魔した者ですよ」

「ああ、そうでしたね」

老婆は、田代をみつめて、やっと思い出した。

「すっかり、お見それしていました。確か、東京から見えたお方ですね」

老婆は急に笑い顔になった。

「また、こちらにおいでになったのですか？」

「そう、あんまり、あのとき景色がよかったので、また遊びにきましたよ。なかなか忙しそうで結構ですな」

「ありがとうございます。やっぱり夏場ですからね。かき入れですよ」

老婆は機嫌《きげん》がよかった。

「ところで、ことしの春に来たとき、漁師が舟から魚をあげていましたが、今は中止しているのですか？」

「いや」

老婆は首を振った。

「こんなにボートを浮べては、魚が逃げてしまいます。朝早く出るか、夜釣《よづ》りをするかですよ」

「この辺は、女の漁師が多いんですか？」

田代は、この春の思い出を浮べて、茶店のおばあさんに尋ねた。

「いいえ、男ばかりですよ。女は舟に乗って出るようなことは、めったにありません」

「しかし、この春、ぼくがここに来た時に、魚を獲《と》って舟から上がったのは、たしか女の人のようでしたね。それもまだ若かったようですよ」

おばあさんは、ちょっと考えていた。

「ああ、そうだったね。あれは専門の漁師じゃねえです。この辺へ、遊び半分に魚を獲りにきていたひとですよ」

その言葉で田代は記憶を呼び戻した。あの時もおばあさんは、そんなことを言ったようでもある。

「もう、あの女の人は、こちらに、漁には来ないのですか？」

「このごろは、さっぱり来ませんね」

おばあさんは言った。

「あれっきり姿を見ないようだな」

「いい家の娘さんですか？」

「柏原の人でね。それほどいい家でもないが……」

おばあさんは、そのあとをつづけないうちに、折りから客が呼び立てたので、その方に行った。

このとき、田代がもっとその答えを追及していたら、あるいは、別な方向に彼は行動を起したかもわからない。だがそれなりになってしまった。つまり、それほど心にとめなかったのである。

おばあさんは忙しい。いつまでも田代の相手になってはいられなかった。客が次から次にと店にはいってくるのである。

田代は宿に帰った。

暑い盛りを歩いただけで、結局、得るところはなかった。だが、木南の行方こそわからなかったが、収穫は確かにあったのだ。

一つは、あの湖畔の林の中に、木箱の焼け跡とカンナ屑《くず》が散っていたことであり、一つは例の警告の手紙を受けとったことである。

田代は、涼しい縁側《えんがわ》に椅子《いす》を持ち出して、丹念に手紙を読み返した。文字は、確かに女の筆跡だった。それも流麗な文字である。かなりな教養がうかがえた。

いったい、あの女の警告の意味は、なんであろう。

これには二つの解釈がある。一つは、彼女が実際に彼の身を気づかってくれているという善意の解釈であり、一つは、何か自分を罠《わな》に掛ける謀略という考えである。

田代は手紙を何遍も読み返してゆくうちに、自分の判断が前者、つまり「警告」は善意から出ていると解釈したい方向に流れはじめた。


夜になった。

宿では、女中が晩の食事を運んできた。

「お飲みものは何にしましょう？」

女中はたずねたが、田代は、断わった。

膳《ぜん》の上を見ると、料理は、普通の旅館と同じである。やはり、まぐろの刺身があり、魚の焼いたのが出ていた。

「姐《ねえ》さん、この辺で特別な料理はできないのか？」

田代はきいた。

「いいえ、別にありません」

女中は、そっけなく答えた。食欲が起らない。こんなありきたりの物を山の宿で食べる気はしなかった。

飯を食べ終ると、彼はすることがなかった。退屈な時間である。

わざわざ、ここまで来たのに、彼は手も足も出ない状態だった。木南の行方《ゆくえ》は手がかりすらつかめない。

それも、木南がこの土地で消えたという確証があるのならともかく、よそに行ってそのまま消えたかもわからないのだ。このとき、ふと考えて頭に浮んだのは、こうしている間にも、新聞社の方で木南の行方がわかったかもしれないという考えだった。

そうだとすると、こんな辺鄙《へんぴ》なところに、いつまでもいる必要はないのだ。彼は階下に降りた。

「おかみさん、東京に申しこみたいんだが、電話を貸してください」

時計を見るとまだ六時なのである。新聞社は仕事の最中のはずだった。

「東京に？」

おかみさんは、びっくりした。

東京までの長距離電話は、めったにかける客がないのだ。

「そりゃ、いいですけどね」

おかみさんはしぶった。長距離電話だと、どこでもあまり喜ばない。

帳場のすぐ横に電話機があった。彼は東京のR新聞社を申しこんだ。

「東京が出たら知らせてください」

田代は、そう言っておいて二階に上がった。先方が出てくるには、一時間ぐらいはかかるだろう。

その間、田代は落ちつかない気持で待った。申しこんだ電話が出るまでの時間は、なんとなく気持がいらいらするものである。夕方だったせいか、電話は思ったより早く出た。

「お客さん、東京が出ましたよ」

下からおかみさんが大声で呼んだ。田代は、階段を駆け降りるようにして、電話口に取りついた。

「もしもし、社会部を呼んでください。そうです。社会部長です」

東京の声はわりあいに近かった。社会部長がいるように祈ったのだが、そのかいがあってか、電話には社会部長の鳥井が出た。

「田代ですが、この間はどうも」

電話で、田代は社会部長に礼を言った。

「ところで、木南さんのその後のようすはわかりませんか?」

彼がきくと、

「いや、どうもご心配かけています」

と、鳥井部長は如才がなかった。

だが、その声は暗かった。

「どうも思うような連絡がありません。今しきりと、木南君の行先を捜しているんですがね。さっぱり情報がないんです」

田代の予感したとおりだった。社会部長は続けた。

「目下、信州一帯の支局に手配しております。警察の方には届けていませんが、もう、二、三日ようすをみて、本人から連絡がないとすると、捜索願いを出さなければならないかと思っています」

社会部長は木南の行方をひどく心配している。しかし、木南が日ごろ楽天家なので、その方にも望みをかけている口吻《くちぶり》も感じられた。

もう、二、三日待ってみるというのも、その望みを持っているからであろう。

「私の方も気をつけてみます」

田代は言った。

「ぜひ、そうしてください。何分、お願いいたします」

社会部長は、そう言って電話を切った。

田代は自分の部屋に戻《もど》った。窓から見ると空気が乾《かわ》いているせいか、いやに星が近くに見える。明日も暑いらしく、天の川が大きく流れていた。

ふと、空を眺《なが》めているうちに、彼の頭をかすめたものがあった。

この間、この町を訪れたときに迷いこんだあの路地である。

そうだ。あのときは「飛行機の女」によく似た女の横顔を見て、走りこんだのだが、もう一度そこに行ってみたくなった。

あれは「河井」という家だった。出てきたのは痩《や》せた中年男だったが、いま、ふいと、あのときのことが頭に浮んだのだ。

田代は階下に降りた。

「おや、お出掛けですか？」

宿のおかみさんの声に送られて、田代は、そのまま暗い町を歩いた。

田舎の町は夜になると、ひどく暗い。

表通りは、ともかくとして、裏にはいると、ほとんどが戸を閉めるのである。

それに、都会と違って、家と家の間に畑があったり、立木があったりして、よけいに灯《ひ》が乏しい。

この前、来たことがあるので、田代はその記憶をよび起しながら歩いた。木南はどこに消えたのであろう。田代は歩きながら考えた。

見覚えのある町の角に来た。

(そうだ、ここであの女を見たのだ)

彼は、そのときのことを思い出した。

せまい路地で、両方は小さな家がごたごたとあった。あのときは、女の姿を捜して、うろうろしているのを見とがめられたので、仕方なく「川合」の名前を出した。すると、実在の「河井」の名前を教えられたのである。それが突き当りの家であった。例の女は影も形もなかった――。

田代は、今、その思い出の路地の角を曲った。この辺は、表通りよりもっと暗い。全部の家が雨戸を閉めているわけではないが、それでも、もう灯を消した家が多く、もれている電燈も、薄暗かった。田代はそこを歩いた。例の「河井」という家の前に出た。

その家は、近所の家よりもっと暗かった。灯一つもれていないのだ。

気をつけて見ると、それは雨戸を全部閉めているからだった。まだ七時というのに、もう早寝してしまったのであろうか。田代は、その家の玄関をうかがった。この前に来たときは「河井文作」の標札が出ていたのを覚えている。

ところが今見ると、その標札がないのである。田代は、はてな、と思った。思い違いではない。この前、あの標札を見たときに実際に「河井」の名前があったので、驚いたのだった。

暗いので、見落したのではないかと思って、田代は調べるように、改めて見たが、やはり、あの「河井文作」の大きな標札はなかった。

田代は迷った。

標札がはずされ、雨戸が閉っているとなると、よそに移転したのかもしれない。しかし、田舎の人は、めったに転居することはないから、それも考え直してみた。耳を澄ましたが、むろん、家の中からは、物音一つ聞えない。

田代は家の横に沿って歩いた。

この辺に多い特徴のある民家の造りで、廂《ひさし》が深い。屋根は瓦《かわら》だったが、農家の構えらしくできている。庭が広い。

田代は、その庭に出た。これは、農家が籾《もみ》などを干すために使っている場所なので、普通の空地である。そこに立って、家を眺めると、ちょうど、その家の横手にあたるのである。

そこも、雨戸が閉っている。田代は、裏にまわって見たが、そこも同じであった。

彼はしばらくそこに立っていた。急に寒い空気が、田代の頬《ほお》にふれた。初夏の夜なのに、まるで、冬のような冷たさだった。それも、普通の寒さではない。湿ったような、気持の悪い気流のようなものだった。田代は逃げるように去った。

5

田代が、ふたたびその場所に行ったのは、翌日の朝であった。

昨夜のことが気にかかって、どうしても出直して来なければならない気持にかられた。彼は、例の「河井」の家の前に立った。今日も戸が閉っている。昨夜、薄暗いところで調べてみたのだが、やはり、間違いなく、標札はなかった。

戸は表だけでなく、横側も裏も閉っていた。家の周囲も片づいている。もはや、ここに人のいないことは、そのようすで確定的だった。

なぜ、昨夜この家の前に立って、突然、冷たい空気に触れたような感覚になったのだろう。あの時、いやな、悪寒《おかん》のようなものが首筋に走ったのである。明るい陽《ひ》の当っている、いま見ると、なんのへんてつもない、ただの百姓家だった。

それにしても、河井文作はいったいどこに行ったのだろうか。田舎の人は、めったに引越しはしないはずである。

田代が、その家を離れて路地を歩いていると、近所の老人がぼんやり立って、田代の通るのを見ていた。田代は自分から頭を下げた。

田舎の人はていねいだ。ひどく恐縮したようにおじぎをした。

「ちょっと伺いますが」

田代は老人に近づいた。

「私は、ご近所の河井さんを訪ねてきたのですが、どうやらお留守のようですね？」

「河井さんは、ここにはもう、おられませんよ。引越しなさったんです」

老人は答えた。

「それは知りませんでした。どちらへお引越しですか？」

「なんでも、東京と聞きましたがな」

「東京？　その引越しは何日ですか？」

「もう、ひと月ぐらいになるでしょうな。東京に従弟《いとこ》さんがいるとかで、そちらの方の世話で移られたと聞きました」

「では、河井さんは、自分の家を処分したのですか？」

「いいえ、家の持ち主は違うのです。河井さんは、ただ、借りて住んでいたのですよ」

田舎の人は、ほとんどが自分の持ち家に住んでいる。河井文作の場合もそうだと田代は思いこんでいたのだ。

「あの人は、この土地の人ではないのですよ。よそから来た方でね」

「それは知りませんでした。私は、てっきり、ここの土地の人かと思ったんです。で、河井さんはこの借家に、何年ぐらいおられたのですか?」

「そうですな、一年ぐらいだったように思いますよ」

「たった一年ですか? 妙なことを伺いますが、河井さんの職業は、なんですか?」

「さあ、私らにもよく見当がつきません」

老人は首を振った。

「こんな百姓家を借りてはいたが、河井さんは別に百姓するわけでもなし、この土地で商売しているようすもありませんでしたからな」

田代は老人と別れて、その路地を出た。

歩きながら考える。河井文作を今まで土地の人間とばかり考えていたが、今の老人の話では、そうではなかった。彼は、この土地に一年だけ家を借りて住んだ男だという。職業もよくわからなかった。百姓もせず、商売もしていなかったという。

しかし、河井文作のことを、田代がこれ以上追及する理由は何もなかった。いわば、あのとき、通りすがりに立ち寄った行きずりの人間である。自分とは無関係なのだ。

老人の話では、現在、河井文作はどこに行ったかわからないということだ。

ただ、次のような言葉を老人はつけ加えた。

「なんでも、東京に従弟さんがあり、そこを頼っていったそうですがね。東京で従弟と共同で出資して、商売していると聞きましたよ」

河井文作のことは、これきりに捨てよう、と田代は思った。関係のない話だ。田代は、ただ歩いた。

耳に金属性の音が空気を裂いて聞えてくる。

昨日の製材工場だった。

田舎の道は単純なので、いつのまにか、昨日と同じ場所に通りかかったのである。製材工場は、昨日と同じように数人の職人が働いていた。昨日、田代と話していた男もその中に混じっているのだろう。今日は、休憩時間でないとみえて、小屋の中では、黒い影になって人間が動いている。外が、かっと明るいだけに、建物の中が暗いのでもある。田代は、彷徨者《ほうこうしゃ》だった。木南の足跡を求めて、あてもなくこの柏原の道を歩いている旅人にすぎない。

だから、田代はいかにも所在のない男のように、そこに立ちどまって、製材工場の方を見ていた。裏の急な斜面の山に、森林の色が陽に映えていた。

「やあ」

後ろの方で、突然、声が聞えた。

田代が振り返ると、昨日、話したあの男だった。作業帽の下で陽に焼けた顔が笑っている。

「また、お目にかかりましたね」

製材工場の職工は挨拶《あいさつ》した。

「いや」

田代も笑った。

「まだ、こちらにご滞在ですか？」

「ええ、なんとなくまだいます」

実際、なんとなくだった。これという目標も立たず、計画も組めず、ぼんやりとしているにすぎなかった。

「どうです。こんな、ちっぽけな製材工場ですが、ごらんになりますか？　東京の方には、田舎のこんな工場が珍しいかもわかりませんよ」

その男は如才がなかった。一つは、今日も昨日も、田代が製材工場の方を眺《なが》めていたからでもある。

「ありがとう」

田代は製材工場を見つめた。

田代自身も、なぜ、自分がこの製材工場を見とれているかわからなかった。退屈なあまりといえばそれまでである。

貧弱な製材工場が、どうして彼に興味を起させたのかもわからないし、静寂な界隈《かいわい》に傍若無人に金切声を立てているのが、心を惹《ひ》いたのかもわからないのだった。

「こんな、ちっぽけな工場ですが」

話している職工は重ねてすすめた。

「ちょっと、見ていただきましょうか？」

「それじゃ、ちょっと、お邪魔します」

田代は行きがかり上、ほんのつきあい程度に、その工場をのぞいてみる気になった。道からそこまでは、わずかな距離だった。

当の職工が小さな工場というだけに、製材工場は小規模である。積まれた材木も少なかったし、小さな機械鋸《きかいのこ》と機械鉋《きかいかんな》が一台ずつあるだけだった。

職工も四、五人程度である。

「お邪魔します」

田代が会釈《えしゃく》してはいると、職工連中は軽く頭を下げた。そして、それぞれに手を休めないままで仕事を続けていた。田代の足元には、カンナ屑《くず》がうず高く散っている。靴《くつ》の先がその屑で埋まりそうだった。材木が、鋭い声をあげて、鉋に削られていく作業を、田代は、すぐ傍で見ていた。

「なにしろ、こんな田舎の製材所ですからね、東京のお方には、かえって、珍しいかもしれません」

中年の職工はそう言って笑った。

足元に落ちてくるカンナ屑を見ているうちに、田代は湖畔にボートを漕《こ》いで、見たカンナ屑を思い出した。

材木を見ると、杉《すぎ》が圧倒的で、欅《けやき》、松、檜《ひのき》などがある。

「このカンナ屑は」

と、田代はその職工に、ふと、きいた。

「処分はどうなさるんですか？」

「そうですね。たいてい、町の人が焚《た》きつけがわりに、もらいにきますよ。風呂屋《ふろや》さんなどではひどく喜ばれています」

「それで処分がつかない場合は、よそに捨てに行くこともあるのですか？」

「いいえ、そんなことは、絶対にありません。捨てられた場所でも迷惑ですからね」

「ぼくは、野尻湖をボートで行って、奥の林の中で、カンナ屑が積まれているのを見ました。妙なところに置いてあるな、と思ったのですが、そういう場所に捨てることもあるんですか？」

「湖畔の林？」

心なしか、その職工の顔色が変ったようだった。

「とんでもない。そんなところに捨てるわけはありませんよ。誰《だれ》かが、ここの製材所のものとは違うカンナ屑を捨てたのでしょうね。あの辺は、バンガローが近いので、それを作るため、大工さんが捨てたカンナ屑かもしれませんよ」

製材所の職工の言うことは一理があった。

バンガロー作りの大工が、木を削ったあとの屑を捨てたのかもしれないが、解釈できないのは、例の焼き捨てられた木箱のことである。

しかし、これは職工に言っても始まらない話だった。

「どうもありがとう」

田代は見学を終って礼を言った。

「もう、お帰りですか？」

「ええ、だいぶ、お仕事のお邪魔をしましたから」

機械鋸の音がやかましいので、会話は大きな声を出さなければならなかった。

「まだ、こちらにご滞在ですか？」

職工はきいた。

「いや、ぼつぼつ、引きあげようと思います」

「今夜はお泊りですか？」

「ええ、もう一晩はおります」

「どちらにお泊りですか？　やはり、野尻湖の方ですか？」

「いいえ、駅前の旅館に泊っています」

「ああ、そうですか」

「それでは、ごきげんよう」

田代が製材所を出ると、職工たちも彼の方を、いっせいに振り向いた。みんな田代に会釈した。

田代は歩いた。

こうなると退屈な町である。見物するところもなし、これで三、四日もいたら、あきあきするに違いない。

木南の消息もわからないし、漫然とこの町にいても意義がなかった。田代は、もう一晩泊って東京に帰ろうと思った。

田代が宿に帰ったのは、夕方だった。陽は残っているが、東京のように、蒸し暑くない。

「お帰りなさい」

と、おかみさんは迎えた。

「お風呂が沸いております。どうぞおはいりください」

田代は汗になったからだを湯槽《ゆぶね》につけた。

旅館の窓に、木の葉が当っている。その向うに妙高の山の一部がのぞいていた。旅先の風呂場から、こんな風景を眺《なが》めるのは特殊な味わいである。それにしても木南も、この宿の同じ風呂にはいったに違いない。仕事熱心のあまりに、見えない事件に深入りしすぎたのではあるまいか。そう考えるのは、例の「警告」の手紙からである。あれは、単なる威嚇《おどかし》ではない。

「お客さま」

風呂場のガラス戸の外から声が聞えた。

「お電話ですが、どうしましょう？」

「誰から？」

田代は大きな声を出した。心当りがない。

「女の方ですが、お客さんに電話に出てもらえばわかると、おっしゃっています」

女の声と聞いて田代は、はっとした。

「すぐに上がりますから、ちょっと待ってもらってください」

大声でおかみさんに返事をしておいて、すぐに風呂場から上がった。からだをふくのも匆々《そうそう》だった。

電話機は帳場の横にある。送受器は、はずれたままだった。

「ぼく、田代です」

先方では、すぐ声を出さなかった。

「もしもし」

田代は、二、三度呼んだ。切れたのではない。先方は黙っているのである。

「もしもし」

田代は、少し苛立《いらだ》った声を出した。

人を呼びつけておいて、電話口で黙っているのが腹が立った。

田代はもう一度呼んだ。それで先方が声を出さなかったら、切るつもりだった。

「田代さんですのね？」

初めて声が聞えたのが、若い女のそれだった。

田代はその声を思い出そうとした。飛行機のなかで、カメラを貸すときに短い言葉をかわした相手の声、それから、バーのカウンターのところでわずかな話をしたときの声――。

「今晩すぐ宿からお発《た》ちになってください」

また、声がした。しかし、唐突な話である。

「え？」

驚いてきき返した。

「今晩、この柏原の町から去ってください。東京にお帰りになった方がいいと思います」

「あなたは、誰ですか？」

田代は早口にきいた。

「名前は申しあげられません。これで三度ほどご注意を申しあげました」

「ああ、やっぱり、あなたでしたか？」

田代は、いま聞えている声を、自分の記憶にある声に合わせようとした。しかし、それは似ているようでもあるし、違うようでもある。電話の声はなまと違って、本質をとらえにくい。

「なぜ、ぼくが今晩、この土地から発たなければいかんのですか？」

「それも申しあげかねます。とにかく、今夜のうちに汽車に乗ってください」

田代は逆に意地が湧《わ》いた。

「ご注意ありがとう。でも、せっかくのお言葉に添いかねるかもしれませんよ」

「いけませんわ」

意外に激しい声だった。

「お願いです。これ以上深入りしないでください」

女の声は早くなった。

「あなたは、なんのために、ぼくにそういう注意をするのです」

田代は落ちつきを取り戻してきき返した。

返事はなかった。このとき、突然、田代の心に浮んだことがある。

第十二章　敵

1

「もしもし、では、たった一つだけききます。木南はどうなったんです。木南はどこに行ったんです？」

この女なら知っている。

突然、田代の脳裏に浮んだのはこれだ。

彼女なら知っている！

「木南の行方《ゆくえ》を教えてください」

返事はなかった。

「もしもし」

田代は呼んだ。

宿の者が、田代の激しい声に驚いて見ていた。まだ声は黙ったままである。

「もしもし、今、どこにいるんです。あなたの居場所を教えてください。すぐこれから飛んで行きます」

「言えませんわ」

やっと女の声が出た。

「一度だけ会いたいんです。会って話がしたいんです」

「困ります。わたしは、ただあなたに早くこの町を去っていただきたいのです。それだけを申しあげるために、電話したのです。これ以上何もお話できません。もう、電話を切りますよ」

田代は急《せ》きこんだ。

「たった一つだけ言ってください。木南はどこに行ったんです。それだけを教えてください。それを教えてくれたら、すぐこの町を去ります」

また相手は沈黙した。

田代は、女がどこから電話を掛けているのか知ろうと耳をすました。送受器の背後に何か物音がしていないか。その雑音で彼女のいる場所を推定しようとした。

しかし、何も聞えなかった。声もだまったままである。

「もしもし」

田代はまた呼んだ。

「わたしが言いたいのは、あなたに早くここから出ていただくことだけです」

女の声も急きこんでいる。

「でないと、あなたに危険が迫ります。そのほかのことは、なにも言えません。では切りますよ」

「もしもし」

田代はあわてた。

が、次の瞬間、ツーンという音がして電話は切れた。

田代は送受器を握ったまま呆然《ぼうぜん》とした。

糸は切れた。

彼は送受器をかけて、帳場から去って階段を上がり、自分の居間に戻《もど》った。

外の障子をあけると、暗い田舎の屋根と、黒い山の形が薄ぼんやりと見えた。星だけが実に近くに見える。

田代は煙草《たばこ》を出して、その空に向って煙を吐いた。

今の「警告」に従うべきか。

いや、田代は首を振った。

これこそ、絶好のチャンスではないか。つまり、敵側が出てくるのを待つのだ――。

その電話がすんで三十分ばかり後だった。田代が部屋に一人で考えていると、廊下に足音がして、

「お客さま、どなたか、お見えになりましたが」

田代がすぐに考えたのは、電話のあの女が訪ねてきたのではないか、ということだった。

「女の人ですか?」

と、思わずきいた。

「いいえ、あなた」

障子を開いたのは、宿のおかみさんだったが、笑って言った。

「あいにく、男の方ですよ」

「誰です」

「昼間、お目にかかったものだと、おっしゃっていました。製材所のものだ、と言ってくれと言われましたが」

田代は、昼間見た、貧弱な製材所を思いだした。訪ねてきた男は、あの時の職工である。

「では、こちらに通してください」

やがて、おかみさんといっしょに来たのは、思ったとおり、田代と話した製材所の職

工だった。

「お邪魔します」

職工は、あまり慣れない宿屋に来て、おどおどしていた。昼間とはようすが変っている。そこは、やはり、淳朴《じゅんぼく》な性格のようだった。

「ようこそ」

と、田代は座敷に招じた。

「昼間は失礼しました」

「いいえ」

職工は恐縮したように、畳に手をついた。

「失礼をいたしました。実は、あなたさまが、まだお泊りだということを伺ったものですから、お邪魔したわけです」

田代は、ついてきた女中に、何か酒でも出すように言った。それを聞いた彼は、先に女中の方に手を振った。

「どうぞ、おかまいなく、すぐ失礼しますから」

「まあ、いいじゃありませんか」

昼間の短い世間話でも、旅先に出ると、やはり人なつこさがある。田代は親しみを覚えた。

「突然、お伺いしたのは、実はほかのことではありません」

その職工は言った。

「確か、昨日お話を伺ったときに、お友だちのことをたずねていらっしゃいましたね？」

「たずねました」

「そのことで、ちょっとお耳に入れたいと思って伺ったのです」

「ほう」

田代は膝《ひざ》を動かした。

「何か、お聞きになったのですか？」

「そうなんです」

と、その男は大きくうなずいた。

「おたずねのお方に似た人を、見かけたものがいるのです」

製材所の職工は、昨日、田代が木南のことを尋ねたのを、頭に入れていたのであろう。

「ほう」

田代は、思わずからだを前に乗り出した。

「それはありがたいですな。どういうことでしょう？」

職工は、膝をきちんと揃《そろ》えて、ぼつぼつ話した。

「おたずねの方を、私が知人に話しましたところ、その男は、それに似たような人が、二人連れで、国見峠《くにみとうげ》の方へ登っているのを見かけた、と言うんです。それで、私は、それはいつごろかね、ときくと、今から三日前だ、と言いました」

「国見峠？　それはどこですか？」

「この柏原の町の、ちょうど北に当ります。そこは信州から越後《えちご》に抜ける昔の街道になっていて、土地の人だけしか歩かないような場所です。ご承知のように、今は鉄道が通じていますので、そこは旧道となり、ひどくさびれております」

「なるほど。その木南、いや、ぼくの捜している男は、木南という名前ですがね、その木南君といっしょだったという連れは、どんな男ですか？」

「私の知人が言うには、おたずねの人といっしょに歩いていたのは、背の低い、ずんぐりとした、三十五、六の男だ、と言うんです」

田代は心の中で、それだ、と思った。その男の特徴こそ、あの「小太りの男」なのである。

「それはたいへん有力な情報です。その方が見たのは、三日前の何時ごろですか？」

「なんでも、夕方だったと言います。国見峠の登り口、私の知人は上から降りてくる、その二人連れは峠に向って登ってゆく、すれ違いに見かけた、と言うんです」

「なるほどね」

田代は考えた。木南がこの宿で小太りの男の訪問を受けたのは、その時から一週間も前である。すると、木南は一週間もその小太りの男と、どこかで行動を共にしていたわけである。

話を聞いただけでも、あの「小太りの男」が策動して、木南を引きずりまわしている、という推測が起った。

「そのとき、二人のようすはどうでした?」

田代はきいた。

「私もそれをきいたんです。すると、その二人連れは、小声で何やらひそひそと話しながら、峠の方に登って行ったと、言うんです。私の知人が、変だな、と思ったのは、夕方からその峠に向って歩いて行くのが、ちょっと不自然だったからです」

「その峠の上には、何かあるのですか?」

製材所の職工は答えた。

「今も、申しあげたとおり、その道は旧道になっているので、ときどき、昼間は山越えをして越後の方に行きます。そのために、峠の中ほどには、菓子などを商う茶店がありますす」

「それは、夜でも、人がいるのですか?」

田代は、なるほど、そういう道なら、茶店ぐらいありそうだと思ってきいた。

「いや、それは、村の人ですから、夜は鍵《かぎ》を締めて村に帰ってきます。ですから、夜は戸を締めて無人のわけです」

「それから先はどうなんです?」

「その茶店のあるところが、村の峠の中ほどで、茶店を少し過ぎると道が分れています。分れた道は小さくて別な部落に突き当るのです」

「部落?」

田代の目が光った。

「その部落は、どういうところですか?」

「そうですね。戸数にして十二、三戸ぐらいでしょうか。樵夫《きこり》や炭焼きなどをする人が多いのです。名前は栃《とち》の木《き》部落といいますがね」

田代は頭の中に、その名前を刻みこんだ。

「それは、茶店からだいぶ、道程《みちのり》がありますか?」

「そうですな、たっぷり一里半はあるでしょうね」

「自動車はどうなんです?」

「自動車は旧道を通りますが、その部落にはとてもはいれません。道が狭くて、それに山の中ですから、歩かねばなりません」

田代は考えた。

もし、木南が誰かの手で拉致《らち》されていたとなると、目撃者が見た地点から考えて、その栃の木部落が、最も考えられそうである。

「ここからだと、どれくらいです？」

田代は距離をきいた。

「そうですね。峠まで半里ですから、部落までは二里ちょっとあるでしょうね」

田代は、その距離を考えてみる。二里というとたいしたことではない。もっとも田舎の二里は都会人が考えるより、はるかに長い。

が、その話を聞いた以上、じっとしてはいられなかった。時計を見ると七時すぎである。

木南の運命を思うと、このまま寝る気がしなかった。わざわざ柏原の町に来て、今まで手がかりがなかったのである。

「どうもありがとう」

田代は言った。

「こんなことでお役に立ちましたか」

と、職工は微笑して言った。

「ええ、たいへん参考になりました」

そう言いながら、田代が立ちあがったので、職工は彼を見あげた。

「どこかにお出掛けですか？」

「ええ、峠までようすを見に行ってみようと思います」

製材所の職工は、勢いよく立ちあがった。

「それだったら、私がお供しましょう」

「え、あんたが？」

田代は職工の顔を見た。

「しかし、せっかくお仕事がすんで、のんびりなさろうとしているのに、それは気の毒です」

「いいえ、ちっともかまいませんよ」

職工は笑いながら言った。

「いや、どうせ夜は遊んでいるのですから、私の方は一向に差し支えありません。第一、あなたお一人でいらしても、道がわからないでしょう。私が案内しますよ」

そのとおりだった。それに夜である。田代は、一人で行けば、どうせ一本道に違いないからわかるだろうと、タカをくっていたが、案内者がいるに越したことはないのである。

「それではお願いしましょうか」

田代は頭を下げた。

「承知しました。私は、あの辺の道は、地元だけによく知っています。慣れない人では大変ですよ」

それではということになり、二人は支度をして、その宿を出掛けた。

宿を出るとき、おかみさんが、

「あら、お出掛けですか?」

ときいた。

「ええ、ちょっと、その辺を歩いてきます」

おかみさんは、田代と職工の顔を見くらべて言った。

「お帰りは遅いんですか?」

「そうですね」

ちょっと考えた。

「十時ごろまでには帰ってきます」

十時までには、まだ三時間はあった。十分現地を見て来れるはずだ。

二人は肩を並べて外に出た。

空には、やはり星が間近に光っていた。東京と違って、この辺は空気が澄んでいるし、高原なので星の光が強いのである。

二人は、しばらく町の中を歩いていたが、だんだん家数が少ない方に向った。どの家も、まだ人声がしていた。

連れの製材所の職工は親切である。

田代はこのときまで、少しも疑問を起していなかった。

「東京の方は、こういう田舎の夜道には、お慣れになっていないので、相当、骨ですよ」

と、彼は田代に如才なく言った。

「いや、それは覚悟しています」

「まあ、相当、くたびれることは覚悟してください。その代り、今夜はぐっすりお寝《やす》みになれますよ」

職工は笑った。

二人はやがて坂にかかった。

あたりは人家がまばらである。坂といっても、山の中腹に向っているから、ずっと長い登り道が続いているわけである。

道が一本、暗い中に、ほの白く続いている。

「これが国見峠に行く道ですか？」

田代はいっしょに並んでいる男にきいた。

「そうです。これをまっすぐに登れば、しだいに七曲りにかかり、国見峠を越えるのです。夜で残念ですが、昼間は景色のいいところですよ。峠の上に立って、越後の山々を見おろすときなどは、東京の方ならきっとお気に入るでしょうね」

田代は、その景色を想像した。黒姫や妙高が左手に聳《そび》えている。国見峠というのも、越後の国を見るというのでつけたのであろう。北の国の暗鬱《あんうつ》な山々を見るときの情景が、田代の目にも浮んだ。

「先ほど伺った栃の木部落というのは、峠の茶屋まで行かないうちに道が分れるんですか？」

「いや、茶店はもっと手前です。そこを過ぎて、すぐ栃の木部落にはいるんですがね。だから、その茶屋は、栃の木部落の人たちが、往復する途中の憩《やす》み場所でもあるわけです」

製材所の男はそう説明した。

こうして話している間にも、道はしだいに急になってくる。七曲りという言葉を、製材所の男は言ったが、急勾配《きゅうこうばい》のために、道が、うねうねと曲っているからであろう。

「その七曲りを通りますとね」

と、製材所の男は、なおも話した。

「一方が山で、一方が断崖《だんがい》なのですよ。慣れない者は、夜は、とても危なくて歩けません。なに、私がついているから大丈夫です。昼間だと、その辺もすばらしい景色ですが、夜では残念ですね」

製材所の男は、しきりと、昼間田代を案内できないのをくやしがっていた。

七曲りの一方が断崖となっているという言葉を聞いたとき、田代は、はっとした。思わず電話の「警告」が頭に閃《ひらめ》いたのである。何者かの手で、工事現場の穴へ突き落された時のことを思い出した。

彼は闇《やみ》の中で、連れの男を、そっと見た。

しかし、横を歩いている男は、格別、怪しそうなところはなかった。やはり親切な田舎の人である。

この淳朴な男が、まさか、敵方とは思えなかった。いや、そう疑うのは、何だか悪い気がする。

それでも、田代の頭には、あの女の「警告」の声が、急に広がっていた。

彼は油断なくあたりに気をつけながら、その男の歩く歩調に足を合わせた。

2

ずいぶん、長い道を歩いた。実際には、そうでなかったかもわからないが、一物も見えない闇の中である。峠の茶屋まで来る間、店はなかった。男の言うように、坂も急だし、道も悪いのである。絶えず杉の匂《にお》いが、暗い中から匂っていた。

どれくらい時間がたったか。一時間近くはたっぷりとかかったであろう。横を歩いている製材所の男が足をとめた。

「これですよ」

と、指さしたのは、道の傍であった。

旧街道というのにふさわしく、この道は、たえず両側に森林を続かせていた。杉の匂いも、そこから漂ってくるし、山中の夜気が肌《はだ》に冷たく触れてきた。

茶店だと教えられたところに、黒い輪郭で小屋が在った。灯は一つもれていない。

「これですよ」

製材所の男は、近づいて戸をたたいた。その音が、静まった山の闇に異様に響いた。

「戸締りが厳重ですね」

暗いところから、製材所の男が笑った。

「小屋の人は、中に商品があるので、悪戯《いたずら》されないようにしているのですよ」

その男は説明した。

田代は、ここへ来る途中、懐中電燈を用意してこなかったことを後悔した。製材所の男も、懐中電燈を持っていないようだった。

が、彼は、慣れているとみえて昼間のように、ためらいなく行動をしていた。

「あなたのお友だちが、二人連れで登っていたというのは、この坂の下です。当然、この小屋の前を通られたわけです」

彼は木南のことを言った。

「これから、上りがしばらく続くと峠になるのですが、それから先は、何度もお話したように、越後へ抜けるわけです。もう一つの道は、これを少し進んで、右手が小さな坂道になりますが、それが例の栃の木部落です」

田代はさっき宿屋で話を聞いたときは、峠の茶屋を頭に入れたのだが、現場を見て、今度は栃の木部落まで行ってみる気になった。

しかし、道案内をしてくれる製材所の男が、どんなに淳朴《じゅんぼく》に見えても、一応も二応も警戒する必要はあった。

田代は、自分の方からわざとカマをかけて、栃の木部落へ行きたいと言いだし、相手が尻込《しりご》みするようだったら、一応は信用して、部落へ行ってみようかと思った。

「もう少し、先に行きましょうか？」

田代は言った。

「えっ、もっと先に？」

「いや、ご迷惑かもしれませんが、その栃の木部落というのを見たいのです。どうも、ぼくの友人は、山を越えて越後まで行ったとは思いません。栃の木部落あたりに何か手がかりがありそうです」

製材所の男は、しばらくの間、黙っていたが、

「でも、これからがたいへんですよ。あなたはご存じないでしょうが、ずいぶん、辺鄙《へんぴ》なところですよ」

と言う。

「かまいません、ぜひ、案内してください」

田代は決心した。

「ここまで来たついでです。ぼくの友人の手がかりを、なんとか求めたいと思います」

田代は言った。

「しかし、あなたにはお気の毒ですね」

「いや、私はかまいませんがね。しかし、たいへんですよ」

と、男は言った。

「なにしろ、この道よりも、もっと狭い道を歩くんですからね。それに、今ごろは、たいてい、どこも寝てしまっていますよ」

「今、何時ですか？」

「待ってくださいよ」

男は、ポケットを探って、懐中電燈で腕時計を見た。

先ほどまで、懐中電燈を持っていないと思っていたのに、ここで男が急に懐中電燈を出したので、田代はちょっと意外に思った。

「いや、今までは歩きなれた道ですからね」

製材所の男は、田代の気持を察したように言った。

「万一の用意に、これだけは持っています」

彼は懐中電燈をふたたびポケットにしまった。

「今、八時十分です」

「これから栃の木部落まで、どのくらいかかりますか？」

「そうですな、あと一時間はたっぷりとかかります」

「すると九時半ごろですね」

田代は考えた。

「そのころだと、部落のうちのどこかは、まだ起きているでしょう。お話によると、戸数は十数戸だそうですから、ぼくの友人がそこに行った形跡があれば、一軒できいてもわかると思います」

「仕方がありませんな」

男は言った。

「それほどご熱心なら、実は、私も、張合いがあるんです。わかりました。ご案内いたしましょう」

　男は歩きだした。

「どうもすみませんね」

　田代は恐縮した。実際、この男がいなかったら、むなしく柏原の町を引きあげるところだった。

　二人は、暗い山道を歩いていた。

　いつか旧街道をそれて、枝道にはいっていた。

　ここは、さらに森林の中に道がついている。二人並んで歩くのがやっとの道幅であった。

　さすがこの道になると、製材所の男も懐中電燈をつけた。真っ暗い山道に懐中電燈の光だけが、ぽつんとともっているのは、見ていて鬼気を感じそうである。

「いやあ、あなたの熱心には驚きましたよ」

　田代のところから少し前を歩いている製材所の男は言った。

「私も、ここまでご案内したついでで、いわば乗りかかった舟です。栃の木部落までご案内しますが、実のところ、私も、夜、あの部落に行くのは、今度が初めてですよ」

「そうですか、どうもすみませんね」

　田代は、案内者の好意を謝した。

森林は、さらに深くなっているようだった。とにかく、空を仰ぐと、星が空間に狭くなっている。それだけ両側の森林の梢《こずえ》が高いのである。

山中の瘴気《しょうき》は、夜気を含んでひしひしと迫ってくる。遠くの方では、得体の知れぬ夜鳥のなき声がする。梟《ふくろう》が鳴いていた。

足もとの道は木の根がはみだし、うっかりするとつまずきそうであった。ここに転んだが最後、暗い藪《やぶ》の中に落ちこみそうである。その藪にしても、闇なので、果して断崖になっているのかどうなのか、さっぱり判別がつかなかった。

「危ないですよ」

その男は、気づかうように、絶えず、足もとを照らしてくれる。

田代は、一時間はたっぷりと経《た》ったように思った。

「まだですかね？」

「いや、もう少しです」

その男は激励するように言った。

「もうしばらくの辛抱ですよ。夜道ですから、なかなか昼のように、はかどりませんね」

その道は、絶えず曲っていた。上りにかかるかと思えば下りになり、ふたたび上りに変る。それが飽きるほど繰り返されるのである。

闇だから展望が利《き》かなかった。方向がまるでわからない。同じ道を果てしなくぐるぐるまわっているような気がしてならなかった。

「あ、やっと来ましたよ」

製材所の男は、田代を振り返った。

田代はその方を見たが、すぐにはどれが部落なのかわからなかった。灯《あか》りが一つもないのである。

製材所の男には、部落の所在が地形でわかるらしい。

「もうすぐ家です。やれやれ。あなたもたいへんでしたね」

彼はねぎらうように田代に言った。

それから、道をしばらく歩いたが、なるほど、田代の目にも、家らしい黒い形が見えてきた。

それがはっきりしたのは、その部落にはいってからだった。

部落は山の斜面の平らな所にあった。低い石垣《いしがき》を築いて、民家が建っている。

「どこか、まだ起きている家があるはずですがね」

男は、そんなことをつぶやきながら、あたりを見まわしていた。

実際、灯一つ見えないその部落は、田代には、山中の廃墟《はいきょ》のような感じがした。

製材所の男は暗い一軒の家の戸をたたいた。

先ほどから、この部落にはいって、田代が知ったのは、どの家も寝静まって、灯りが一つも洩《も》れていないことだった。

この部落は電燈がきていないわけでもないのに、外燈一つなく、山中の暗黒と変りがない。

「ごめんなさい」

製材所の職工は声をかけた。

その家は他の家と同じように軒が低く、粗末な家である。樵夫と炭焼きを職業とする人が多く住んでいると聞いたが、山小屋を少し体裁よくした程度だった。

家の中から返事があったらしく、製材所の男が待っていると、内側から戸があいた。

「お晩です」

職工は挨拶《あいさつ》した。小さな声で二言三言、話していたが、相手の声は男だった。内容は田代にはわからない。

どんな話にまとまったのか、製材所の男が田代を呼んだ。

「どうぞ、こちらにおはいりください」

田代は招かれて家の入口にきた。家の中に薄明りがさしている。後ろの光線は黒くてわからなかった。

「きたないところですが、どうぞおはいりください」

家の主《あるじ》らしい男が田代に言った。

「この家の親父《おやじ》さんです」

製材所の男は紹介した。

「今、あなたの話をこちらの親父さんに取りついだのですが、どうやら、心当りがあると言っています。詳しいことは、これから中にはいって、あなたから直接おききください」

職工は言った。

「それではお邪魔します」

木南の消息が、ここで知れると思うと、田代は勇躍した。

「どうぞこちらへ」

家の主が田代を中に引き入れた。田代のあとに職工がしたがった。

中にはいると土間があり、すぐ長い上がり框《かまち》になっていた。障子をその男があけると、薄暗い電燈が一つ、座敷の上に吊《つ》りさがっていた。

おそろしく荒れた部屋で、道具が一つもなかった。空家《あきや》のように、畳は古びて、ささくれだっている。真ん中に炉が切ってあったが、火はなかった。それでも家の主は、粗末な座布団《ざぶとん》を出した。

「まあ、どうぞおすわりください」

薄暗い電燈の下で見たその男は、痩《や》せて背が高かった。どういうものか、しじゅう、顔をうつむけている。

「遠いところを、わざわざご苦労さまでした」

その男は、そのままの姿勢で田代に頭を下げた。

「夜分にお邪魔します」

田代も挨拶《あいさつ》した。

「なんにもございませんが、お茶でも一つ……」

その家の男は、番茶をくんできた。

田代と製材所の職工とは、並んですわっていたが、二人の前に粗末な茶碗《ちゃわん》が出た。

「どうぞおかまいなく」

田代はお茶を飲んだが、ひどくなまぬるかった。渋くて、茶の味ではない。

先ほどから気がついたのだが、この家には家族がいなかった。おそいので寝ているのかと思えたが、それにしても人がいないみたいに静かである。どうも家族がいそうな気配はなかった。

「さっそくですが」

田代は切り出した。

「もう、この方からお聞きでしょうが」

と、彼は製材所の職工を見た。

「ぼくは、友人を捜しているのですが、今、お話を聞くと、何かお心当りがあるそうですね？」

「はあ」

男はまのびした声を出した。薄暗い電燈の光を、しじゅう、背中にしてすわっているので、向いあっていても、さだかには彼の人相はわからなかった。絶えず暗い影となっている。

「それは、今、この人から聞いたのですがね。私だけでなく、もうひとり、よくわかった男がおりますから、呼んできます。しばらく待ってください」

その男は、やはり、抑揚のない声で言った。

「すぐ隣の人だそうです」

と、職工が注釈を入れた。

「よろしくお願いします」

田代は軽く頭を下げた。

「では、そのままお待ちください」

男は立ちあがった。それから、にぶい動作で奥の方に消えた。

「夜、ほんとうに迷惑かけますね」

田代は製材所の職工に話しかけた。

「いえ、私はかまいませんよ。でも、どうやら、あなたのお友だちの事情がわかりかけて、よかったですね」

彼はそう答えたが、二、三分もすると、ふいに立ちあがった。

「ちょっと、手洗いに行ってきます」

彼も出て行った。

田代はそこに、ひとりで残された。彼はあたりを見まわした。破れ障子に、破れ襖《ふすま》が立っている。電燈は、新聞も読めないくらい薄暗い。

この家の主人も製材所の男も、容易に帰ってこなかった。製材所の男は手洗いに行くと言って出たが、ふと、不審を感じたのは、彼がまるで、この家の勝手を知っているみたいに、迷わずに出て行ったことである。あるいは、しじゅう、この家に来ているのだろうか。

ちょっとということだったが、依然として二人の男は戻《もど》ってこない。

相変らずあたりは音が死んだままである。この家ぐるみに、夜の山の底にひきずりこまれそうな寂しさだった。

すると、突然、電燈が消えた。薄暗い電燈だったが、それが消えるとまったくの闇《やみ》になった。

田代は、はっとして、思わず立ちあがった。

電燈がふいに消えたのは、単純な故障とは思われなかった。

田代の頭をかすめたのは、電話で聞いた例の女の「警告」であった。

（早く、この柏原の町から出発してください。今晩ここにいると危険です）

その予告の声が耳によみがえったときは、もう遅かった。

暗黒が彼を包んでいる。いや、見えない敵が彼を包囲している。

田代は畳の上に突っ立っていた。どこから襲われるかわからないのである。こちらは暗黒だが、敵は暗黒ではないのだ。あらかじめ電燈を消した時の田代の位置を、彼らは考えているに違いなかった。

田代は少しずつ身を動かした。戸口の方に見当をつけた。彼は、その方向にしだいに進んだが、暗黒は、そのまま彼を包む壁であった。どこから彼を襲撃してくるかわからない。

やはり、声も音もなかった。吸いこまれるような静寂さである。しかし、田代は耳鳴りがした。

田代はからだを動かした。自分では相当動いたつもりだったが、それは、三十センチも移動しなかったのである。

闇の中から殺気が感じられた。氷のように張りつめた空気が彼を包んだ。

田代は大声でどなりたくなった。こちらから先に声を出さなければ、耐えられないくらいだった。

音がした。はっとしたが、それは田代自身の足が、床板を鳴らしたのだった。

その瞬間だった。

「田代君」

暗い闇から声が飛んできた。

田代は身がまえた。胸の動悸《どうき》だけが、激しく息苦しく打った。

「田代君」

声は奥の方から聞えた。田代が戸口にいざりよると、

「逃げても無駄《むだ》だ」

と、別な声が入口の方からした。

田代が立ちすくむと、

「そこにすわりたまえ、田代君」

今度はまったく別な方角から、違う声が聞えた。

田代は自分が包囲されていることを知った。

「誰《だれ》だ？」

田代は、初めて声をあげた。

「誰でもいい、とにかく、そこにすわりたまえ」

闇の中の声は返ってきた。

田代は、ひとまず、そこにすわったが、それはいつでも立ちあがれるだけの姿勢になっていた。

しかし、相手はかなりな人数らしい。今まで声がしただけでも三人はいた。それらの声は製材所の職工でもなく、この家の主の声でもなかった。妙に陰にこもった口調は、作り声をしているのかもわからなかった。

田代は罠《わな》に落ちたのを自覚した。彼はここに誘い出されたのだ。いかにも淳朴《じゅんぼく》そうに見えたあの製材所の職工は、敵の一人で、田代をここに連れこむ案内人だったのである。

田代は、この立場になって、木南がすでに生きていないことを覚《さと》った。そして、自分自身も木南と同じ運命にさしかかっていることを知った。

おそらく木南は、敵方のある深さまで迫ったのであろう。俊敏な社会部記者の木南は、敵方の機密を知りはじめたのだった。

敵は、それを防衛するために、木南の生命を消したと思われる。ついでに、田代がこの前から、ちらちらと動いているので、敵は小うるさく思って、木南と同じ運命に陥《おとしい》れるつもりなのであろう。

田代は、はっきりと知った。

これは、はじめから仕組まれた計画なのだ。そして、あの女が電話で「警告」したのは、彼女が敵方の中にいるからだ。

だが、なぜ、敵方の彼女が、味方を裏切ってまで、田代に警告するのか――。

そんなことを瞬間に考えているうちに、声が飛んできた。

「田代君、君はなんのためにここに来たのだ?」

その声は、そこにすわれ、と言った声と同じだった。

「それは、こちらからききたいことだ」

田代は言った。

「ここに連れてきたのは、君たちの仲間だろう。なぜ、ぼくをここに連れてきたのだ。顔を出したまえ。灯《あか》りをつけたまえ」

微《かす》かな含み笑いがした。

「ここに君を連れてきたのは、われわれだ。しかし、君が妙な行動をするので、来てもらっただけだ。われわれは前から君の動きを全部知っている、妙な行動をやめろと以前に警告しておいたはずだ。君はそれを無視した。君がやっていることは、われわれに迷惑なのだ」

闇の中から、同じ声は話しかけた。

「ぼくは真実を追及しているまでだ。君たちが誰か、名前も知らない。顔もわからない。

ただぼくの追っている線の前に、君たちが立ちふさがったまでだ」

田代は答えると、相手はすぐ言った。

「それがわれわれに迷惑というのだ。君は新聞記者に教えて、われわれを探りにこさせたではないか？」

「違う。彼は新聞記者的な意識で行動したまでだ。君たちは木南君をどこにやった？」

これにはすぐに返事はなかった。やはり、小さな笑いが起ったのは、その後からである。

「話すわけにはいかない。しかし、これだけは言っておこう。われわれの組織の機密を探りだそうとするものは、防衛上、われわれは放っておくわけにはいかぬ」

「やっぱり、木南君を殺したのか？」

田代は叫んだ。

「ご想像にまかせる」

返事はすぐにあった。

その答えで、田代は木南の運命が確定的になったのを知った。

木南は、山川亮平氏失踪《しっそう》事件を追っていたが、その線を手繰《たぐ》っていく途中に、彼らの手にかかったのである。

すると、山川氏の運命はどうか。木南がその真相を突き止めそうになったとき、彼自身が消されたのである。当然、山川氏も彼らの手で処分されたとみなければならない。

「山川氏も、君たちが殺《や》ったのか？」

これには、時間を置いて答えがあった。

「木南君の場合と同じだ。それも君の想像にまかせる」

「よろしい。それでは、ぼくはそう判断する」

田代は、畳から少しからだを浮かした。

「木南君の処置を君たちがしたのは、理由がわかるが、山川氏を消したのは、どういう理由だ？」

山川氏は政界の実力者である。大臣になった経験もある。その大物がこれらのゴロツキ共の手にかかるのは、あまりに不自然のようだった。しかし、これまでに例がないことはない。

人の生命を奪う者は、相手がどのように高い地位であろうと、下手人の凶悪犯人にとっては、ただの人間に変りはない。つまり、彼らをあやつる者が背後にいるわけである。戦後にも高名な上級官吏が殺されて、いまだにその原因も下手人もわからない事件がある。

それにしても、田代は彼らの正体を知りたかった。今自分の立場がどのような危険に直面しているかはよくわかっていた。

二、三分後か、あるいは、一時間後か、自分の生命は彼らに奪われるかもわからないが、この危機に面しても、田代は、木南や山川氏の運命を知りたかった。
「君たちは、ぼくをどうしようというのだ？」

彼は闇に向ってきいた。

こうしている間にも、彼を取りまいていると思われる人間の動きが、わずかな物音になって聞えた。少しずつ、彼に迫ってきているようであった。

「覚悟してもらうんだな」

と、一人の声が近いところで言った。

「せっかく、ここまで招待したのだ。君を無事に帰すわけにはいかない。それは、君にもそろそろわかってきたことだろう」

「わかった」

田代は返事といっしょに立ちあがった。

「そのかわり、ここに、君たちの顔を見せろ。灯りを点《つ》けろ。名前を言うがいい。卑怯《ひきよう》なことをするな」

田代は、今にも銃声が鳴るかと思った。ここに殺到して取り押えられ、首を絞められるか、刃《やいば》で斬《き》りつけられるかと思った。

が、敵の方は、まだ、すぐには激しい行動を起さなかった。

そのかわり、あきらかに音をたてて、周囲から近づいてきた。

田代は、先ほどから、闇の中で尋問しているいろいろな声を耳で分析していた。

その声は聞いたような声でもある。確かにその中の一つは、どこかで聞いている。

製材所の職工ではなかった。

誰の声だったか。田代がそれを考えているうちにも、彼の危険は少しずつ迫ってきた。

この家の奥からも、庭の方からも、入口の方からも、足音を忍ばせて、人間がしのびよってきた。それが闇の中ではっきりとわかった。

田代はこれが最期《さいご》かと思った。

相手は、闇の中で殺しても、完全に死体がわからぬように処分する自信があるのだ。

木南はそうだった。あるいは、山川亮平氏も、同じ運命になったかもしれない。

むろん、山川氏を同じ方法で消したとなると、田代ぐらい片づけるのは、わけはないのだ。

「田代君」

すぐ横で、声がした。

またしても、その声がどこかで聞いた声なのである。いったい、どこで会い、どこで聞いた声か?

考えていると、同じ声が続いた。

「われわれは、君を帰すわけにはいかない。君は覚悟してもらおう。気の毒だが仕方がないのだ」

田代は敵のその声を、長びかせるために言った。

「ぼくは、君たちの秘密をなんにも知っていない。なぜぼくを殺すのか？」

「君は知っていないかもしれない。しかし、君が追っていた線は、われわれの跡を来ているのだ。それが、いつかは、われわれの不利益になる」

その男の言うことで、田代は、自分のしていたことが、ある程度、正確な追跡だったことを知った。

しかし、それを知ったのはあまりに遅かった。

その瞬間、にわかに家の外で大きな声が聞えた。

3

田代は初め、それが、なんの声かわからなかった。

実際、最初はその声が、家の中から起ったと錯覚したくらいである。

これまで、闇の中から田代にじりじりと迫ってきている足音は、その声が聞えると同時に、ぴたりと止った。

次の声は、はっきり外だとわかった。それも喚《わめ》くような声である。

「ダ――」

というように聞えた。

駆けるような足音が、同時に外で起った。声がはっきりしたのは、

「火事だ」

という言葉である。

「火事だ、火事だ」

続けざまに連呼した。女の声のようだった。

それにつれて、遠いところからも駆けてくる足音がする。続いて物音が起った。

「火事だ」

今度は別な女の声が混《まじ》った。そういえば、この家の中の闇が、ぼんやりと白く見えたかと思ったが、それは煙だった。同時に鼻にきなくさい臭《にお》いがした。

けたたましく戸をたたく音がする。

「火事だ、火事ですよ」

戸のたたき方は激しくなった。田代は、一瞬茫然《ぼうぜん》となった。

煙は絶えず暗いところから流れてきて、部屋の中に濃くなってくる。次に感じたのは息苦しさであった。

激しい物音が聞えたのは、家の裏からだった。あきらかに何かを破壊する音である。田代は自分の危険が去ったのを知った。

外の音は火事と聞いて、この家に侵入する音であった。

それも、大勢で駆けつけてくる足音だった。

田代が素早く行動を起して、表の方に走ったのは、そのときである。誰かが、彼を抱きとめようとしたようだったが、彼はそれを突き放した。

暗くて何も見えない。彼は見当をつけて入口の方に進んだ。もちろんそこには戸が立っている。

彼は何かにぶつかった。激しい音をたててそれが落ちた。戸ではなかった。田代は転びそうになって、また、違ったところを走った。今度は戸に行きあたった。

彼は夢中で戸に手をかけた。あかなかった。内側から心張棒がしてあることを察して、手探りすると、果して棒に触れた。それを夢中ではずした。

これだけの動作は、一分とかからなかった。思いきり引っぱると戸があいた。急に目に映ったのは、ふしぎなことに、空にいっぱい出ている星だった。

彼は家の前が、短い石段になっていることを思い出した。たえず誰かに追われているような気がする。

田代が走り出た瞬間だった。

あたりが急に明るくなった。

その方に目をやると、真っ赤な火が、今出た家の裏手から吹きあげていた。夜空に燃えあがり、それが赤く映っていた。

騒ぎ声は、火に向って集まっている。黒い人影がしきりとその方向で動いていた。

田代は逃げた。

方角は、だいたい、来た道で見当はついた。

駆けている間にも、部落の騒動は大きくなってゆく。自分の走っている道にも、ほのかに火の明るさが映っていた。

田代は知った。この不意の火事で自分の危険が脱しられたのだ。これがなかったら、今ごろは彼らの手にかかって、どうなっていたかわからない。

敵は、火事の騒ぎで人が集まり、目的がとげられなかった。田代にとって幸運な火事である。

こうしている間にも、後ろから連中が追ってくるかもわからなかった。彼らはこのまま自分を逃がしそうにはない、と思われた。ここから柏原の町に出るまでは、山道である。誰《だれ》一人通らぬ夜の山の中だった。

道をかえようにも、田代は知識がなかった。とにかく逃げるだけが精いっぱいなのだ。

後ろに声が聞えた。

初め、火事に騒いでいる声かと思ったが、地面に伝わる足音がはっきりと耳に伝わってきた。

予感したとおりである。田代を囲んでいた連中が、彼が逃げたと知って、追ってきたのだ。田代は、逃げるのにあせりだした。からだから冷たい汗が出た。頭の中が急に空虚になってゆくようだった。

すぐ横で声を聞いた。

はっとした時である。

「そちらは危ない。こっちに来てください」

女の声だった。

相手は誰かわからない。とにかく、闇の中から、突然聞えたのである。

田代は、一瞬、立ちどまって迷った。

「早く早く」

女の声は早口につづいた。

田代が決心したのは、後ろから来る足音が近くなった、と感じたときである。

田代は、女の声のする方に走った。

そこでわかったのだが、ほとんど叢《くさむら》に隠れたような小道があった。足もとが暗いのでよくわからなかったのを、いきなり、人の手が、田代の手を握った。柔らかい感触だった。その手が声の主だ、と田代はわかった。

「こちらです。足もとに気をつけてください」

低く女の声は注意した。

さらに、その声の注意でその場にうずくまったとき、頭の上の道を数人の足音が駆けて過ぎた。

足音は、みるみる遠ざかった。その道は、彼が柏原の町に引き返そうと思って逃げていた道なのである。

あきらかに、その数人は、田代を追跡して行ったのであった。

彼は暗い中でほっとした。

その溜息《ためいき》が聞えたのか、いっしょにかがみこんでいる女の声が言った。

「すぐ出て行くのは危険です。こちらに間道《かんどう》があるから、わたしが案内しましょう」

火事は消えかけたが、まだ煙に炎の色が映っていた。

田代は見た。その赤い光に映えた顔は、まさしく飛行機に乗りあわせていたあの女である。

「君は！」

田代は、思わず声を掛けずにはおられなかった。

「やっぱりそうだったのか」

女は返事を与えなかった。かえって顔をそむけたくらいである。

「どうして君は、ぼくを助けたのですか？」

田代は、自分の動悸《どうき》が激しく鳴っているのを覚えた。

「君はぼくに警告してくれたはずでしたね。ぼくはそれを破って、うかうかと罠《わな》にかかった。そのぼくを、君はなぜ助けたのです？」

「今は言えませんわ」

初めて、女は低い声で答えた。

「いずれ事情はわかると思います。そんなことよりも、早くこの場を逃げねばなりません。危険はまだすんだのではないのです」

彼女は、田代を急がせた。

「わたしが別な道を知っています。向うではまさかあなたが、この道を知っていようとは思わないので、追ってはこないでしょう。わたしについてきてください」

女は気を配るようにして、叢から身を起した。田代も、今は彼女の言うとおりになるよりほかなかった。

この部落は、山に囲まれて、鉢底《はちぞこ》型な盆地にある。この部落から脱出するには、狭い道を、急な上りに向って歩かねばならなかった。森林は、田代が歩いてきた道よりももっと深くなり、もっと暗くなった。

その小道は、ほとんど一人しか通れないような狭さだった。生い茂った草と、上からかぶさっている木の茂みとで、昼間でも視界が利《き》きそうになかった。まして夜のことである。彼女の誘導がなかったら、田代はちょっとでも動けまい。急に曇ったのではなく、鬱蒼《うっそう》とした樹林が上を閉ざしているから空の星は見えなかった。

女は、田代の歩きやすいように誘導して行った。彼女の服装は夜目にも仄《ほの》かに見える。その村の者とは違う、都会的な服装だった。どうやら薄いグレーのスーツらしい。

第十三章　霧の女

1

暗い道を田代は女の案内でついていった。

道は、ほとんど爪先登《つまさきのぼ》りにあがっていく。暗い夜だし、周囲は深い森林なので、どこをどう進んでいるのか、自分ではさっぱり見当がつかないが、高い山に登って行くことだけは確かであった。

田代は懐中電燈を持ってきていなかった。女も灯《あか》りを持っていない。いや、たとえ、そういうものがあっても、このばあい、灯は禁物であった。どこから、その灯を見られて、今ごろ、田代を追って血眼《ちまなこ》になっている連中に、発見されるかもわからなかった。

それにしても、この女はなぜ自分を助けたのであろう。

田代はふしぎな気がした。暗い道をこの女といっしょに登って行くのが、現実とは思われなかった。まるで空想の世界である。

田代は彼女に問いたいことが、いろいろあった。すぐにでもききたい気持が、こみあげてくる。

ただ、女は相変らず田代を引っ張るように先に進んで行く。暗い道だが、ようやくのことに下の方で川の音が聞えた。渓谷《けいこく》らしい。

それに道には木の根が這《は》い、ときには桟道《さんどう》となり、村人が作ったであろう木の梯子《はしご》がかけてあったりした。田代は、こういう山登りに慣れない都会人の弱さを身に感じた。

ところが、女の方では、まるで、自分の庭を歩いているように、勝手知った足の運び方である。田代が遅れそうになると、女は、ときどき、立ち止って待ってくれた。

田代は呼吸《いき》が切れ始めた。

「お疲れになったでしょう?」

女は初めて大きな声を出した。もう大丈夫と思ったらしい。

「ええ」

田代は、はずかしくなった。男の自分が落伍《らくご》しそうなのは、どう考えても体裁が悪い。

「少し、休みましょうか?」

女の方がいたわってくれた。

「そうですね」

口では言ったが、田代にとっては、渡りに舟であった。今まで何度、休憩を申し入れようと思ったかしれない。ここで小休止を先方から言われたのは幸いだった。

「気をつけてください。あんまりそちらの方によると、谷になっていますから」

谷の水音は、田代が聞いてもはるか下の方である。

田代は、いつぞや行った天竜川の、あの断崖《だんがい》を思わずにはいられなかった。

あそこではタクシーの運転手が、妙な死に方をしている。

田代はぎょっとして、女の方を見た。

女は低く笑った。

「大丈夫です。わたしはあなたに、なんにもいたしませんから」

林の間からは、梟《ふくろう》が鳴いていた。

田代は自分と並んですわっている女が、自分を救ってくれたことを知った。闇《やみ》の家の中で、あの連中に囲まれたとき、にわかに火事が起ったのは、彼女の工作である。彼女が放火したのだ。でなければ、田代の危険が迫ったとき、都合よく火事が起るはずはなかった。

また、彼が逃げ出したとき、そちらの道は危険だと、この道を誘導したのも彼女である。

なぜ、彼女が自分を助けるのか、田代にはその理由がわからなかった。

これまで、女は、たびたび「警告」を彼によこした。もし、忠告をきかなければ、あなたの生命も危険だ、とも言った。

田代はそれを無視してきたのである。

こうなると、彼女は敵なのか、田代の味方なのかわからなかった。

夜の深い闇に包まれた中で、名もしれない鳥が鳴いた。

「この道を出ると、どこに出るんです？」

田代のききたいのは、実は、別な本心である。が、それを問えないので、そんなことをきいた。

「野尻湖の上に出ますわ」

「野尻湖に？」

この間道が、柏原の町に出るものとばかり思いこんでいた田代は、ちょっと意外だった。

「そんなことを知っているあなたは、この土地のひとですか？」

女は笑っていた。しかし、言葉はなかった。

「ぼくをこんなふうな扱いにして、あなたは、誰かに叱《しか》られませんか？」

「覚悟していますの」

と言ったのは、しばらく経《た》ってからの返事であった。

「どういう意味です？」

「はっきりわたしにも言えません。でも、こうは申しあげられます。わたしは、これからあなたの利益になることばかりはできないでしょう。今だけですわ。あなたの味方になったのは」

「しかし」

田代は口ごもった。たずねたいのは、彼女が無事に元の仲間に帰れるかどうかだった。

彼らも田代を逃がしたのは、この女のせいだと知るに違いない。

心配なのは、そういう彼女が、何かの制裁をうけないか、ということだった。

「教えてください」

田代は彼女の方に顔を向けた。

「いったい、あなたをひきこんでいるあの連中は、なんです。それと、なぜ、山川氏を消したのです。どうして木南君を殺したのです？」

闇の中でほの白い顔がうつむいた。

女はなおも黙ったまま、うつむいている。

初夏の夜だったが、山が深いのか、秋のように肌《はだ》に冷えた。谷川の水の音だけが、この静寂な世界に聞える唯一《ゆいいつ》の音だった。

「お話できませんわ」

彼女は、ようやく答えた。

「どうしてです？」

「どうしても」

彼女は細い声で言った。

「お話できないんです」

「では」

田代は多少勢いこんだ。

「どうして、ぼくを助けたんです。ぼくを助けることによって、君は仲間を裏切ることになる。その理由を聞かしてください」

また返事がなかった。

「では、これだけ聞かせてください」

田代は言った。

「いつぞや、あなたと九州から飛行機でいっしょになりましたね。あなたは富士山が見たいと言って、ぼくはカメラを貸しました。あのとき、君の座席の横にすわっている男がいた。あれは君とどういう間柄《あいだがら》です？」

これにも女の返事はなかった。

「堪忍《かんにん》してください」

と言ったのは、しばらく経《た》っての答えだった。

「わたしはだめな女です。ただ田代さんだけは、お助けしたかったのです」

彼女は初めて田代という名前を口にした。

田代は胸が鳴った。

「では、どうして、木南君を助けてくれなかったんですか？」

田代の質問は実はそうではなかった。別なことがききたいのである。だがそれは言えなかった。

「木南さんは」

女は悲しそうに答えた。

「木南さんのときには、間に合わなかったんです」

今度は田代が黙った。

「もう何時だろう?」

空が少し明けかけたような気がする。上にかぶさっている木の葉のすきまが、おぼろげながら白く見えた。

「もう、なんにもきかないでください」

女は言った。

「さあ行きましょう。遅くなります。また、いつあの男の人たちが、ここに気づいて来るかもわかりません」

女の方でいそいだ。

「心配です」

田代は言った。

「ぼくはここまで案内してもらったから、あとは、なんとかなる。だが、君はそうではない。君はこのままあの村に帰ると、きっと、ひどい目にあう。ぼくを助けてくれた君が、そのためにひどい目にあうのは、ぼくには耐えられない」

ふたりは、また、しばらく歩いた。

夜が明けかけていることが、はっきりわかった。

黒い山の端《は》が、空との境界を見せている。

小道がゆるやかになった。いよいよ峠が近づいたらしい。

森も薄くなった。高い所ほど森の木立も疎《まば》らになる。

先に立って歩いていた女が、立ちどまった。

「峠です」と、田代の方を振り返った。

「わたしのお見送りは、ここまでですわ」

夜明けが近づいて、女の顔がぼんやりと白くみえた。

飛行機で見たときと同じ顔である。細面《ほそおもて》だが、大きな瞳《ひとみ》が黒々と田代を見つめている。

「もう、大丈夫と思います。柏原の町に降りるころは、朝になっていると思います。たとえ、あの人たちが追ってきても、昼間だと、どうにも手出しはできないでしょう」

「ありがとう」

田代は、思わず彼女の手を握った。女は冷たい手をしていた。

「君のおかげだ。君には、いろいろと迷惑をかけたようだ」

「いいえ」

女は、田代に握られた手を、ふりはなそうとはしなかった。

「お詫《わ》びしなければならないのは、わたしの方ですわ」

かなしそうな声だった。

「これがせめてものわたしのお詫びのしるしです。でもわたしにできる精いっぱいのことなんです」

「わかっている」

田代は彼女の手を放して言った。

「君は、ぼくに、これまで何度も警告してくれた。いや、今となっては、ぼくはそれを忠告と思っている。ぼくがその忠告をきかないで、勝手なことをしたので、君に心配をかけた。最後に、ぼくの頼みをきいてほしい」

「なんですか」

「君の名前だ。それがききたい」

女は黙った。

「いけません」

と低く答えたのは、しばらく経ってからだった。

「わたしの名前を、おききになってはいけません」

「なぜだね？」

「なぜでも」

女はうつむいた。

「悪い女だからですわ」

そんなことはない、と田代は言いかけたが、それは途中でのみこんだ。ここで、それを言ってもはじまらない。

それよりも、最後に、きいておかねばならぬことがあった。ふたたび、二人だけで話をする機会があろうとは思われない。

「ぼくは、あなたの警告を無視して、こういう結果になった。あの部落の家で襲撃されたとき、ぼくは暗い中でさまざまな声を聞いた。その中の一つは、確かに聞きおぼえのある声だった。それを懸命に考えているが、誰《だれ》だか思い出せないのです。どこでどういう話を、前にその声がしたか、考えつかないのだ」

女は黙っていた。

「君なら知っていると思う。その連中の名前までね。しかし、これはぼくが君にきいても無駄《むだ》だと思うし、それを要求するのが無理だと承知している。ただ、ぼくをこの山の中に引っ張りこんだ男は、柏原の製材所の職工です。あの男も仲間ですか？　それとも連中に頼まれて、ぼくを手引きしただけですか？」

「言えませんわ」

女は応《こた》えた。

「堪忍してください。とても言えないんです」

「わかりました」

　女の拒絶は無理もない。彼女としては、田代の脱出の手引きをしただけでも最大の犠牲と努力であったろう。彼への好意がなかったら、できないことだった。

「あなたの親切は忘れません」

　田代は、心から彼女に感謝した。

「しかし、ぼくは君の名前をぜひ知りたかった。一生、覚えておきたい。いつ君と会えるかわからないが、ぼくの気持の中に、その名前を刻んでおきたかった。だが、君が言わなければ、やむをえない。ぼくが勝手に君の名前をつくろう」

　暗い闇の中にほの白く浮いている女の顔が、急に田代に向いた。

　夜明けが近づき、その顔がしだいに輪郭を見せる。大きな瞳をみはっている顔は、うす乳色の夜明けの冷たい光線の中に、にじんで浮び、神秘的にさえ見えた。田代はまた彼女の手を握りたい衝動にかられた。

「ぼくは、君を、今まで飛行機の女と呼んでいた。しかし、今夜、君と二人でこの山道を歩いた印象を、そんな名前では、とても呼べない。君のイメージに合わないのだ。(霧の女)と勝手に心の中で呼びます」

　女は目を伏せた。

事実、蒼《あお》みがかった薄い霧が、黒い木立の間から流れ、女の姿を淡く浮きあがらせた。

「これでお別れしますわ」

女は言った。

「どうぞわたしのことなんか、ご心配なさらないでください。ただ、わたしからもお願いがあります。この事件に足を入れないでください。これが心からのお願いですわ」

「ありがとう。なるべく君の心配しないようにする。だが事件のことは別として、君には、これからどこかで必ず会えると思うな」

田代の言葉に、彼女は、はっとしたように見あげた。

「そうだ、きっとまた君に会えると思う。たとえば、新宿駅で出会ったようにね」

女は瞬間に肩をふるわせたようだった。

薄暗くて、さだかには表情はわからないが、確かに、田代の追跡をすりぬけて逃げ去った、あの時のことを思い出したようである。

いったい、あの部落の殺人者たちの間には、どんなつながりがあるのか。山川亮平氏とは、なんのかかわり合いを持っているのか。

ききたいことは、いろいろあった。だが、田代は口に出さなかった。きいたところで、彼女の返事がないのはわかりきっている。

ただ、今度は、彼女の好意に感謝するだけで、別れるほかはない。それも、ふつうの親切ではない。そのために、彼女はあの連中に裏切りの仕返しを受けるかもしれないのである。

「ぼくは君が心配だ。ぼくを助けたことで、君が苦しむのではないか？」

「また、同じことをおっしゃってはいけません」

彼女は言った。

「わたしのことなら、大丈夫だと申しあげていますわ。田代さん、そんなことよりも、早く帰ってください」

「もう一度ききたい。君は、どんな関係であの連中のなかにはいっているのだ。あの中に、君と何か特別の関係の人がいるのかね」

やはり田代は、この疑問を言わずにはいられなかった。それは彼にとって重大な関心であった。

「田代さん、もう、いろんなことをきかないでください。わたしのことは、田代さんのご想像に任せますわ。ただ田代さんだけは、ご無事であってほしいんです。ですから、どうかわたしの言うことをきいてください」

女はそれを懸命に言った。さっきから、何度それをくり返したことであろう。

田代は、にわかに彼女が愛《いと》しくなった。

相変らず、女の後ろには、薄い霧が流れていた。それも蒼白《そうはく》さを増し、離れた黒い森が見えなかった。まるで白い紗《しゃ》の中に立っているように、彼女の姿はにじんでいた。それが美しかった。

このまま、彼女を残して帰るかと思うと、田代はすぐに別れる決心がつかなかった。霧の中に、ぼんやりと立っている彼女の姿は、ひどく心ぼそげだった。

田代は、いきなり彼女のからだを抱いた。ほとんど自分の意思ではなく、衝動的な行為だった。

彼女は驚いて、田代の腕の中でもがいた。

小さく、咽喉《のど》の奥で声を立てたようだった。田代は、彼女の顔を自分にひきよせた。女の唇《くちびる》が、霧にぬれて冷たかった。

女は、田代から自分の唇をのがれようとした。

田代はそれを追った。彼がとらえたとき、女はもう逃げなかった。

柔らかく、しっとりと濡《ぬ》れた花弁のようだった。

田代が放したとき、女は軽い溜息《ためいき》をついた。彼は彼女のかすかな口の匂《にお》いをかいだ。

彼女の胸の激しい動悸《どうき》が、田代にも伝わった。

彼女は唇をかすかに開き、呼吸をはずませていた。閉じた瞳に長い睫毛《まつげ》がきれいに揃《そろ》った。

「いけませんわ」

彼女は細い声で言った。言葉もふるえている。からだは寒さにおののいているみたいだった。

「ぼくは」

田代はあえいで言った。

「君が忘れられなくなった」

「いけません」

彼女は言い続けた。

「わたしは、そんな資格のある女ではありません。もう、そんなことはおっしゃらないでください」

田代はまだ手をはなさなかった。

「そんなことはない。ぼくはきっと君を連れ出すよ。それは時間がかかるかもしれない。だが君を思いきることはできなくなったのだ。君自身がしっかりしてほしい。いろいろな事情が君を苦しめているとは思う。が、ぼくが君を迎えるまで、強い気持でいてほしい」

「いいえ、どうにもなりませんわ。もう、そんなことは言わないでください。これきりにしましょう。わたしはもう二度とお目にかからないと思います」

「ぼくは君の名前さえ知らない。だが君のことを忘れられなくなった。君はぼくに会わないというが、ぼくは必ず会ってみせる」

田代は激情をこめて言った。もう、この女に別れなければならないかと思うと、彼の感情が胸をゆすった。

「ただこれだけは君の口から聞きたい。ぼくの気持は、いま言ったとおりだ。君の方はどうだろう？」

女は、うつむいて黙っていたが、田代の手の中から強《し》いてぬけようとはしなかった。

「君は危険を冒《おか》して、ぼくをここまでのがしてくれた。その前にも、たびたびぼくの危機を救う忠告をしてくれた。君がぼくを思ってくれていることはよくわかる。だが、君のその好意を、普通の人間的な好意として受けとるのには、ぼくは、もう、ものたりなくなったんだ。もっと君の積極的な意思が聞きたい」

女は言葉がなかった。霧が女の髪と頰《ほお》をしっとりと濡らしていた。

「返事をしてください」

田代は迫った。

「それが聞けないうちは、ぼくはここを去りたくない。君の思っているとおりを言ってくれ」

かすかだが、女は何か言ったようだった。その言葉は田代の胸に顔を埋めたことでわかった。

2

田代は宿で眠った。それこそ正体もなく眠った。

山からおりて宿にはいったとき、おかみさんが彼の姿を見て目をむいた。

「まあ、どうなすったんですか?」

実際いぶかるのも当然である。彼の洋服は夜露に濡れ、ズボンは泥《どろ》だらけであった。そのうえ、疲労で目は血ばしり、皮膚は蒼《あお》ざめていた。

「山登りをしたんでね。とうとう、帰ってくるのに夜が明けてしまった」

田代はそんな言いわけをした。さっそく、女中に布団《ふとん》をしいてもらい、それに横たわると、欲も得もなく眠りに引きずりこまれた。

夢の中であの女の顔を見た。何か白い靄《もや》の中を彼女が歩いていた。やはり、それが山道であるのも奇妙だった。女の姿は、その白い靄の膜の中に漂って行く。それがちょうど忍者が空を歩くように、地面と頓着《とんじゃく》なく浮くように行くのである――。

そんな夢を、きれぎれに見ていた。

目がさめたときは、部屋の中に射《さ》しこむ明りが弱くなっていた。時計を見ると、午後四時前だった。

田代は起きた。

「ずいぶん、よくお眠りになりましたのね」

おかみさんが、昼食ともつかぬものを持ってきた。

「ああ、疲れたのでね」

「ほんとうに、よくお眠りでしたよ。間に、お食事のことを伺おうと思ってきましたが、ぐっすり寝込んでいらっしゃいますので、お目ざめになるのを待っていました」

「そんなによく眠っていたのかな？」

「それは、もう、丸太ん棒を転がしたみたい」

実際、昨夜から今朝《けさ》にかけての出来事が、起きてみると、まるで夢のようだった。

だが、夢ではすまされぬものがある。

これから確かめに行かねばならぬことがあった。

飯を手早くすませた。

「おや、また、お出掛けですか？」

支度している田代を見て、おかみさんは少し驚いたようにきいた。

「ええ、ちょっと。今夜は早く帰りますよ」

「ええ、そうなさいよ。お疲れになりますよ」

おかみさんは、田代が何をしているのか、見当がつかないらしい。

彼は宿を出た。行先は製材所である。

その近所まで行くと、例の音がなかった。いつも耳に聞える甲高《かんだか》い機械《きかい》鋸《のこ》の音がやんでいるのだ。

四時半を過ぎているので、製材所は、もう仕事を終ったのかと思った。

田代は製材所に近づいた。

今日は機械も止っている。内側を窓越しにのぞくと、職工は一人もいなかった。そのとき、気づいたのだが、ガラス戸に「本日休業」と、下手《へた》な字で書いた貼《は》り紙《がみ》があった。

田代は中を見まわした。製材所特有の木の匂《にお》いが、むんむんするほど臭う。カンナ屑《くず》が土間に山となって築かれていた。

田代は、誰かいないかと思って目を凝らしたが、人間の影も形もない。

内にはいることはできなかった。表戸は堅く閉ざし、いずれも戸締りがしてある。外からガラス戸越しに、ようすを見るだけだった。

仕方がないので、田代は引き返した。今日も天気がいい。真夏のような陽《ひ》ざしであったが木の陰にはいると、さすがに高原だけに涼しい。

田代は、その木陰にある石の上に腰をおろした。製材所はなぜ休んだのか、今日が定休日かもしれないが、なんとなく昨夜の事件に関係があるような気がしてならなかった。

いったい、この製材所の持ち主は誰だろう――。

田代の足元にカンナ屑が散って来た。風に吹かれて、製材所の木屑が転がったのである。

田代はそれを何気なく手に取った。杉の木目があった。

カンナ屑といえば、あの湖畔で拾ったことを思い出す。

どうも、あの湖畔のカンナ屑が気にかかる。

これという根拠はないが、ぽつんと林の離れたところにカンナ屑があったのが、いつまでも謎《なぞ》のような気がする。

それに、あれにはあきらかに木箱を燃した跡があった。

カンナ屑と木箱。何かあるようだ。

それに、この事件には、この製材所の職工が、一人加わっているようだ。

田代を罠《わな》にはめて案内したのが彼だ。

あれは単なる手引人か、それとも、あの連中の仲間の一人か。

昨夜、あの女にきいてみたときも、答えが得られなかった。

今日、製材所に来たのは、その職工をつきとめるためだったが、まさか、彼が今日も、このこと居残っているとは考えていない。しかし、製材所そのものが休みだとは意外だった。

田代は考えつづける——。

山川亮平氏も木南も、もはや、生きていないことが確実となった。あの一味に消されたのであろう。これは、田代の推定どおりに、山川氏の反対派が、殺し屋をやとって山川氏を殺し、それを追っていた木南を消したという線だ。それは、いよいよ崩れない。では、山川氏をどこで殺《や》ったか。また木南をどこで消したか。そして、その死体の処理はどうしたのか。

田代は頭を抱えた。すぐに考えたのは、あの山間の部落に、もう一度、行ってみることだった。

ほかに手がかりがないとすれば、近道はあの部落の家に行ってみることだった。

しかし、これには二つの困難がある。

支障の一つは、あの「霧の女」の存在だった。田代が考えるのに、あの女は例の一団の一味である。ところが彼女は、田代を危機から救ってくれた。

それだけでも、彼女は、どれほど彼らから苦しめられるかわからないであろう。

それに、なお、ここであの部落の家を襲えば、彼女に対して苦痛をよけいに与えることになりそうである。

田代が、一人でのこのことあの家を訪ねていっても、また彼らの罠にかかりそうだった。こちらは一人である。相手は大勢だ。昨夜の轍《てっ》を踏むのがおちだ。

このことを予想したように、彼女も彼にくり返し忠告した。この事件には深入りしてくれるなと頼んだ。その声がまだ耳に残っている。

田代は彼女のことを思うと、ためらいが起きた。

霧の流れる夜の木立の中の彼女の面《おも》ざしが忘れられない。

だがこのまま、事件から手をひくわけにはいかなかった。ここまで踏みこんだのである。せっかくの彼女の言葉だが、こうなると徹底的にやってみたかった。

それは、彼女への背信にはならない。彼女を必ず自分の傍に連れ出す意思は、田代に火のようなものがある。

山川氏を消し、友人の木南を殺した一味を、黙ってみているわけにはいかないのだ。

だが、どのような方法をとればよいか。

すぐに考えつくのは、警察に訴えることだった。警察の手で、あの部落の家を調べさせるのである。

だが、この地方の警察で、果してそれができるだろうか。

あの一味は、大仕掛けな謀略を用いている。一地方の小さな警察署では、手も足も出ないにきまっている。

それなら、残りの手段は二つある。

一つは、木南の新聞社に、このことを知らせて、社の機構をあげて、この追及に当らせることである。一つは、やはりそれにつながるが、もっと大きな検察力を動かして事件の追及をさせることだ。

田代は決心がつかなかった。どれを考えても一長一短がある。たとえば新聞社の機構をあげて調査するといっても、もとより民間の新聞社だけでやれるはずはない。せいぜい、調査だけが極限である。つまり、警察と違って、捜査権も逮捕権もないのである。それでは検察力を動かすか。

田代はいちおう、新聞社からの要請として、このことを実現させようと思ったが、これにも障害があった。

それは、田代にこれという事実の訴えがないことだった。かりに昨夜、あの部落の家に連れこまれて脅迫されたと訴えても、どうせ、彼らの知恵だから、それまでぬけぬけと待っているようなヘマなことは、しないだろう。

結局、わけのわからないことになり、田代が妙な立場になる。

つまり、これには具体的な被害が、田代自身に何もないことだった。彼が負傷を受けていれば話は別である。だが、彼はかすり傷一つないのだ。

では、このままに見のがすか。

それもできなかった。

田代は、あのわけのわからない一団が、山川氏と木南の命を奪ったと確信している。昨夜、山の道で「霧の女」にそのことをたずねてみたが、はっきりした答えは得られなかったものの、彼女は別に否定はしなかった。否定しないのは、それを肯定したことではなかろうか。

ただ一つの手がかりはある。

それは、彼をあの部落に導いた製材所の職工である。

今、行ってみて製材所が休業しているのも妙だが、もし、作業をやっていても、田代がその男の身分を、どの程度、洗えるかは自信はない。

この辺が、警察官と普通人との違いである。捜査権も尋問権もない悲しさは、ある点まで追ってきて、そこで壁に突き当るわけだった。

それが、あらゆる困難の中を、強引に突き進めば、ある程度、できないことはない。が、田代の心には彼女の影がある。その影が、なんといっても田代の行先を阻《はば》んでいる。

田代はそれを恐れた。

彼女だけは、そっとしておきたかった。

かりに、新聞社だけの活動としよう。今のマスコミは、情け容赦なく、その一団に女がいるとなると、これは興味をあおるに違いなかった。

田代にはそれが耐えられないのだ。彼女が無残に群衆の中に引き出されるような気がする。

田代は迷った。

どうしたらいいか。

自分の力だけでは、限界がある。といって、ほかの機構に頼めば、これだけの障害がある。

田代は頭を抱えて、石の上にすわり続けていた。

3

長いこと、田代は頭を抱えていた。

見慣れぬ旅人が、道端の石の上に腰を掛けてじっと考えている姿は、土地の人が見たら奇異に思ったことであろう。

長い時間だった。

田代は決心した。

やはり山川亮平氏や木南を消した一団を、このままに見のがすことはできなかった。

最初の考えどおり、まず新聞社を動かすことにした。

新聞社は、山川亮平氏の行方《ゆくえ》を血眼《ちまなこ》になって追っている。今の田代がこれだけのデータを出せば、すぐに飛びつくにちがいない。

ただ、心にかかるのは「霧の女」である。

しかし、田代は、取引を思いついた。

その取引とは、大事件の捜査や報道に当って、彼女を絶対に表に出さないことだった。

あるいは拒絶されるかもわからない。

しかし、田代は、少し大げさな言い方をすれば、身をもって彼女をかばうつもりだった。

それ以外に方法はない。

田代は、ようやく石から腰をあげた。

宿からR新聞社に電話をかけたのは、そのすぐあとである。

その時間は長かった。二時間あまりの間、彼はいらいらして、夕食もろくに咽喉《のど》を越さなかった。起きたのが四時半、製材所を見に行った後だから、時間的に見てこうなる。

電話が出るまで、何度、通話申込みを取り消そうと考えたかしれない。

電話が出た。

そのベルが、田代に最後の決心をさせた。

「社会部長を呼んでください」

田代は、自分の名を言った。

幸い、部長は席にいて、すぐに電話に出てくれた。

「田代さんですね。この間はどうもいろいろ」

鳥井部長は礼を言った。

しかし、田代には、先にききたいことがある。

「どうです、例の木箱の件は見つかりましたか？」

「いや、あれはとうとうだめでしたよ」

部長は、少し投げやりな答え方をした。

「どんなに捜しても見つかりません。せっかく、教えていただきましたがね」

田代は、次の質問があった。

「木南さんの行方はどうです？」

先方の電話は、少しためらうように間があった。

「困ったものです。木南君も、あのままです」

今度はうってかわって溜息混《ためいきまじ》りだった。

「さっぱり消息がないので、われわれとしても心配しています」

「警察の方には、届けを出しましたか？」

「万一のこともありますからね、捜索願いだけは出しておきました。しかし、われわれの方でも、今、支局の方を動かして、極力、木南君の行方を捜しています。今のところ、まだ吉報はありませんがね」

田代は、自分が体験した山中の部落の一夜を簡単に話した。電話だから詳しくは言えなかったが、それでもその電話は相手の部長を驚かした。

「それはほんとうですか？」

と、びっくりしたような声で念を押す。

「ほんとうです。確かに木南さんが、その連中の手にかかっていることは、間違いないと思います。ただ、これを、ぼくが個人的に警察に訴えるよりも、あなたの社の力で警察に持ちこんだ方が、有利ではないかと思って電話したのですが」

田代は言った。

「それは、よく知らせてくださいました」

部長の声は興奮している。

「さっそく、その手続きをとりましょう。柏原の町には私の方の社の支局がないので、これからすぐに長野の支局に電話を入れて、そちらから動いてもらうことにします」

部長は言葉のあとで、気づいたように、

「ところで、田代さん、あなたは、いつ東京に帰られますか？」

ときく。

「まだ予定は立てていませんがね。なるべく早く帰りたいとは思っています」

「恐縮ですが、警察の方で、その事件にタッチするとなると、当然あなたの話を聞かなければならないことになります。また現地にも案内していただかねばなりません。それまで、そちらに滞在してもらえませんか？」

田代はその覚悟だった。

「それはよくわかっております。ぼくもそのつもりにしています」

「すみません、今後のあなたの滞在費は、私の社の方で負担させてもらいますから」

部長は積極的だった。

「今から電話を入れると、今夜か明日の朝にも、あなたのところに警察の人が行くかもわかりません。どうぞよろしく願います。支局の方からも、誰《だれ》かをそちらに向けますから──」

社会部長としては、自分の社のベテラン、木南が、行方不明になって以来ひどく心配している。最初のようすでは木南のずぼらな性癖として、あまり気にもかけなかったようだが、その消息不明が長びくにつれて、生死を懸念《けねん》されるようになってきたのである。それで、田代の電話は、木南の行方不明の最初の情報として、部長をひどく興奮させたのであった。

田代のところへ長野から電話がかかったのは、その翌朝、彼が、まだ寝床にいるときだった。

「田代さんですか。こちらは、R新聞の支局長ですが」

と、先方はせきこんだように言った。

電話に出ている支局長の声は言った。

「昨夜、本社から連絡がありましたので、こちらの支局員が一名、そちらにお伺いしました。ほどなく着くと思います。なお警察署の方は、私の方で依頼しましたから、きっと動いてくれると思います」

「そうですか。どうも」

田代は、いよいよR新聞社が本気になったことを知った。

「木南のことは、わが社の社員ですから、みんなが彼を心配しています。今度はいろいろとご親切にありがとうございました」

支局長は礼を言い、

「では、そちらに着きましたら何分よろしく」

と、電話を切った。

それから一時間ほど経《た》った。朝食がすんだところへ、ごめんください、と宿のおかみさんがはいってきた。

「今、こういうお方がご面会です」

名刺を見ると、R新聞の長野支局、池田政雄とあり、別の名刺は柏原警察署の警部補で、筒井順一という人である。

「どうぞこちらへ」

田代は、座敷に通すように言った。

入れ違いに階段をならして二人の男が上がってきた。

「お邪魔します」

二人とも半袖《はんそで》のシャツだが、警部補の方は年輩だった。

「田代さんですか。このたびはいろいろ」

と、支局員はおじぎをし、

「こちらが警察署の方です」

と、警部補を紹介した。三人はそこでたがいに挨拶《あいさつ》した。

「だいたいのことは、本社の方から聞きましたが、どうもふしぎな経験をなさったものですな」

池田支局員は、田代の顔を見ながら言った。

「わが社としても、木南さんは古い社員ですから、全社をあげてその行方を捜しています。そこにあなたの情報があったものですから、みんな大喜びです。ところで、もっと詳しいことを、この筒井さんにお話ねがえませんか」

その言葉のあとについたように、警部補が膝《ひざ》をのりだした。

「あらましのことは、新聞社の方から言ってきたので、わかりましたが、詳しいことをもっと伺わねばなりません。われわれとしては、その上で捜査の見込みを立てたいと思っています」

年輩の警部補は慎重な言い方をした。

「それはご苦労さまです。ぼくの経験というのは、実はこうなんです」

田代はあの夜の経験を、詳しく二人の前で話した。しかし、一つだけ除いたことがある。それは「霧の女」のことである。

彼女のことは、誰にも言いたくなかった。ことに、田代が、いま話をしている相手は、一人は警察官であり、一人は新聞記者である。

もし彼女の名前が出たら、警察は彼女を犯人の一人として追及するであろうし、新聞社は興味本位に彼女を追いまわし、書きたてることであろう。田代にとっては、それは耐えられないことだった。

彼女のことを除いても、話の筋は通る。二人の客は興奮した。

「確かに、その部落で山川さんと木南さんとは殺されたのですか？」

新聞記者の方は急《せ》きこんだ。

「いや、そうとは断定できません。ぼくの感じです。しかし実際、ぼくが取りまかれたときも、そのことを彼にきいたのですが、否定はしませんでしたよ」

新聞記者はうなった。

「もし、それが事実なら重大ですな」

警部補は腕組みした。

「どうします？」

新聞記者が警部補にきく。

「そうですな。いちおう、その部落に、田代さんにご案内願って、調べてみる必要があります」

「ぜひ、そうしてください」

新聞記者の池田は、今にも膝を立てそうにした。

「まあ、待ってください」

さすがに、筒井警部補は慎重だった。

「田代さんのお話を疑うわけではありませんが、われわれが行くとなると、相当、事前に調査もしなければなりません。それに漠然《ばくぜん》と家宅捜索をするわけにもいかないので、田代さんから、一つ、被害届けを出してもらわなければなりません」

「被害届け？」

田代は、危機に見舞われたが、別に物を盗《と》られたわけではなかった。それを言うと、

「いや、あなたは彼らに取り囲まれ、生命の危険を感じたのでしょう。それだけで十分です。脅迫罪《きようはく》は、りっぱに成立します。その見込みでやりますから、届けを出してくだ

さい。そうしないと、われわれとしても捜索のしようがないわけです」

「山川氏や木南君を殺した容疑者としてどうですか？」

新聞記者は口を出した。

「いや、それは、はっきりしないので、ちょっと困難でしょう。とにかくこれは、田代さんを突破口として、その捜査にはいることにします」

警部補は言った。

田代は、あの夜、自分に危害を加えようとした相手の名前もわからなければ、どのような人物か見当もつかないのである。およその推測はあるが、口には出せない。それに連れこまれた家が、なんという名前の人の家かわかってもいない。

ただあの夜の家を、漠然と捜して案内するほかはないのだ。

「栃《とち》の木《き》部落のことは、私も知っています」

警部補は話した。

「あの辺は、人口はわずか三十数人、戸数にすれば十二、三戸たらずです。そこに住んでいる人は、おもに樵夫《きこり》や炭焼きを職業としています。電燈が十年前にやっとひかれたという辺鄙《へんぴ》な場所です」

管轄《かんかつ》内だけに、警部補は詳しかった。

「みんな善良な人たちです。もともと杣人《そまびと》が、かりの住居《すまい》として住みついたのに、だんだん、家数がふえたという程度です。あなたの話を聞いて、私はふしぎに思ったくらいですよ。そんな悪いやつがいるとは、思えませんでしたからね」

「そうすると、ほかからはいりこんだ連中でしょうか？」

これは、新聞記者だった。

「調査しないと、なんとも言えないが、そうかもわかりませんね」

警部補はうなずいた。

田代も、まさかそこに前から住んでいる人が、わが家に、自分を引きずりこんだとは思われない。

「いずれにしても、これから行って調べればわかることです。では、田代さんも、被害届けを承知してくださったので、さっそく警察として捜索をやってみましょう。われわれとしては、無責任な噂《うわさ》でなく、田代さんのような、有名なカメラマンが言われたことなので、目下、行方不明を伝えられている、山川さんのことに関係がある事件として捜索をやります。ご苦労ですが、田代さん、その家を案内していただきましょうか」

「承知しました」

ここで三人は立ちあがった。田代はすばやく身支度した。

旅館の表を出ると、警部補のそばに三人連れの男がすっとやってきた。

労働者のような風采《ふうさい》をした者や、山登りの恰好《かっこう》をした者もいる。むろん、警部補の部下たちだった。

「どうぞ」

警部補が町角に来て指さした。

そこには、警察署のジープが一台とまっている。

一行は、狭い車内に押しあった。

ジープは動き出し、震動しながら山道を登りはじめた。

ジープは、田代が夜間に来た道を登りつづける。

もう陽《ひ》は高くなっていた。明るい、眩《まぶ》しいくらいの光の中での景色だが、もちろん、夜とはまるで感覚が違う。

それでも、彼はうろ覚えのところがあった。左右に深い森林が密生していることも、道がじぐざぐになっていることも、記憶のとおりだった。

狭いジープの中で、田代は他の人間の間にはさまっていた。新聞記者も警部補も、その部下の刑事たちも汗をかいている。

夜、田代が歩いたときとは違い、峠の茶屋に着くのに長い時間はかからなかった。

「ちょっと、そこでとめてくれ」

ジープの中から、警部補が運転の刑事に言った。

茶屋は、粗末な檜《ひ》皮葺《わだぶ》きの屋根の上に石を置いている。店では、サイダーやジュースや餅菓子《もちがし》などを売っていた。

「今日は」

警部補が先に店の中にはいった。皆もその後につづいた。小休止で、ここで、みんな汗を拭《ふ》いた。陰にはいると、高原だし、高いところだからひどく気持がいい。それに森林を渡ってくる涼しい風があった。

「どうだね。ばあさん、このごろ、栃の木部落に変ったことはないかい？」

警部補はサイダーを飲み、六十ばかりの老婆《ろうば》にきいた。

「へえ、いっこうに変りはねえようですが」

老婆は、警部補の顔を知っていて彼を見あげた。

「なんぞ、変ったことでも起きたのけ？」

「いいや、そうじゃねえ」

警部補は笑った。

「しばらく、こっちに来ねえでな、栃の木部落もあのまま、誰《だれ》もよそに行った者はねえかと思ってきいただ」

「栃の木の衆は、みんなどこさも行かねえ」

老婆は首を振って答えた。

「このごろは木炭の値段がさがってるでね、なかなか暮しも楽じゃねえようだ。そんで、商売替えをしてよそさに行こう、という話も聞かねえでもねえが、まんだ、みんなそのままに居ついているだ」

「よその者が、栃の木部落にへえってきたようなようすはねえけ？」

警部補は、それとなく探りを入れている。

婆さんは、また、否定した。

「いいんや、そんな話は聞かねえ。猫《ねこ》の額しかねえ狭い土地に、他所者《よそもの》が、へえってくればすぐわかるだ。旦那衆《だんな》は、何か悪い奴《やつ》でも栃の木にへえってきたと思って、ここさ来たのけ？」

「いいや、そういうわけじゃねえ、あんまり長く来ねえで、どうなっているかわからねえでな、ちょっと今日はジープが空いたで、ようすを見にきただけだよ」

まず、ここでようすをきいたが、変りはなかった。

一行は出発した。

峠道から部落へ行く小さな別れ道のところに、ジープをとめた。

「では、ここで降りましょう」

警部補は言った。

栃の木部落に行く道は、人二人がやっと通れるくらいの狭さで、それに道は険阻をきわめているから、とてもジープで行けるようなところではない。

一行は、運転手だけを残して狭い部落道にはいった。田代は自分の歩いた夜の記憶を思い出した。一方が断崖《だんがい》だと製材所の男は教えたが、なるほど、いま眺《なが》めると、一方が急な斜面になり、渓流《けいりゅう》の方にそのまま急な断崖がなだれ落ちている。その斜面にも生い茂った草や密生した木が続いている。だから、直接に渓流は見えないが、水の音だけは激しく聞える。

暑い陽が木の間を射してきて、草いきれがしていた。道は曲りくねっている。行けども行けども森林がつきぬ。

田代の記憶では、あの晩、一時間近くも歩いたように思ったが、今度、来てみると、栃の木部落までは三十分あまりだった。

ようやく、部落の盆地が見えた。

田代が、明るい陽の下で部落を見たのは、初めてである。

小さな土地に屋根の低い小屋のような家が不規則に並んでいる。どの家も、大きさはあまり違っていない。

「いよいよ来ましたね」

新聞記者がそれを見て言った。

最後の坂を登りきって、少しくだると、部落の入口に出た。

ここまで来ると、その家々の前に人が出ていることがわかった。これは思いがけなく警部補の一行が来たのでもの珍しさから見物に出ているのだ。

多くは女だった。子どももいる。どの服装も貧しそうだった。女は身なり構わぬひっつめ髪で、化粧した顔は一つもなく、男のように筋骨が発達し、皮膚も陽やけして黒い。

「田代さん」

警部補が言った。

「あなたが連れこまれた家はどれですか？　思い出してください」

田代は警部補に言われなくても、この村にはいってきたとき、すぐ目で捜していたのだ。

あの夜は真っ暗でわからなかった。手がかりは火事のあったことである。

田代は、その部落の中から焼け跡を発見しようとしていた。もう一つの手がかりは、その家は確か石段の上にあった。あの暗い中で逃げるときにも、確かに、短い石段を駆け降りている。

この二つが、田代の手がかりだった。

田代はそれを捜した。

部落の家数は、わずか十数戸だから、それを発見するのに苦労はなかった。

しばらく歩いていると、問題の焼け跡はすぐに目についた。それを見たとたん、田代はこれだと思った。家の裏側半分が黒く焼けている。石段もある。

「これです」

田代は警部補に指さして見せた。

「これが、ぼくが連れこまれた家です」

田代は短くその特徴を話した。

「なるほど」

警部補が、しばらくその家の前を観察するように歩きまわっていたが、

「とにかく訪ねてみよう」

と言った。

焼けたのは裏の方で、表の方は変りがなかった。

人がいるのかと思って、表をのぞくと、標札も何もなかった。戸も閉ったままである。

筒井警部補が戸を叩《たた》いた。ほかの者はようすを見るように、その後ろに立った。刑事たちは職業がら、家のぐるりをこっそりと歩いている。

戸を叩いたが反応はなかった。警部補はあたりを見た。

先ほどから、一行のすることを遠くから眺めている女たちがある。

警部補はその一人に向った。

「この家には、誰も住んでいませんかね？」

一行のようすを見物している女たちは顔を見合せてすぐに返事はしなかったが、その

一人が進み出た。

「そこは誰もいませんよ」

にやにやして答える。

「え、誰もいない？」

「そうです。その家はこの部落の集会所でしてね、日ごろは誰も住んでいません」

これは警部補にとって意外だった。家数はわずか十数戸で、集会所を持つほどのこともなさそうだった。だが家数が少ないだけに、また人口が少ないだけに、ここの人たちの団結心は強いのであろう。そのため一戸の集会所を作ったであろうことは、うなずける。

「では、日ごろから留守番のような者はいないんだね？」

警部補が問うと、

「はい、別に留守番はいませんよ。このとおり家が集まってみんなが留守番しているようなもんですからね」

と、焼け跡を見た。

「へえ、この間の晩、ボヤを出しましてね。ちょっと不調法《ぶちようほう》をしました。危ないことですよ」

「警察の方には届けが出ているのかね」

警部補はちょっと威厳をみせた。

「へえ、そりゃ、ちゃんと出してあります」

「原因は、なんだな？」

ボヤの原因を問われて、女たちは薄ら笑いした。

「旦那さん、あれは過失ですよ」

「過失？　どういうわけだね？」

「あの家は集会所ですからね、しじゅうみんな集まっていますよ。誰かが煙草《たばこ》をのんで吸殻《すいがら》の不始末をしたかもわかりませんね」

田代は、この問答を横で聞いていて、少し心配した。

火事を起したのは、あの女である。あまり警部補がその火事の原因を追及すると、彼女の仕業だということがわかりはしないかと思った。

だが、幸い、警部補もここに来た目的が火事の調べでないので、話はそれきりでやめた。出火の届けは警察の方に出してあるというので、警部補も納得している。

「一昨日の晩、この家の中へみんなが集まったかね？」

警部補は、そこに来合せている女房連中の顔を見た。

「いいえ、一昨日の晩は、何も集りはありませんでした」

「そんなことはない」と、警部補は言った。

「確かに、夜の九時か十時ごろに、四、五人で集まったはずだ」

「いいえ、そんなに遅く集りを開いたことは、この部落始まって以来、一度もありませんよ」

女房たちは否定した。

「いつも、集りする人たちは、決っていますでね。わたしの亭主《ていしゅ》がそうですよ。あの晩は早くから家に寝ていましたからね」

部落の集会に寄りあう男は、決っているという。それは、ほかの女房も続いて言いだした。同じように、その晩は男たちは宵《よい》から床について、外に出たことはなかった、と口を揃《そろ》えた。

「そんなはずはないがな」

警部補は首を傾《かし》げた。

「たしかな聞込みがあるんだ。この家の隣の人は誰かね？」

「わたしです」

と、名乗り出た中年の女房がいた。

「おまえさんが隣だったら、わかっているだろう。どうだね。夜九時から十時ごろにかけて、この家に人が大勢集まらなかったかい？」

「そんなことはなかったですよ。なにしろ、すぐ隣ですからね。いつも集会があれば、わたしの方につつぬけです。一昨日の晩は、このボヤが起るまで、誰もそこにいませんでした」

警部補は、じっとその女房の顔を見た。

「それは間違いないね?」

「間違うはずがありません。わたしは嘘《うそ》をついたことはありませんからね。それとも警部補さんは、わたしの言うことを疑うのですか?」

その女は気色《けしき》ばんだ。

「いや、そういうわけではないが」

ここで筒井警部補は、じろりと田代の顔を見た。

「田代さん、どうもおかしいですね」

と、警部補は疑わしそうな顔つきをした。

「お聞きのように、女たちは、ここでそんな集会を開いたこともないし、よそからはいりこんだ者もない、と言っています。確かにこの家でしたか?」

「確かにそうです。間違いありません」

田代は断言した。

間違うはずはないのである。あのとき火事が起った、逃げるときにも石段を降りた、その二つの証拠がちゃんと、この家にあるのである。

「おかしいですな」

警部補は、しきりに首をひねっている。

「誰《だれ》か、男の方は残っていませんか？」

警部補がそう言ったのは、この部落の男が、たいてい樵夫《きこり》や炭焼きを職業としているので、家にいないことが多いからだ。

「さあ、みんな出てるでな」

女たちは言っていた。

そこに、一人だけ男が歩いてきた。村の者である。その服装で、彼が樵夫であることがわかった。背中に大きな鋸《のこぎり》を背負っている。

「ああ、ちょうどいい人が来た」

警部補は呼び止めた。

その男は、年のころ四十あまりで、背が低くて、ずんぐりしたからだをしている。陽《ひ》に焼けた顔にひげが伸び、たくましそうな面魂《つらだましい》である。

「ちょっと伺いますが」

と、警部補はていねいに言った。

「あなたは、この村の方ですか？」

「そうです」

樵夫は立ちどまって、警部補やそこに立っている連中を、ふしぎそうに眺《なが》めた。

「あなたは、一昨日、この村におりましたか？」

警部補はきく。

「おりました」

男は、はっきりと答えた。

「それならおたずねしますが、この家で、一昨日の晩、誰か村の男が集りをしませんでしたか？」

すると樵夫は、即座に否定した。

「いいえ、そんな集りはありませんよ。集りがあれば、たいてい私にも声がかかってくるが、そんなことはありませんでした。それに私は、一昨日は帰りが遅く、山から夜帰ってきましたが、この家は森閑として、人声もしていませんでしたよ」

「そうですか。どうもありがとう」

警部補はまた田代を見た。いいかげんなことを言う、と言いたげな、疑わしいまなざしだった。

田代の立場は悪くなった。

この部落の人間は、ひとりとして、田代の言うことを裏づけてくれないのである。

こういうことになりそうな予感は、前からあった。だが実際にその立場に陥ると、彼は困惑した。

ここで、あの「霧の女」のことを持ち出せば、警部補に、説明の具体性が多少は出せるのである。だが、彼女のことはこんりんざい口に出すまい、と決心している。たとえ自分の言ったことを、警部補に信用されなくとも、あの女のことは、誰にも言いたくない。

たとえば、この家のボヤにしても、部落の者は、煙草《たばこ》の火の不始末だなどといっているが、田代の考えでは、彼女が田代の危険を救うために、とっさに演じた騒ぎだと思っている。あの騒ぎがあったからこそ、彼は危機を脱することができたのだ。

それに、どうやら部落の人は、口を合わせているらしい。あの晩田代がこの家に連れこまれたことは確かだ。この家を勝手に使う人間といえば、この部落に関係した男たち以外にはない。

すると、その連中と、今ここにあつまってすべてを否定している女房たちとは、むろん、なんらかの関係がなければならない。だからこそ、女たちも、たった今、ここに来た樵夫の男も、みなが共同で、あの夜の連中のことを、隠しあっているのだ。

だが、そこまでは、田代は警部補には言えなかった。もし、その辺まで突っこむと、彼女のことが出てきそうな気がする。それに、田代自身にも、自分の証言を裏書きする物的証拠はなかった。これだ、という決め手は何一つ彼にはないのである。

部落の連中が否定すれば、田代の言うことが、あいまいになっても仕方がない立場だった。

警部補も、ついにここで尋問を諦《あきら》めたらしい。

新聞記者の方は、たいそう残念な顔をしている。彼も警部補の尻《しり》について、女たちに何か質問していたが、やはり反応はない。女たちはにやにやして、首を振るだけであった。

新聞記者の方も、なんだか田代をへんな目つきで見る。この暑い盛りを、わざわざこの山の中まで、歩かされた憤懣《ふんまん》も混っていた。成果があがらないとなると、その辺の恨みも出てくる。

「帰りましょうか？」

警部補は不満げに言った。

一行は、その部落をあとにした。

もと来た道を帰って行ったが、ふり返ると、小さな盆地に点在した家の前には、女たちがたたずんで、こちらをいつまでも見送っていた。その顔つきが、田代には、なんだか、嘲笑《ちょうしょう》を送っているように思われた。

こうなると、残るのは製材所の職工である。

「それでは、そっちの方に行ってみましょうか？」

最後の頼みはそれだった。だが田代は、ここまで来ると、これも望みがないと予想した。

すべてが、うまく敵方に芝居を打たれている。

栃の木部落の人間のように、製材所の連中も、その職工の存在を否定したら、これも同じ結果になる。

ジープは製材所に着いた。

今日は、機械鋸《きかいのこ》や機械鉋《きかいかんな》が甲高《かんだか》い音を立てていた。

「さあ、そんな職工は知りませんね」

果して、警部補の質問に、製材所の連中は、みんな首を振って否定した。

田代は進み出た。

「ぼくが話していた人ですよ」

と、彼は職工の一人をつかまえて言った。

「背の高い、四十年輩の、目のぎょろっとした人です。ぼくが何度か話しあった人ですよ」

その男は、田代の顔をわざと意地悪そうに見た。

「へえ、知らねえな。あんたの言うような人は、ここには一人もいませんよ。第一、私は、あんたを見たのは初めてだからね」

「なんだって？」

田代は腹が立ったので、思わず大きな声を出した。

「君たちは、ぼくを見たではないか。その男とここでいろいろ話しているのを、君たちもそばから見ていたじゃないか。この工場にはいって、機械鋸を見物したのも覚えているだろう？」

「いいや、知らねえな？」

その男は、相変らずの調子で答えた。

「あんたがここに来て見物したなどとは、とんでもない。なあ、みんな」

と、彼は、ほかの職工を振り向いた。

「そうだ、おれたちは、おまえさんを見たこともない。今、初めてだ」

田代は唇《くちびる》を嚙《か》んだ。なんということだ、あの栃の木部落といい、この製材所の連中といい、みんな田代をおとしいれている。

「ほんとに君たちは、そんな男を知らないのかね？」

筒井警部補は、さっきから、ようすを眺《なが》めていたが、口を出した。

「へえ、知りませんよ。この人の言うことも、わけがわからないし、またこの人は、いま初めて見たのですからね」

「どうです？　田代さん。おかしな話ですな」

警部補は田代に言う。

「いや、ぼくは確かにここに来て、その男に誘導されたのです。ぼくをあの部落に連れて行ったのが、ここの職工だったことは間違いありません」

「しかし、それだったら連中はみんな知っているはずだ。この全部が嘘を言わない限り、あなたの思い違いではないですか？」

「絶対に思い違いではありません」

と、田代は言った。

「現に、ぼくがここに来て、この人たちの顔を覚えているのですよ」

警部補は、今度は職工たちに向った。

「今、聞いたとおりだ。本人がそう言っているが、君たちはどうだね？」

「いいえ、旦那《だんな》」

と、さっきの男は大きな声を出した。

「私たちは、いま、この人を初めて見たんですよ。なんだか、さっきから別な職工が、ここに働いているような話をなさっていますが、ここに働いている者は、これだけの人数です。休んでいる者は一人もありません。この方のおっしゃることは、何もかもわけがわかりません」

「そんなことはない」

と、田代は言ったが、結局、これは水かけ論であった。田代は見たと言い、職工たちは見ないという。

「どうもはっきりしませんね」

と、警部補はさじを投げた。

「では、引きあげましょうか？」

際限がないと思ったらしい。警部補は製材所を出た。あの部落の人間といい、この製材所の職工たちといい、みんなが共謀して嘘を言っているのである。

「田代さん」

と、みちみち、警部補は彼に言った。

「どうも警察としては、どちらの言い分を信用していいかわかりません。むろん、あなたが嘘をついて、われわれをかついだとは思いませんよ。しかし、あれだけの人数が、そう言っているのだから、この方も無視するわけにはいかないです」

警部補は、はなはだおもしろくない顔をした。せっかく、田代に被害届けを出させて、この事件を挙《あ》げるつもりだったのに、これでは、まるで幻を見にきたようなものだった。おもしろくないというよりも、警部補はあきらかに不機嫌《ふきげん》になった。

警察には「ガセ」という用語があり、つまり、根も葉もない虚偽の申立てをするのをさすのだが、筒井警部補は、田代の情報をそのガセだと判断したらしい。

といって、田代を正面から怒ることもできず、仏頂面《ぶっちょうづら》をしていた。いっしょについてきた長野支局の池田記者も、当てが違って腹を立てたような顔つきをしている。

その中で、田代の立場はへんな具合だった。弁解しても通らない話である。

「では、われわれはこれで引きあげますから」

警部補は、不興げな顔で田代に言った。

「どうもご苦労さま」

彼らは田代をそこで捨てるように、さっさとジープに乗った。

第十四章　暗　示

1

田代は東京に帰った。

思えば、野尻湖畔を中心に、うろうろと数日を歩きまわったものだ。成果は何一つなかった。

だが、まるっきり無駄《むだ》ではない。内容的にはいろいろな収穫はあった。ただ、その結果が何もなかっただけのことである。

上野駅に着いたのが夕方だった。田代は久しぶりに東京の街の灯《ひ》を、タクシーの中から眺《なが》めた。

数日、山の中で暮すと、東京の灯がなつかしい。

「旦那《だんな》、どちらへ？」

「R新聞社にやってくれ」

時間はまだ早い。新聞社の編集部は夜が遅いので、部長も残っているはずだった。

とにかく、社会部長に報告しなければいけない。田代の滞在費を、ある程度持つと言ったが、こんな結果になっては、それも断わるつもりだった。

田代は、繁華な通りを眺めながら、あの夜の、山で会った女を忘れることができなかった。夜明け前の蒼白《あおじろ》い霧の中で浮んだ彼女の姿が、まだ目に残っている。いや、あのときの彼女の頰《ほお》の冷たさも、唇《くちびる》の柔らかさも、彼の感覚ににじんでいた。

彼女はいったい、どうしていることか。

栃《とち》の木《き》部落に二度目に行ったとき、連中はまったく姿を隠してしまった。部落の者が申しあわせて、彼らをかばっていることには間違いはない。だから、田代がいかに頑張《がんば》っても、目撃者も証言をする者もないはずだった。

ある考えが頭に閃《ひらめ》いた。

それは、東京の灯を見たので、ふと思いついたのかもしれないが、あの「霧の女」が東京のどこかに帰っているのではないか、という予感である。

根拠は何もなかった。ただ、あの連中が、すでに柏原《かしわばら》の周辺から姿を消したと思われる予測からだった。その辺にいないとなると、東京に来ている、という観測も考えられる。東京は広い。

とっぴな考えではない。前に、田代は、彼女と東京の街で出会っているのだ。車の中から眺めて、賑《にぎ》やかな灯の下を歩いている群衆の中に、彼女がまじっているような気もした。

新聞社の前にタクシーを着け、受付できくと、社会部長はまだ居残っているということだった。

田代は、面会を申しこんだ。

「どうぞ」

通されたのは、三階の応接間だった。しばらく煙草《たばこ》を喫《す》いながら待っていると、入口のドアがあいて、社会部長の鳥井が現われた。

「やあ」

と言って、田代に挨拶《あいさつ》したが、部長は、この前とはまるで打ってかわって、不機嫌《ふきげん》な顔つきだった。

鳥井部長は、笑い顔を見せないですわった。

「どうも、ご苦労さまでした」

彼は一とおりの挨拶はした。

田代は、彼の不機嫌の原因を知っている。青木湖、木崎湖の捜索を大仕掛けにやり、さらに田代を野尻湖畔、柏原の町に滞在させ、その費用を受け持ったのに、すべての努力が無駄になってしまった。成果は何一つあがらない。莫大《ばくだい》な費用を使いっぱなしであった。

このみじめな失敗は、そもそも田代が、つまらないことを言ってくるからだと、部長は考えているように見えた。

「柏原で木南さんを見たという情報は、どうも思うような結果になりませんでした」

田代は報告した。

「それは、長野支局から連絡があったので聞きましたよ」

鳥井部長は、田代の弁解をぴしゃりと押えるように言った。

「警察にもわざわざ頼んだが、失敗だったようですな」

いかにも、その失敗の責任が田代にあるような言い方だった。

もっとも、部長にしても無理はない。たぶん大きな期待を持っていたに違いないが、それが空《むな》しい結果になったので、よけいに腹がおさまらないのであろう。

「そんな都合で、せっかくのご好意を受けるつもりでしたが、柏原での滞在旅費は、私が負担します」

田代は、部長があまり腹を立てているので、少しむっとして言った。

「いや、それは約束ですからね、それは社の方で持ちますよ」

社会部長はねばったが、田代は断わった。

「ただ申しあげておきますがね、私が、でたらめな情報を言ったのではないことは、わかってください」

部長は、ちょっとコタえた顔をした。さすがに気がさしたらしく、

「それはよくわかっています。何しろ、この事件は何から何まで手違いで、実に残念です」

と、顔色を少しやわらげた。

田代が、いいかげんに切りあげようと思っている時、応接間のドアがあいて、ワイシャツを袖《そで》までたくしあげた部員がはいってきた。

「今、警視庁から発表がありました」

と、小さな声で紙きれを渡した。

面会中にはいってくるのだから、よほど緊急なニュースに違いなかった。部長は、それに目を走らせたが、部員にはわかったとうなずいた。部員はすぐ出て行った。

「田代さん」

と、部長が言った。

「今、警視庁から発表がありましたがね、山川亮平氏の行方《ゆくえ》を捜索していた捜査本部は、本日限り解散になりましたよ」

田代は、新聞社を出て、銀座裏に向った。

やはり、今までの山の中に行っていたという気持の反動が、彼をそこに向かわせた。いつもは俗悪だと軽蔑《けいべつ》することもある銀座のバーの灯が、今夜はいやになつかしい。

銀座といえば、田代がもと行っていた「バー・エルム」はどうなっているのであろう。マダムは失踪《しっそう》して、しばらくたち、意外にも東京郊外国立《くにたち》の雑木林の中から、他殺死体となって発見された。そこに働いていた女給たちは、たぶん方々のバーに分散したことであろう。

田代は、ちょっとなつかしくなって、道筋なのでいちおう表をのぞいた。すると、そこは「サロン・スワン」という看板が出て、まったくの別経営になっていた。

田代は別のバーに行った。今夜は、久しぶりにその雰囲気《ふんいき》にひたって酒が飲んでみたかった。

そこは、以前にたまに飲みにきたところなので、マダムは彼の入来を珍しがった。

「まあ、しばらくですね。どうなさったかと思っていましたわ」

マダムは、賑《にぎ》やかに笑って、彼を迎えた。

久しぶりなので女給の顔ぶれも変っていた。それがかえって都合がいい。折りよくマダムは、ほかの客のサービスにとられている。彼は隅《すみ》のボックスにすわった。

酒を頼んで、おとなしくそれを飲んだ。

今、新聞社の社会部長に会ったときのことが、田代の頭から離れない。部長は不機嫌だったが、別れる時に、今日限り、山川氏の行方を捜索していた警視庁の捜査本部が、解散されたというニュースがはいった。

政界の一方の実力者である山川亮平氏の行方はわからない。生死ともに、永久に不明なのであろうか。

一方には、いろいろな憶測が雑誌などに行われていた。つまり、山川氏は大変な汚職が暴露しそうなので、海外に逃避したのではあるまいか、という説である。それと、死亡説もあり、それには、さまざまな憶説が加えられていた。しかし、どれが真相か、もとよりわからない。

田代には、山川氏のことなどは相変らず興味が薄い。それよりも、木南のことが心配だった。木南はあきらかに、山川氏の行方を追っている線の途中で、姿を消したのだ。

それは、彼みずからが、消えたのではなく、何者かが彼を消したのである。

その消した相手も、ぼんやりと田代にもわかっている。彼は、ここでも「霧の女」のことを考えた。あの夜の山を越すとき、彼女は田代の問いに木南の運命を否定しなかったではないか。

「ずいぶん、お静かですのね」

マダムが田代のそばに来た。

「しばらくだね」

マダムは、田代のそばにすわった。

「おいそがしいんですか。ずっとここんとこ、お見限りね」

「なんだか、いろいろと用事があって、こっちの方にも仕方なく足が遠のいたな」

「おいそがしくて、けっこうですわ」

そんな話をしていると、ふとマダムが言った。

「前に、田代さんとごいっしょに飲みに来てらした方、なんというお方でしたかしら？」

彼女は首を傾《かし》げた。

「誰だったかな」

「やはり、カメラマンの方でしたわ」

「ああ、そうか」

田代は思い当った。

「久野だろう?」

「ああ、そうそう、久野さんでしたわ。あの方、ずっといらっしゃらないようですが、どうなすっていらっしゃるのかしら?」

「あいつも、忙しいんだろうな」

田代はそう言ったが、マダムの言葉で、急に久野に会いたくなった。

久野こそ、バー・エルムのマダムの追及に、懸命だった男ではないか。

しかし、田代が木南の跡を求めて柏原へ出かける前に、ひょっこり訪ねてきたときには、もうこの事件から手を引く、と久野は言った。そして、田代にも手を引くことをすすめ、

「おれは妻子のある身だから、まだ死ぬのはいやだ」

と言って帰って行ったではないか。

すると、久野は、もしかすると山川氏や木南を消した奴《やつ》らから警告を受け、身の危険をさとって手を引く決心をしたのではないだろうか?

そう思い当って、田代は、はっとした。

「君、ちょっと電話をかけてくれ」

田代は、久野の電話番号を言った。

女給がダイヤルを回した。

「お出になりました」

「もしもし、ぼく、田代ですが」

「ああ、田代さん」

電話に出てきたのは、久野の細君だった。

「しばらく。どうなすってらしたの？」

「東京にいなかったんです」

「どうも、ご無沙汰《ぶさた》しました」

と、田代は言った。

「ご旅行ですか。主人もあなたのことを、気にかけていましたわ。ちょっと待ってください。代りますから」

久野の声が、その後から聞えた。

「もしもし、おれだ。思い出したように、なんだ？」

「今、銀座の飲み屋にいる。久しぶりだから、こっちに出てこないか？」

「よしきた」

久野はすぐに引き受けた。

「銀座はどこだね?」

田代は店の名前を教えた。

「ほう、珍しいとこに行ってるんだな。三十分以内に行く」

久野は相変らず元気である。彼も田代に会いたいのであろう。

2

「よう」

と、久野がはいってきた。

相変らずベレー帽をかぶり、ネクタイをつけないで黒いシャツだった。久野は目を細めて田代を見た。

「どうした、元気か?」

「まあ、元気だ」

田代は、久野を自分の横の席にすわらせた。

「信州の方に行っていたんだってね?」

久野はきいた。

「久野さん、しばらくね」

「よう」

と、久野は、マダムにも愛嬌笑《あいきようわら》いをした。

「ここも、長いことご無沙汰しているんで、今、こっちに来るとき道を忘れたくらいだ。ママは相変らず元気で若いね」

「やっぱりお上手《じようず》な口は変らないわ」

マダムは笑いながら立って、久野の注文をカウンターに通した。

「信州は」

と、久野は言った。

「やっぱり例の一件か？」

「まあ、そんなところだ」

「君もなかなか熱心だな。で、どうだった、目鼻はついたのか？」

「それが、さっぱりものにならない。君が熱心に追っていたエルムのマダム殺しも、迷宮入りらしいな。あれと同じだ。信州を、無駄《むだ》に歩いてきたような結果になったよ」

田代は自然と浮かぬ顔になった。

「そうか、なかなか世の中というものは複雑だな」

久野は珍しく、とりすましたことを言った。そのようすをみると、彼もすっかりマダム事件から手を引いて、今では仕事に精出しているように思えた。

「なかなか、君もいそがしそうだな」

田代は、彼の血色のいい顔を眺《なが》めた。

「なんだか近ごろ、ごてごてと立てこんでね。いそがしくて目がまわりそうなくらいだ。

それはそうと、いいかげんに仕事の方に復帰したらどうだね？」

久野は忠告した。実際、田代は今度の事件が起ってから、仕事の方もおろそかになっている。どうせ素人《しろうと》が出ても解決する事件ではなかった。田代もそれを反省しかけていたのである。

ただ、そこまで踏みこませたのは、ほかでもない、彼女――「霧の女」の存在だった。

だが、それは誰にも言えないことである。

「ところで、おれは妙なところに行かなければならん」

と、久野が突然言いだした。

「妙なところって、どこですの？」

折りから席に戻ってきたマダムが、久野の言葉をとらえて質問した。

「それがね、変死者を解剖するところなんだ」

久野は答えた。

「まあ」

マダムは、大きな目をいっぱいにした。

「そうなんだ、警視庁には、そういう指定の監察医務院があるのだ。そこは、殺された人や、自殺した人などを解剖して、死因を調べる専門の場所だ」

「そんなこわいところに、どうしていらっしゃるの？」

「役目だから仕方がないね。カメラマンというのは、頼まれれば、どこにでも行かなければならんのでね。火事場でも、人殺しの現場でも、交通事故があっても、どこへでも飛び出すわけさ」

「因果な商売ね」

と、マダムは言った。

「そんな、人間の死体を解剖しているところなんか見たら、わたしなんか卒倒しそうだわ。久野さんは神経が太いのね」

「カメラマンは、それでないと勤まらないよ」

「それは、どこの注文だ」

と、田代が横から口を出した。

「ある雑誌社のグラビア用でね。変ったところというので、そんな企画をしたらしい」

「よく撮影を許してもらえたね」

「いや、なかなかすぐには承知してもらえなかったらしいな。撮影には、条件があった。

解剖台に横たわった死体は、撮《うつ》してはいけないらしい。それで、解剖中の医者の上半身をカメラにおさめて、その雰囲気《ふんいき》を出すのがせいぜいだろうね」

「そんなら、やっぱり、君は、死体の解剖を見るわけだな？」

「そういうことになりそうだ。おれも、初めての経験だからな。ちょっと見たい気もする」

「そんなものを見たら、胸が悪くなりません？　久野さん、きっと後悔するわよ」

「そうなんだ」

と、久野は言った。ちょっと、おもしろそうな口調になっていた。

「気丈なお巡りさんでも、解剖を見ると、卒倒するというからね。とにかく、おれは、みっともないことにならないように覚悟して、出かけるつもりだ」

久野がそう言ったとき、田代は、ふと自分も行ってみたいような気がした。

「おい、久野、ぼくもいっしょに連れてってくれないか？」

田代は別に物好きからではなかった。変死体の解剖を見ておくことは、今の場合、むだではないような気がした。

「まあ、田代さんも、変な方ね。久野さんはお仕事だからしようがないけど、わざわざいっしょに行きたいなんて、ほんとうにいやあね」

マダムが大げさに額に八の字を寄せて笑った。

「君がいっしょに行ってくれるんなら」

と、久野は言った。

「おれも一人で行くより心強いよ。だが、かえって君の方が卒倒して、おれに介抱させるんじゃないか？」

久野はたのしそうに笑った。

翌日、田代は久野と落ちあって、山手線のO駅に近い警視庁の監察医務院に行った。

建物は普通の病院のようだったが、その気持で見るせいか、特別な雰囲気があるように思えた。明るい陽《ひ》ざしの下に、庭木も、手入れのゆき届いた草も、美しかった。だが、どことなく死臭が漂っているような気がする。

暗い奥に入って、久野は受付の前に進んだ。

「少しお待ちください」

出てきたのは、普通の医者のように白い上っぱりを着た医務員だった。

「どうぞ」

通されたのは、医務課長の部屋だった。課長はめがねをかけ、太った四十年輩の博士だった。

「私の方の仕事を、マスコミで宣伝していただくのは、たいへん、けっこうですが」と、医務課長は言った。

「しかし、なにしろ、こういう特殊なところなので、解剖の方は、写真に撮ることは、お断わりしたいのです。死体とはいっても、やはり尊厳な仏さまですからね」

「わかりました。でも雰囲気を出すためには、先生方が解剖なさっておられるお姿を、撮りたいのです」

「それならかまわないでしょう。とにかく、死体は写らないようにしてください」

「わかりました。で、いまは、解剖は始まっておりますか？」

「やっているはずです。誰《だれ》かを案内につけましょう」

医務課長は若い医務員を呼んだ。

「解剖室は、いま、使っているかね？」

「はい、やっております」

「では、この方たちをご案内して」

久野と田代は、その若い医務員のあとにしたがった。

建物は暗かった。狭い階段を階下に降りた。建物の構造は病院と少しも違わない。

「靴《くつ》の上から、これを履いてください」

医務員に言われて、田代も久野も靴カバーをつけた。

解剖室に隣りあって控室のようなところがある。そこまで行くと、すでに異様な臭《にお》いがした。久野はあわてて鼻にハンカチをやった。

突きあたりのドアをあけると、広い土間で、そこだけは明るかった。窓が広く、十分に光線を取り入れてある。

一番に目についたのは、真ん中にある手術台であった。そこには頭を仰向けにした裸の男が横たわっていた。死人だった。四、五人の白い上っぱりを着た医務員が、その死体の左右前後を取りまいていた。普通の医者のように、手術帽をかぶり、手術着を着ている。違うのは、どの医務員もマスクをしていないことだった。

強烈な、不快な臭いがこもっている。だが解剖の医務員たちは平気で、彼らの「仕事」をしていた。

案内した医務員が、その中の一人に耳うちしていた。解剖医は久野と田代をふりかえった。そして黙って顎《あご》で招《さ》いた。

解剖台の上には、腹を割かれた死人が、臓器を露出して横たわっていた。別の医務員が横で何かを刺身のように刻んでいた。久野は、それが肝臓を刻んでいると聞かされて、蒼《あお》くなった。

それは神聖な科学者の仕事だった。それが見学者には耐えきれない刺激である。田代も胃のあたりが妙な具合になった。

それは久野も同じであろう。だが、やはりカメラマンの彼は、自分の仕事を忘れなかっていた。彼はカメラをかまえて、解剖台の上にかがみこんでいる医者たちのポーズを撮っていた。

折りから医務員は死体の脳髄を取り出す作業にとりかかっていた。鋸《のこぎり》の音が聞え、金槌《かなづち》でたたく音が聞えた。それから死体の頭が、まるでマンホールのように開いた。髪の毛がべろりと、うつむいた顔の上に海草のようにかかった。

開いた頭の鉢《はち》の中に、薄桃色の脳髄が玉のように収まっていた。医務員の一人がそれを取り出し、両手に抱えてキャベツのように秤台《はかりだい》の上に置いた。

そこまで見てから、久野も田代も逃げだした。それ以上見ていると、貧血を起しかねない。

元の廊下へ歩いて、ようやく、解剖室の空気から遠ざかったとき、二人は顔を見合せた。どちらも、顔色が蒼ざめていた。

「想像以上だなあ」

と、久野が言った。

「なんだか、胸がむかむかしてきたよ」

それは田代も同感だった。外に出て、新しい空気を吸いこまないと、やりきれなかった。

「ご苦労さまでしたな」

廊下を曲ったとき、太った医務課長が立っていた。

「いかがでしたか？」

医務課長は両人《ふたり》にきいた。

「いや、どうも大変です」

久野の唇《くちびる》の色が変っているのを見て、

「少し、刺激が強すぎましたかな」

と笑った。

「はあ、どうも」

久野は頭をかいた。

「せっかく見えたので、今度は少し変ったところを見学していただきましょうか」

「そうですか」

久野は尻《しり》ごみした。

「もっと刺激の強い場面ですか？」

「いや、そうではありませんよ。今度はお気持を悪くするようなことはないと思います。まあ、われわれがどんな科学的な仕事をしているか、ということを見ていただきたいのです」

「それなら、けっこうです」

久野は、ほっとしたらしかった。

「では、こちらにどうぞ」

医務課長は自分で先に立って案内した。

久野と田代は、医務課長のあとに続いて、一室にはいった。

「ここは臓器を顕微鏡で検査するところです」

標本室のようにいくつも棚《たな》がある。棚にはアルコール漬《づ》けの瓶《びん》がずらりと並んでいた。

その瓶の中には、人体の臓器が窓から射《さ》す光線に、黒いかたちを見せていた。

変っているのは、壁際《かべぎわ》に四、五人の係員が、ずらりとタイプライターのような器械を据《す》えて、何やら作業をしていることだった。

タイプライターと思ったのは、実は、よく見ると何かをきざむ器械だった。非常に入念に、注意深く器械を動かし、薄いものを刻んでいる。

その器械の周囲には、丸くて薄い、まるで花弁のようなものが、おびただしく散っていた。

「なんですか、これは？」

久野がその花びらのような一片をとりあげた。それは透き通って見えるくらいで、紙よりも薄かった。その丸い形は、周囲が白く、真ん中の芯《しん》のところだけ、ちょうど、木のふしのように色が変っていた。

「これは臓器を刻んでいるのですよ」

と医務課長は説明をした。

「顕微鏡で見る場合に、こういう方法を使うんですがね。まず、臓器の一部を切り取ってパラフィンに漬け、標本を造るのです。われわれの方では、それをパラフィン包埋《ほうまい》と呼んでいます。そして、こういうふうに標本を器械にかけて薄く刻み、その一枚を顕微鏡にかけて、検査するわけです」

医務課長は、その説明をしながら、顕微鏡をならべているところに連れて行った。

「ここに包埋した標本が一枚ありますから、のぞいてごらんなさい」

久野がのぞき、次に田代がのぞいた。

顕微鏡の世界に写し出されたのは、抽象絵画にも似た美しい色彩だった。色の変った細かい線が縦横に走り、斑点《はんてん》が散っていた。

「これは肝臓の一部ですがね。染色をして、精密検査しているのです。これで毒物などの化学変化を発見するのですよ」

「これで見ると、人間の臓器という感じは全然しませんね。何か美しい模様を見ている感じがします」

久野は感嘆していた。

「そうでしょう。私たちも、ときどき、そんな気持になります。顕微鏡の世界は何か幻想を誘われますね」

医務課長は、そう説明した。

田代は、その顕微鏡にはさまれた花弁のような一片を見た。美しい桜の一ひらのようだった。

田代と久野とは、医務課長に礼を述べて、その憂鬱《ゆううつ》な建物を出た。

明るい陽ざしの中に出ると、さすがに救われたような気持になった。建物全体は近代的だが、その中に充満した空気が死臭を感じさせた。外から来た者にとっては、考えまいとしても、その気持に引きこまれるのである。

「どうも胸が悪いな」

と、久野が言った。ひどく顔色が悪い。

田代も同じ感じである。胃のあたりが落ちつかない。

「当分、牛肉が食えないぞ」

と、久野が言った。二人は顔を見合せて苦笑した。

待たせてあるタクシーに乗って、街の方に戻《もど》ったが、通りを歩いている生きた人間を見ることは、ありがたいことだった。あの解剖台の上に横たわっている一個の人間物体を見ると、人の世のはかなさを感じる。

この空気を吸って働いていることの仕合せを、つくづくと感じさせられた。

田代は、死体解剖もさることながら、あの解剖台の横で、医務員が肝臓を刺身のように刻んでいるのを見たときはぞっとした。あの臓器をパラフィン漬けにして、花びらのように薄く切り、顕微鏡で精密検査をしていた風景が、田代の脳裏から離れなかった。

久野も妙に押し黙って、放心したように窓から外を見ている。

外は、明るい陽射《ひざ》しの下に街並みが流れている。電車も自動車も動いている平凡な風景だった。

このとき、田代の頭に、ふと、あることが浮んだ。田代は、はっとなった。急に目の前の景色が遠ざかって見えたくらいである。

パラフィン包埋が、彼にある連想を起させたのである。

「久野君」

田代は急に言った。

「ぼくは、用事を思い出したから、ここで失敬するよ」

「えっ」

久野は意表を突かれて、妙に狼狽《ろうばい》した。

「こんなところで、どうして……」

「いや、ちょっと急用があるんでね」

田代は、わざと言葉を濁した。

ちょうど、都心にはいる前だった。あたりは高台と高台の谷間のような所になっている。電車通りがその間を通っていた。

「じゃ、失敬」

田代は割り切れない顔つきの久野を残して、車を降りた。

彼は一人になった。いや、一人になりたかったのである。彼は高台のある方へ向って歩いた。この通りは、人通りも少なく、車も少なかった。ものを考えながら歩くのには、一番いい所である。

田代は、その白い道の坂をのぼった。

両側には、木が茂り、塀《へい》がつづいている。閑静な住宅街の一郭であった。タクシーの通りも少なく、人もぽつぽつ通行する程度だったので、ものを考えるのには適当だった。

田代の顔には、桜の花びらのようなパラフィン包埋の一片が浮んでいる。それは膜のように薄いものだったが、その真ん中に、木の節のように違った色ではめこまれているのは、まさに人間の臓器の一部である。だが、それは臓器という観念からおよそ遠ざかっていた。その一片を誰が見ても、人間の臓器と言いあてるものはない。

医務課長は、臓器を顕微鏡にかけて精密検査をする場合、二つの方法がある、と言った。一つは、今のパラフィン包埋であり、一つは臓器を冷凍させる方法である。冷凍して固型化した臓器は、やはり薄く切って顕微鏡にかける。

「ですが、このパラフィン包埋は、いちばん確実で完全なんですよ。それも、こういうふうに薄く切らないと、顕微鏡にかけてもわからないのです」

医務課長は、そう説明した。

「まあ、こうして係りの人が器械にかけて、それこそ、薄紙のように切るのには技術がいるのです。ほれ、これをごらんなさい」

そのとき、医務課長は、器械の横にうず高く散乱している同じ切断片を見せた。

「こんなにロスが出るんです。この長いものから、顕微鏡にかけるのは、ほんの二枚か三枚しか取れないんです。なんでもないようですが、実に技術のいる仕事です。というのは、パラフィン包埋とはいっても、臓器の脂《あぶら》がにじみますから、この器械の刃でも、すぐ取りかえねばなりません。調子がそのたびに狂うんですね」

だが、それらの言葉を田代がいま思い出しているのは、彼の考えがそれに拘泥《こうでい》しているわけではなかった。

彼の関心は、パラフィンに漬けられた臓器という面にあった。

田代は、信州の簗場《やなば》の駅でも、岡谷駅でも、木箱に詰められた石鹼《せっけん》材料と称する荷物が、東京から到着したことを知っている。

現に、岡谷の駅では、貨物の係員が、木箱の割れ目から石鹼材料の一部を見たと言っている。

その荷物は、木崎湖や青木湖や諏訪湖《すわこ》に投げ入れられた、と田代は考えているが、問題は、その目方のことである。石鹸材料とすると少し重すぎるのだ。

田代がその木箱の謎《なぞ》を、確信をもって初めて解いたのは、いまの変死体解剖見学の風景からであった。

田代は歩き続けた。

なるべく自動車の通らない、そして、人通りの少ない道を選んだ。

いつのまにか道は細くなり、住宅街はいよいよ寂しい区域になっていた。

そこは高台なので、谷間のような下町には、東京の街の屋根がむらがって陽《ひ》に輝いていた。

通りのほとんどの家は、高い塀の中に隠れていた。歩いていると、ときどきピアノなどが聞えたりする。

監察医務院で見学したパラフィン包埋を薄く切るという方法が、田代に重大な暗示を与えた。

その暗示から、田代は一つの思考を追っていた。ほとんど、自分の歩いている道の方角さえ、わからないくらいだった。

彼は、信州の駅に着いた木箱の大きさと重さとを、いま回想していた。

縦　四十センチ
横　四十センチ
深さ三十センチ
重量四十四・八キロ
（簗場駅）
縦　八十センチ
横　二十センチ
重量二十九・六キロ
長さ五十センチ
（海ノ口駅）
幅　五十二センチ
深さ二十センチ
重量四十八・二キロ
（岡谷駅）

その内容品は、ロウソク材料と称したり、石鹼材料と称したりしているが、友人の杉原講師の分析の結果パラフィンだと以前に推定した。そのことがはっきりわかったのだ。

パラフィンにしては、木箱の容積に対して重量が少し多いのである。

田代は、木南の手紙を思い出した。彼はポケットの手帳をさぐった。

彼の手紙の要点だけはメモしておいたのだ。そのページが出てきた。

「人間の個々別々の標準重量。頭―四・四キロ、胴―二十六・五キロ、左上肢《じょうし》―二・八キロ、右上肢―二・六キロ、左下肢―七・三キロ、右下肢―八・〇キロ。

青木湖、木崎湖、諏訪湖↓頭の部分、上肢、胴体。野尻湖↓右以外の他の部分。

偽装方法＝死体をばらばらにして、各部分を別々に違った土地に送る。パラフィンに肉体の一部分を漬けている。

最初にワクの中にパラフィンの溶液を満たし、その中に、肉体の各部分を一つ一つ入れて、パラフィンを冷却させ、凝結させる。

世田谷の空地に建てた無届けの偽装建物は、その工作現場である……」

3

田代は、まだ考え続けていた。

順序を立ててみよう。――

ある人間の一団があった。彼らはある人物を殺害した。

死体の処置を彼らは考えていた。前から計画を立てて、あとの手はずを決めた。実行はその計画の線の上で行われた。

わざわざ、地主の住所から遠い空地を選んだ。この選定は慎重だったが、うまく運んだ。

彼らは、そこに石鹼工場なるものを建てた。外から見られないように、工事用の板囲いをした。誰《だれ》が見ても、自然である。

その工事は、石鹼製造工場という言いふらしだった。工事は、試作品の石鹼をつくる簡単な装置だけで完成した。あとは、いかにも工事の途中といった程度にしておいた。

狙《ねら》っていた人物を、どこかで殺して、その死体を石鹼工場に運びこんだ。このとき、死体はすでにばらばらになっていた。ひそかな工作がそれから始まった。秘密で恐ろしい作業である。

パラフィンを煮て、用意した木箱に流しこんだ。

パラフィンは上の方から冷却し、しだいに固型化しつつあった。適当なところで、首、胴、手足などを、その中に埋めた。臓器ではなく、人体の各部分がそのまま木箱入りのパラフィンの包埋になったのである。

目的はそれで達せられた。あとは工場の撤去である。

しかも、中途の解体は、誰からも怪しまれなかった。そのことは彼らに計算ずみだった。彼らの誰かが遠い地主に投書した。地主は、さっそく、抗議にやってきた。その抗議は、すなおに承認された。土地の不動産屋に欺《だま》されたという口実をつくり、恐縮してみせたであろう。

他人の土地に不法な建物を建てようとしたのだから、これは、撤去するのに、誰も不審に考えなかった。

次は、荷物の処分である。

彼らは、それらの荷を各地に分散した。中央線の駅に、ばらばらに送りつけた。わざと駅止めにした。

品目は、ロウソク材料や石鹸材料とした。包装が不完全で中身がのぞいても、石鹸と同じように見せかけて、発見者に怪しまれないようにした。

送りつけられた荷は、仲間の一人が受取人になって、わざわざ到着駅に出向き、荷物を引き取った。

次は、その荷物を処分することである。

彼らは、初めそれを錘りをつけて湖水に投げた。木箱はそのまま湖底に沈むと思っていた。

だが、その現場に目撃者があった。つまり、田代自身である。

田代は、信州の山湖にひろがって行く渦紋《かもん》を見た。それがパラフィン詰めの木箱であった。湖面に何を投げたか、その疑問から、田代の調査が始まった。田代のその活動を敵は知った。つまり「目撃者」の存在に気づいた。

のみならず、田代からそのことを聞いた新聞記者の木南が、湖底から木箱を引きあげようとした。

敵にとっては、もはや、ぐずぐずしてはいられなかった。

新聞社の大仕掛けな、本格的な引きあげ作業がはじまる前に、彼らは木箱を拾いあげてしまった。

木崎湖でも青木湖でも、諏訪湖でもこうしたに違いない。野尻湖でも同じことが行われたであろう。その証拠がある。

それから、彼らはどうしたか、つまり、木箱の処分である。

おそろしい知恵を彼らは働かせた。おそろしい処置である。

パラフィン包埋を顕微鏡にかけるために削る方法と同じ手段が、この木箱詰めの死体にも行われた。

木箱に詰めたパラフィンは、そのまま取り出し、それを薄く削ったのであろう。むろん人の手ではできない。機械を借りることが必要だった。

その機械が材木を削る機械鉋《きかいかんな》だったと思う。

その証拠がある。

田代は以前に、野尻湖の奥、あまり人の行かない岸辺《きしべ》で、カンナ屑《くず》がうず高く積まれているのを見た。

その幾片かは、湖の上に浮いていた。

田代は、ボートの上からそれを拾って見た。杉の木目のはいった屑もあれば、もっと小さいのもあった。

今にして思うのである。その小さな屑の中には、色の変った部分があったではないか。

そのときは、別になんでもないと捨て去ったが、あれには人体入りのパラフィンの屑が、カンナ屑とまじっていたのである。

あのとき、田代は、ボートから岸にあがった。そこには木箱を焼き捨てた跡があった。木箱も、それをくった縄《なわ》も、黒い灰になっていた。そのそばには木屑があった。

そのとき、妙な場所に木屑があると思ったが、あれこそ湖底から引きあげた木箱の一つを処分したのである。木屑も焼けていた。だがこの残りのいくつかが、風にでも吹かれて、水面に落ち、田代が行ったときに、浮んでいたのであろう。そうすると、あの木箱は、あきらかに野尻湖から引きあげられたものだ。

柏原の駅では、そのような荷物の到着はない、と言っていたが、彼らのこうかつな手段は、ほかの荷物に偽装してくらませていたかもしれないし、また鉄道輸送でなくても、たとえばトラック便に積むという方法だってある。

荷物の輸送は、鉄道だけではなく、今では東京・新潟間の深夜便トラックだってあるのである。また、当人が別な駅から引き取って、その木箱をバスの中に持ちこんだかもわからない。あるいは、ハイヤーを使ったかもしれない。

こう考えてくると、一味は非常に大仕掛けな犯罪をやっていたことになるのである。

では、彼らの犯罪を考えてみよう。

パラフィンの中に漬《つ》けた首や、胴体や、手足には血液がある。血液が出ると偽装は困難である。

しかし、これは、まず、パラフィン詰めにする前、その肢体《したい》から、血液をすっかり排除することだった。切断されているから、これは容易である。その後、肉体入りのパラフィンは、製材機にかけて、薄板かオガ屑のようにして削ったのであろう。それを袋のようなものに詰め、ほかのカンナ屑と混ぜて捨てたかもしれない。

人間の死体の処置に、これほどの巧妙な手法が使われていたのだ。まさに、外国にもその例を見ない。未曾有《みぞう》のトリックであった——。

田代は自分の足が、どこに向っているかわからなかった。一人で考えこんでいるうちに、いつかその勾配《こうばい》をおりきって、別な電車通りに出ていた。

明るい陽の下である。相変らず電車や自動車やトラック、バスなどが走っている。大勢の人間が動いている。何一つこの世に犯罪があるとは思われない、平和なそして平凡な風景であった。

だが、こうした日常的な平凡な光景の裏には、想像もつかぬ犯罪が行われたのである。田代は、現在自分の目の前に映っている風景の方が、かえって嘘《うそ》のように思えるくらいだった。

これは、大犯罪である。そして非常な多人数がこれに動員されている。

事件は謀略の臭《にお》いが強い。なぜかというと、政界の実力者、山川亮平氏が、あきらかに被害者の一人なのである。木南は山川氏を追っているうちに、その核心に迫ろうとして、彼らに逆に消されたのである。木南がいかに事件の核心に迫っていたかというと、彼が田代にくれた手紙の内容でもわかる。木南は、すでに、彼らの手口を見破っていたのである。

さすがに警視庁詰めのベテラン記者である。だが、彼の俊敏さが、かえって、彼に災いしたのだ。

木南のことだから、社には、わざと連絡をとらず、単身、彼らに接触しようと近づいたに違いない。それが、木南自身を孤立に陥《おとしい》れ、誰にも知られないで生命を失う原因となったのだ。

人間の死体をパラフィン漬けにして固型化し、それを機械鉋にかけてカンナ屑のように処理する。さらに、それを実際のカンナ屑に混ぜて方々に捨てる。――

この着想は、大胆で奇抜である。田代は自分の推定が、おそらく間違いではないだろうと確信を持った。

こうなると、その第一の犠牲者は、山川亮平氏と考えていいのではないか。

この推定は、もはや、動かすことはできないと思う。山川氏を追っていた木南が、続けて消されたから明確である。

では、山川氏はどうして彼らに拉致《らち》されたのか。

山川亮平氏はその失踪《しっそう》の夜、銀座のナイトクラブに姿を見せていた。そのナイトクラブから婦人の声の電話で呼びだされたらしいという。その電話をかけてきた婦人とは、エルムのマダムではないだろうか。その声は三十歳前後の感じであったというのだ。

エルムのマダムは、なぜ殺されたのか。

ここで田代は思うのだ。

久野が聞いたというタクシーの運転手の話である。場所もちょうど、あの石鹼工場の近くの道端であった。そのタクシーの運転手が通りかかると、ライトを消した自動車が一台、木陰にとまっていたという。

四人かの客が、それに乗っていた。その中に女性がいたのを、その運転手は見かけた。

運転手は、それがエルムのマダムであることを知った。

そのことを彼は近所にしゃべった。久野も、それで知ったのだ。まもなく、その運転手は信州の天竜川の断崖《だんがい》から、ふしぎな墜落死を遂げた。

この理由は簡単だ。一味が目撃者を消したのである。むろん、エルムのマダムは山川氏といっしょに行方《ゆくえ》不明になった。場所は、あの偽装石鹼工場の建ちかけていた原っぱの、すぐ近くの道である。この両者は、ここではっきりと結びつく。

では、その自動車には、マダムだけでなく、山川亮平氏も同乗していたのではなかろうか、という推定は容易につくのだ。運転手は、マダムのほかに三人の男が同乗していたのを、確かに目撃したという。

こうなると、エルムのマダムの役割が、はっきりとしてくる。エルムのマダムは、山川亮平氏誘拐《ゆうかい》に、一役買わされたのではなかろうか。

これは、山川氏がバー・エルムのマダムに、特別な感情を持っていたという理由ではない。田代の推定では、山川氏は彼らの一味に拉致されて殺害されるまで、ある期間、どこか秘密な場所に幽閉されていたと考えている。その間、マダムは山川氏の身の回りを世話させられていたのではないか。つまり、政治家山川亮平氏を、相手もそれだけ待遇していたのである。その限りにおいて、エルムのマダムも、やはり、黒い手に捕われていたのであろう。

そのエルムのマダムは、東京郊外、国立町の雑木林の中で死体となって発見されているのだ。

その事実は、彼ら一味が課したマダムの任務が、終了したことを意味する。つまり、山川亮平氏の身の回りを世話する必要がなくなったのである。

必要はなくなったが、重大な秘密を握っているマダムを生かしておくことは、彼らにとって不都合である。彼らはマダムを、利用するだけしておいて、容赦なく消したのである。

思うに、このときに前後して、山川氏も殺されたのであろう。

では、なぜ、エルムのマダムは、山川氏と同じ方法で死体の処理をなされなかったのか。

これには、二通りの考え方がある。マダムを殺しても、犯跡がわからないという自信があったことが、一つである。もう一つは、マダムを殺すことは、彼らの予定になかった。つまり、山川氏を殺して、パラフィン詰めにするだけで、彼らの仕事は終り、マダムの分まで余裕がなかったのではあるまいか。

それと、犯人は殺人死体の一つや二つぐらい発見されても、たいしたことはないと思ったかもしれない。要するに、計画された犯罪と、偶発的な犯罪との差異である。

では、マダムが殺された国立付近の現場に、何か事件に関連した意味があるのか。

それと、最大の疑問は、一体、山川亮平氏はどこで殺されたか、ということだ。

ここで、田代は一つの矛盾に気づいた。

山川氏はあきらかに東京で殺されたと思う。だが、木南の失踪は、信州の柏原だった。

ところが、世田谷の偽装石鹼《せっけん》工場は、すでに解体されたあとである。

もし、木南も山川氏と同じ方法で死体処理をされたとすると、パラフィン詰めの工作は、信州で行われたとみなければならない。だが、信州には、田代の見たかぎり、そのような形跡はなかった。では木南も果して山川氏と同じように、パラフィン詰めにされて、人間のカンナ屑にされたのであろうか。

さまざまな疑問が、田代の頭に、雲のように湧《わ》いてくるのだ。

さて、パラフィン詰めの死体を削った場所といえば、まず、柏原のあの製材所が第一に考えられる。田代を栃《とち》の木《き》部落に誘ったのも、製材所の男だったし、あとで、製材所の職人たちが、みんな、口を揃《そろ》えて、その男の存在を否認したのも、この推定を確実にするのである。

田代は、ここで、頭の中で整理してみた。
①　山川亮平氏の場合の殺害現場は東京。

②エルムのマダムも東京、それも、死体の発見現場から考えて、郊外との推定が強い。
③木南が殺されたのは、柏原付近。
④野尻湖畔で発見したパラフィンの削り屑は、山川氏の死体である。もし、木南が同様の処理をされたら、新しいパラフィン屑が、別なところになければならない。

田代は朝起きた。

近ごろは、新聞を丹念に読むことにしている。例の事件に関係した記事が、出るかもしれないという期待だった。

だが、その期待は、いつもはずれている。山川亮平氏の行方は捜索を打ち切り、捜査本部は解散したというニュースが、昨日の朝刊に出ていただけだった。

その記事の中には、捜査本部発表として、次のように書かれてあった。

「山川亮平氏の行方は、八方、手をつくしたが、どうしても確証がつかめない。捜査本部としては、いちおう捜索をうちきり、本部を解散することになった。山川氏の生死については、はっきりとまだ断定することはできない。しかし、最悪の事態も考慮して、本部は解散になったとはいえ、今後も任意捜査を継続することにする。

山川氏の失踪《しっそう》は本人の意思にもとづくものかどうか、今のところ判断がつかないので、犯罪としての捜査もできない事情がある。ただ、氏の失踪はその地位からみて、各方面に影響するところが大きいので、本部としても、捜査に努力を尽したつもりである。捜査本部の解散には、政治的な干渉も圧力もない。今後も、山川氏に関する情報がわかれば、警視庁にその旨《むね》申し出られるよう一般の方に協力をお願いしたい」

捜査本部主任談としての記事は、これだけだった。

捜査本部としては、表向きに山川氏の死亡を認めることができないのである。しかし、この談話の示唆《しさ》するように、当局では、ほとんど、山川氏の生命に絶望しているのだ。談話にもあるとおり、山川氏の失踪は、時局にかなりな影響がある。氏は以前に大臣を二度もつとめたことがあり、保守党内部では、一方の隠然たる実力者であった。

当局が、山川氏の失踪の取扱いに、どのように神経を使い、どのように捜査方法に慎重であったかは、想像ができるのである。

その記事が昨日の新聞だった。

田代は、今朝も朝刊を開いた。すると、ふだん、あまり目を通さない政治面に、次のような記事が大きく出ていた。

「中部開発株式会社、いよいよ発足か」という見出しで、昨日の閣議が、それを了承したとの内容だった。

中部開発株式会社というのは、中部地方一帯の電力地下資源などを総合して開発する新しい大資本の企業体だった。これは、従来から山川亮平氏が、しきりと唱えていたことであった。

山川氏が行方不明になったので、本人の遺志をついで、閣議がそれを決意する気持になったのであろう。だが、記事の内容を読むと、かならずしもそうではなかった。

山川氏が中部開発会社を発足させるに当って、業界にその権利のほとんどを与えようとしたのは、A開発株式会社だった。

ところが、新聞を読むと、その開発会社はオミットされ、別の、つまり競争相手の××開発株式会社になっている。

その指定された会社は、建設大臣のB氏と緊密な関係にあったといわれている。ところがB建設大臣はまた、その直系の親分であるL大蔵大臣の側近といわれているのだ。

こうなると、つまりL蔵相が新しい開発会社を指定したことになる。

ところで、L蔵相と山川亮平氏との関係は、以前から犬猿《けんえん》ただならぬ間柄《あいだがら》であった。山川氏はつねに、L蔵相に対しては、反対的立場を取り、L蔵相も山川派を日ごろから目の仇《かたき》にし、その勢力の減殺に努力してきたといわれている。

要するに、山川氏の失踪の結果、それまで予定されていたA開発会社が除外され、L蔵相、B建設相ラインの××開発会社が、新しく変更指定されたわけであった。

新聞の解説によると、だいたい、以上のとおりで、

「要するに、山川氏失踪が、この事態の変化をもたらしたといえる。山川派にとっては、この決定は相当な打撃であろう。というのは、この中部開発によって相当な資金がL蔵相派に転がりこみ、勢力均衡の上において、山川派をはるかに越す形勢になったからである」

解説は、そのような文章で結んであった。

田代はそれを読んだ。政局のことは、彼には興味がないし、また知ろうとも思わない。

だが、この記事は、田代には見のがすことができなかった。山川亮平氏の失踪が、ここに初めてその影響を時局に現わしたのである。

これは偶然だろうか。

田代は、新聞を捨てて考えた。

山川氏が失踪して、その一派が没落する過程を、誰かが描いていたのではなかろうか。

つまり、この結果は、最初から、ある筋書によって運ばれたのではなかろうか。

そうなると、山川氏の失踪は、大変な謀略といわなければならない。

むろん、それが、時の内閣の中心人物であるL蔵相やB建設相の直接の企《たくら》みとは思えない。

だが、当人に関係なく、その勢力下にある、あるグループが、自分たちの派閥のために謀略を行うということは、十分に考えられるのであった。

もう一つを考えてみよう。

指定をうけた××開発会社は、山川氏の失踪によって、思わぬ利益を受けることになる。情勢をここに持ってくるため、この方面からも、何か山川氏に対して黒い手は伸びていないであろうか。

やはり、もう一度あの町へ行ってこなければならない……。田代は、目をつぶって考えた。

第十五章　ふたたび柏原にて

事務員は懸命に伝票を繰っている。

田代は自分を落ちつかせるように煙草《たばこ》を取り出して喫《す》った。

そのうち事務員の手が止った。彼はじっと伝票に見入っていた。

「やっぱり、ありましたよ」

事務員は振りむいて言った。

「え、ありましたか?」

田代は、思わず上ずった声を出した。

「見せてください」

事務員は机を立って営業台《カウンター》のところに来た。

わざわざ、田代に見やすいように伝票をさかさまにしてくれた。

それは、送り状の写しだ。

「これでしょう。きっと」

事務員は指で押えた。そこには次のように書いてあった。

「品目——機械鉋《きかいかんな》の刃、一個。送り人、××製材所。宛先《あてさき》、中央線立川駅止」

日付を見ると、それは十日前だった。田代は手帳に写しとった。

「どうもありがとう」

満足だった。自然と、礼もていねいになった。

彼は道を歩いた。

東京を発《た》つとき推定したとおりの結果になったのだ。

あの製材所でパラフィン詰めの人体の一部を削ったとすれば、必ず機械鉋の刃に脂《あぶら》がつくはずである。しかも、これは人体の各部分を削ったのだから、大量な脂のはずだった。

この間、見学した監察医務院の話では、あの小さなパラフィン漬《づ》けの臓器を削るのに、脂のため、刃がすぐに役に立たなくなるという説明だった。

田代は、それを思いついたのである。

彼の推定どおり、あの柏原の町はずれの小さな製材所が死体の処置場だったとすると、それに使用した鉋の刃は当然取換えに修理工場に出さなければならないのだ。素人《しろうと》に刃の研磨《けんま》ができることではなく、また、それだけの設備が田舎町の柏原にあるはずはなかった。田代の着想はこれだった。

その鉋の刃を研磨に出すため、製材所では設備のあるどこかに送っていなければならない。果してその事実があるかどうか。

もし、事実があれば、自分の推察は裏書きされる。その確認のため、田代はわざわざ東京を発ってふたたび、柏原の町にやってきたのだった。

そのかいがあったとはいえる。彼の予想はまさにぴたりと当ったのであった。

田代は、柏原の町を歩き続けた。

最初から疑っていたあの製材所が、やはりそうだった。

しかし、なんというやり方であろう。木箱に詰めた人体入りのパラフィンを、製材用機械鉋にかけて削り、犯跡をくらますとは。

これほど残忍な、しかも、巧妙なやり方を企んでいようとは知らなかった——。

勝手を知った道だった。

田代は歩いた。見覚えの町を通った。

もう、この辺から例の機械鉋や機械鋸《きかいのこ》の金属性の音が聞えるはずだったが、音がなかった。どこかの家で赤ん坊が泣いていた。

はてな、と思った。

今日も休業か、と考えたくらいである。

機械鋸の音は、まだ工場が見えない前から鋭く耳にはいるはずだった。

田代は急いだ。

角を曲った。彼は目をみはった。愕然《がくぜん》とした。

あの製材所がどこにもないのである。

間違いはなかった。山も森も、それから農家の部落も、そのままの景色の中にある。

だが、あの製材所の小屋は、かき消えたようになかった。

田代は、真昼の中に妖怪《ようかい》にでも出会ったような気がした。

だが、幻ではなかった。その証拠に、製材所が建っていたあたりには、小屋をこわした跡があるのである。

田代はその跡に立った。

きわめて貧しい設備だったことが、その跡を見てわかった。本式の土台もないような簡単なバラック造りだった。一面に木屑《きくず》が堆積《たいせき》して残っている。その一部が黒く焼かれていた。

小屋を解いた材木は、縄《なわ》でくくられて置かれてあった。そのほか、商品らしい材木は一本も見当らなかった。

田代は茫然《ぼうぜん》とした。

すぐ、脳裏に来たのは、この製材所の一味が逃走したことである。

それにしても、相手は、田代の裏ばかりかいているのだ。ただ、これで製材所の一味が、はっきりと正体を見せたことだ。彼らが口を揃《そろ》えて、警部補たちの前で田代の申立てを否認したのも、これでわかる。

空に一羽のカラスが黒い翼を泳がしていたが、田代を嘲《あざけ》るように一声鳴いた。

田代は急に足が重くなった。

彼は、とぼとぼと歩いて、近くの農家に行った。

案内を乞《こ》うと、五十ぐらいの主婦が草履を突っかけて庭から出てきた。

「ちょっと、お尋ねしますが、ここに建っていた製材所は、どこに引越したのですか？」

田代はたずねた。

「はあ」

主婦は、ぼんやりした顔だった。

「いつごろ、この製材所を崩したのでしょうか?」

「三日くらい前です」

三日前だと聞いて、田代は茫然となった。

すると、彼が、この柏原の町を引きあげて東京に帰った直後に、製材所は取りこわされたのである。

相手は、田代の意図を察して、早くも製材所の建物を、みずからの手で破壊したのであろうか。

「引越し先は、わかりませんか?」

田代はきいた。

「さあ」

おばさんは、やはり、無表情な顔で答えた。

「どこだか知らねえです。わしらには、何も言わねえからね」

「すると、あの製材所の人たちは、この土地の人ではないのですか?」

今度は、おばさんは、はっきりと首を横に振った。

「いいえ、まるっきり、よそ者ですよ。今まで見たことも、会ったこともねえ人たちばかりです」

「いったい、いつごろ、この製材所は建ったのですか?」

「さてね」

主婦は考えるように首を傾《かし》げたが、

「二カ月ぐらい前かもしれねえです」

「二カ月?」

わずかな期間だ。では、あの製材所は、死体処理のために、わざわざ、ここに造ったのか。

「製材所の責任者はなんという人ですか?」

「いま、言ったとおり、つきあいがねえで、何も知らねえです」

「このご近所で、製材所をよく知っている方はいませんか?」

「どこもねえだろうな。この近所の者とは、あまり、口をきかなかったようですからね」

これでは、手がかりがなかった。

しかし、この前、田代が見たときには、機械鋸は材木を挽《ひ》いていたのである。事実、わずかだが、木材が小屋の前に積み上げられていた。

では、この製材所に注文を出した店がなければならない。

それを捜すのは面倒だし、それよりも同業者に当った方が、手っとり早いと考えた。

「この町には、ほかに製材所はありませんか？」

田代は、また、聞いた。

「それは、ねえでもねえです。駅のすぐ裏側に丸井という家がありますからね。古い製材所ですよ」

「駅の裏側ですね？」

田代は手帳につけた。

「どうも、いろいろ、ありがとう」

田代は引き返した。

教えられたとおりに、駅の裏側に行くと、丸井という製材所は大きな工場だった。

田代は、丸井製材所の責任者に会うことができた。責任者は、田代の質問に答えた。

「あの製材所はですね。われわれの仲間ではないので、よく知りません。なんだか妙なところでしたよ」

「妙なところといいますと？」

田代は、その言葉が聞きのがせなかった。

「何か素人《しろうと》くさいですね。素人さんが、何か急に思い立って商売をやったというような印象です。だいたい、われわれの商売だと狭い世界ですから、玄人《くろうと》か素人かの判断は、すぐつきます。あの製材所は、はっきり言って素人のモグリですよ」

丸井の責任者は、商売仇《しょうばいがたき》だったという気持もあってか、なかなか手きびしかった。

「モグリという意味は、どういうことですか？」

「われわれの組合にもはいっていないのです。そして、われわれ同業者とのつきあいもなく了解もありません。だいたい、われわれの製材商売というのは、需要関係が決っていましてね、どこはだいたいどういう得意先を持っているということが、わかっているのです。ところが、あの製材所に限って、全然得意先関係が決っていません。あの製材所の唯一《ゆいいつ》のやり方は、非常に単価を安くやっていたことです。まあその点、われわれも、ずいぶん、迷惑をこうむり、得意先の中には、単価が安いというのにひかれて、あの製材所に頼んだところもありますからね」

責任者は唇《くちびる》を舌でなめた。

「ところが、あの仕事ぶりを見ると、すごく下手くそなんです。あれは下手くそというより、めちゃくちゃですよ。安いのにひかれて、製材を頼んだ店は、その仕事ぶりにあきれて二度と頼まなかったようです。あれでは、商売が成り立つはずがないと思っていたら案の定です。いつのまにかつぶれてしまいましたね」

その責任者は、多少、小気味よげに言った。

「すると、あの製材所の職工さんたちは、あなたの方では、全然ご存じない人ですか？」

「いや、われわれの知らない連中ばかりです。製材所の職工も、まあ、商売仲間ですから、どこには、誰《だれ》が働いているくらいは、すぐわかるんです。ところが、あの製材所は、素人衆の集りばかりですからね。それだけでもインチキです」

「ありがとうございました」

丸井の責任者の腹立ちは、田代には、わからないではなかった。しかし、この話は田代に参考になった。あの製材所は、その商売のために開いたのではなく、目的は他にあったことがはっきりした。

つまり、あの製材所は、死体処理場だったのである。

田代は、柏原の町を当てもなく歩いた。

問題を整理してみよう、と彼は思った。

この犯罪には、多数の人間が関係している。

まず、栃の木部落だ。あのとき自分の周囲には、少なくとも四、五人はいた。

次は製材所である。田代を栃の木部落に誘った男のほか、製材所の職工は七、八人はいたと思う。

こうなると、偽装製材所の職工全部が、共犯者ということが断定できる。

製材所の職工全部が、パラフィン死体の切断に関係している以上、彼ら全部はそのグループである。では、田代を栃の木部落のあの無気味な家に閉じこめて包囲した連中も、製材所の職工ではなかろうか。

思い当ることがある。あのくらやみの中に、どこかで聞き覚えの声だと思ったのは、製材所で聞いた声なのだ。それが意識に残り、どこかで聞いた声だと感じたのではなかろうか。

間違いはない――。

製材所は夜間は休む。だから、彼らが栃の木部落に行って、田代を包囲して詰問《きつもん》したとしても、少しも不自然ではないのである。

それなら、いま、彼らは、いったいどこに移動したのであろう。

柏原の町には、死体処理のためにのみ、偽装製材所を建てたのだから、それが用ずみになれば、製材所を「廃業」させるのは当然である。

おそらく、それは廃業というのではなく、偽装製材所の死体処理の証拠を、消してしまったのではなかろうか。

もはや、彼らの目的は終ったからだ。

彼らは、いったいどこに行ったのか。

ここまで考えたときに、田代は一つの事実にぶつかって、顔色を変えそうになった。

偽装製材所が用ずみになれば、あの機械鉋の刃を修理に出すことはないではないか。

しかも彼らは修理や研磨に出したのだ。運送店でそれを証明した。事実、その送り状も見せてもらった。

では、彼らは何のためにその刃を修理に出したのか。

言えることは一つである。

彼らは第三の殺人を企《たくら》んでいるのだ。しかも、同じ方法で！

田代は、慄然《りつぜん》とした。

機械鉋の刃を修理に出し、研磨をさせた以上、彼らはまたどこかで製材所を造るのではなかろうか。そして、この次に狙《ねら》われる第三の被害者は、誰なのであろう？

田代は自分を考えた。

思えば、この事件にかなり足を突っこんだ自分が、第三の対象になっていないとは言いきれないのだ。現に、何回か「警告」を受けている、栃の木部落では、まさに危ないところを「霧の女」に助けられたではないか。

——彼らはいったいどこに移動したのであろう。

田代は、町を歩きつづけていた。

帰りの汽車の時間も頭になかった。ただ、現在は、歩きながら考えることでいっぱいだった。

——製材所の職工も、栃の木部落の詰問者も、しょせんは同じ人物である。

彼らは集団的だった。この集団的というのが、この事件の特徴である。タクシーの運転手が、世田谷の原っぱの近くで見たときも、車の中にはエルムのマダムのほかに三人の男が乗っていたと言った。それに、その空地に建てられた偽装石鹸《せっけん》工場にうろうろしていた連中も、集団的といえる。

この町の偽装製材所を、みずからの手でこわした彼らは、どこに行ったのであろう。おそらく、そのままのかたちで、どこかに移動しているのではなかろうか。つまり、解散して、それがばらばらに分れることなく、そのままの集団でどこかに居る、という推定が強くなる。

しかし、集団的に彼らが移動しているとなると、最も人目につきやすいのだ。いちばん安全なのは、各人がばらばらに四散することだった。だが、これまでの経緯《いきさつ》からみると、彼らはやはり集団のかたちのままで、いずれかに残っているような気がする。

では、どこかにふたたび製材所を造るのか。

あの機械鉋を修理に出した事実から見ると、この点が最も考えられる。

つまり、第三の犠牲者を求めて、同じ方法で死体処理をする企図があれば、やはり今度も「製材所」でなければならない。その何よりの証明は、機械鉋を修理に出した事実である。

田代は考えた。彼らはいったいどこに行き、何を準備しつつあるのか——。

気づくと、いつのまにか、見覚えの町に出ていた。

それは、かつて田代がはいりこんだ路地であった。「河井文作」という標札が出ていた家は、その路地のつきあたりだった。

このあいだ来たとき、その家は空家になっていた。ここまで来たついでに、田代は現在どうなっているのか、確かめてみたくなった。

彼は、空家の前に立った。

すると、相変らず戸はしまったままである。ふしぎだった。いかに田舎でも、いまだに空家のままという法はない。改めて見たが、新しい標札が出ているわけでもなかった。

彼は近所の人にきいた。

「さあ、あのまま空いたきりですよ」

と、近所の人は答えた。

「どういうものか、借手は家を見には来るのですがね、どれも話がまとまらずに、そのままになっています」

「なぜ、話がまとまらないんですか？」

「それはよく知りませんがね」

と、話し手の老人は答えた。

「なんでも見に行った人が、陰気だといって、気が乗らないらしいですな」

この「陰気だ」という言葉が、田代の胸に響いた。

彼にもその覚えがある。この前、来たとき、家のようすを見るため、庭にはいった。戸がしまっていた。そのとき、何か自分のぐるりの空気だけが、急に冷えたような感じになった。

そのときの感覚が、老人の話で田代に思い出された。

すると、あの感じは自分だけのものではなく、ほかの人たちも経験しているのだ。

「陰気なんですか。それは、なぜですか？」

田代はわざときいた。

「さあ、よくわかりませんな」

老人は答えた。

「なんでも、あの家にはいると、とても陰気な気がするそうです。家が気に入って見に行った人も、そんなわけで話がまとまらず、いまだにああいうふうに空家になっていますよ」

「前にいた河井さんは、確か一年ぐらいしかいられなかったわけですね？」

「そうです。それくらいでしょうね」

「河井さんは、別に陰気ともなんとも言わなかったですか？」

「そうですな、そんな話はちっとも聞きませんね。そういえば、河井さんの前にいた人も、長くあそこに住みついていましたからな」

「あの家の家主さんは、どなたですか？」

「これから一町ばかり向うの種子屋《たねや》さんです」

「どうもありがとう」

田代は老人と別れた。

田代は教えられたとおりの場所に行った。田舎によくありがちな広い間口で、種子や苗を箱に並べた店だった。

「ごめんなさい」

田代は店先にいた主人に言った。

「お宅の貸家のことで参りましたがね」

主人はそれを聞いて、急に愛想がよくなった。

「さあ、どうぞこちらへ」

上がり框《かまち》に田代を招じた。

「わたしの従兄《いとこ》が、この柏原に近く越してくることになりますのでね。家を捜しているのです。お宅の、あの貸家をちょうど適当だと思いますが、どんなものでしょうか？」

「ああ、そうですか。それはそれは」

「もう、あの家はほかに決りましたか?」

「いえ、まだ決っていません。どうぞ、気に入ったら見てください」

「ちょっと、家の中を拝見したいと思います。どなたかご案内していただきましょうか?」

「かしこまりました。店の者に鍵《かぎ》を持たせてやります」

種子屋の主人は店員の一人を田代につけてくれた。店員はまだ若い男だった。

その店員は鍵を持って田代を案内した。

例の路地である。店員は先に立って、戸の錠前《じょうまえ》に鍵をさしこみ、中をあけた。

「どうぞ」

店員はさっそく、田代を招じた。自分でも雨戸を繰って内部《なか》を明るくした。

田舎の家だから、かなり広い。八畳の間の中央に囲炉裏《いろり》がつくってあった。

そのつもりでいるせいか、なるほど陰気な感じがする。荒廃した空家をみるのは、あまり気持のいいものではなかった。天井は煤《すす》けて低い。畳も荒れたままだし、襖紙《ふすまがみ》も破れたままだった。

田代は中央に立った。いつぞや寒気《さむけ》を感じた庭は、すぐ横手に見える。昼間と夜とは、ずいぶんと視覚が違うはずだが、見たところ、夜とさして印象が変らないのも奇妙である。

田代は畳の上を子細に点検した。これは、この家を借りるという名目があるので、不自然ではなかった。

別に変ったところはなかった。

襖をあけて押入れなどを見たが、そこに異常はない。天井を見上げた。囲炉裏で焚火《たきび》をするから煤だらけである。まさか天井まで棒でつつくわけにはいかなかった。

「この家には、家族が幾人いましたか?」

田代はきいた。

「二人ですよ。河井文作さんと、その妹さんです」

「妹さんというと、いくつぐらいですか?」

「そうですね。二十一、二ぐらいになるでしょうか。なかなか、きれいな人でした」

そのとき、田代はその言葉をうっかりと聞き流した。

「河井さんの職業は、なんです?」

「さあ、よくわかりません。なんでも田舎に資産があるとかで、その収入で楽な暮しをしていたようですね。ときどき、自分の好みで、野尻湖で漁をしていたようです。そういえば、あの妹さんも、舟を借りて、そんなことをしていたようです」

「妹さんも、野尻湖で漁をしていたのですか?」

田代の声が突然うわずった。

「そうです。私も、ときどき見かけましたからね」

田代は思い出している。いつぞや、野尻湖の湖畔の林を歩いての帰り、舟からあがった女漁師の姿である。

茶店の老婆はそのとき言ったものだ。

(あの人は、柏原の町の人ですよ。ときどき、ここに、ああして、魚とりにやってきます)

田代は、その店員の肩を摑《つか》まんばかりの勢いできいた。

「その妹さんというのは、どんな顔だちだったかね」

店員は、とっさに声が出ないようだった。

田代は、夜汽車に揺られて東京に帰った。

汽車の中では、浅い眠りしかとれなかった。

この事件の見込みは、長い長いトンネルを過ぎて、ようやく、はるか前方に、針の穴のように光線を見た思いである。その小さな小さな点が、しだいに拡大され、ついに、出口になるのである。それと同じ思いに彼は今なっていた。

だが、わからないことが、まだたくさんあった。その一つは、例の漁師姿をした女をふくむ犯罪集団が、いったいどこに行ったか、ということである。

田代の考えでは、彼らが解散してばらばらになったとは思えない。今までの手口から見て、かならず彼らはその集団のまま、移動したものと思っている。

これは以前にも考えたことだが、彼らの行先を漠然《ばくぜん》と東京だと思っている。

しかも、この犯罪集団は、第三の殺人を企んでいるのだ。

では、あれだけの集団で、人目に怪しまれないような居場所があるだろうか。問題はそれだった。

その推定の材料の一つは、彼らが一定の居場所に長くいないということである。つまり、移動性があるのだ。そうすると、彼らの本拠は、あんがい、東京ではないかと考える。もともと偽装石鹸《せっけん》工場を造ったのも東京だった。死体処理のために、柏原の町をわざわざ選んだが、それとても、東京から遠い土地で処理をしたいという犯罪心理からに違いない。

木南はとにかくとして、山川亮平氏を誘拐《ゆうかい》したのも東京都内であった。一仕事を終えた彼らが、舞い戻《もど》ってくるところは、当然、自分の本拠、つまり、東京に違いないと思われる。

では、東京のどこなのか。

それにしても、昨日の柏原行きはそれだけの効果があった。

田代は、その効果を胸の中に抱いて汽車に乗ったのだ。

思えばこの線も、この事件が始まって三度目の往復である。うとうとしているうちに、いつか深い眠りに陥った。

目がさめたとき、夜が明けていた。窓の外に朝の東京の郊外が走っていた。眺《なが》めていると、住宅地を勤め人がかばんを提《さ》げて歩いていた。主婦が見送っていた。路線に平行した通りのバスの停留所には、乗客が立って待っていた。平凡な静かな風景だった。

それは、平和で、つつましやかな世間の姿だった。

この、なんでもない静かな世間の奥に、善良な庶民の知らない大謀略が進んでいるのだ。普通人がちょっと考えて信じられないことだった。

新宿駅についた。

田代が網棚《あみだな》のスーツケースを持って、ホームに足をおろしたとたん、彼の頭に閃《ひらめ》くものがあった。

田代の頭に閃いたのは、ほかのことではない。

今までさんざん考えていた犯罪集団の行方が、彼に見当がついたのである。見当がついた、というのはおかしな言い方かもしれない。だが、一つのヒントが彼の頭に浮んだのである。

むろん、そのことには裏づけも確証もない。それは今後当ってみることだった。

田代は、アパートに帰った。昨夜、浅い眠りしか取れなかったので、久しぶりに自分の部屋で横たわった。

いつも世話をしてくれるおばさんに起されたのは、ひる前だった。

おばさんは、枕元《まくらもと》でにこにこ笑っていた。

「留守中、何か変ったことはなかったかね？」

「いいえ、べつに変ったことはありませんが」

おばさんは、そう言いかけて、

「ああ、そうそう、誰《だれ》かおひとり見えましたよ。お留守だと言ったら、黙ってお帰りになりましたがね」

と告げた。

「どんな人ですか？」

「わたしも初めて見るのですが、三十ぐらいの男の方です」

「名前は？」

「名前はおっしゃいませんでした。じゃ、また来る、と言って、そそくさとお帰りになりましたがね」

田代は首を傾《かし》げた。

「何かききませんでしたか？」

「田代さんはどこにおいでになりましたか、ときいていました。わたしが、お仕事で出張だと言ったものだから、しきりと行先をききたいふうでした」

「おばさんは、何か言いましたか？」

「向うがあんまり自分の名前を言いたがらないので、わたしも行先はぼかしておきましたよ。よく知らない、と言ったんです。そうしたら、そうですか、どうもありがとう、と言い、また訪ねてくる、と言い残して帰りました」

おばさんの処置は適切だと思った。

田代は、いよいよ見えない手が自分の身辺に伸びてきたような思いがした。彼は緊張した。

おばさんの作ってくれたトーストを食べて、久しぶりに自分の工房に行った。

助手の木崎が田代を迎えて、

「お帰んなさい」

とやはり懐《なつ》かしそうに言った。

木崎は、それから田代の留守中の仕事の報告をした。

「ほかに変ったことはなかったかね？」

田代がきくと、

「電話が二回か三回、かかりました」

と言う。

「誰から？」

田代は、おばさんから聞いた一件があるので、気にかかった。

「名前は宮尾という人です」

「宮尾？」

心当りのない名前である。

「どう言ってきた？」

「先生はいつお帰りになるか、そして、どこにお出かけか、そんなことを言ってました。自分は先生の知合いだ、というのです」

「教えたのか？」

「教えません。旅行にお発《た》ちのとき、先生からの話がありましたからね」

「それでいいのだ」

しかし、いったい、何者だろう。アパートにもききに行き、工房にも電話をかけてくるというのは――。

田代は見えない人間の手が、自分の身辺に伸びていることを感じた。

「これから、ちょっと出かけてくるからね。今日一日は戻らないかもしれない」

田代は木崎に言った。

「だが、途中で、こちらから連絡するから、留守に何かあったら、報告してくれ」

「わかりました」

田代は、仕事の順序などを、木崎に指示して、工房を出た。

タクシーを拾って新聞社に行った。前のR新聞と違う別な社だった。

この新聞社にも、知った人間がいる。ときどき写真のことでつきあっている。

「珍しいですな」

受付におりてきたその男は、田代をなつかしがっていた。

「今日は、ちょっと、あなたにお願いに来たのですよ」

「なんですか？」

「調査部の本を少し拝見したいのです」

するど、その男は答えた。

「外部の人が、直接、調査部にはいることは、禁じられているのです。本の名前がわかっていれば、ぼくが借りてあげますよ。それとも、どういうことを知りたいかをおっしゃれば、適当に出してあげます」

「実は、こういった傾向のものです」

田代は受付のメモを借りて、それに鉛筆で走り書きした。新聞社の友人は、じっと見ていたが、

「えらく方向違いのものがいるんですね」

と、何も知らないで笑っていた。

田代は、その友人に連れられてエレベーターに乗った。

調査部の前で待たされた。

田代が待っていると、その友人はまもなく調査部から出てきた。

「どうも、よくわからないんですが、あなたが中にはいってもいいそうですよ」

友人は言った。

「調査部の連中が、そう言っているから大丈夫です」

「そうですか、どうもありがとう」

田代はその男に連れられて中にはいった。

さすがに調査部だ。本が、小さな図書館のように、ぎっしりと棚につまっていた。

田代はその本棚の前に立った。調査部員は自分の仕事をしているので、田代の面倒をみるのがわずらわしいのであろう。社員の紹介があるので、かえって特別な便宜をはかってくれたのである。

田代はその中から分厚い紳士録や、そのほかの会社関係を、次から次に引っぱり出していった。それはかなり長い時間がかかった。いつか調査部の中に電燈がつき、窓の外はうす暗くなりかけていた。

調査部の人は、一人帰り二人帰りして、とうとう、あとは女の子一人になった。彼女は、机の上の写真をはさみで切っては、保存封筒の中に分類して入れていた。

田代が一冊の本に読みふけっていると、彼女は静かにそばに寄ってきた。

「あの、もう、ここをしまいますけれど」

遠慮そうに言った。

田代は、思わず自分が長い時間をかけていたことを知った。

「すみません」

彼は本を閉じた。

外はうす暗かった。調査部も静かになっていた。そのたった一人の女の子だけが残っている寂しい調査部を、彼は出て行った。

調べた本では彼は収穫を得た。自分の疑問の点を、ある程度、調査部の書棚の本が解決してくれた。それは一つの知識といってよかった。

エレベーターに乗り、階下に降りた。友だちに礼を言いたかったが、仕事時間中だし、忙しいさ中だろうと思って遠慮した。彼は社の玄関を出た。

そこにある電話ボックスが目についた。

「ぼくだがね、木崎君か」

木崎は、別にあれから何もありません、と報告した。それでよかった。彼はボックスを出た。

折りから頬《ほお》に冷たいものが当った。上を見ると雲が低く垂れて、それにネオンの光が反射していた。雨が降りだした。

田代は雨の中を歩いた。今、調査部で知りえた知識を考えていた。その分析とこれからの方針に熱中していた。

「田代君」

人混《ひとご》みの中で誰かに呼ばれた。

田代を呼んだのは久野だった。

「なんだ、雨にぬれて歩いているが、何を考えているんだい？」

久野は、すぐ横で笑っていた。

「おれは、これで、二度呼んだんだが、君は知らん顔してたよ」

「失敬した。つい、ほかのことを考えていたんでね」

田代は弁解した。

「どうだい、お茶でものまないか？」

久野は用心がいいとみえて、レインコートを着ていた。雨も少し強くなってきた。

「それでは一休みしようか」

二人は並んで歩き、すぐ目についた喫茶店にはいった。

「どうだね、このごろ、すっかり仕事の方をさぼっているそうじゃないか?」

久野は笑いながらきいた。

「そうなんだ。なんだか気持が低調なんだ」

久野にそう言われると、ちょっと辛《つら》かった。

「うそだろう」

と、久野は言った。

「君は、例の事件をまだ調べているんだろう。この間、ちょっと電話したが、信州の方に行ってたそうじゃないか?」

「おや、君が電話をかけたのか?」

田代は、ちょっと意外だった。

「ああ、かけたよ」

久野は、ぼんやり考えているような顔をして答えた。

「そうか。それは失敬した。留守の者がそう言わなかったものだから」

「そうかね。忘れてたんだろう」

しかし、久野から電話があったことは、木崎も取りつがなかったし、アパートのおばさんも言わなかった。二人とも忘れているのかもしれない。それとも、妙な電話だけ報告したのかもしれなかった。

「どうだね？　信州の方は。やはり例の一件だろう？」

久野は、田代に目を戻して言った。

「まあ、そういうところだがね」

「君も熱心なものだな」

久野はほめた。

「しかし、よく根気がつづくものだね」

「君だってそうじゃないか、エルムのマダムが行方《ゆくえ》不明になったときは、ずいぶん熱心だったと思うよ」

「そうだったかな。しかし、もうこちらも仕事が忙しいから、あの時ほどの情熱はなくなった。そりゃまだ興味は持ってるがね、君ほどにはどうしても熱心になれない。仕事に追われて、ここんところ、またひどく忙しくなったんだ」

久野は、そこでちょっと話題をかえて、

「君が信州に行った話を、よかったら、聞かせてくれないか」

と言った。

「これで何度目か、君もあの辺を歩いたわけだね。相当おもしろいことがあったと思うが」

「いや、それほどでもない」

田代は、友人でも、いまの自分の気持を話したくなかった。それは、うちあけるのが惜しいからではなく、もう少し自分の胸の中で整理したいからである。実際、いま新聞社の調査部に寄って得た知識も、彼の新しい思考の中に加わっていた。

久野は、田代の顔を見ていたが、

「それじゃ、これで失敬するよ、急に用事を思い出したものでね」

と、突然、言った。

「君、帰るのか?」

田代は伝票をつかんできいた。

「さあ、どうするかわからない」

田代の気持と久野の気持とは、二つの流れのように離れていた。親しい友人でも、ときとして、こういう状態になることがある。今の田代がそうだった。どんなに気に入った人間でも、今夜は、誰に会っても心が融《と》けこみそうになかった。

久野が用事があると言って、椅子《いす》から立ちあがったのも、田代のどこかしっくりしない心理を感じたのかもわからない。

喫茶店を出ると、銀座の通りは人がふえていた。

「また会おうね」

久野は、それでも手を振って別れながら、人混みの中にはいっていった。

田代は一人になった。

どこといって、今夜の当てはなかった。

田代は、ずっと前から一つの方法を考え続けている。いい考えが浮ばなかった。その
ための苦悶《くもん》が、彼の顔を冴《さ》えさせない。久野と、なんとなく気まずい思いで別れたのも、
それが原因のようだった。

田代は一人で歩いた。銀座の賑《にぎ》やかなところが、まるで、誰もいない田舎道を一人で
歩いている感じがした。自分だけしかいなかった。

田代はいつのまにか銀座裏の寂しい通りにはいった。暗い通りに人が歩いていたが、
数が少なかった。ここでは完全に考える人間になっていた。

それは長い時間だった。

わからなかった。田代はもがいている自分自身がわびしかった。

自動車がヘッドライトをつけて激しく通る。それが自分とは、まるで地域の違ったと
ころのように思えた。

東京駅に近づいた。いつのまにか銀座からここまで歩いて来ていたのである。

乗車口からはいった。ここには、いつも、あわただしい旅情がうずまいている。人々
が旅立つ前の雰囲気《ふんいき》を撒《ま》き散らしていた。

田代はぼんやりしていた。

第十六章　追　跡

1

翌日、田代は、自分がいつも仕事をしているある雑誌社に行った。そこでは、自分の係りになっている編集者のひとりと会った。この雑誌には、ときどき、グラビアの企画ものをやっているし、自分の方からその企画を持ちこむこともあった。

「どうもしばらく」

雑誌社の応接室で、編集者が彼の前に現われた。

「しばらくでしたね。実はあなたに会いたいと思っていたところなんですよ」

先方は言った。

「なんでしょうか？」

「例のグラビアですがね。何かいい案はありませんか？」

編集者は、まずいコーヒーをすすめたうえで言った。

「グラビアにはほんとに困ります。近ごろ、各雑誌ともこれに力を入れているから、競争が激しいんです。どうもここんところ、うちでは低調なので、弱っています。田代さんは、よくおもしろいアイデアを出されるので、相談しようと思ってたところです」

実は、この話は田代に渡りに舟だった。

「そうですな」

田代は、わざと考えるようなふうをした。

「どうでしょう。こういう案は」

彼は持ち出した。

「大きな会社では、療養所をみんな持っています。その療養所をまわって写真を撮り、グラビアに組写真とするのはどうでしょうか」

「さあ」

編集者は、煙草《たばこ》を吹かしながら、気乗りの薄い顔をした。

「ちょっと暗いですな」

「しかし、こういう見方もありますよ。いま、サラリーマンは、仕事の過重で胸を患《わずら》う者が多い、といわれています。まあ、結核は一種の職業病になりつつあります。こういう社会的な目から、会社の従業員の療養所における実態をとらえるというのは、意義があると思いますがね」

「なるほど」

編集者はまだ考えていた。

「いつも花やかなものばかりでなく、こうした地味な企画も、かえって逆でいいかもわかりませんよ」

田代は、自分の企画をすすめた。

それで編集者も、少し気持が動いたようだった。

「ちょっと待ってください。いま、編集長と相談してきます」

編集者は中座した。それは二十分ぐらいかかった。その間、田代は、自分の案の成功を祈った。

やがて戻《もど》ってきた編集者は、にこにこしていた。その顔つきで、田代は自分の成功を信じた。

「編集長は、一つやってみようということです」

編集者は告げた。

「そうですか」

「それも、まあ、写真がおもしろかったら、ということです。とにかく、ひとつ、写真だけは撮ってみてください。掲載はそのうえでのことにします」

「結構です」

と、田代は言った。

「それでは、ぼくの方で調べている会社の療養所をお目にかけます」

田代は、そう言ってリストを出した。その中には、国立《くにたち》にある××開発株式会社の療養所もはいっていた。

「まあ、こんなところでしょうな」

編集者はその表を見て、もっともらしく言った。

「ではさっそく始めますから、いちおう、連絡をとってください」

「すぐ出かけますか？」

編集者は、田代の気早さに驚いて言った。

「いや、仕事の手順があるので、これから、とりかかってみたいと思います。第一番に、この××開発の寮から、やりたいのですが」

「わかりました」

編集者はまた中座した。

それは、編集長の意見を聞くためと、撮影に行く先方に、渡りをつける手続き上のためと思われた。

今度は、かなり長い時間だった。

「お待たせしました」

編集者は、片手に名刺を持っていた。

「××開発の、本社の方の課長に、電話をしておきましたよ」

「それはどうも」

「先方は、すぐ承知しましたか？」

田代はきいた。

「ええ、わけなく承諾してくれました」

そう言いながら、編集者は紹介するかわりに、編集長の名刺をくれた。田代が念のために見ると、名刺には、

「当社のカメラマンです。ご便宜を願います。松田様」

とペン書きしてあった。松田というのが、寮の管理人であろう。

「どうもありがとう」

田代は、その紹介状の名刺を、丁寧にしまってから、頭を下げた。これさえあれば大丈夫だった。

「それでは、さっそく、とりかかって、いちおう、できたところで、ごらんに入れます」

「そうしてください」

田代はその雑誌社を出た。昨夜東京駅で考えていたのが、この案だった。どう考えて

も、いい思案が出なかったのが、ふと心に浮んだのである。やはり、苦しめばなんとかなるものだった。

その朝は、写真撮影には条件のいい日和《ひより》だった。

田代が撮影のために、器具を点検していると、電話がかかってきた。

「おはよう」

久野の声だった。

「この間は失敬したね」

「いや、こちらこそ」

「どうだ、この間は、用事があったので話し残したが、久しぶりに君と話してみたいんだ。実は、ぼくは今日ひまなんでね」

久野は、そんなのんびりしたことを言った。

「悪いな。今日はちょっと差《さ》し支《つか》えがあるんだ」

「そうか。仕事かい？」

久野はきいた。

「そうなんだ。ちょっと、これからある会社の寮に行く」

「寮？」

久野は頓狂《とんきょう》な声を上げた。

「なんだい？　そんな所へ」

「雑誌の企画さ。グラビアを撮るんでね。こんな天気だから、郊外の景色でも見ながら仕事をしようと思って」

「そんな離れた所かい？」

「うん、国立の方だ」

「国立？　へえ、そりゃ残念だな。まあ、仕事なら仕方がない。じゃ、また、都合のいい日にしよう」

「そうしてくれ」

電話は、それで久野の方から、切れた。

支度はできた。いよいよこれから××開発の国立の療養所に行くのだ。

田代は、国立まで電車に乗り、そこから駅前のタクシーに乗った。車だと、その療養所まで十分たらずで着いた。そこに行くまでは、武蔵野《むさしの》の田園が、青い田圃《たんぼ》を見せて広がっている。

門の前に着いた。そこからは小高い丘になっている。

「ここでいい」

田代はそこで降りた。

かなり急な勾配《こうばい》の石段を登って行った。高台の斜面には、ハイマツやツツジなどが植わっていた。

療養所の事務所の前に出た。病院にたとえると、ここが診察室のような感じだった。

建物はかなり古い建築で明るい感じはしなかった。

田代は、玄関に出てきた若い事務員の男に、雑誌社の紹介名刺と自分の名刺とを重ねて渡した。事務員はいったん奥に引っこんだが、どうぞ、と言って彼を上に招じた。

療養所の応接間は簡素なものであった。ただ、テーブルと椅子《いす》がいくつか並べてある。壁には、書や色紙などが飾られてあった。それを見ていると、会社の偉い人やこの寮を訪れたことのある、知名の人が書いたものだった。

田代は誰《だれ》も来ないので、しばらく、そこにぼんやりと待っていた。

廊下にスリッパの音が聞え、やがて、ひとりの男がはいってきた。

「やあ、お待たせしました」

背の高い男である。髪は、もう半分は白髪になっていた。にこにこと笑って、田代に自分からおじぎをした。

「どうも、おいそがしいところを」

田代は立ちあがって頭を下げた。

その男はこの暑いのにきちんと上着をつけていた。客だというので、敬意を表したと思われた。片手には田代が渡したと思われる名刺を二枚握っていた。

「こういうものです」

男は、いんぎんに自分の名刺をくれた。

——××開発株式会社武蔵野寮主事、三木章太郎。

名刺はそのように刷られてあった。

「今日お見えになることはわかっていましたよ」

主事は腰をおろして、まだ、にこにこと笑っていた。

「本社の方から連絡がありましてね、どうも暑いのにご苦労さまです。松田さんは不在ですが、私が、ご案内しましょう」

雑誌社の方からも本社にワタリをつけ、本社からすでにこの寮に連絡があったものとみえる。

「おいそがしいところをお邪魔します。雑誌社から連絡があったのなら、もう、ご承知かもしれませんが、実は各会社の療養所の設備を……」

そこまでを田代が言いかけると、

「いや、わかっています。わかっています」

三木主事は、首をうなずかせてそれを遮《さえぎ》った。

「どうぞ、ご自由にお撮りください。どこにでもご案内いたします。その前に、この寮の患者の数や、療養状態について、ご参考までに申しあげます」

雑誌に載るというので、主事はあらかじめ準備していたのか、ポケットから折り畳んだ紙を取り出し、それを広げた。それには、克明に療養内容の統計が書かれてあった。

田代は、その説明に、ちょっとうんざりした。この写真を撮る機会に、会社側《がわ》では、寮の宣伝をしたいつもりであろう。

田代は半分は退屈して、その説明を聞き流した。

「ざっと、こんなことです」

主事は額の汗をふいた。

「では、とにかく、ご案内いたします」

やっと田代は椅子から立ちあがった。

「どうぞ」

三木主事は田代を誘導した。

この寮は、事務室のようなところが一棟《ひとむね》と、病棟《びょうとう》のようなところが、三棟ばかりある。敷地は、小高いところだが、かなり広かった。その間には、病棟は、病院のようにすぐにはつづかず、一つ一つがばらばらに離れていた。深い木立や植込みがはさまっていた。

最初に連れて行ってくれたのが、医者の溜所《たまりじょ》のようなところだった。そこには、壁に大きく統計表のようなものが、でかでかと貼《は》り出してある。患者の数とか、療養状態だとか、栄養食の一覧表とか、そういうものばかりだった。

そこでは、医者の一人から、また田代は説明を聞かなければならなかった。雑誌社の仕事だというので、こういうよけいな負担を、我慢しなければならない。

田代は、主事に促されて、最初の病棟に行った。

病棟とはいうものの、ちょっと、その感じではなかった。

全部が日本座敷で、そこには、ベッドが八畳ぐらいに二つずつの割合で設備されてあった。廊下が真ん中で、両側に部屋がつづいている。

部屋の上には菊の間だとか楓《かえで》の間だとかいう、小さい名札が掛かっている。部屋にはいらないで、廊下越しに主事は声をかけた。

「どうだね、少しは気分がいいかね？」

部屋の方から顔がのぞいて、

「ええ、おかげさまで、だいぶ、いいです」

と答える者があった。

「写真を撮りたいのですが」

と言うと、主事は、

「この病棟は、ちょっと古いですからね。それよりも、写真にしてくださるなら、もっと先の方がいいですよ」

と、えんきょくに断わった。

「いや、写真ですから、どんなところでもいいんです」

主事としては、きれいな部屋を写真に撮ってもらいたいらしい。田代は、どこも全部見たかった。だが、ここで争うと妙に取られるので、いちおう、主事の言うとおりになり、帰りにでも自分の主張を通そうと考えた。二人は次の病棟に移ることになった。その間にも、廊下には患者とはいえないような、湯治客のような恰好《かっこう》で、療養者がうろうろしていた。

「ちょっと伺いますが」

と、彼は並んでいる主事に言った。

「最近、この寮にはいってきた患者さんはいませんか？」

「どういう方です？」

主事はきき返した。

「いや、一人ではないんです。そうです、五、六人ぐらい一時にはいったというようなことはありませんか？」

「いいえ」

と、主事は首を振った。

「そんなに大勢は、一時にはいりませんよ。移動は少しぐらいありましたがね」

と答えた。

「その移動というのは、何人ぐらいですか?」

田代は、それが気にかかった。

「そうですね。この一カ月の間に一人か二人です」

主事はまた説明した。

「なにしろ、こういう病気の人ばかりですから、みんな長期の療養です。ですから、そう頻繁《ひんぱん》には変りません」

田代は、がっかりした。

木南の手紙によって、この寮を思い出したまでは、自分の着想を誇りたかった。だが、主事の説明は、彼の推察を頭から消してしまった。一カ月に一人か二人ぐらいの患者移動では、彼の推定は成り立たないのである。

「次に移りましょうか」

主事は言った。

この病棟は、もう見終ってしまった。次の病棟までは、間に植込みの木があったり、草花が植えてあったりして、風致を添えている。

第二病棟の入口にはいった。

ここも、第一病棟とほとんど同じ設計になっている。真ん中に廊下があり、両側に日本間の部屋が並んでいることに変りはない。

三木主事は田代を振り返った。

「ここなら、自由にカメラに収められて、けっこうですよ。さっきの第一病棟よりは、多少、設備がましですからね」

田代はカメラを肩からおろして、すぐ撮《うつ》せる用意をした。

最初の部屋は、畳六畳ぐらいで、入室者が二人いた。だが、田代の目には、その部屋は、さっきちょっと目にふれた第一病棟と、そう変りはないように思えた。しかし、それは確かめたのではないからよくわからない。どこか、やはり違うのであろう。

「お邪魔します」

田代は、入口から座敷をのぞいた。

入室者二人は、着物を着ていたが、三木主事の姿があるので、きちんと畳の上にすわり直しておじぎをした。

「どうですか?」

三木主事は、彼らに会釈《えしやく》した。

「はあ、だいぶいいようです」

「いま、この方が写真を撮したいそうです。雑誌に出るそうですから、あまり、かたくならないようにしてください」

田代は、その二人の顔を見たが、見覚えはなかった。とにかく、彼はカメラをかまえた。

田代は、そこで二、三枚を撮した。彼は、カメラのアングルを考えるようにして、部屋のあちこちをわざと歩いた。患者の二人にも見覚えはなく、部屋の中も異常がなかった。

「どうもありがとう」

田代は患者に礼を言って出た。

「すみましたか」

主事もにこにこして、廊下に立っていた。

「では、次に移りましょう」

今度は前の部屋だった。そこにも二人の患者がいる。部屋の造りもほとんど同じである。

「お邪魔します」

田代はカメラをかまえた。いちいち面倒だったが、それが義務だし、こうしなければ怪しまれそうだった。

「こんなふうにしてください」

いちいち断わった。

ここでも注意を怠らなかった。だが、べつに変ったことはなかった。

このようにして、病棟の部屋をまわるのにかなりの時間をくった。結果は何もなかった。普通の胸部疾患の療養所にすぎない。患者たちは生気がなく、退屈そうに見えた。

主事の説明によると、重症患者は、病院の方に入れて、ここには初めから軽症患者しかはいらせないということだった。

年輩のものもいたが、ほとんど若い人だった。

「では、次に行きましょうか」

それは第三病棟だった。やはり間に木立があり、草花が植えてある。その最初の部屋にはいった。

むろん、部屋の模様も前と変りはなかった。こうして歩いてくると、妙なもので、患者の顔までほとんど同じに見える。なかには携帯ラジオで楽しむ者もいれば、しきりと思索している者もいた。

「こういう生活ですからね」

と、主事は説明した。

「俳句や和歌をやっている人が多いのです。俳句なども優秀な人がいて、かなり地方にまで名を知られた人がいますよ」

ところで、田代の撮影は、しだいに低調になって行った。おもしろみがないのである。もっとも、目的は写真でなく、ほかにあった。これがどうもうまくいかない。かなり部屋の中を見まわして、写真の角度を選ぶようにしてまわっているのだが、目に触れるかぎり、怪しむところはなかった。患者の顔も姿も、彼にはまるきり見おぼえのない連中ばかりだった。

田代は、もっと何か捜してみたかった。そのために積極的な行動もしたかった。だが、そこには三木主事が控えていた。彼はあたかも田代を案内するがごとく振るまっていたが、田代の目から見ると、まるで自分を監視しているように思われた。

田代としては、あくまでも普通のカメラマンとして行動しなければならなかった。少しでも秘密な意図が三木主事にわかってはならない。また、そこに療養している患者たちにも、ふしぎな素振りと気づかれてはならなかった。それで、彼の行動は自然と制約された。その制約のなかで、彼は気を配りながら動かねばならなかった。

残りの病室をまわった。が、やはりこれと思う収穫はなかった。

そうなると、残っているのは第一病棟だけである。だが、これは三木主事が撮影されるのを好まないのである。

「だいたい、これまでです」

と、主事は田代に言った。

「どうです。写真になりますかな？」

主事は、取りようによっては、皮肉な笑い方をした。

「ありがとうございます」

田代はそう言って、

「正直なところ、少し単調になるかとも思います。どうでしょう、さっきのお言葉もありましたが、第一病棟も撮させてはもらえないでしょうか？」

ときいた。

「そうですな」

主事は考えていたが、

「実は、あそこはあまり写真に撮《と》っていただきたくないのですよ。というのは、あれは最初にできた病棟なので、設備がひどく悪いのです。まあ、私の方としては、写真となって発表される以上、設備のいい所だけを出していただきたいのです。これは人情ですよ」

なるほど、その説明は無理もなかった。

「しかし、われわれ写真家としては、あらゆる所を撮ってみたいのです。お言葉ですが、それは写真の撮り方によって、不備なところは隠せると思うんです。写真は実物とは違って、あんがい、きれいに撮れるものですよ」

田代は説得した。

「そうですかね」

主事は、まだためらっていた。

「とにかく、写真になるかならないかは別として、第一病棟を拝見したいんですが」

田代はねばった。

「そうですか」

三木主事は、やっと首を縦に振った。

「まあ、それほどご熱心なら仕方がないでしょう。ご案内しましょう」

「それはありがたいですね」

田代は、ほんとに心から喜んだ。

「だが、たいへん汚《きた》ない所で、失礼かもわかりませんよ」

「いや、それはいっこうかまいません」

「では、どうぞ」

「ご無理を言って、すみませんね」

田代は、三木主事の後ろに従った。

このとき、田代は、誰かに自分が見られているという気がした。

誰かに見られている意識が、田代を振り向かせた。人影はなかった。

しかし、周囲にあるのは、植込みと草と古い建物の外観だけだった。

気の迷いであろうか。

2

田代は思い直して主事のあとに従った。

「どうぞ」

三木主事がうながす。

田代は入口に行った。造りはいま見てきた二つの病棟と同じだった。ただ、違うのは、なるほど、主事が言ったように、建物がひどく古びている。廊下も前にくらべると汚ないし、部屋も狭かった。

「こういうひどい所だから、お見せしたくなかったのですよ」

三木主事は言った。

「では、どうぞ」

すぐ横が病室になっている。二人の患者がもの憂《う》い顔ですわっていた。

ここでも、田代は前と同じようにカメラをかまえて、何枚か撮した。よく見たが、汚ない以外は、べつにおかしなところはない。

次に移った。この部屋も変りはなかった。田代が期待したことは何も起らない。こうして、ついにおしまいまで単調な撮影で終るかと思われた。

このとき、廊下を急ぎ足で来る男がいた。

「主事さん」

と呼んだ。

「ぜひ見ていただきたい書類があります。すぐ本社の方に出さねばならないので急ぐのですが」

三木主事は困った顔をした。だが、決心をつけたとみえて、

「すぐ行きますよ」

と、使いの者を帰らせた。

「お聞きのとおりです。申しわけないですが、私は、ちょっとはずさせていただきます」

これは田代にとって、もっけの幸いだった。三木主事がいない方が、どんなに自由にこの建物を見て回れるかわからない。主事がいると、どうも勝手な行動が束縛されがちだった。

「どうぞ。ところで、ぼくの方は、ずっとこのまま仕事をつづけてもいいのでしょう

か？」

いちおうの了解を得ておく必要があった。

「どうぞ。それはかまいません」

三木主事は田代の顔に笑いかけて、足早に廊下を去った。

田代は残った。いよいよ一人になったのだ。三木主事から許可を受けている。彼がここに戻《もど》ってくるのは、どれくらいあとかわからないが、とにかく、その間の時間は自由だった。

田代は次の部屋に移った。ところが、ここでは思いがけなく、部屋が広かった。少なくとも、今までの部屋を三つつないだくらいの広さはある。その中で何をしているのか、十人ばかりの人間が車座にすわっていた。

田代が戸口からのぞいても、その車座になっている人間は振りむきもしない。文字どおり、額を集めて相談の最中だった。

瞬間、田代は異様な感じになった。彼らはうつむいてぼそぼそと話しているので、顔はさだかにわからない。そのようすから見ると、何か重大な話合いでも行われているようだった。

田代は、その部屋にはいってゆくのを遠慮した。一つは、相談ごとの最中に、邪魔をするのが悪いような気がしたからでもあるが、一つは、その雰囲気《ふんいき》がひどく緊迫したように感じられたからである。

田代は、声をかけずに部屋を出た。廊下に向いあって幾つか部屋が並んでいるが、そこはどれもがら空きだった。つまり、いま協議をしている席に出て留守なのだ。

田代が、じっくりと部屋を見られるチャンスだった。

撮影のことは主事に断わってある。そこに人がいなくても、部屋の構造を撮していると言えば、言いわけは立つ。そう考えながら、誰《だれ》もいない部屋を観察した。

だが、どこにも変ったことはなかった。患者の私物らしいものが、風呂敷《ふろしき》包みで置いてあったり、トランクで置いてあったりしていた。この第一病棟はいちばん古いだけに、荷物の整理の置場もあまり考えられていないようだった。ところで、その荷物を見ても、田代の目にふしぎにうつるものはなかった。

田代が廊下に出たとき、小さな藁屑《わらくず》が目にはいった。

それはちょうどごみのように微細なもので、廊下の端にところどころ落ちている。それをたどると直線になっていた。たとえば、むしろ包みのものをあけたようにして、藁屑がこぼれ落ちているのである。

田代はあたりを見まわした。誰も歩いていなかった。彼は藁屑のあとを目で追いながら、廊下を歩いた。

藁屑は途中で切れていた。しかし、それは廊下の半分ぐらいの所で、別の角に曲っていたのである。曲った先を見ると、それは地下室にでもなっているように、下の方に階段がついていた。藁屑は、その階段の上にも落ちている。

田代は、その下をのぞいた。暗い。地下室だから日光がはいっていない。電燈もついていなかった。穴のような感じである。

その藁屑を見て、田代の頭に来たのは、むしろ包みにされた中身だった。

彼は、ちょっとためらった。主事はいつ帰ってくるかわからない。だが、今をおいてその実体を確かめるチャンスはなかった。

患者は一人も姿を見せない。何の協議か知らないが、あの相談ごとは当分長引くらしい。田代は思いきって、地下室への階段を降りた。

地下室は暗かった。階段を中途まで降りたが、それがかなり深いことがわかった。普通、用事があるときは、ここで電燈をつける装置になっているのだろうが、田代は、その場所も知らないし、また、明りをつけるわけにもいかなかった。彼は懐中電燈を持ってきていない。その用意のなかったことを悔んだ。

暗いので、足もとに気をつけて、ゆっくりと降りた。片方には重いカメラを持っているので、万一のための保護も考えて、慎重に足を運んだ。

何段降りたかわからないが、とにかく地下室にしては深い。やはり真っ暗だった。何か荷物が置いてあるらしく、彼のからだはいろいろな物体が触れた。両方に物が置いてあるらしく、真ん中の通路は狭い。

田代は、そこに何が置いてあるか知りたかった。だがこの暗黒では一物も見えなかった。地下室特有のかびくさい臭《にお》いが、彼の鼻を突く。彼はそのままじっと立っていた。上の方からは、足音もせねば人声も聞えなかった。三木主事はまだ当分帰らぬだろう。このチャンスに、せめてここに何が置いてあるか、それだけでも見きわめたかった。

少しずつ目が慣れてきた。

今まで真っ暗な穴底とばかり思っていたのだが、どこからもれるのか、わずかな光線が射《さ》していることがわかった。しだいに夜が明けるように薄明りが見えてきた。

それにつれておぼろげながら、置いてある物体の形がわかってきた。おもに箱のような物が積み重ねてある。何を入れてあるのかわからないが、たぶん、ここは物置にでもなっているのであろう。ごたごたと両側に積みあげてある。

田代は少し進んだ。すると、彼の靴《くつ》の先に、柔らかい物がふわりと触れた。それがむしろだと知ったとき、田代は期待に胸がはずんだ。

目を一心に凝らした。

すると、すぐ横に、かなり大きい円形の物体が置かれてあるのがわかってきた。その高さは田代の肩まであった。

彼は、それに手を触れた。最初の感覚は、それが金属性であることを知らせた。次には、彼の指先は、鋭く突き出た薄いものに触れた。

「鉋《かんな》だ」

田代は心の中で叫んだ。

まさしく機械鉋である。

たちまち、彼の頭にひらめいたのは、柏原《かしわばら》から送った修理用の機械鉋の送り先が、立川駅だったことである。立川駅とこの場所とは二キロも離れていない。その輸送経路といい、距離といい、まさしく柏原の町で山川亮平氏を分断した凶器に間違いなかった。

田代はポケットを探った。

使い残りの閃光球《フラッシュ》が、まだ、二個はあるはずだった。

彼は、手探りで、それをカメラに装塡《そうてん》した。

田代は、閃光球をかまえた。肉眼では見えなくても、写真では捕えることができる。

シャッターを押したとたんに、五十分の一秒の速さで光がひらめいた。

レンズは、たしかに機械鉋の物体を捕えることができた。

閃光球はあともう一個ある。万一の失敗があるので、田代はそれを取りかえた。そしてもう一度カメラをかまえようとした時、上の方からにわかに足音が聞えた。

それも大勢の足音だった。田代ははっとして、撮影を中止した。

足音は、地下室に降りる階段の上で止った。

田代は全身の血が一時に止るような気がした。足音はやんだが、その位置に大勢の人間が動かないでいる。

発見されたのか、それとも偶然、そこで立ち止っているのか、瞬間に判断がつかなかった。彼は物置の陰に身をひそめた。全身が耳になった。

何か声が上の方で聞えた。

それが笑い声だと知ったのは、しだいにその声が大きくなってからである。含み笑いのようなものが、しだいに哄笑《こうしょう》にかわった。

「田代君」

階段の上からはっきり呼んだ。

その声に聞きおぼえがあった。柏原の山中、栃の木部落の空家で聞いた声の一つだ。

田代の血が凍った。

「珍しいね、田代君。よく来てくれた」

その声が終らないうちに、地下室の階段を降りる足音がした。

「そこですくんでいないで、もっとこっちに来たまえ。撮影なら、今のうちにたっぷりとやっていいよ。そこらじゅうを撮《と》りまくってもかまわない。ほら、そこに機械鉋があったね。そうだ、それこそ君のいちばん見たいものだったろう。遠慮なく撮影したまえ。その刃に黒っぽい斑点《はんてん》がついてるはずだ。それをちゃんと写真に写しておくことだな」

足音が階段の中ほどに降りてきた。同時に、暗い所に光線の輪が写った。

相手は懐中電燈を差し出したのである。

「よく見ておきなさい」

声はつづいた。

「ゆっくり、この光で眺《なが》めることだね」

懐中電燈の光は移動した。それにつれて物体が輪の中に写った。

半分解けたむしろの上には、製材用の機械鉋の刃がむき出ていた。

「ほら、それだ。刃のところを見たまえ。たしかに黒い斑点があるだろう。それが血の塊だ。山川氏と新聞記者の木南君の血だ。それから、よくふいたつもりだが、まだパラフィンの屑が残ってるはずだ。君が一生懸命に捜した木箱の中身だがね」

田代はうつろな目をして、懐中電燈の光を見た。

乏しい光だが、そこにはなるほど斑点がついていた。

パラフィンらしいものが光っている。

男はまた階段を二段ほど降りてきた。

「わかったかね。君の目にも見えただろう？」

男は落ちついた声で続けた。

「しかし、君はよく推理した。君の考えたとおりだった。われわれのやっていることは、一部分、君に知られたようだ。もっとも、君の前にもうひとり先輩がいる。木南君だ」

上の方で足音がした。大勢の人間がそこに待機していることがわかった。

「木南君はね、君より少し早くわれわれに近づいた。彼は優秀な記者だった。殺すのは惜しかったが、防衛上やむをえない。なにしろ、山川亮平といえば、政界の実力者だ。この人の死因を木南君に知られたら、こっちが百年目だからな。気の毒だったが、おびき寄せて殺した。方法を教えてやろう。というのは、今、君にぼくたちのやったことを教えてやっても、何もあとの心配はないからな。この意味、わかるだろう」

その言葉は、田代に電気のように伝わった。男の言う意味は、田代の死を意味している。

地下室は真っ暗で、逃げ口はない。唯一《ゆいいつ》の出口は、そのしゃべっている男をはじめ、ほかの連中で固められている。田代は密室に落ち込んだのである。それも、田代がそこに行くことを意識しての落し穴だった。

「木南君を殺したのは、柏原の河井という家だ。君がのぞきに来たことがあったね」

田代ははっと思った。あの空家の前に行ったとき、何か得体の知れない寒気を覚えたが、それは木南が殺された現場だったのか。すると、あの時、自分がカメラを向けようとしたら、突然怒りだした河井という男は――。

「そうだ、君にもたしかに会ったね。河井文作、あのときの文作はおれだ」

男は含み笑いをした。

「さて、木南君の話をつづけよう。木南君はあの家を訪ねてきた。その嗅覚《きゅうかく》の鋭さに、さすがにこっちが驚いたくらいだったが、気の毒ながら、あそこで死体になってもらった。さて、それを夜中に運び、パラフィン漬《づ》けにしたのは、栃の木部落のある一軒の家だ。そこで工作をすませ、また柏原在のあの製材所に運んで、山川と同じ処分をした。この新しいパラフィン屑は、ほかの木屑に混ぜて、野尻湖畔に撒《ま》いた。人間の死体を撒くなんておれたちの発明さ」

河井は、そのまますぐに降りてくるのではない。やはり、誇らしげに話を続けていた。いかにも、それは自慢そうに、まるで主役俳優が舞台に立って観客に向い、得意そうにせりふを吐いているのに似ていた。

「田代君、ぼくの話が聞えるかな？」

田代は黙っていた。

「聞えないことはあるまい。聞いてくれているな」

彼は続けた。

「今も言ったように、人間を殺しても、その死体の処置に困るのが犯人の共通した悩みだ。ぼくたちも困った。問題は、山川を殺してみたものの死体をどうするかだ。あるものは土の中に埋めたり、あるものは重しをつけて海の中に沈めると言いだした。これは仲間の発言だったかな。ところがぼくは不賛成だった。そのようなことをしてもかならず死体は発見される。また、ばらばらに死体をほぐして、方々に埋めるという方法も考えられた。だが、これも死体の部分が一つ出てきたら、困ったことになる。どうしたら死体がこの世の中から絶対に消えてしまうか、われわれは相当に知恵をしぼったつもりだ。その結果、考えだしたのがパラフィン漬けだよ」

田代は、自分の立っているところで、河井の話を聞いていた。

自分の運命が刻々と追いつめられてゆく。それは絶望に向って一歩一歩、進んでゆくのだ。

河井は、その時間を楽しむように演説を続けていた。

しかし、この話が終った瞬間、田代の運命が決定するのだ。

「この思いつきは、自分ながら上出来だと思った。ヒントは解剖死体の局部を顕微鏡で検査する、あの方法からとった。人間をパラフィン漬けにして削りとる。そしてカンナ屑のように地上に撒き散らす。すばらしい思いつきだ。これなら、わからない。風に吹かれて人間が散ってゆくのだからね」

河井はちょっと笑ったが、

「そのために……」

と、笑いをやめて話に戻った。

「まず死体の各部分を切断する。その工作所が要るわけだ。それから、その部分をパラフィンに詰める工作所も必要だ。つぎに、それを削り取る工作場が必要だ。以上三つの場所をわれわれは考えた。ところがこれは一時に考えたのではない。最初に考えた計画は、パラフィン漬けにして木箱に詰め、錘《おも》りをつけて湖の底に捨てることだった。それも一カ所ではなく、信州の湖の各所に分散させることだった。ところがこの木箱を君が怪しみだした。われわれの工作員が、不覚にも君の存在を知らないで、湖に投げ入れたのだ。困ったことに、君は木箱の実体を、しきりと知りたがった……」

河井の声は続いた。

「そのために君は木南君に働きかけ、木南君は、二つの湖底の捜索まで始めた。危ないところだった。われわれは、君が東京に帰ったすぐ後、二つの湖底から木箱を引きあげたのだ。だから、新聞社があれほどの大仕掛けの捜索をやっても、何も出なかったわけさ。たいそうご苦労だったな」

河井はあざ笑った。

「ところが、さすがに木南君の方は君より慧眼《けいがん》だった。彼は君がもたもたしているうち、ずっとわれわれの懐《ふとこ》ろ近くとびこんできたよ。木南君は、木箱の秘密もその処分方法も、全部知っていたよ。あとから、君が木南君のあとをのこのことやってきたが、あれは君の知恵ではあるまい。木南君が手紙か何かで書き送ったのだろう」

階段の音が高くなった。河井が、さらに、三段ほど降りたのである。地下室の床まであと数段だった。

「どうだね、当っただろう？」

その声は地下室に近くなったので、空洞《くうどう》の中でものを言っているように、反響を起した。

「君は柏原の町に宿をとった。そのとき、ぼくの方では君に警告をしたはずだ。だが、君はそれを無視した。そこで君を誘って、栃《とち》の木《き》部落に引き寄せた。君は、うまうまとその手にのった。ところが、われわれに手違いが起った。いうまでもない、裏切者が出たのだ。そのために君をあの部落で消すことができなかった」

声は、ちょっと残念そうになった。

裏切者と聞いたとき、田代はどきりとした。あの女のことである。今の声の調子からすると、「裏切者」のあの女を、彼らは処分したのではあるまいか。田代はそれをきき返そうとしたが、それを押えるように、その声は続いた。

「残念だった。しかし、まだチャンスはわれわれの方にあった。君は東京に帰って、この療養所に目をつけた。それもわれわれにはわかった。なにしろ、君の動きは絶えず探らせていたからね。雑誌社の仕事で、ここにやってきたのは、君らしい知恵だね。だが、われわれも無策ではない。君がちゃんとこの地下室にはいるように計算しておいた。ムシロの藁屑《わらくず》を撒いておいたのだ。君がここに降りるための道を作ってやったのだ」

河井はおかしそうに笑った。

「君はまんまとそれにひっかかった。君は一介のカメラマンだ。よせばいいのに、つまらないことに好奇心を起すから、こんなことになった。考えてみればかわいそうだが、われわれとしては、君に無事に帰ってもらうわけにはいかない。田代君、ここまで言えば君も覚悟がついているだろう。ご承知のとおり、この地下室はどこにも出口はない。ぼくが立っているここ以外にはね。そして、上の方には、若い連中がひしめいているのでね」

階段が鳴った。河井はついに地下室まで降りきったのである。

第十七章　終　局

1

「田代君、われわれの絵解きは、だいたいこれで終った。まだ君に疑問があれば、君の生きているうちに話してあげたい。せめてもの君への餞別《せんべつ》だ、どうだね」

田代は身をひそめたところから、からだを出した。

ここまで来ると彼も覚悟せねばならなかった。彼の頭には、山川亮平と木南との最期《さいご》が浮ぶ。

自分も同じ運命になるかと思うと、かえって度胸のようなものが出てきた。

「君たちは」

田代は初めて声を出した。

「どのような理由で山川氏を殺したのだ？　木南君を殺したのは、君の説明でわかった。だが、山川氏を殺した原因はなんだ？」

「そのことか。当然の疑問だな」

河井は言った。

「われわれは、山川に生きていてもらっては困る、ある人から頼まれたのだ」

男の声は、やはり空洞《くうどう》の中でものを言っているようだった。

「それは、ぼくも察していた」

田代は言った。

「すると、君たちは殺し屋か？」

「殺し屋といえば、体裁が悪いが」

男は平気で笑った。

「だがね、田代君、ほかの言葉がなければ、そう呼んでも、たいした間違いはあるまい。われわれは山川には別に個人的な恨みも、憎しみもない。ただ人間、ときとして、それ以上の動機で相手を殺さなければならないことだってある」

「頼んだのは誰《だれ》だ？」

「それは言えない。気の毒だが、こればかりはかんべんしてもらおう」

「だいたいわかる、山川氏は政界の実力者だった。A開発の有力な支援者だった。君たちに、山川氏の抹殺《まっさつ》を頼んだのは、競争会社だろう。はっきり言えば、この寮を持っている会社だろう？」

「ご想像にまかせる。われわれから答えることはできない。ただ、会社から頼まれただけと思われては困る。われわれは金だけではない。ある人物に非常に恩になっている。その人のためでもある」

「なるほど、すると、その人物とその会社とが、密接な関係があるというわけだな？」

「そんなことは、おれたちにはわからぬ。おれたちは、ただ恩義のある人に頼まれて実行するだけだ。その人は山川とまったく反対の立場にあった、政治的にもね。その人が困れば、われわれは個人的に恩怨《おんえん》のない山川には気の毒だが、消えてもらわねばならない。こういうことは、君だって先刻ご承知だろう。戦後、ある政界要人が、鉄道自殺と見せかけて、殺されたことがあった。あれだって犯人側は、その要人とは少しも個人的な因縁《いんねん》はなかったのだ。しかし命ぜられた以上、それをやらねばならなかったのだ。われわれの立場も同じだ……」

河井の声は続いた。

「いわば、われわれにとっては殺人も至上命令なんだ」

「人間を殺すことが至上命令か？」

田代は反問した。

「人間にはそれぞれの立場がある。君たちがどう批判しようと、われわれは、自分の思ったとおりにしなければならぬ」

声は平気だった。

「君が首領格か？」

「フフン、まあそんなところだろうな」

河井はせせら笑った。

「山川氏を殺した顚末《てんまつ》を聞かしてくれ。あれには、エルムのマダムが巻き添えをくっているはずだ」

田代は叫んだ。

「そのとおり。エルムのマダムは気の毒なことをした。君の推察どおりだ。では、話してあげよう」

河井は説明口調になった。

「エルムのマダムは、山川亮平のお気に入りだった。マダムの方では、どう思っていたか知らないが、そこは商売で、山川に何かとサービスしていたようだ。ところでわれわれの方で山川を殺害するまでは、ある場所に監禁せねばならなかった。こう言えば君もわかっているだろう。ある場所といえば、すなわち、ここだ。田代君、君がいる、ここなんだよ」

河井は指をさして、地下室を示すようにした。

「ところで、山川はあれほどの人物だから、われわれとしても、相当、敬意を払わねばならぬ。ここは、あいにくと男手ばかりでな、山川を世話するのには、ちょっと殺風景だ。礼儀は礼儀だから、それだけの待遇を山川にしたつもりだ。エルムのマダムが、そのために選ばれた。いや、われわれの方で選んだのだ。あの二人が、銀座のキャバレーから出たところをキャッチした。今だからはっきり言うが、山川はここで……」

声は、ちょっと休んだが、あとを続けた。

「山川には、ここで二日ばかり、逗留《とうりゅう》してもらった。その間、エルムのマダムに世話役を願った。なにを隠そう二日間の滞在は、われわれの方で、死体処理準備が完了しなかったためだ。あの原っぱに偽装石鹸《せっけん》工場を建設中だったからな。石鹸とは偽りで、パラフィンの工作をやっていたのは、君の推定したとおりだ。それが完成して山川はわれわれの手で生命を絶った。その方法は説明するまでもない。なにしろ、この地下室は、大きな声を出しても外には聞えないからね。大勢で一人の男を処分するのには、何をやろうと手間はかからぬ」

河井は、そう言って、もう一度、一歩、田代の方に近づいた。ちょうど、舞台で役者がせりふを言いながら、足を動かしているのに似ていた。

「エルムのマダムは、そのあとで処分した。その死体を林の中に入れておいたのは、たとえ、発見されても、山川ほどの影響がないと思ったからだ。世間では、痴情関係ぐらいに思うからね」

「タクシーの運転手を殺したのは、エルムのマダムの乗った自動車を目撃したからか？」

河井は少し黙っていたが、

「そのとおりだ」と、同じ調子で答えた。

「あの運転手もかわいそうだが、われわれの秘密の防衛のためには仕方がない。悪いところを見たのが、彼の不運だった」

「しかし、殺す必要がどこにある。君たちは、なんでもない人間でも、虫けらのように殺すのか？」

「なんと言われてもやむをえない。あの運転手も、ただ目撃しただけだったら、無事だったろう。しかし、それを近所のものにしゃべったのだ。それが、われわれにとっては、はなはだ都合が悪い、他人にしゃべられては困るのだ」

運転手がそれをしゃべっていたことは、久野から聞いて田代も知っている。あの運転手は他人に話さなかったら、不幸な最期《さいご》にあわなかったかもしれない、と男は言うのだ。

だが、そんなことでも、すぐに人の生命を奪うこの一味のやり方が、悪人的な冷酷さに徹しているのだ。

「あの運転手を、ある口実で誘い出したのも、われわれだ」

河井は説明に移った。

「運ちゃんは、少しも疑わずにわれわれの誘導についてきた。そして、ある場所で、完全に彼は、われわれの手の中にはいったのだ」

「ある場所とは、天竜川《てんりゅうがわ》の工事現場だろう」

田代は思い出して言った。

「そうだ。あの辺にもわれわれの手がまわっている。××開発の工事現場があったのを君も知っているだろう。あそこにもわれわれの仲間の一人がいた。そいつが、運ちゃんを断崖《だんがい》の上に連れて行き、蹴落《けおと》したのだ。警察では、過失死になっていたようだがね」

河井はつづけた。

「われわれの邪魔になるものは、すべて抹殺《まっさつ》する」

と、河井は宣言した。

「われわれのやることは、中途半端《はんぱ》なことは許されない。エルムのマダムには、なんの罪もないが、彼女にも消えてもらったのはそのためだ。幸い警察では、普通の他殺事件として捜査したようだがね。そんな線を追ったところで、真相がわかるはずがない。田代君、もう何もきくことはないかね？」

河井の声は誇らしげだった。それが地下室の空洞の中で、尾をひいて響いた。

犯人は、すべての犯罪を白状したのだ。

それは同時に、田代の生命を奪うことを意味する。

田代を殺すことを前提として、彼らは自分たちの犯罪を自慢げに語ったのである。

足音が近づいた。

田代は、自分の運命の最期を知った。

「田代君、黙っていないで、きくことがあったら今のうちだよ。さあ、なんでもきいてくれ、君へのせめてもの餞《はなむけ》だからな」

田代は暗い中で、近づいてくる男と向きあっていた。

その距離は、まだたっぷり六メートルぐらいはある。

「それでは、きく」

彼は言った。

「あの女はなんだ？」

「あの女？」

「そうだ、しじゅう、ぼくに警告をしてくれた女、そして君たちが、裏切者だと言ったあの女だ。君たちとどういう関係があるのか、そして、どういう素姓の女か、それを聞かせてくれ」

「なるほどね」

男は言ったが、次に答えるのにひまがかかった。河井自身も、その説明に、瞬間迷ったらしい。

「そうか、それは困った質問だな」

河井は言った。

「だが、君の生命もあと数十分だから、言って聞かせてやろう」

河井はしばらくして言った。

「あれは、われわれの仲間の妹だ。君は、たしか、柏原の町であれを見たはずだ」

「やっぱり、そうか」

田代は、野尻湖で舟から上がってくる女漁師の姿を思い浮べた。柏原の町を歩いているとき、路地を横切った女の後ろ姿を思い浮べた。路地をはいり、訪ねて行った先が河井文作の家だった。

「あの女は、君の妹ではないのか？」

「そうだ。しかし、女はやはり組織には向かない。あれは、大事なときに君を逃がした」

「まさか」

と、田代は言った。

「君たちは、彼女をどうかしたのではないだろうな？」

もし、彼女の身に変事が起ったとすれば、それは、田代を助けてくれたためである。田代の胸には、夜明けの霧の中に、薄ぼんやりと立っていた彼女の姿が浮びあがった。

新たな足音が、そのとき階段を降りてきた。どやどやと降りてきた三人の男の、先頭に立っている姿を見たとき、田代は、はっとした。それは暗がりの中でも特徴のすぐにわかる、あの小太りの男であった。そしてその後ろには、さきほど三木主事と名のった男の姿があった。田代はこのとき、にわかに思い出した。九州から帰ってきた晩、バー・エルムで、小太りの男の隣の椅子《いす》にいた彼の姿を、である。

あのとき、エルムの女のひとりが、

「あの人は××開発の三木さんよ」

と、田代に教えたのではなかったか。

2

田代は、いよいよ最期が来たことを覚悟せねばならなかった。

叫んでも喚《わめ》いても、どうにもなるものではない。田代の死は絶対であった。

「もう時間がない」

と、小太りの男が、河井に言った。

「早くやってしまおう」

そのとき田代は、二人の男の背後に立っている男の姿を見て、おやっと思った。薄ぼんやりと階段の上から射《さ》しこむ光の中に、輪郭だけ浮き出たその姿は、田代のよく知っている人間に、あまりにも似ていた。

まさか、そんなはずはない、とは思ったが、

「おい、そこにいるのは、久野じゃないのか？」

と、田代は思わず声にしてきいた。

一瞬、沈黙が流れて、問われた男はぎょっとしたように全身をびくりとさせた。

「ハハハハ」

河井が爆発するように笑った。そして、いきなり手に持っていた懐中電燈で、その男を照らしだした。

光の輪の中には、まさに、久野が、硬直した顔で照らしだされている。

「おう、君は！」

田代は仰天した。あまりにも久野に似ているので、思わずきいたものの、まさか、それが久野だとは田代も信じられなかった。

「久野君、君は……？」

田代は、久野の顔を穴のあくほど見た。

「どうだ、驚いたろう」

河井が得意そうに言った。

「久野君は、われわれの仲間にはいってくれたのだ。久野君のおかげで、君の動静をさぐる上には非常に役に立った。今日、君がここへやって来ることも、久野君の情報がなければ、こんなにうまく事をはこぶわけにいかなかったろう」

久野が一味とは、さすがの田代も気がつかなかった。

だが、考えてみると、思い当る節はないでもない。いっしょに天竜峡まで運転手の殺された現場を見に行ったあのとき以来の久野は、どこか、ようすがおかしかった。田代が信州へ行ってからは、何かと田代の行動にさぐりを入れるふうがあった。一番思い当るのは、やはり今朝の電話である。

だが、それにしても、久野は、なぜこの一味に加わったのか？

「久野君？」

と、田代は言った。

「君とは長い間の友だちだった。まさか、君がこの一団の一員とは気がつかなかった。しかし前からこの団員ではあるまい。なぜ、君はこの仲間にはいったのか、それを聞かせてくれ」

だが、久野は目を伏せたまま、容易に答えない。

「久野君にかわって、おれが答えてやろう」

久野が容易に答えないので、河井が言った。

「久野君はな、君のようなばかではない。つまらぬ好奇心のために、生命の危険を平気でおかすような、思慮のたりない人間ではないのだ。われわれの警告を受け入れて、久野君はすなおに反省してくれた……」

河井が言い終らぬうちに、それを打ち消すように久野が言った。

「おれはカメラマンだ。だから、いろんな有名人を撮《と》って歩いていることは、君もよく知っているだろう」

久野の声はふるえている。

「それで、名前は言えないが、おれは非常な恩顧をある人に受けた。その人のために、おれは死んでもいいと思うようになった。それから先は、田代君、もう話す必要はあるまい。人間、生きている間に、どのような運命になるかわからない。これは、人間の力ではどうにもならないことだ」

その時である。

いきなり階段を途中まで降りてきた男が、

「大変だ、警官隊に囲まれた、早く逃げてください！」

と叫んで、あわてて駆けあがって行く。

「なに、警官隊？」

河井をはじめ、みんなぎょっとして、二、三歩階段の方へ駆けよった。

「その前に、こいつをやっつけろ！」

小太りの男が叫んで、暗闇《くらやみ》の中の田代を目がけて突進してくる。

間髪《かんはつ》を入れず、その瞬間、建物全体を揺がすような物音が、頭の上で雪崩《なだれ》のように響いた。

田代は、夢中で奥に走った。何かにつまずき、よろめきながら走り、またつまずいて倒れた。つまずいたものは、あんがい柔らかい物体だった。

「畜生、引きあげろ！」

と、誰《だれ》かが叫んだ。

人影がばらばらと地下室の階段を駆けあがって行く。

頭の上では、物すごい音が続いている。靴音《くつおと》や、物の倒れる音や、何かのこわれる音、殴る音や怒号する声などが入り乱れた。

地下室には、もう誰もいない。すさまじい争闘が上の方で起っているのに、ここは空《くう》洞《どう》のように静寂であった。

階段の上から射しこむ一条の光の中に、ほこりだけが霧のように舞っていた。

上の物音は、この建物全体に広がった。遠くの方からは、あきらかに車輪の響きが地面を伝わってきていた。

田代は、自分の生命が、わずかな差で助かったことを感じた。それ以外のことは何も考えなかった。田代は、ただ放心したように、頭の上の物音を聞いていた。

3

事件は落着した。一味は、ことごとく捕縛された。

田代には、なぜあのとき、警官隊が急に大挙して踏みこんできたのか、よく理由がわからなかった。だが、そのわけは、彼らの一味を襲撃した警官隊の隊長の説明で初めてわかった。

「われわれにヒントを与えてくれたのは、木南さんですよ」

「え？　木南？」

「そうです。木南さんが死ぬ前に手紙をくれていたのです。そのヒントによって、われわれは内偵《ないてい》を早くから始めていました。だから、田代さんが彼らに接近していたことも、われわれの方には、ちゃんとわかっていましたよ。そして、あなたにも尾行をつけていたのです」

田代は、そんなことは夢にも知らなかった。

「ところが今朝、久野さんというあなたの友人がやってきて、あなたが今日、××開発の療養所へ行くことになっているが、それを迎えて殺す計画が進められているという情報をくださいました」

「えっ、久野が、そんなことを言いにきたのですか」

田代は驚いて思わず大きな声になった。

「そうです。久野さんは、弱気から自分も一味の中に引きずりこまれたが、親しい友人が殺されるのを黙認することはどうしてもできない。自分が罪に問われることは覚悟しているから、どうか田代君の命を助けてくれと言うのです」

田代は溜息《ためいき》をついた。やっぱり久野には良心があったのだ。久野が自分の命を助けてくれたのだから、今度は自分が久野の罪を軽くするよう、極力奔走しようと心に誓った。

「それで、さっそく、今朝からあの会社の療養所に見張りをつけていました。そしてあなたがはいって行く姿を見て、さっそく警官隊で包囲したわけです。あなたは、まあいわばおとりになったようなものですよ。あなたを殺そうとする現場を押えれば、現行犯として有無《うむ》を言わさず奴《やつ》らを逮捕できるのです。いやこの事件は複雑でしかも知能犯です。それに政党の、ある悪質な連中が関係しているので、われわれは確たる証拠を握るまでは、どうにもならなかったわけです」

田代は警察署を出た——。

夜になっていた。

久野が一味の中に引き入れられたというのは、まったく意外だった。人間は、いつ、いかなる動機で、道を踏みはずすかわからない。

しかし久野は、踏みはずした道から、みごとに立ちなおってくれた。一味の中に引き入れられたとはいっても、久野自身、何の罪も犯してはいないのだから、おそらく無罪になるだろう。

それにしても、自分の命を、もう一歩のところで助けてくれた久野の友情に、田代は心からの感謝を抱かずにはいられなかった。

歩いていると、一人の女が闇の中から現われて、田代の横に近づいてきた。

「田代さん」

「あ、君は」

薄暗い光の下に浮んだ彼女の顔は、まるで、霧の中に浮いて見えるようだった。

「君は、いったい、どうしていたんだ？」

田代が驚いて彼女の前に立った。

「わたしも、田代さんといっしょにいましたわ。わたしの方がずっと前からです」

「え、君もあの地下室に？」

田代は、あの暗がりで、つまずいた時、柔らかい物体に突き当ったのを思い出した。それでは、あれが彼女であったのか。警官隊が地下室になだれこんできた騒ぎで、田代は彼女が救い出されたことを気づかなかった。

「長い悪い夢を見ましたわ。兄は、わたしまで犠牲にしました。没落した元地方地主の兄は、金銭欲とある政党人に対する義理とで、こんなことになったのです……」

二人はいつかお濠端《ほりばた》沿いを通っていた。

「兄はもと地主の長男として生れたのです。父はあの地方の政党に関係していました」

彼女は話した。

「そのころは、地方ではちょっと知られた人間でした。兄は父の意思を継ごうとしていたのですが、終戦の時、ほとんどの土地を取られました。兄は失望しました。兄は将来、政党人になりたかったのです。その夢が捨てられずに、中央の政治家と結びつきができました。それは非常に深い関係でした。その政治家は利権には貪欲《どんよく》な人でした。とうとう、その関係が兄を不幸に陥《おとしい》れました」

「では君も」

と、田代は言った。

「兄さんの意思に従ったのかね」

「兄は強情な人です。それに、栃の木部落ではみんな兄の味方でした。ですから、わたしだけがそむくわけにはいかなかったのです」

彼女はそう言って目を伏せた。

「君の名前をまだ知っていない。聞かせてほしい」

「礼子というのです」

「礼子……」

田代は口の中でつぶやいた。

霧の巻く夜明けの谷間に、ぼんやり浮んだ彼女のかげと、礼子という名前とが、いかにもぴったりと、イメージに合った。

とにかく、すべては終ったのだ。……この事件で、いちばん悪いやつは誰だろう。犯罪を犯したものか、その上にいる巨大な存在か。

あたりの景色はおだやかだった。

だが、この平和の奥に、まだまだ見えない黒い影が傲慢《ごうまん》に存在し、それが目に見えないところから、現代を動かしているのだ。

平和なのは、ただ目に見える現象だけであろう。

怪物は、依然として日本の見えない奥を徘徊《はいかい》している。

「礼子さん、といったね？」

と、田代は言った。

「これから、ぼくと交際してくれるだろうね？」

田代は彼女に遠慮そうに言った。

「ええ」

礼子はうなずいて、田代を見あげた。

その瞳《ひとみ》は田代の意思を了解し、それを許している表情であった。二人の歩いているところには、ほかに人影がなかった。そこだけが誰もいない地帯だった。

「ずいぶん、君をつかまえるのに長い間かかったな」

田代は思わずつぶやいた。

それは彼の実感だった。

実際、長い間だった。その間にさまざまのことがあった。

しかし、過ぎてしまえば、何もなかったと同じことだった。

ただ、彼の前には、これから新しい充実した現実が始まろうとしていた。

解説

高橋呉郎

『影の地帯』は昭和三十四年（一九五九年）の五月から河北新報などの地方紙に連載された。このあたりから、松本清張氏の執筆量は一気に加速する。その旺盛《おうせい》な筆力によって、「日本のバルザック」とも称されたが、当時の五十歳という年齢を考えれば、バルザックをはるかにしのぐものがあった。

前年の二月に『点と線』と『眼の壁』が刊行されて、ベストセラーになり、〝清張ブーム〟が巻き起こった。この年、すでに連載だけでも、『かげろう絵図』（東京新聞）、『零の焦点』（「宝石」単行本化のさい『ゼロの焦点』に改題）、『蒼《あお》い描点』（「週刊明星」）、『黒い樹海』（「婦人倶楽部《くらぶ》」）、『黒い画集』（「週刊朝日」）と急増した。これらの連載をかかえたまま翌三十四年には、清張氏は、いっそ執筆量の限界を試してみよう、と注文を受けて立った。

『影の地帯』の連載が開始された前後が凄《すさ》まじい。『生年月日』（「週刊スリラー」五月末に雑誌休刊のため中断）、『雲を呼ぶ』（「週刊現代」『火の縄』に改題）、『黒い風土』（北海道新聞ほか『黄色い風土』に改題)、『波の塔』(「女性自身」)が、ほぼ同時にスタートしている。これに短期連載の『小説帝銀事件』(「文藝春秋」)、『火の前夜』(「別冊週刊サンケイ」)が加わる。さらに、この年、『歪《ゆが》んだ複写』(「小説新潮」)、『霧の旗』(「婦人公論」)、『黒い福音』(「週刊コウロン」)とつづく。(文藝春秋刊『松本清張の世界』所載、藤井康栄氏編の年譜による)

整理をすると、最盛期には週刊誌五本、新聞三本、月刊誌五本の連載を執筆していた。単発の原稿もあったから、ひと月の生産量は九百枚(四百字詰原稿用紙)に達した。これに匹敵する枚数をこなした作家は、後年の梶山季之《かじやまとしゆき》氏くらいかもしれない。

そんな〝清張ブーム〟の真っ盛りに、私は「女性自身」の駆け出し編集者で、『波の塔』の担当者と机を並べていた。そのころは傍観者でしかなかったけれど、『波の塔』の連載が終わってから、〝清張番〟を命じられ、やがて連載小説を三本、おつき合いした。直接、担当しても、「巨人」のごとき大作家が雲の上の人であることに変わりはなかったが、雲間から素顔をのぞかせるときもあった。

執筆量の限界を試したのも、清張氏ならではの理由がある。昭和二十五年、「週刊朝日」の懸賞小説に応募した『西郷札』が、三位に入選した。四十一歳のときだった。これが初めて書いた小説らしい小説で、青年期に文学修業というものをしたことがなかった。二十八年、『或《あ》る「小倉日記」伝』で芥川賞を受賞したが、朝日新聞を退社して、作家生活一本に踏み切るには、なお三年を要した。あるとき、こんなふうにいっていた。

「ぼくは若いころ文学修業をしていないから、同年代の作家にくらべたら、二十年、遅れているんだよ。書きたいものはいっぱいあるのに、二十年、長生きできる保証はどこにもない。書けるうちに書くしかないじゃないか」

ときに恐ろしいこともおっしゃる。「きみ、作家にとって、いちばん必要な資質は、なんだと思う」と訊《き》かれたことがある。詰問調《きつもん》ではないし、いたずらっ気のある表情さえ浮かべている。だいたい、こういうときは、原稿がはかどっているのか、機嫌がいい。こちらが返答に窮していると、にんまりとして、

「文章がうまいとか、ストーリーづくりがどうとかいうのは、たいしたことじゃない。いちばん必要なのは、書けても書けなくても、机の前に何時間、座っていられるかという忍耐力だよ」

毎度、原稿が遅れているけれど、遊んでいるわけではない、いつも悪戦苦闘しているんだ、といいたかったのかもしれない。また同時に、いかにも清張氏らしいと思ったものだ。筆が止まって、気分転換をしようにも、そんな時間の余裕がなかった。つぎの締め切りが迫っている。気分転換をしたから筆が進むというものでもない。どこで、なにをしても、小説のことが頭にこびりついている。ならば、書けない悩みは書斎の中で解決するしかない、というのが清張流執筆作法の要諦《ようてい》だった。

清張氏の作品には、『点と線』『眼の壁』にはじまって、地方の風土色を生かした系列がある。『影の地帯』もそのひとつで、信州の木崎湖、青木湖、諏訪湖などが主要な舞台になっている。風景描写を読むと、執筆のために取材したにちがいないと思わせる。が、そのころは、もう取材の旅に出る時間の余裕はなかった。本書にかぎらず、当時の〝旅もの〟は、ほとんど頭の中に蓄積された映像でまかなわれている。

『ゼロの焦点』の最終場面で、その後、ナショナルブランドの観光名所にもなった〈能登金剛〉にしても、数年前に訪れたときの印象で描いた。講演で、こう語っている。
《……私が行った時はもう、実に荒涼としたもので家一つなく、空には鉛色の雲が垂れこめ、荒海でございますから黒っぽい海が白い波頭を立てて吠《ほ》えておる。そこに私は一抹のロマン性を感じたわけですが、『ゼロの焦点』の場所には現在年間百万人に近い観光客が押し寄せているそうです》（「オール讀物」昭和46年7月号）
いまふうにいえば、まさしく「清張ワールド」である。その映像が大脳のフィルムに無数に焼き付けられていた。

余談ながら、『ゼロの焦点』の連載中、北海道の講演旅行があった。編集者は原稿をとりに北海道へ飛んだ。掲載誌の「宝石」は台所が火の車だった。原稿を渡すさい、清張氏は「きみのところに旅費を出させるわけにはいかないよ」といって、封筒を手渡した。

画家は絵心に触れた風景を鮮明に記憶にとどめる。そう、清張氏には玄人《くろうと》はだしの絵心があった。小説雑誌の〝なりたかった職業〟というグラビアで、清張氏はベレー帽をかぶって街頭似顔絵師を演じていた。

小倉の朝日新聞西部本社に採用されたのも、広告用の版下（文字、カット、図表などの原図）を描く才能を買われたからだった。学歴社会の不当な差別を受けながら、広告部意匠係の仕事をつづけた。『西郷札』が世に出た二十六年には、国鉄（現ＪＲ）、日本交通公社（現ＪＴＢ）、全日本観光連盟共催の観光ポスター公募に応じて、「天草へ」で推選賞（二位）を受けた。国鉄から九州の観光ポスターを依頼されて、スケッチ旅行もしている。黒を主調にした独特の作風は、日本宣伝美術協会（日宣美）でも注目される存在だった。清張氏が芥川賞を受賞したと聞いて、日宣美の某幹部は「日本のデザイン界は貴重な人材を小説界に奪われた」と嘆じたという。

清張氏の絵心は、絵葉書になるような観光名所には関心がない。日本の風土の原風景をとらえたときに、シャッターが落ちる。『影の地帯』にも、そんな場面が随所に出てくる。たとえば――

《田代が降りたのは、海ノ口《うみくち》という小さな駅である。ここからは、北に爺岳《じいだけ》、布引岳《ぬのびきだけ》、それに北寄りには鹿島槍《かしまやり》の頂上がみえる。

駅前の広場の近所に、飲食店とも宿屋ともつかぬ貧弱な家が建っているが、その反対の駅の裏が木崎湖なのである。

朝はまだ早い。この駅に降りる登山客もなかった》

ローカル線のひなびた駅前の風景が、清張氏の絵心に触れた。その駅頭に立つ清張氏の姿は、容易に想像できる。芥川賞を受賞した年の秋に、東京に移住したが、一本立ちするほどには原稿は売れなかった。その気晴らしに信州を旅した。カバンの中にはスケッチブックがはいっていたにちがいない。

おまけに、清張氏は好奇心が旺盛だった。気安く話せる編集者が訪ねてくると、決まって「なにか文壇《ぶんだん》でおもしろい話はないかね」と催促した。おかげで、書斎に閉じこもり、およそ文壇づき合いをしないのに、文壇ゴシップに通暁《つうぎょう》していた。

当然、旅先でも好奇心は発揮される。信州のローカル線で、どんな小さな駅にも、すぐそばに運送店がある。地元の住人とは思えない、場ちがいな人物が、大きな荷物を受け取っているところを目撃したのかもしれない。こんな田舎の駅に、いったい、なにを送ったのか——好奇心はふくらみ、そのイメージが創作用の抽出《ひきだし》にしまわれる。『影の地帯』の構想を練るとき、それがプロットに組み込まれるには、さして時間がかからなかったろう、と推察がつく。

ここでタネ明かしはできないけれど、本書のテーマは、政界の利権がらみの〝謀殺〟にある。その大がかりな仕掛けを実行するうえで、ローカル線の駅留め便が、重要な役割をはたしている。

『影の地帯』と並行して、『日本の黒い霧』の連載がはじまった。その第一回が「下山総裁謀殺論」だった（「文藝春秋」昭和35年1月号）。この時期、〝権力による犯罪〟という巨大なテーマが、清張氏の脳裡《のうり》から、かたときも離れることがなかったと思われる。いまひとつ、田代が追及する〝謀殺〟の背景にも触れておく必要がある。社会派作家の洞察力は、やがて猖獗《しょうけつ》をきわめる土地開発会社の跳梁《ちょうりょう》を予見していたように思える。

なお、本書の旧版で、死体処理に関するデータに誤りがある、と読者に指摘された。この新版では、ご遺族の了解を得て、訂正がなされたことを付記しておく。

（平成十六年十二月、フリーライター）

この作品は昭和三十六年三月光文社より刊行された。

影《かげ》の地《ち》帯《たい》

新潮文庫　ま－1－22

昭和四十七年八月二十五日 発行
平成十七年四月三十日 六十四刷改版
令和六年三月二十日 七十六刷

著者 松《まつ》本《もと》清《せい》張《ちょう》

発行者 佐藤隆信
発行所 株式会社 新潮社
郵便番号 一六二―八七一一
東京都新宿区矢来町七一
電話 編集部(〇三)三二六六―五四四〇
読者係(〇三)三二六六―五一一一
https://www.shinchosha.co.jp

価格はカバーに表示してあります。

乱丁・落丁本は、ご面倒ですが小社読者係宛ご送付ください。送料小社負担にてお取替えいたします。

印刷・東洋印刷株式会社　製本・加藤製本株式会社

ISBN978-4-10-110922-0 C0193